〰

Eleonora Hummel

Die Wandelbaren

Roman

müry salzmann

Inhalt

Erster Teil
Die Verheißung
1975

Arnold Bungert

Ich bin der Junge vom Feld.
Der Sohn vom Bungert.
Das Bungert-Bübele.
Arnold Arnoldowitsch junior.
Der kecke Bauernbub, der vom Traktorsitz weg auf die
Bühne geholt wurde.
Genau der, von dem erzählt wird.
Die anderen sind heute nicht mehr hier.
Ich bin es.

Die Erntezeit war in vollem Gange, als die Kommission
zu uns ins Dorf kam. Am Vorabend war ich schon vor
Ende der Nachrichten eingeschlafen. Ich weiß nur noch,
dass auf dem Bildschirm gerade ein Mähdrescher durch
ein golden wogendes Feld tuckerte und die Ansagerin
über herausragende Erträge landauf, landab berichtete.
Nach einem Arbeitstag im Freien war ich häufig müde,
nickte oft bereits im Hellen weg. Im Steppensommer,
wenn die Abende lang waren und meine Mutter um
elf von der Spätschicht heimkam, goss sie die Blumen
ohne Zuhilfenahme einer Taschenlampe. Während das
Gartenwasser lief, setzte sie sich mit der Zeitung nach
draußen und las im Übergang zwischen Tag und Nacht,
bis die Mücken sie zurück ins Haus trieben.
Wer mit dem ersten Hahnenschrei aufsteht, muss mit den
Hühnern ins Bett gehen, sagte Mutter. Alte Bauernregel!
Ich erinnere mich dunkel, dass Mutter versucht hatte,
mich zu wecken, und ich im Halbschlaf mit einem zu-
stimmenden Schmatzen antwortete.

Am nächsten Morgen stand der Weizen auf meinem Feld nicht weniger hoch. Seine vergoldeten Ähren schwankten leicht im Wind, fernsehreif. Ich war sechzehn, kein Schüler mehr und noch kein vollwertiger Arbeiter, mein einziger Untergebener war der Schäferhund. Auf dem Traktorsitz fühlte ich mich genauso sicher wie auf einem Fahrradsattel. Mit drei saß ich auf dem Schoß meines Vaters und machte „Brumm-Brumm" wie ein echter Motor. Mit fünf kannte ich alle Getreidesorten und wusste, wann man sie erntet und wie man sie einbringt.

Das ist Bungerts Sohn, sagten die Leute anerkennend. Kaum dem Steckenpferd entwachsen, schon rüttelt er am Lenkrad. Der wird mal Traktorist!

Petuchow hatte mich in aller Herrgottsfrühe zum Feld bestellt, als vom Tau noch ein wenig Kühle ausging. Sein Mähdrescher stand verlassen da. Ich lief um die Maschine herum und rief seinen Namen, gerade so laut, dass eine naseweise Feldmaus wieder in ihrem Erdbau verschwand.

Die Kolchose hatte nicht genügend Traktoren, deshalb fuhr ich bei Petuchow als Praktikant mit. Der Meister hatte wohl verschlafen und würde bald schlecht gelaunt hier aufkreuzen.

Je höher die Sonne stieg, desto mehr füllte sich die aufgeheizte Luft mit dem Sirren und Summen von vielbeinigem Getier. Das Feld vor mir schien in alle Richtungen zu wachsen. Wo zum Henker blieb Petuchow? Ich wagte es nicht, mich zu entfernen, er könnte ja jeden Moment auftauchen. Ohne ihn durfte ich nicht anfangen. Es war sein Traktor, also blieb mir nur zu warten.

Die Mittagsglut wirkte zunehmend wie ein Schraub-
stock, der meine geistigen und körperlichen Regungen
lähmte. Mithin ließ ich bald lieber die Fliegen auf meinem Gesicht landen, als die Hand zu heben, um sie zu
verscheuchen. Allenfalls versuchte ich zu blinzeln oder
den Kopf wegzudrehen, was meine geflügelten Besucher
nicht im Geringsten störte.

Im Glauben, außer Petuchow würde sich niemand hierher verirren, machte ich es mir im Schatten der Maschine, verdeckt von Weizenhalmen, bequem. Alles
Pflichtgefühl fiel sogleich von mir ab. Ein Käfer kitzelte
auf seiner Wanderung meinen nackten Knöchel. Ich
wackelte mit dem Fuß, um ihn abzuschütteln, natürlich
vergeblich. Ach, dann soll er doch, dachte ich träge.

Es gab ja Wichtigeres.

Wenn ich sage, ich sei in jenem Sommer, mit sechzehn,
unsterblich in Nelli Schulz verliebt gewesen, wäre das
richtig, aber nicht die ganze Wahrheit.

Ich war fest entschlossen, Nelli Schulz zu heiraten.

Nelli war die Tochter des Vorsitzenden unserer Kolchose
und völlig ahnungslos, was meine Pläne anging. Das
wollte ich so schnell wie möglich ändern. Sie war drei
Jahre älter, was mich nur anspornte. Schon lange wurde
sie von meinen Blicken begleitet, wenn sie auf einem kol-
choseigenen Lkw durch das Dorf fuhr. Manchmal saß
sie auf dem Beifahrersitz und trug ein weißes Kopftuch
nach Art der Melkerinnen. Oder sie hütete hinten auf
der Ladefläche eine Fuhre Wassermelonen, einen Berg
Futtermais oder Jutesäcke mit Sonnenblumenkernen.

Von dort oben überstrahlte sie alle.

Sie lächelte Passanten an und versäumte es dabei nicht, die Produkte unserer Kolchose anzupreisen, so dass so gut wie jeder bereit war, ihr etwas abzukaufen. Einmal hatte sie mir eine Scheibe Wassermelone zur Verkostung gereicht, dazu musste sie sich tief herabbeugen und ich mich ihr auf Zehenspitzen entgegenstrecken, dann stand ich mit dem tropfenden Obststück in der Hand da, unfähig, mich zu bedanken, und sie hatte sich schon dem Nächsten zugewandt.

Nach längerem Nachdenken über das Geschehene war ich mit noch klebrigen Fingern zu folgendem Ergebnis gekommen: Nelli Schulz schenkte nicht jedem Melonenscheiben. Es musste eine tiefere Bedeutung haben.

Nelli war Melkerin. Eine der besten in der ganzen Kolchose. Als Gewinnerin eines Melkwettbewerbs war sie mit ihrer Vorzeigekuh kürzlich im *Neuen Leben* abgebildet gewesen. Die Bildunterschrift wie den Rest der Zeitung konnte ich nicht lesen, weil sie auf Deutsch gedruckt war, aber ich hatte den Artikel ausgeschnitten und unter meine Schreibtischunterlage geschoben, um Nelli nahe zu sein.

Das neueste Gerücht, Nellis Vater wolle seine Tochter im Auftrag der Partei zu einem Studium der Agrarwissenschaften delegieren, hatte mich in Unruhe versetzt. Wenn Nelli unser Dorf tatsächlich schon im Herbst verlassen würde, blieben mir nur noch wenige Wochen Zeit, um sie auf mich aufmerksam zu machen.

Der freche Käfer krabbelte weiter unter mein hochgekrempeltes Hosenbein. Um Nelli vor mir zu sehen, musste ich nur die Augen schließen und das Jucken ausblenden. Da war sie! Ich genoss es, meinen Blick Zentimeter für Zentimeter an der Traumgestalt hochwandern zu lassen, angefangen bei Nellis Füßen, die in weißen Riemchensandalen steckten, über die Knie, die bei jedem Schritt unter dem Rocksaum hervorschauten, bis zur Knopfleiste ihrer Sommerbluse, die in einen züchtigen Ausschnitt mündete ...

Ja, das war Nelli in voller Größe. Die Sonne hatte ihr Haar gebleicht und die Haut gebräunt. Eine blonde Strähne, herausgerutscht aus Nellis hochgebundenem Pferdeschwanz, schlängelte sich hinter dem Ohr entlang. Ach, einmal diese Locke um meinen Finger wickeln! Ich streckte im Geiste die Hand aus, aber da war natürlich nichts, wonach meine Finger hätten greifen können – außer dem Käfer, den ich endlich von meiner Wade in seine natürliche Umgebung beförderte.

Die Devise von der Planerfüllung nahm Petuchow nicht sonderlich ernst, vielmehr erwartete er meinen Einsatz unter seiner Anleitung. Dafür war seine persönliche Anwesenheit jedoch unverzichtbar.

Ich döste weiter. Fühlte mich dabei so sicher wie eine Feldmaus, solange kein Adler in Sicht ist. Und der Plan, der konnte mich mal ... äh, der konnte auch noch später erfüllt werden.

Mein künftiger Schwiegervater war ein bedeutender Mann. Vorsitzender einer ertragreichen Kolchose! Held der Sowjetunion! Ehrennadel- und Parteibuchbesitzer! Auf du und du mit allen wichtigen Leuten des ganzen Rayons. Seine Kühlschränke – er hatte zwei, einen im Haupthaus, einen in der Sommerküche – waren vollgestopft mit frischem, gepökeltem, geräuchertem

Schweine- und Rindfleisch und gerupften Hähnchen. In seiner Badewanne schwammen ellenlange gemästete Karpfen aus den Kolchose-Teichen umher, bevor sie in der Pfanne des Hausherrn landeten. Im Saft von Wassermelonen hätte Nelli baden können, mit Kartoffeln und Mais den Balchaschsee trockenlegen.

Wenn ich eins wusste, dann dies: Weder mit einer Spritztour auf dem Traktor noch mit einer Fuhre Heu für ihre Kaninchen würde ich *ein Mädchen wie Nelli* beeindrucken können! *Arnold, du wirst dir was anderes einfallen lassen müssen.* Ich ging meine Möglichkeiten durch. Nellis Namen ins Feld mähen, ohne von Petuchow erwischt zu werden? Weit und breit wuchs hier kein Baum, auf den ich sie hätte locken können, damit sie mein Signal von oben erkannte.

Die Zeit rannte mir davon ohne einen Plan, wie ich meine Vorstellungen verwirklichen sollte: mit Nelli Kinder bekommen, ein Haus bauen, Traktor fahren, mit dem Schwiegervater Flussbarsche angeln gehen. Was konnte es Besseres im Leben geben? Nichts, erwiderte ich mir selbst.

Meiner Mutter würde Nelli gefallen. Der alte Schulz besaß zwar ein Parteibuch, seine Frau aber sang heimlich im Chor der *lutheranischen* Kirche, wo auch meine Mutter hinging. Die *lutheranische* Kirche war kein Prunkbau in der Dorfmitte, so gesehen nicht mal ein bescheidenes Gotteshaus, sondern die Scheune vom alten Balzer – Pfarrbüro, Gemeindetreffpunkt und Predigtkanzel in einem. Seit meiner Taufe war ich dort nicht mehr gewesen; mein Freund Kim sagte, im Vorbeigehen könne man durch das Fenster Lieder in einer fremden Sprache hören.

Diese Sprache hatte etwas mit mir zu tun, so viel wusste ich, aber mehr noch gehörte sie zu den alten, sangesfreudigen Leuten, die sich regelmäßig bei Gottlieb Balzer trafen. Niemand hielt mich an, Vokabeln zu lernen, um *Wer nur den lieben Gott lässt walten* im Original mitzusingen. Manches Wort hatte ich im Praxistest aufgeschnappt, in der Schule des Lebens, wenn die Großmutter mich nach *Grombiera* in den Keller schickte und mich *dabbich* nannte, wenn mir etwas aus der Schüssel fiel, ja, da ahnte ich, dass das kein Lob war. Mein Verstehen hatte weniger mit Wissen zu tun, sondern mit Nachspüren. Irgendein Programm in meinem Kopf versuchte ganz ohne mein Zutun, aus dem Kontext, der Tonlage und dem Klang der fremdländischen Sätze ihre mögliche Bedeutung herauszufiltern. Die kleinste bekannte Silbe konnte sich als hilfreich erweisen, um auf das große Ganze zu schließen. Allerdings fehlte mir häufig die letzte Gewissheit, ob ich mit dieser Methode richtiglag.

Mutter hoffte, irgendwann würden die Spenden der Gemeindemitglieder, sprich der Lutheraner, reichen, um eine richtige Kirche zu bauen, mit Gesangsbüchern und Bibeln in Luthers Sprache für alle. Bis dahin nahm sie ihre größten selbstgezogenen Auberginen und Zucchini zum Erntedankfest mit in die Scheune. Immerhin war der Giebel mit einem einfachen Holzkreuz geschmückt, und singen konnte man dort so gut wie anderswo.

Zum Leidwesen der Mutter verweigerte ich mich dem gemeinschaftlichen Singen, beherrschte auf der Gitarre nur ein paar Akkorde, hielt mich jedoch im Tanzen für ein Naturtalent, seit ich meine ältere Schwester Magdalena dabei erwischt hatte, wie sie mit einer alten, zusammengerollten Decke vor dem Spiegel Walzerschritte übte. Ein Scheuerbesen sorgte dafür, dass die Decke nicht zur Seite kippte. Magdalena hatte ihr ein Ausgehkleid übergezogen und den *Kopf* mit Seidenschals umwickelt, die Mutter für besondere Anlässe hütete und die Magdalena nicht anzufassen hatte – das wusste sogar ich. Meine Schwester hielt einen schlaffen Ärmel in der rechten Hand, sang im Takt der Schritte *eins-zwei-drei-vier-fünf-sechs* dazu und ließ sich nicht davon beirren, dass ihre Füße gegen den Scheuerbesen stießen.

„Leg das Ding da weg", sagte ich großspurig, „ich zeig dir, wie's geht."

Ich reichte meiner Schwester damals gerade bis zur Schulter, dem zugeschnürten Wollvlies fühlte ich mich aber allemal überlegen.

„Wir üben für Magdalenas Abschlussball", sagte ich zu unserer verdutzten Mutter. „Eins-zwei-drei-eins-zwei-drei. Seht ihr, so einfach geht Walzer!"

Mutter war so angetan von unserer harmonischen Freizeitgestaltung, dass sie kein Wort über die Seidenschals verlor.

Sie kamen in einer Staubwolke. Ich wusste sofort, das konnte nicht Petuchow sein.

Ich hörte, wie das Fahrzeug bremste. Eilends hob ich den zuvor zu diesem Zweck – also des Ertapptwerdens – bereitgelegten, öldurchtränkten Lappen auf und begann, meinen – also Petuchows – Traktor zu polieren. Mitten in der Bewegung, den Wischlappen noch malerisch auf dem Schutzblech drapiert, drehte ich mich um, als sei ich soeben durch Störenfriede aus einer hochwichtigen Tätigkeit gerissen worden.

Zwei Fremde bahnten sich den Weg durch den Weizen, ein Herr mit Notizblock, eine Frau mit Brille, Hochsteckfrisur, am Haaransatz umrandet von einem Schweißperlenkranz, und einer gefalteten Zeitung in der Hand, die sie als Fächer benutzte. An der Erscheinung der beiden erkannte ich augenblicklich, dass sie aus der Stadt kamen und vom Kühemelken oder Pferdeaufzäumen keinen Schimmer hatten. Pferde grasten, seit ich denken kann, unweit meines Fensters, ich konnte ihnen geradewegs auf das Heu mampfende Maul – oder die edle Rückseite – schauen. Als kleiner Junge träumte ich davon, ein Dschigit zu sein, einer der verwegenen Reiter, die seit der Wiege eins sind mit ihrem Pferd, wie es sich für Steppenbewohner gehört. Doch war aus mir bis heute kein Dschigit geworden, sondern nur ein Jungtraktorist. Wäre ich ein Dschigit, würde Nelli sich hinter mir aufs Pferd schwingen und mich dabei fest umklammern ...

Die Erkenntnis, dass die Ankömmlinge Stadtmenschen waren, dämpfte meinen natürlichen Respekt vor Autoritäten ein wenig.

„He Junge! Ja, *du* da!"

Der ölige Lappen stand mir zweifellos gut zu Gesicht. Ich hatte darauf geachtet, dass meine Hände und die Arbeitskleidung nicht frei von Schmutzflecken waren. Im Grunde konnte mir nichts passieren. Sollten sie auf der Suche nach dem Tunichtgut Petuchow sein, ließe sich ebenfalls schwerlich etwas finden, das man hätte *mir* vorwerfen können, war ich doch in jeder Hinsicht unschuldig ...

„Bist du der Bungert Arnold?"

Nun hielt ich wachsam inne. Sie kannten meinen Namen! Aber woher?

„Ja, der bin ich. Keine Sorge, der Motor läuft gleich wieder. Überhitzt, braucht nur 'ne kurze Pause."

Mein Traktor schien sie jedoch nicht zu interessieren.

„Genosse Schulz hat uns gesagt, dass wir dich hier finden."

Nellis Vater schickte jemanden zu mir? Ausgerechnet heute? Leute aus der Stadt? Ich kannte Städte damals nur aus Büchern, was ich aber vor denen da niemals zugegeben hätte. Meine Verwirrung mündete in ein vorsichtiges Nicken.

„Wir suchen junge Leute mit Interesse für darstellendes Spiel."

Ich musste recht blöd dreingeschaut haben, sogar nach dem Traktor habe ich mich umgedreht, als könne ausgerechnet der etwas Erhellendes zum Gespräch beitragen, oder als stünde jemand hinter mir, den diese Verirrten eigentlich meinten.

„Theater", sagte die Frau, als erkläre sich damit alles.

„Theater gibt's hier nicht", sagte ich, froh, den Fremden endlich eine Auskunft geben zu können. Da hatten sie sich aber ganz schön verfahren!

„Das kommt noch. Vorerst suchen wir aufgeweckte Mädchen und Jungen für den Schauspielerberuf. Genosse Schulz hat gesagt, fragt den Bungert Arnold, der ist grade auf dem Feld. Deshalb sind wir hier."

Ich war mir nun sicher, dass es ihnen nicht um meine eigenmächtig ausgedehnte Mittagspause und die Weizenernte ging. Zwar redeten sie nach meinem Empfinden Unsinn, aber ich wollte vor diesen Städtern keinesfalls ungebildet erscheinen und den Eindruck, meine Kolchose sei womöglich kulturelles Brachland, unbedingt vermeiden. Schließlich hatten wir Gewächshäuser, Getreidesilos, Karpfenteiche, Kürbis- und Sonnenblumenfelder, Rinder, Pferde und Hühner. Wenn *das* den Zugereisten nicht genug war und ihnen noch ein *Theater* fehlte, dann würde Nellis Vater eins hinstellen, auch mitten in die Steppe!

„Da muss ich erst meine Eltern fragen", sagte ich, stolz auf meine Schlagfertigkeit. Meine Freunde Kim, der junge Balzer und Ponomarenko hätten vor Leuten aus der Stadt gewiss keine Silbe herausgebracht, obwohl sie sonst ihr Maul nicht weit genug aufreißen konnten.

„Das ist ein guter Vorschlag, Arnold! Lass uns zu dir nach Hause fahren und mit deinen Eltern reden. Dauert nicht lange, keine Sorge."

Statt die Fremden los zu sein, saß ich plötzlich in ihrem Auto, vielmehr in einem Moskwitsch aus dem Kolchose-Fuhrpark, am Steuer Schulzens Fahrer. Sie sagten, ich müsse mir wegen Petuchow keine Sorgen machen; Genosse Schulz hätte ihnen persönlich die Erlaubnis gegeben, mich mitzunehmen. Ich hatte es offenbar mit *wichtigen* Leuten zu tun!

Zu Hause ging ich voraus in die Küche, um meine Mutter vorzuwarnen. Mein Vater war natürlich abwesend, aber das musste ich ja nicht gleich jedem Dahergelaufenen erzählen, zumal sich manche Dinge ohne ihn besser regeln ließen.

Meine Mutter trug eine Schürze, weil sie gerade mit Marmelade-Einkochen beschäftigt war, rote Spritzer besprenkelten ihre Unterarme, die Schürze, und beim Zurückstreifen einer Haarsträhne hatte sie einen Marmeladentropfen auf ihrer Wange unbemerkt zu einer Blutspur bis zum linken Ohrläppchen verschmiert.

Noch bevor ich etwas sagen konnte, hatte Mutter die Lage schon auf ihre Art gedeutet: Sohn von Amtsträgern aus der Stadt vom Feld weggeholt und nach Hause gebracht = der Junge hat was ausgefressen, aber gewaltig!

Sie bat die Gäste ins Wohnzimmer, legte die Schürze ab, drohte mir mit dem Blick, es würde gleich was setzen, sobald sie erfahren hätte, welches Vergehen mir zur Last gelegt wird. Ich konnte ob meiner eigenen Unkenntnis nur mit den Schultern zucken, was mir aber nicht weiterhalf. „Du bleibst draußen, Arnold!", beschied Mutter.

„Nur fünf Minuten", sagte die fremde Frau an mich gewandt, aber da hatte Mutter bereits die Tür vor meiner Nase zugeschlagen.

Violetta Kraushaar

Permanent Geräusche.

Die Stuhlbeine schnarrten über den Dielenboden, als Mutter den Stuhl vom Tisch rückte.

Der Teekesseldeckel schepperte beim Abnehmen.

Das Wasser aus dem Wasserhahn rann sprudelnd in den Teekessel.

Das Gas unter dem Kochfeld fing zischend Feuer.

Dann: Kurze, trügerische Ruhe, bis der entweichende Dampf durchdringend zu pfeifen begann.

Doch damit nahm es immer noch kein Ende (wie man vielleicht hätte hoffen können).

Während Mutter darauf wartete, dass der Tee ein wenig abkühlte, blätterte sie die Wochenzeitung durch.

Das Zeitungspapier raschelte, ein herannahendes und wieder abfallendes Grollen wie bei Meeresbrandung.

Mutter gestattete sich häufiger Pausen als früher. Solange sie über den Diktaten der 4b gebeugt saß und mit dem Entziffern von Schülerhandschriften beschäftigt war (keine leichte Aufgabe ohne Lesebrille), hörte ich nur ab und an ihr leichtes Seufzen.

„Mama! Das stört!"

„Was denn?"

„Alles! Du bist zu laut!"

Ich hatte sie bereits zweimal daran erinnert, dass ich eine Hausarbeit über russische Literatur des 19. Jahrhunderts fertigzustellen hatte. Ein weites Feld, gewiss, da braucht es höchste Konzentration – sollte ihr als Lehrerin nicht fremd sein.

In Wahrheit las ich Jane Austen.

Das kam so: Seit *Stolz und Vorurteil* in russischer Übersetzung erschienen war, bestanden lange Wartelisten für die Buchausleihe. „Verrückt, wie viele bei uns plötzlich Anglistik studieren", grummelte die Bibliothekarin jedes Mal, wenn das Buch in andere Hände überging.

„Sie kenne ich doch!", sagte die Bibliothekarin zu mir. „Sind Sie nicht mit Tolstoi beschäftigt? Die zwölfbändige Gesamtausgabe vom letzten Freitag? Etwa schon ausgelesen?"

„Nein, aber ich stehe auf der Liste."

„Können Sie ein wissenschaftliches Interesse vorweisen?"

„Natürlich. Ich habe vor, Austen mit Tolstoi zu vergleichen."

„Auf was für einen Unsinn die jungen Leute heutzutage kommen", schnaubte die Bibliothekarin. „Verkürzte Leihfrist", beschied sie, „warten noch genügend andere drauf!"

Ich presste das abgenutzte Büchlein an mich, als könnte sie es mir wieder entreißen. Nun lag es vor mir und wollte gelesen werden: Jane Austen, Besucherin auf einen Sprung. Tolstoi dagegen würde mir nicht weglaufen, schon allein des Gewichts wegen (besagte zwölf Bände!). Ich hatte mich gerade in die Lektüre des zweiundvierzigsten Kapitels vertieft. Mein Arbeitsplatz befand sich in der Küche, weil diese Seite des Hauses nachmittags im Schatten lag. Doch mit Rücksichtnahme auf Studierende war hier nicht zu rechnen.

„Glaubst du es, Violetta, die Kinder schreiben immer schlechter. Mal klein, mal groß und nie auf Linie. Die Zeilen verschwimmen mir vor den Augen."

„Bist du mit den Diktaten nicht fertig geworden, Mama?"

„Nein, wie du siehst."

„Und jetzt?"

„Ich lese ein bisschen Zeitung, wenn es dich nicht stört. Gedruckte Buchstaben sind eine Wohltat, einer wie der andere und alle schön gerade."

Ganz kurz verspürte ich den Wunsch, meine Sachen zusammenzupacken – alle Tolstoi-Bände, die Hefte, Stifte, Lesezeichen und natürlich Jane Austen – und mich demonstrativ in die von der Sonne aufgeheizte Veranda zu setzen. Dort wäre es zwar leise (bis auf das Summen der Fliegen), vermutlich bekäme ich aber vor Hitze keinen klaren Gedanken aufs Papier, das wäre jedoch nicht meine Schuld.

Dann sah ich, wie Mutter sich die Schläfen rieb, als kündigte sich ein Migräneanfall an. Wenn sie Migräne bekam, wurde es im Haus ganz still. Seit Jahren trug sie ihr Haar auf dieselbe Art nach hinten gekämmt, nur war es früher voll und glänzend gewesen und jetzt auffällig dünn und farblos geworden. Ich grübelte, wann das passiert sein konnte, denn ich hielt sie für unsterblich.

„Wie kannst du nur solange in dieser Stellung verharren, Violetta? Ich hätte längst verspannte Schultern und Rückenschmerzen!"

Es gelang mir, Mutters orthopädische Ratschläge kurzfristig auszublenden. Elizabeth Bennet hatte sich soeben im Glauben, Mr. Darcy sei nicht da, überreden lassen, seinen Wohnsitz zu besichtigen, der nach allgemeiner Ansicht von schönster Natur umgeben war. *Also, auf nach Pemberley!*, lautete der Entschluss.

Eine halbe Meile lang stieg der Weg allmählich an, bis sie sich auf dem Gipfel einer beträchtlichen Erhebung befanden, wo der Wald aufhörte und das Auge sofort vom Anblick des Herrensitzes Pemberley gefesselt wurde.

Bei der Einfahrt auf das Grundstück rankten sich um den eisernen Torbogen zartgelbe Kletterrosen, deren Duft mir ganz schwach in die Nase stieg (in meiner Vorstellung gehörten zartgelbe Kletterrosen und englische Landhäuser untrennbar zusammen). Ich hätte mein Gesicht bis über die Ohren in den Blüten versenken müssen, um ihn stärker auszukosten. Eigentlich war ich nicht wirklich anwesend, hier, in der Küche eines weißgekalkten Lehmziegelhauses in der kasachischen Steppe. Ich spürte mit den Händen gerade der Wärme nach, die an einem Sommerabend von den sonnengesättigten Steinmauern eines englischen Herrenhauses ausging.

Das Haus war ein großer, schöner Steinbau. Es stand fest und stattlich auf ansteigendem Gelände vor einem hohen, waldigen Bergrücken.

Als der verreist geglaubte Gutsbesitzer plötzlich erschien, schoss mir wie Elizabeth das Blut in die Wangen. Unerhört, dieser Mr. Darcy hielt sich nicht an seinen eigenen Terminkalender!

Sie standen zwanzig Meter voneinander entfernt, und er war so unvermittelt aufgetaucht, dass es unmöglich war, so zu tun, als habe man ihn nicht gesehen.

„Schau mal, was in der Zeitung steht", sagte Mutter. Sie bezog das *Neue Leben* gebraucht von unserer betagten Nachbarin Lydia Frick, die als ehemalige Angestellte der Post ein Abo behalten hatte. Entweder wurde die ausgelesene Ausgabe über den Zaun gereicht oder sie lag gefaltet vor unserer Haustür.

Wenn ich die Zeitung gelegentlich für Mutter mitnahm, fielen mir deutschsprachige Artikelüberschriften auf, die ich nicht verstand. Sie werden sich nicht viel von den Rubriken anderer Zeitungen unterschieden haben, die im Lesesaal der Bibliothek auslagen. *Aus aller Welt, Die Weisungen der Partei in die Tat umsetzen, Unsere Vorbilder, Wir geben Rat, Leserbriefe.* Einen tieferen Blick hatte ich noch nie hineingeworfen. Auch wenn Mutter keine Zeit zur Lektüre gefunden hatte, wurde die Zeitung nicht weggeworfen, sondern fand ihre Zweitverwertung in gleichmäßige Vierecke zerschnitten dort, wo man in der Regel nicht zum Lesen hinging (und wo sogar Generalsekretäre nicht anders als gekrönte Häupter ohne Entourage zu bleiben beliebten).

„Schau mal, was in der Zeitung steht", sagte also Mutter. Nicht willens, mich von Elizabeths und Mr. Darcys Stelldichein für einen läppischen Artikel im *Neuen Leben* zu lösen, fuhr ich die letzten Sätze mit dem Finger entlang, wohlwissend, dass mir nur ein kurzer Aufschub gewährt sein würde.

Schließlich schien ihm der Gesprächsstoff völlig auszugehen, und nachdem er kurze Zeit dagestanden hatte, ohne ein Wort zu sagen, besann er sich plötzlich und verabschiedete sich.

„Violetta?"

„Was steht denn da?", fragte ich, ohne aufzuschauen.

„Hier steht: Theaterhochschule sucht talentierte Personen zum Vorsprechen."

„Interessant …"

„Für ein deutsches Schauspielerstudio. Was sagst du dazu?"

„Äh … Weiß nicht."

„Hast du mir überhaupt zugehört?"

„Jaaa, hab's gehört. Nichts für mich, Mama. Was soll ich denn mit Theater, ich bin doch schon in Literatur eingeschrieben."

Dabei hatten mir die Eltern immer gepredigt, nimm Naturwissenschaften! Eins plus eins ist immer zwei, egal, wo im Universum. „Wisst ihr's denn so genau?", hatte ich zurückgefragt.

Mutter kam mit der Zeitung herüber und blieb vor mir stehen, aufgeladen mit etwas Bedeutungsvollem, das sie größer wirken ließ als ihre hundertsechzig Zentimeter.

„Aber du könntest es wenigstens *versuchen*! Überleg doch mal – *Schauspielerin*! Für so eine Chance würden viele *alles* geben. Da reicht Talent allein nicht aus. Ganz zu schweigen davon, dass unsereiner nicht so einfach auf eine Schauspielschule kommt … An die berühmte Lew Gawrilow Theaterakademie noch dazu! Zum Studieren nach Moskau! Ein Traum!"

Ich schwieg, ein wenig überrumpelt. Offenbar war der Artikel gut gegen Migräneattacken.

„Und wegen Literatur mach dir mal keine Gedanken. Nach einem Jahr kannst du wechseln, ohne viel zu verlieren. Deine Hausarbeiten wird sowieso niemand lesen, auf der Bühne werden dir aber Tausende zuhören! Dort kannst du was bewegen!"

„*Was* bewegen?"

„Unsere Sache! Das, was uns beschäftigt, in die Öffentlichkeit tragen. Aus dem Schweigen hinaus aufs Tablett der Mächtigen legen."

„Mama, du redest wie ... eine Revolutionärin."

„Ach was. Die Zeiten ändern sich. Wenn sie uns jetzt sogar ein eigenes Theater geben ... dann dürft ihr Jungen auch mal was sagen auf der Bühne!"

Als halbwüchsiges Mädchen hatte ich Autogrammkarten von berühmten Filmschauspielern gesammelt. An den Zeitungskiosken waren sie für Normalsterbliche sofort vergriffen. Ich hatte das Glück, dass Lydia Frick in ihrer aktiven Zeit bei der Post meine Bestellungen aufnahm; welch ein Freudentag, wenn sie mir eine druckfrische Ausgabe der Zeitschrift *Sowjetisches Kino* mitbrachte! Damals hatte ich mit Schulfreundinnen einen regen Kartentauschhandel betrieben und viel Zeit, Energie und jugendliche Begeisterung in die Sache gesteckt. Die Sammlung lag seit einigen Jahren – erst vernachlässigt, dann vergessen / nie wieder angeschaut – in einer Schublade in meinem Kinderzimmer, zusammen mit gewissenhaft geführten Inventarlisten, sortiert nach Namen, Datum des Erwerbs oder des Tauschs samt Vermerk wen gegen wen und bei wem, etwa: *Oleg Tabakow am 17. Mai 1969 getauscht gegen Andrej Mironow, bei Sweta.* Wir hatten die Schauspieler angehimmelt, aber keiner von uns wäre es in den Sinn gekommen, ihnen nachzueifern. Die Mädchen in meiner

Klasse wollten Schneiderin oder Polizeikommissarin werden.

„Was wir brauchen, sind Interessenvertreter, die von oben ernst genommen werden. Ihr könntet welche werden: Stimmen mit Gewicht."

„Jetzt übertreib mal nicht, Mama. Was soll das denn überhaupt sein: Ein deutsches Theater?"

„Na, ein Theater in deutscher Sprache! Für uns. Wo solche wie wir spielen und im Publikum sitzen."

„Wozu brauchen wir das? Wir können doch gar kein Deutsch."

„Wir können kein Deutsch? Dann wird es Zeit! Schon viel zu lange wird davon geredet, jetzt wird sich weisen, ob den Worten Taten folgen. Sie nennen das *Maßnahmen zur Kulturförderung nationaler Minderheiten*. Ein winzig kleines Appetithäppchen für uns Fußvolk hier unten und eine einmalige Gelegenheit für dich! Wenn ich nochmal jung wäre …"

„Du meinst wirklich, *Schauspielerin*?", sagte ich zweifelnd. „Ich?"

„Aber ja doch!"

„Was muss ich dafür tun?"

„So schwer ist das nicht. Sing' ihnen etwas vor, tanz' eine Hopsapolka, rezitier' ein Gedicht! Dir wird schon was einfallen. Das Jahr Literaturstudium wird nicht vergebens sein, mit Dramen, Dialogen und Textinterpretationen bist du vertraut. Das ist dein Kapital. Außerdem hast du eine gute Singstimme und nimmst seit Jahren Akkordeonunterricht. Beste Voraussetzungen also!"

Ich nahm die Zeitung. Las den Anzeigentext langsam, Silbe für Silbe, denn ich war die Wörter nicht gewohnt.

Eine putzige Sprache, dieses Deutsch, und mir so fremd. Ich käme mir wie eine Schwindlerin vor, wenn ich vor einer Prüfungskommission behaupten müsste, dass das *meine* Sprache sei, nur weil ich Kraushaar heiße und nicht Iwanowa. Wie oft habe ich meinen Namen buchstabieren müssen, weil er für sowjetische Ohren zu exotisch klang, und Erklärungen abgegeben, dass er unbekannten Ursprungs sei, um die Wahrheit zu verschleiern, weil die Wahrheit am Ende noch mehr Scherereien machte?

Und nun sollte ausgerechnet *mein* Name, den ich am liebsten verschwieg, mir das Tor zur Bühnenwelt öffnen, wo ich Schlossherrin oder Leibeigene, eine liebende, rächende, trauernde Heroine sein, in fremde Leben, andere Kleider, ferne Epochen schlüpfen könnte. Sollte genau dieser Name mir ein Leben als *Privilegierte* ermöglichen. Das hörte sich in der Tat nach einem Roman an ...

„Da kann wirklich jeder kommen? Jeder, der denkt, er könne Schauspieler werden, nur, weil er zufällig einen deutschen Namen trägt?"

„Vielleicht nicht jeder, aber du bestimmt!"

Albina Kraushaar schnitt die Anzeige aus der Zeitung aus, unterstrich mit Kugelschreiber und Lineal Zeit und Ort des Vorsprechens (ich könnte diese wichtigen Angaben sonst übersehen) und hielt mir den Zettel hin.

„Greif zu!", forderte sie mich auf, als meine Hand sich nicht sofort rührte. „Ein Glück, dass die Aufnahmeprüfungen bei uns in Karaganda stattfinden. Kein weiter Weg und Heimvorteil für dich."

Sie wedelte mit dem Papierzipfel in ihrer Hand. Er spielte Wegweiser und war dabei leicht zu zerreißen; eine flatternde Richtschnur, bedruckt mit Zeilen aus Druckerschwärze.

„Warum zögerst du, Violetta? Hier wartet ein neues Leben auf dich: Bühnen, Applaus, Tourneen!"

„Mama, jetzt übertreib nicht so maßlos! Ich falle bestimmt durch. Ich kann doch kein Wort Deutsch."

„Warte… Erinnerst du dich an…", sie holte Luft, um etwas holprig fortzufahren: *„Nun ruhen alle Wälder, Vieh, Menschen, Städt' und Felder, es schläft die ganze Welt…"*

„Ein Schlaflied, zuletzt gehört vor tausend Jahren", sagte ich. „Meinst du wirklich, das reicht für eine Aufnahmeprüfung an einer Schauspielschule?"

„Warum denn nicht? Die anderen können es auch nicht besser."

Sollte Mutter mir diesen Wiegenreim tatsächlich einst vorgesungen haben, muss ich sehr klein gewesen sein, denn er lag gänzlich verschüttet unter den vielen Jahren der Vorherrschaft einer anderen Sprache (der russischen) und war gegenwärtig nur noch in Bruchstücken zu bergen.

Mutter schaute mich dennoch siegesgewiss an.

„Du kannst es schaffen, wenn du es willst!"

Ich dachte an die gut bestückten Bücherregale im Wohnzimmer, an die russischen Klassiker und die Übersetzungen der Weltliteratur; daran, wie der Einband von Remarques *Drei Kameraden* mir zuletzt fast unter den Fingern zerbröselt wäre, so oft, wie ich das Buch schon auf Russisch gelesen hatte. Dagegen die Werke von Schiller und Goethe im Original – waren sie vor mir versteckt gehalten worden? Ich hatte nirgends welche gesehen. Die Eltern wollten doch immer nur unser Bestes. Wozu die Kinder die verhasste Sprache des Feindes lehren und sie dadurch nur unnötiger Unbill aussetzen ...

Und nun war kein Fundament da, nur brachliegender Acker, wohin ich auch blickte.

„Wir sollten immer leise sein, und jetzt willst du, dass wir die Stimme erheben?"

„Vielleicht ist die Zeit reif, um gehört zu werden? Einer muss doch anfangen."

Ich schob die Hausarbeit beiseite, die ich als Alibi über Jane Austen platziert hatte. Auf dem Papier befand sich noch kein vollständiger Satz über das Familienbild bei Tolstoi, nicht einmal eine Überschrift.

Mutter war in den Garten gegangen, die Tomaten wässern; ich hatte ja eine Ausrede (Tolstoi lesen, nicht zum Vergnügen). Zu meiner rechten Hand lag griffbereit die Fliegenklatsche, von gegenüber ertönte das Ticken der Uhr, das zu jeder halben und vollen Stunde von Gongschlägen bekräftigt wurde. Mein Unmut über die Geräusche war verflogen. Den Faden längst verloren, hatte ich die Vorahnung, dass ich ihn heute nicht mehr wiederfinden würde.

Vom leeren Blatt ging ein leiser Vorwurf aus, den ich mit der Anzeige (einem Schnipsel *Neues Leben*) überdeckte.

So, Ruhe jetzt.

Während ich unschlüssig dasaß, bot sich mir ein neuer Faden dar, ganz dünn noch, nicht reißfest, und doch verlockend. Wenn ich ihn ergriffe, führte er mich womöglich weg von einem Dozentenpult, das staubig war und knarzte, sobald sich einer drauflehnte, weg von der kleinen Arbeitsecke in einem Lehrerzimmer, das mit Kollegen zu teilen ist – hin zu den Bühnen großer Städte… Moskau, Leningrad, Alma-Ata… Vielleicht sogar ins Ausland… Berlin, Sofia, Warschau…

Ich wollte wissen, wie ein Theater riecht, wie es klingt, wie es einen aufnimmt, wenn man kein Gast ist (der abends für zwei Stunden in eine andere Welt eintaucht).

Vorsprechen kommt von Sprache. Mit Deutsch, gestand ich mir ein, hatte ich mich weniger beschäftigt als mit der Eroberung des Südpols. Nie in meinem bisherigen Leben hatte ich diese Unkenntnis als Nachteil empfunden, weil es nie einen Anlass gegeben hatte, darüber auch nur nachzudenken.

Jetzt dachte ich nach.

Darüber, wie viel ich von diesem *Deutsch* brauchte, um Schauspielerin an einem deutschen Theater zu werden.

Arnold Bungert

Fünf Minuten waren nach meinem Zeitgefühl längst vorbei. Aus Langeweile spielte ich eine Runde Hindernislauf mit zwei Kartoffelkäfern auf dem Fenstersims, bevor ich sie in einem Schraubglas einfing.

Als die Gäste wieder herauskamen, wirkte Mutter irgendwie aufgedreht, allerdings nicht auf die Art, als hätte ich etwas zu befürchten. Eher im Gegenteil.

„Arnold", säuselte sie, „du musst morgen nicht arbeiten! Und übermorgen auch nicht!"

Die beiden Fremden nickten zustimmend, während ich mich fragte, was hier gespielt wurde. Zwei Tage frei? Mitten in der Erntezeit? Was musste ich dafür tun? Ich bin ein vorsichtiger Charakter. Bevor du einmal schneidest, nimm siebenmal Maß, lautete das Lieblingssprichwort meiner Großmutter.

„Du bist vom Ernteeinsatz befreit. Schulz hat es schon genehmigt."

Der Herr kritzelte etwas in seinen Notizblock.

„Weil du dich morgen auf das Vorsprechen vorbereitest!"

Ich wusste nicht, was vorsprechen heißt. „Vorgesprochen" hat Mutter auf Behörden, wenn sie ein Anliegen hatte, welches den Gang zu Behörden erforderlich machte. Sie ging niemals gern und freiwillig hin.

Ich hatte kein Anliegen. Ich konnte mir demnach ein Vorsprechen sparen. Meiner Mutter schien jedoch sehr viel daran zu liegen. Sie verabschiedete die Gäste außerordentlich höflich, als hätten sich diese als Staatsbesuch zu erkennen gegeben, lief plötzlich kopflos in die Küche und kehrte mit zwei noch warmen Marmeladengläsern zurück.

„Bitte, probieren Sie von unseren Himbeeren!"

Die fremde Dame legte mir beim Hinausgehen kurz eine Hand auf die Schulter und sagte gütig wie einst meine Großmutter bei bester Laune: „Dann sehen wir uns ja bald, Arnold! Und wenn dir nichts einfällt, spiel einfach einen Hund!"

Noch bevor sie mir vollends den Rücken zukehrte, kam ich ins Grübeln. Hatte sie *spiel einen Hund* gesagt? Oder spiel *mit* einem Hund? Beides ergab keinen Sinn, und welchen Hund meinte sie überhaupt? Unseren Schäferhundmischling unbekannter Abstammung hatte sie gar nicht zu Gesicht bekommen, weil er Fremde boykottierte und sich nur von einem Knochen bestechen ließ. Ohne zu einem Ergebnis zu kommen, begann ich mich darauf zu freuen, am nächsten Tag ausschlafen zu dürfen. Unverhoffter Urlaub! Wenn das Vorsprechen damit einherging, sollte es mir nur recht sein, da ich nicht annahm, es würde allzu viel von meiner Freizeit rauben. Doch kaum waren die Fremden aus dem Haus, sagte Mutter, wir müssten sofort Frieda aufsuchen, unsere Bibliothekarin. Während sie ihre Hausschlappen gegen Sandalen eintauschte, erzählte sie etwas von einem Aufnahmetest für die Schauspielschule, auf den ich mich dringend vorbereiten müsse, redete von Prosa, Fabel und Etüde, den drei Bestandteilen des Vorsprechens, welche bis morgen beherrscht werden müssten; wobei das letztgenannte Stück, die Etüde, in meiner *Muttersprache*, nämlich *auf Deutsch*, vorzutragen sei.

„Äh, Moment mal: Was heißt denn bitte *auf Deutsch?*",
sagte ich.

„Sie suchen junge Talente für ein Deutsches Theater,
und deshalb sollen die Bewerber Deutsch können. Ich
habe gesagt, du kannst es."

„Mama, du weißt, ich kann es nicht, und ich gehe da
nicht hin!"

„Tust du doch."

Ich fühlte mich reingelegt. Niemand hatte mich vorgewarnt. *Grombiera* und *dabbich*, damit war mein *mut-
tersprachlicher* Wortschatz erschöpft. Zu wenig für die
Bühne, aber genug, um sich lächerlich zu machen; und
wenn Mutter und Frieda beide vor mir auf die Knie fielen, mich stimmte nichts mehr um. Ich war mit mir im
Reinen und wäre an dieser Stelle umgekehrt, hätten wir
das Haus bereits verlassen.

Hatten wir aber nicht.

Mutter baute dramaturgisch gekonnt eine Pause ein
und nahm erneut Anlauf.

„Aber Arnold, du hast doch so gerne den gestiefelten
Kater in der Neujahrsaufführung gespielt. Erinnerst du
dich an das Gedicht vom Jäger und dem Kaninchen?
Du konntest es so gut auf Deutsch aufsagen! Piff-paff,
eins-zwei-drei!"

„Mama, da ging es nicht um ein Kaninchen, sondern
um einen Hirsch, und es hieß: Husch husch! piff, paff!
trara!"

„Siehst du, du hast es nicht vergessen! Jäger und Hirsch,
das wäre doch passend!"

„Mama, da war ich sieben. Und außer dieser einen
Zeile weiß ich nichts mehr."

„Egal! Wir brauchen das Buch, vielleicht hat Frieda es noch!", rief Mutter und schob mich durch die Haustür.

Frieda trafen wir im Garten bei ihren Tomaten an. Ohne lange Vorrede machte Mutter unserer Bibliothekarin ihren Begehr begreiflich, sie hielt sich nicht mit Höflichkeitsfloskeln auf, hatte keinen Blick für Friedas Ernteerfolge und die Sortenvielfalt im Gemüsebeet, alles sprudelte nur so aus ihr heraus: Arnold, Aufnahmetest, Theaterschule, Prosa, Fabel und Etüde – sofort!

Die Bibliothekarin sah die Dringlichkeit ohne Widerrede ein, schloss für uns die Gemeindebücherei auf, die eigentlich nur einen Nachmittag in der Woche geöffnet hatte, um das Gewünschte herauszusuchen.

„Ach, der weiße Hirsch! Da war doch was. Warte mal, Arnold."

Frieda sammelte sich, holte tief Luft, deklamierte:

„Es gingen drei Jäger wohl auf die Pirsch,
sie wollten erjagen den weißen Hirsch.

Von Uhland. Schwäbische Dichterschule."

„Ja, das ist es! Hast du es noch?"

„Nicht im Bestand. Ich habe es privat ausgeliehen."

„An wen?" Mutter klang gereizt.

Frieda pustete behutsam den Staub von einem Buch, der in verdichteten Flocken nach unten rieselte.

„Verliehen ist verliehen. Das hole ich jetzt nicht. Aber ich mache euch einen Vorschlag: Das Uhlandsche Gedicht kenne ich auswendig, ich schreibe es euch auf. Sehr eingängige Reime, leicht zu merken."

„Gut, dann brauchen wir noch Prosa."

„Nehmt doch Tschechow und Krylow, damit kann man nichts falsch machen."

„Was hast du von Tschechow?"

„*Chirurgie*, ein Schwank für zwei Personen."

„Aber ich bin allein!", warf ich ein.

„Das passt schon", sagte Mutter mit einer Handbewegung, als wollte sie mir über den Mund wischen.

Prosa, Fabel und Etüde. Weder Mutter noch Frieda wussten so recht, was bei einem Vorsprechen unter einer Etüde zu verstehen war. Schließlich einigten sich beide, dass ich das Gedicht liedhaft vortragen sollte, denn im weitesten Sinne habe eine Etüde doch mit Musik zu tun…

Ich sagte, ich hätte keinen Schimmer, wovon sie redeten. Wie sollte ich über Nacht lernen, Reime über Jäger und Hirsche in einer unbekannten Sprache ins Liedhafte zu übertragen?

„Alles eine Sache der Interpretation!", sagte Frieda. Sie erinnerte ohne jedes Mitgefühl daran, dass im Klubhaus ein Klavier ungenutzt herumstehe, und Mutter bedauerte zum wohl fünftausendsten Mal, mich nicht schon auf dem Wickeltisch zum Klavierunterricht gezwungen zu haben.

„Im Kirchenchor wolltest du ja auch nicht mitsingen! Die Balzer-Kinder sind dagegen noch immer dabei! Alle sehr musikalisch!"

„Wenn du mal den Text vergisst", sagte die Bibliothekarin, „stotter' nicht herum, sondern erzähl einfach, woran du gerade denkst! Und wenn es dein Traktor ist oder irgendein Mädchen, egal…"

Was glaubte sie wohl, wie oft ich an den Traktor von Petuchow dachte?

„Um eine Ausrede warst du doch noch nie verlegen, also wird dir auch da was einfallen!", sagte meine Mutter.

„Wobei kleine Kunstpausen ja durchaus erlaubt sind", sagte Frieda, als sei sie schon häufig im Theater gewesen und spreche aus Erfahrung.

Zwischen Schauspielern und mir hatte stets eine dicke Glaswand gestanden: die des Fernsehers.

„So eine Chance bekommst du nie wieder!", sagte Mutter, und ich glaubte, sie hatte wie immer Recht.

Ich stellte mir vor, im Zuschauerraum sitze Nelli Schulz, und alles, was ich vor der Kommission aufsagte, jedes Wort, jede Zeile, gelte ihr allein als Liebeserklärung. Und natürlich als Heiratsantrag.

Tu es für Nelli, sagte eine Stimme.

Emilia Riedel

Mein Name ist Emilia Riedel.

Sie soll wie ein normales sowjetisches Kind aufwachsen, hatten meine Eltern beschlossen, also taten sie alles dafür, dass ich wie ein normales sowjetisches Kind aufwuchs. Sei so, fühle so, tu so. Da ist doch nichts Falsches dran, so sein zu wollen wie die anderen. Ich war Oktoberkind, ich war Pionierin, ich wurde Komsomolzin, ich war stolz, zur Organisatorin unserer Komsomolgruppe gewählt zu werden. Schritt für Schritt, geradeaus ohne Umwege, ein vorbestimmter Lebenslauf, sicher und geborgen.

Das Andere brauchst du nicht zu wissen.

Unsere Eltern haben uns nicht darüber aufgeklärt, woher wir kommen. Nur zufällig habe ich entdeckt, dass in ihren Pässen ein anderer Geburtsort als bei mir steht. Haben wir denn nicht schon immer hier gelebt?

Im *Neuland* haben alle neu angefangen, war die knappe Antwort.

Also unterschied uns nichts von den Nachbarn; wir waren alle gleich.

Ich war beruhigt und fragte nicht mehr.

Lange fehlte mir ein Bewusstsein dafür, dass eine andere Sprache als Russisch in irgendeiner Beziehung zu mir stand. Ich war ganz gut im Verdrängen und dachte mir, warum soll ich mich für Nebensächlichkeiten interessieren und überhaupt, wozu längst Verschüttetes ausgraben? Nur Hunde wühlen nach abgenagten Knochen. Schaut her, ich bin doch wie alle, ein Sowjetkind, jemand, den es nur im Sowjetland gibt, eine heimische Pflanze.

Mein Name allerdings mutete mir schon immer ein wenig seltsam an, das ist wahr. Als gehörte er nicht richtig zu mir. Ein Fremdkörper, eine lästige Abweichung. Wenn einer fragte, was ist das denn für ein Name, *Riedel?*, begann ich zu stottern. Auf keinen Fall deutsch, falls das jemand denkt! Wer wollte schon deutsch sein, also ich nicht.

Eine Kollegin meiner Mutter hatte einen Mann namens Barbier geheiratet. Er war Nachkomme eines napoleonischen Soldaten.

Also erzählte ich den Neugierigen: Ein Ururopa von mir sei Franzose gewesen und mit Napoleons Armee nach Russland gekommen. Richelieu habe er geheißen – neben Barbier der einzige französische Name, den ich kannte. Verwundet sei er in einem Dorf nahe Moskau zurückgeblieben, wo ihn eine barmherzige Russin gesund pflegte. Ein verletzter und besiegter Franzose war kein Feind mehr. Auch ihm gefiel seine Retterin, der Krieg war vorbei, der Rückweg nach Frankreich weit und beschwerlich, also machte er ihr nach seiner Genesung einen Heiratsantrag. Sie bekamen viele Kinder und lebten ein langes zufriedenes Leben. Über die Generationen veränderte sich die Schreibweise des Namens. Wer kennt das nicht, einmal ein falscher Buchstabe in der Geburtsurkunde, schon nimmt das Unheil seinen Lauf. Am Ende war aus Richelieu Riedel geworden. Fehler vom Amt. Irgendwann hielt ich diese Geschichte selbst für wahr.

Manche ließen trotzdem nicht locker: Du bist *doch* Deutsche! – Ich dachte: Was für ein seltsamer Gedanke! Mehr Lüge als Wahrheit. Ich bin eine von euch. Keinen Deut anders.

Aber deine Eltern!

Was ist mit denen?

Die sind doch Deutsche!

Beim ersten Mal war ich sechs. Es hörte sich vorwurfsvoll und falsch an. Ich ging nach Hause und stellte die Eltern zur Rede: *Seid ihr etwa Deutsche?!*

Ich hoffte, sie würden sagen, Kind, wo hast du nur diesen Unsinn her? Natürlich nicht!

Aber Mutter nickte zu meinem Entsetzen. Nickte und sagte, das sei eben so. Kein Grund, sich zu verstecken, nur *hausieren gehen* müsse man damit auch nicht.

Du wirst trotzdem deinen Weg machen, wenn du auf der richtigen Straße bleibst.

Ein bisschen schämte ich mich für sie. Dass meine Mutter keinen Ururenkel eines napoleonischen Soldaten geheiratet hatte, sondern sich mit siebzehn vom gleichaltrigen Jakob Deschler, einem Tischlerlehrling, schwängern ließ, von dem mir wiederum allein der Name bekannt war. Viel mehr wusste auch sie nicht von ihm, weil er von auswärts zum Dorftanz gekommen war. Fesch habe er ausgesehen, damals, irgendwie städtisch. Dann aber habe er sie zu einer Abtreibung drängen wollen und ihr sogar Geld dafür angeboten. Zur Strafe habe sie ihn über ihre Entscheidung im Unklaren gelassen. Noch bevor er Vater geworden war, ließ er sich bei uns im Dorf nicht mehr blicken. Seither hatte es kein Lebenszeichen mehr von ihm gegeben. Wahrscheinlich aus Angst, Alimente zahlen zu müssen.

Von klein auf hörte ich meine Mutter sagen: Vater ist der, der bleibt. Und dass ich froh sein solle, dass sie mir nichts verheimlicht haben, weil sie nicht wollten, dass ich es von anderen erführe. Wie schnell ist mal ein Wort rausgerutscht, das nicht wieder einzufangen ist und seinen Weg in die Nachbarschaft findet.

Seit Jakob Deschler verschwunden war, hießen wir Riedel, Riedel und Beutelspacher. Alle Welt wusste, dass ich einen Stiefvater hatte, zu dem meine Mutter noch während der Schwangerschaft gezogen war; ein von allerhand Gerede und Geraune begleitetes dörfliches Ereignis. Mein Stiefvater erneuerte jährlich seine Absicht, mich zu adoptieren, wozu jedoch das Einverständnis meines leiblichen Vaters notwendig gewesen wäre. Aus demselben Grund war auch ein Namenswechsel nicht möglich, wobei mir der Name des Stiefvaters genauso wenig gefiel. Mutter hatte nie einen ernsthaften Versuch unternommen, Jakob Deschler ausfindig zu machen. Er hätte sich ja melden können, sagte sie, er wisse doch, wo wir wohnen.

Da ich all diese Dinge nicht ändern konnte, musste ich mich vorerst mit ihnen abfinden.

Meine Mutter wurde um meinen Stiefvater beneidet: Nicht genug, dass der Beutelspacher Erwin sie mit einem fremden Kind aufgenommen hatte, er war auch ein fleißiger Arbeiter, der von seinem Lohn keine einzige Kopeke versoff, sich in keine Schlägereien verwickeln ließ und dem daheim nie die Hand ausrutschte. Mutter bekam mit Erwin noch zwei Söhne, Georgij und Andrej, unser Haus hatte immer einen frischen Anstrich.

Trotzdem träumte ich manchmal von meinem richtigen Vater, wenngleich Mutter ihm jeglichen Anstand absprach, denn ein anständiger Mann verlasse seine Familie nicht und wenn doch, dann zahle er wenigstens Unterhalt. Ohne Erwin würden wir am Hungertuch nagen.

Ich dachte mir Gründe aus, warum mein Vater nichts für mich zahlen konnte und sich nicht meldete, die nicht von einem Mangel an Anstand herrührten. Vielleicht war er von bösen Mächten entführt worden und saß seit Jahren als Geisel in einem modrigen Verlies. Oder er war aufgrund von falschem Zeugnis unschuldig im Gefängnis gelandet. Vielleicht hatte er nach einem Unfall sein Gedächtnis verloren, und es dauerte seine Zeit, bis er sich wieder an seine Jugend erinnerte. Meine Lieblingsvorstellung war, dass er eines Tages als weitgereister Mann vor der Tür stünde und seine Tochter zu sehen verlangte.

Ich wollte, dass er dann nicht enttäuscht wäre. Ich wollte, dass er ein anständiges sowjetisches Mädchen vorfand: eine Schülerin, die ihren gesellschaftlichen Auftrag ernst nimmt und als Beweis gute Zeugnisse vorlegt.

In der Schule meldete ich mich freiwillig für die Gestaltung von Transparenten und trug sie bei Demonstrationen hoch erhoben; es geschah dennoch recht schnell, dass mir die Arme vor Anstrengung zitternd darnieder sanken, dann wechselte das Banner in andere, kräftige Hände. Einmal war es bei der Übergabe eingerissen, weil Kuropatkina und Adilbekov zu ungeschickt waren, danach hatte *Unser Geschenk an das Vaterland – ausgezeichnet und gut zu lernen!* zwei Schlappohren über dem Vaterland hängen.

Bei Altmetall- und Altpapiersammelaktionen war ich ganz vorn dabei, einmal wöchentlich sang ich im Pionierchor. Die besten Noten schrieb ich bei Larissa Petrowna, unserer Klassenleiterin, die mir regelmäßig Urkunden in Schönschrift ausstellte: für ausgezeichnete Lernleistungen, für besondere außerschulische Verdienste, für die erfolgreiche Teilnahme an Wettbewerben…

In der Achten begannen wir mit der Berufsvorbereitung, weil es für einige bereits das letzte Schuljahr werden sollte. Ganz selbstverständlich war in mir der Wunsch gereift, meinem Land etwas zurückzugeben, am liebsten als Außenministerin oder Botschafterin, um unseren Staat vor der Weltgemeinschaft und all den Menschen, die nicht das Glück hatten, hier zu leben, zu repräsentieren. Ich sah mich auf Konferenzen und Empfängen, ständig begleitet von Kamerateams, wenn ich internationale Kooperationsverträge unterschrieb, um den Weltfrieden und die Völkerfreundschaft zu fördern.

Den Eltern erzählte ich nichts von meinen Visionen; vielmehr wollte ich sie überraschen, sobald ich den ersten Erfolg vorzuzeigen hätte.

Wie es sich für eine gute Komsomolzin gehörte, beließ ich es nicht beim Träumen, sondern schickte in der Neunten meine Unterlagen an die erste Adresse für angehende Diplomaten im Lande, die Staatliche Moskauer Hochschule für Internationale Beziehungen.

Mein Brief war sorgfältig formuliert und dreimal von der Schulsekretärin Korrektur gelesen worden. Ich dachte wirklich, sie hätten dort im fernen Moskau nur auf mich gewartet, auf Emilia Riedel mit all ihren Lobesurkunden.

Einen Monat später bekam ich Antwort. Noch fehle mir der formelle Schulabschluss, und auch meine Rechtschreibung sei verbesserungsbedürftig, so dass man mir empfehle, vor einer regulären Bewerbung die erforderlichen Qualifikationen nachzuholen. Ich hatte zunächst die Sekretärin im Verdacht, vielleicht hatte ich deren Kompetenzen überschätzt, sie füllte ja nur Formulare an einer Dorfschule aus. Im Komsomolbüro sagte man mir, ich solle erstmal kleine Brötchen backen, einen Zuweisungsschein für die Moskauer Diplomatenschule bekäme niemand geschenkt, den müsse man sich verdienen. „Woran du nur denkst! Eine Kaderschmiede für Eliten ist nicht auf namenlose Leute aus der Provinz angewiesen."

Was heißt denn hier namenlos? Riedel, Emilia – das ist doch ein Name, das bin ich.

Den Eltern verschwieg ich, dass mein Versuch, Frieden auf Erden zu stiften, im ersten Anlauf fehlgeschlagen war. Vielleicht sollte ich im Kleinen beginnen: Meinen Vater finden und alle – die Riedels, die Deschlers und die Beutelspachers – miteinander versöhnen, auf dass wir eine große glückliche Familie würden.

In der Zehnten stellte sich die Frage nach der Zukunft erneut. Ihr müsst euch entscheiden, sagten die Lehrer, was aus euch werden soll, welchen gesellschaftlichen Beitrag ihr leisten wollt.

Wenn ich mein Land schon nicht im Ausland vertreten darf, will ich wenigstens im Innern für mehr Gerechtigkeit sorgen. Denn obwohl wir alle gleich sind und alles dem Volk gehört, streiten die Menschen noch zu oft wegen Kleinigkeiten, ob in den Betrieben oder in den Familien. Richterin wäre daher ein guter Beruf. Fehlgeleitete wieder auf den rechten Weg bringen und Geschädigten zu Wiedergutmachung verhelfen. Das erschien mir – bei näherer Betrachtung – mindestens genauso wichtig wie die Pflege internationaler Beziehungen.

Jurastudium, gab ich an. Unsere Emilia will Juristin werden, erzählten die Eltern Tante Edith und den Nachbarn.

Das Komsomolbüro stellte mir einen Zuweisungsschein für die Universität Karaganda aus, eine Formalie. Ich fuhr zu den Aufnahmeprüfungen, ich hatte einen guten Tag. Geschichte der KPdSU, Aufsatz in russischer Literatur, die Blätter schrieben sich wie von allein voll, ohne großes Nachdenken. In allen Klausuren erreichte ich mehr Punkte als zum Bestehen notwendig, selbst im Fach Fremdsprache: Englisch; nicht im Traum wäre mir eingefallen, Deutsch zu wählen.

Hoffnungsvoll wartete ich auf den Tag der Bekanntgabe der Zulassungen. In der Liste viele Namen, meiner fehlte. Ein Fehler, dachte ich, ärgerlich, aber gewiss leicht auszuräumen.

Die Sekretärin im Studentensekretariat blätterte in den Listen, verglich Namen und Ergebnisse, zuckte mit den Schultern. Vielleicht ein Versehen, da müsse sie einen Vorgesetzten fragen.

Nach einer Weile kehrte sie mit einem Mann zurück. Wer das war, erfuhr ich nicht, weder nannte er mir seinen Namen noch grüßte er mich.

„Pass dabei?", fragte er mit der Miene eines vielbeschäftigten Menschen, der es nicht schätzt, wegen Bagatellen aus seiner Hauptbeschäftigung herausgerissen zu werden. Wahrscheinlich war er nicht der Hausmeister.

„Ja", sagte ich. Bestimmt möchte er die Personalien feststellen, um den Irrtum zu beheben.

„Was steht da?"

„Da steht mein Name, Geburtsdatum…"

„Weiter!"

„Geburtsort, Nationalität…"

„Was steht bei Nationalität? Lies!"

„Da steht… *deutsch*."

„So. Noch Fragen?!"

Er drehte sich um und verließ den Raum. Ein bisschen humpelte er, vielleicht hatte er in seinem Leben keine guten Erfahrungen mit Deutschen gemacht.

Die Sekretärin vergrub ihr Näschen in den Papieren und wartete darauf, dass ich ging. Aber ich konnte mich nicht bewegen, als hätte mir jemand Fußfesseln angelegt.

Schließlich sagte sie: „Jura ist halt sehr begehrt. Vielleicht versuchen Sie es mit Pädagogik?"

Pässe lügen nicht. Fahr nach Hause und denk darüber nach, wer du wirklich bist, warum dein Name mehr wiegt als gute Noten, mehr noch als der Zuweisungsschein des Komsomol.

Daheim machte Tante Edith meinen Eltern Vorwürfe. Das hätten sie sich ja denken können, dass ich abgelehnt würde, wenn kein Schmiergeld fließt. Ein kleiner Umschlag an die richtigen Personen adressiert, und die Sache wäre geritzt. Aber sie wollten ja unbedingt glauben, dass es auf der Welt gerecht zuging, dass nur die Leistung zählte und ihr Wunderkind Emilia es auch allein schaffte. Pustekuchen! Sie, Edith, hätte ja sogar was dazugegeben, damit aus ihrer Nichte was Vernünftiges würde...

Ich wies Tante Edith zurecht. Im Beisein einer Komsomolzin solche Worte! Sie könne doch von meinen Eltern nicht ernsthaft die Missachtung von Gesetzen verlangen und der Korruption Vorschub leisten. Damit mache sie sich strafbar. Denn sowohl derjenige, der gibt, als auch derjenige, der nimmt, seien nichts weiter als Kriminelle. Wünsche sie sich etwa, dass wir alle ins Gefängnis kämen?

Tante Edith schaute zur Decke. Vielleicht sprach sie im Geiste ein Stoßgebet für mein Seelenheil, sie ließ sich ja auch nicht davon abbringen, jeden Sonntag in die Baptistenkirche zu rennen, obwohl sie dort kein Wort verstand.

Der Sommer schritt voran, und die Frage meiner Zukunft blieb ungeklärt.

Ich informierte mich über die Aufnahmeprüfungen am Pädagogischen Institut. Die Fristen waren noch nicht abgelaufen.

„Vielleicht werde ich Pionierleiterin", sagte ich.

„Das ist doch kein richtiger Beruf", sagten die Eltern.

„Stimmt, Kinder zu gefestigten sozialistischen Persönlichkeiten zu erziehen, ist eine Lebensaufgabe!"

„Hilf wenigstens bei der Ernte, statt faul herumzusitzen, Reden schwingen kannst du woanders, dafür haben *wir* dich nicht erzogen. Lass dich im Kontor eintragen, dann bekommst du ein paar Rubel Lohn!"

Die Buchhaltung registrierte mich als ungelernte Landwirtschaftshelferin. Endlich gehörte ich zur werktätigen Bevölkerung. Darauf war ich stolz. Früh morgens erkundigte ich mich nach meinen Aufgaben. Die Traktoristen machten Pause. Dickbäuchige Männer mit halb aufgeknöpften Hemden und grauen Kräuselhaaren auf sonnengebräunter Brust. Neben dem *Rauchen verboten*-Schild rauchten sie ungeniert.

„Mädchen, geh erstmal Heu wenden. Danach Schädlinge vom Kartoffelacker einsammeln. Nachher bei den Rüben Unkraut ziehen."

Für den Tüchtigen liegt die Arbeit auf der Straße.

Die Buchhalterin aus dem Kontor kam auf das Feld gelaufen. Ihre Schritte wirkten staksig und unbeholfen, weil sie bemüht war, ihre feinen Büroschuhe nicht allzu tief im ländlichen Morast versinken zu lassen.

„Emilia, komm schnell! Deine Klassenlehrerin ist am Telefon!"

Welche Klassenlehrerin, ich war doch keine Schülerin mehr, außerdem klebte an meinen Händen Dreck.

„Jetzt beeil dich doch, sie wartet!"

Oswald Munz

Anfang der 1960er kauften meine Eltern unseren ersten Schwarz-Weiß-Fernseher. Ich war vier Jahre alt, und sie machten den Fehler, mich allabendlich vor die Mattscheibe zu setzen, um mich beschäftigt zu wissen, während sie sich in den arbeitsintensiven Sommermonaten bis zum Anbruch der Dunkelheit um das Vieh und den Garten kümmern mussten. Gebannt schaute ich alle Sendungen bis zu den letzten Nachrichten des Tages, und wenn um 22 Uhr statt der Nachrichtensprecherin plötzlich das sirrende Testbild auf dem Bildschirm erschien, um die Sendepause bis zum Morgen einzuläuten, brach ich in Tränen aus und war kaum zu beruhigen. *Weiter Marotschka gucken*, hatte ich immer wieder gerufen, bockig mit den Füßen strampelnd, und die Eltern begriffen nicht gleich, dass ich die Ansagerin meinte, Tamara Krasnowa, Tamarotschka genannt, was meinen Ingrimm noch steigerte.

Meine frühe Begeisterung für die im Flimmerkasten sitzende Marotschka entwickelte sich zu einer familiären Anekdote, ungeachtet der Tatsache, dass deren Urheber im Laufe der Jahre immer gequälter lächelte, wenn sie im Kreise seiner Lieben aufs Tapet kam.

Als die anderen Jungen im Kindergarten reihenweise Soldat oder Bergmann werden wollten, zeigte ich auf den Fernseher und sagte: Ich will dasselbe machen wie die da.

Die machen doch nichts, sagten die Eltern, das ist alles nur Spielerei. Du musst *eins* lernen: Das wahre Leben besteht aus harter Arbeit und nichts anderem.

Für euch vielleicht, manche werden aber auch für Spielereien bezahlt, sagte ich keck.

Unfug, sagen die Eltern, Hirngespinste! Sie dachten, das wüchse sich irgendwann heraus. Der Bauernsohn Oswald hatte indessen nichts Eiligeres zu tun, als bei erstbester Gelegenheit heimlich in die Stadt zu fahren, um sich an einer Schauspielschule zu bewerben. Ich hatte keine Ahnung, wie so etwas ablief. Wir besaßen weder ein Telefon noch Bekannte, die man hätte in dieser Sache um Rat fragen können. Ich lungerte so lange vor dem Lehrerzimmer herum, bis Michail Borissowitsch herauskam und fragte, ob ich einen Sonnenstich habe, weil ich so rot im Gesicht sei. „Michail Borissowitsch, bitte rufen Sie für mich beim Fernsehen an und sagen Sie, dass ich dort arbeiten möchte! Sie werden damit mein Leben retten!"

Michail Borissowitsch erklärte mir, dass niemand einfach so beim Fernsehen anfangen könne. Zuerst brauche man eine Ausbildung, als Sprecher, Moderator oder Schauspieler.

„Was geht schneller?", fragte ich.

Er suchte für mich die Adresse der nächstgelegenen Schauspielschule heraus.

„Bereite ein Rollenspiel vor. Schau dir einen Film an, entscheide, welche Figur du sein möchtest und spiele sie nach. Wenn du sprichst, sprich deutlich. Wenn du singst, sing laut. Vielleicht eine *Tschastuschka*?"

Die statische, Nachrichten vorlesende Marotschka war mir kein Vorbild mehr. Ohnehin war sie längst vom Bildschirm verschwunden.

Ich rechnete mir aus, dass die Aufnahmeprüfungen drei Tage dauern würden; daheim gab ich vor, bei einem

Freund zu übernachten. Wadim schwor mir, mich nicht zu verpfeifen, auch wenn er nicht begriff, warum ich so lange wegbleiben wollte. Kein krummes Ding drehen, kein Mädchen aufreißen – wozu dann der Aufwand?

Natürlich schickten sie mich postwendend wieder nach Hause. Ein Fünfzehnjähriger ohne Schulabschluss täte gut daran, sich einer Theater-AG an seiner Schule anzuschließen, bevor er von einer echten Bühne träumt.

Die Mutter erwartete mich vor dem Tor. Irgendwas war schiefgelaufen. Hatte Wadim doch nicht dichtgehalten?

„Wo kommst du her, wo hast du dich rumgetrieben, dein Vater holt gerade die Polizei!"

„Ihr werdet es nicht verhindern können", sagte ich theatralisch, „es ist besser, ihr lasst mich gehen!"

„Gehen, wohin denn? Jetzt schon mal gar nicht", sagte die Mutter, „nicht diesen Sommer, und überhaupt, schlag dir das aus deinem Hohlkopf: Schauspieler werden! Vielleicht nach der Arbeit, wenn man sonst nichts Besseres zu tun hat, aber doch nicht als *Beruf*!"

Sie ließ mich zur Strafe tagelang Unkraut jäten, während meine Klassenkameraden am kleinen Sandstrand fünf Kilometer flussabwärts ins kühle Wasser sprangen, angelten und Mädchen trafen, um sie mit schmachtenden Liedern und Gitarrengeschrammel am Lagerfeuer zu beeindrucken. Derweil verpasste ich meinen Auftritt …

Als ich sechzehn war, sprachen meine Freunde über Pink Floyd und die Beatles, sie kannten Paul McCartney und John Lennon. Auch unser Dorf war nicht gänzlich von der Welt abgeschnitten, die Jugend lechzte wie überall nach altersgemäßen Vergnügungen. Wenn einer von uns eine begehrte Musikaufnahme besaß, reichte er sie durch so viele Hände weiter, bis vom Kassettenband nur noch Rauschen ertönte. Niemand fragte, woher er das Material hatte, weil jeder wusste, dass die Ware über dunkle illegale Kanäle hierher gelangt war, die kein Schmuggler nach außen offenbarte. Wir belächelten unsere Mütter, die von internationalen Stars wie Joe Dassin und Demis Roussos schwärmten, die sie aus dem heimischen Fernsehprogramm kannten. Wenn etwas frei zugänglich war, war es für uns nichts wert.

Eines Tages gab statt der unerreichbaren kapitalistischen Idole eine Gruppe namens Stern-Combo Meißen ein Konzert in Zelinograd. Dass diesen sperrigen Namen vorher niemand gehört hatte, tat dem öffentlichen Interesse keinen Abbruch. Die Musiker kamen aus der Deutschen Demokratischen Republik und sangen auf Deutsch und Englisch. Meine Mutter brachte überraschend zwei Eintrittskarten mit, die Kolchose hatte ein kleines Kontingent als Auszeichnung für besonders tüchtige Arbeiter zugewiesen bekommen.

„Damit du mal rauskommst", sagte Mutter, als sie mir die Karten schenkte.

Eine ausländische Band! Rockmusik! Mitten in der Steppe! Das war ein Ereignis, als hätte jemand bei uns im Dorf mitten auf der Straße eine Fuhre Bananen abgeladen, limitiert auf ein Kilogramm pro Haushalt, und jeder hoffte, das letzte Kilo möge nicht knapp vor ihm in andere Hände übergehen. Nicht nur die Dorfjugend war in Aufruhr, auch Familienväter rissen sich um die Karten, um mit ihren vom Alltag ausgelaugten Ehefrauen einen Konzertabend zu genießen.

„Warum kommst du nicht mit, Mama?"

„Ja, wenn es Joe Dassin wäre... Aber den gucke ich mir lieber im Fernsehen an. Konzerte sind was für die Jugend. Geh du nur!"

Ich fragte meinen Freund Wadim, ob er mitkäme. Wadim konnte sein Glück kaum fassen, wusste er doch zu berichten, dass die Karten innerhalb von zwei Stunden ausverkauft waren.

Wadim und ich quetschten uns unerschrocken in den überladenen Fernbus nach Zelinograd, wo am Abend das Konzert der Stern-Combo Meißen im Kulturpalast der Neulanderoberer stattfand. Wadim war die Sprache egal, Hauptsache laut und viele kreischende Mädchen im Umkreis. Wir hatten uns bis zur Bühne vorgedrängelt, obwohl die Gänge und alle Zwischenräume voll mit Menschen waren, die uns ihre Ellbogen in die Rippen rammten. Die Mädchen begannen tatsächlich zu kreischen, als die Band endlich auf die Bühne kam und das Publikum auf Russisch und Deutsch begrüßte. „Guten Abend, Zelinograd!", rief der Sänger. Aus tausenden Kehlen schallte es „Guten Abend!" zurück, und der aufbrausende Beifall um mich herum betäubte mich leicht. In dieser Minute fühlte ich mich als Zeuge von etwas Großem.

Ich lauschte dem Gesang der bärtigen langhaarigen Männer in Jeanswesten, verstand jedoch bei aller Anstrengung kaum ein Wort. Ich hörte nicht die Sprache meiner Mutter heraus, das war nicht *unser Deitsch*. Das war Stadtbürgerdialekt aus der Nähe von Dresden statt bäuerlicher Mundart von der Wolga.

„Na los, sprich mit ihnen", drängte mich Wadim nach dem Konzert, „bist doch auch Deutscher! Wann triffst du mal wieder welche, ich meine solche aus Deutschland!"

Ich reihte mich in die lange Schlange der Autogrammjäger ein, legte mir ein, zwei Sätze zurecht, um sie fehlerfrei darzubieten, sobald ich dran wäre. Als ich endlich vor den Bandmitgliedern stand, brachte ich nichts über die Lippen. Sie gaben mir die Karte mit freundlich klingenden Worten zurück, aber ich hätte später nicht sagen können, in welcher Sprache sie gefallen waren.

„Mensch, Oswald, wieso hast du denn nichts gesagt?!"

„Weiß nicht ... Da standen so viele Leute herum."

Arnold Bungert

Jeder Gedanke an die Aufnahmeprüfung steigerte meine Unruhe in Wellen, die mich in immer kürzeren Abständen bedrängten. Da ich an nichts anderes denken konnte, fühlte ich mich bald davon überflutet. Ich wusste damals noch nicht, dass dieser Zustand *Lampenfieber* heißt. Und dass er einen begleiten würde wie eine chronische Krankheit, mit der man sich arrangieren musste.

„Warum schneidet der Junge so komische Grimassen?", fragte Vater am Abendbrottisch nach einem langen Arbeitstag als Agronom in der Kolchose.

„Er übt für die Aufnahmeprüfung", sagte Mutter.

„Gedichte? Als Traktorist?!"

„Unser Arnold wird Schauspieler!"

Dem Vater blieb ein Bissen Kartoffel im Hals stecken.

„Ihr tickt wohl nicht mehr richtig! Das lasse ich niemals zu, dass aus dem Jungen ein Harlekin wird!"

Ich zog mich im Rückwärtsgang auf mein Zimmer zurück.

In letzter Minute hatte Frieda mir ein Eichendorff-Gedichtbändchen im Original aus ihrer privaten Bibliothek in die Hand gedrückt, mit dem wohlmeinenden Hinweis, ich müsse mir ein *Repertoire* aufbauen, welches mir Sicherheit gebe. Nichts sei schlimmer als Lücken im Vortrag bei gleichzeitiger Abwesenheit einer Souffleuse! Ins Stocken geraten könne jeder, sich geschickt herauswinden, sei die Kunst.

Das Lesebändchen markierte die Seite mit dem Gedicht von der Wünschelrute.

„Es geht um das Lied, das in allen Dingen schläft – eine Metapher für die Dichtung!", hatte Frieda salbungsvoll angefügt. „Nur vier Zeilen, Arnold, das schaffst du!"

Ich stellte mich vor den Spiegel und sagte laut „Wünschelrute", ohne zu wissen, was das heißt und wie man es richtig ausspricht. Ich rollte die Silben wie Kieselsteinchen im Mund hin und her, schmeckte ihren Klang, übertrug die Laute in kyrillische Buchstaben – вюньшель-ру-тэ. Je öfter ich das Wort wiederholte, desto mehr gefiel es mir. In seiner Fremdheit verbargen sich Anmut und Magie, die sich vielleicht auflösten, wenn ich um seine Bedeutung wüsste. Ich schrie es donnernd hinaus wie Zeus und ging in Wispern über – wie eine *Elfe auf Zehenspitzen.*
Wovon träumten Lieder, wenn sie schliefen? Aufzuwachen und mit Nellis Stimme zu singen. Hatte jeder nur ein Lied, sein eigenes? Oder wanderten sie umher, passten sich den Dingen an, die ihnen Schlafstatt, Traumplatz und Bühne in einem waren?
Nach der zweiunddreißigsten Wiederholung sah ich plötzlich Krylows Tiere trällernd vor mir, untermalt von Vaters Schnarchgeräuschen aus dem elterlichen Schlafzimmer. Das war der Moment, in dem Mutter anklopfte, um mich ins Bett zu schicken, wo während meines unruhigen Schlafs die Helden aus Fabeln und Reimen weiterhin ihren Schabernack mit mir trieben.

„Denk dran, beim Sprechen den Mund weit zu öffnen, das ist die halbe Miete", instruierte mich Mutter. „Schau nicht auf den Boden, und auch nicht in die Augen der Prüfer. Lass die Hände aus den Hosentaschen. Und verwechsle ja nicht den Hecht, den Krebs und den Schwan. Ob du deutsch sprichst, ist weniger wichtig. Ich wette, sie finden sowieso niemanden in deinem Alter, der es passabel kann!"

„Mama, du kommst nicht mit", sagte ich. „Ich schaffe das allein."

Ich führte ihre Hände sanft zurück. „Du musst mich nicht umarmen. Es ist nur ein Vorsprechen, ich ziehe nicht in den Krieg."

Edik, der Sohn vom alten Balzer, war auch schon da, mit seiner Gitarre. Eigentlich ein Freund, heute Konkurrent. Neues Gefühl. Außer ihm und mir war noch eine Schar von Mädchen und Jungen aus den umliegenden Dörfern anwesend. Nelli nicht. Ich erhaschte einen Blick in den Zuschauerraum, er war leer.

Nelli hätte auf der Bühne eine fulminante Melkerin abgegeben. Und gewiss wäre sie die wunderbarste, begeisterungsfähigste, andächtigste Theaterbesucherin überhaupt – nur leider war sie nicht hier.

Eine Helferin aus Schulzens Büro hakte mich auf einer Namensliste ab. Das Vorsprechen erfolgte in alphabetischer Reihenfolge, nach einem einzigen A war Balzer dran und danach ich. Dank dem Alphabet klebten Balzer und ich ständig wie ein Brautpaar aneinander.

Ich studierte die ausgehängte Liste. Namen aus der Nachbarschaft. Dippel, Eisele. Melnikow, die hießen früher Miller, und lange davor Müller.

Ott. Trautmann. Wagner. Nicht aus unserer Gegend. Angereiste.

Wer hätte gedacht, dass sich bei uns so viele junge Leute fürs Theater interessierten! Dass sie plötzlich alle dasselbe wollten wie ich, Schauspieler werden. Die vielleicht – oder ganz bestimmt – viel besser waren als ich. Die mehr als zwei Wörter in ihrer Muttersprache beherrschten. Die in mir einen Hochstapler erkannten. Den Jungen vom Feld.

Worüber sollten wir miteinander reden, solange wir auf unseren Auftritt warteten, völlig ahnungslos, was auf uns zukäme? Oder war nur ich ahnungslos?

Schade, dass Kim von diesem Spiel ausgeschlossen war. Kims Muttersprache war Koreanisch. Eigentlich hieß er mit Vornamen Sehun, aber entweder nannten wir ihn Kim oder machten aus Sehun *Serjoga*. Ich hatte ihn nie gefragt, wie vertraut er mit seiner Muttersprache war. Reichte es bei ihm für *Krieg und Frieden* auf Koreanisch? Manchmal wechselte er ein paar unverständliche Sätze mit seiner Mutter. Sie verkaufte von früh bis spät koreanische Spezialitäten auf dem Basar und rief die Kundschaft auf Russisch herbei: *Pokupaite salatiki!* Ihr Angebot an Salaten aus eingelegtem Gemüse schimmerte ölig in allen Regenbogenfarben und roch wie eine Gewürzkarawane. Wenn meine Mutter Kims Mutter nach deren Rezepten fragte, wurde diese wortkarg und lächelte abwesend. Familiengeheimnis. Kim für seinen Teil hatte großen Gefallen an meiner Leibspeise Strudel mit Schweinefleisch und Sauerkraut gefunden. Strudel hießen bei uns Hefeteigschnecken, die auf Schichten aus Kartoffeln, Fleisch und Sauerkraut dampfgegart wurden. Das Dampfgaren war wegen der Hefe ein hochsensibler Prozess, weshalb Mutter uns von klein auf eingeschärft hatte, ja die Finger vom Topf mit dem noch unfertigen Strudel zu lassen, denn schon ein winziger Lufthauch könnte ihn in sich zusammenfallen lassen. Vor Ablauf einer bestimmten Zeit war es im Hause Bungert allen streng verboten, den Deckel vom Strudeltopf zu nehmen. Das war ein ebenso ehernes Gesetz wie keine Stricknadeln in Steckdosen zu stecken.

Besuchern des Hauses war strudelkonformes Verhalten jedoch häufig unbekannt.

Einmal hatte Kim, angelockt vom Geruch, sorglos den Deckel hochgehoben und mit bloßem Finger in den Strudeltopf gelangt, um hernach die Soße von diesem abzulecken. Meine Mutter stürzte entsetzt herbei, und ich sagte nur, *Mama, es ist nicht so, wie du denkst...*

Ich weiß, mein Freund, das passiert dir nicht noch mal.

Um mich herum drehten sich die Gespräche um die vorbereiteten Stücke. Was stellst du vor? Welche Fabel? Welche Etüde? Welche Prosa? Wie lang?

Ich werde da reinspazieren und nicht an das Gerede der anderen denken.

Ich werde mit hocherhobenem Kopf sagen, mein Name ist Bungert, Arnold.

Ich werde meinen Text nicht vergessen. Krylow, Tschechow und der Hirsch.

Ich werde für Nelli spielen, auch wenn sie nicht da ist.

Als Balzer aufgerufen wurde, war ich versucht, mein Ohr an die Tür zu legen. Ich lehnte mich zumindest lässig an, als fiele mir das Stehen schwer. Zwischen Gemurmel und Gitarrengeklimper hörte ich plötzlich ein aus Balzers Kehle geröhrtes *piff-paff* und *trara*! heraus.

Der Jäger! Balzer, der Dieb, hatte mir Uhlands Ballade gestohlen!

Nach sich wie eine Ewigkeit anfühlenden zwanzig Minuten kam Balzer heraus, erzählte, dass außer der Kommission niemand zugegen war. Die Damen und Herren seien allesamt Theaterpädagogen aus Moskau. Deutsch verstehe von denen keiner, man könne ihnen leicht ein X für ein U vormachen, sie würden nichts merken. Der deutschkundige Lokalredakteur des Wochenblatts *Neues Leben* sei überraschend auf Dienstreise geschickt worden, und der Deutschlehrer aus dem Nachbardorf hüte mit Sommergrippe das Bett, also optimale Bedingungen für uns.

Das Vorsprechen habe Balzer einfacher gefunden als etwa Tätigkeiten wie *Stall ausmisten* oder *Feld mähen*. Deshalb, klare Sache, wolle er in Zukunft lieber Theater spielen als Bauer sein.

Ich wollte Nelli nahe sein.

Balzer würde ein Bühnendiplom bekommen, berühmt werden, als großer Star ein Gastspiel in seinem Heimatdorf geben, und Nelli Schulz würde ihn anhimmeln.

Das wollte ich nun gar nicht.

Zum Vorspiel erschien überraschend Schulz, um uns viel Glück zu wünschen. Es sei ihm eine Ehre, dass unsere Kolchose neue Wege in der sowjetischen Bühnenkunst unterstützen dürfe. Uns jungen Leuten werde heute eine einmalige Gelegenheit geboten, die wir kräftig beim Schopfe packen sollten. Er habe volles Vertrauen in uns als künftige Repräsentanten kultureller Werte, deren Erhalt uns fürderhin obliege; ein Theater aufzubauen sei eine großartige Sache, wo wir großartige Dinge vollbringen würden. Studentenzeit sei die schönste Zeit im Leben, und wenn er noch einmal jung wäre…

Jemand von der Kommission rief den nächsten auf: „Bungert!"

Ich machte einen Schritt auf die Tür zu. Schulzens Worte gaben mir kurzzeitig Auftrieb; er selbst folgte mir, legte mir aufmunternd eine Hand auf die Schulter und nahm Platz in der dritten Reihe, etwas abseits der Kommission. Beim Anblick der besetzten Sitzplätze glaubte ich, unverhofft zwischen die Fronten geraten und nun sowohl den Prüfern als auch meinem einzigen Zuschauer ausgeliefert zu sein. Die Vorstellung, vor meinem künftigen Schwiegervater zu versagen, erhöhte nur den Druck. Ich horchte, wie mein Herz raste; befahl ihm, gemächlicher zu machen, denn kein wildes Tier verfolgte uns, nur die Kommission und Schulz.

Ich bemühte mich, jedes Wort nicht nur besonders laut und deutlich auszusprechen, sondern es wie Lehm auf einer Töpferscheibe auszuformen. Als Tschechows Zahnschmerzpatient *Wonmiglassow* achtete ich darauf, leidgeprüft zu nuscheln und dennoch vernehmlich zu referieren.

In der Rolle des Heilgehilfen *Kurjatin* kam ich nach Inaugenscheinnahme von *Wonmiglassows* fauligem Gebiss nur bis „Die Chirurgie ist eine Kleinigkeit…", als die Dame von der Kommission unterbrach: „Das reicht, Arnold. Welche Fabel oder Etüde willst du vortragen?"

Wenn selbst Edik Balzer den „muttersprachlichen" Pflichtteil bravourös gemeistert hatte, wollte ich nicht daran scheitern.

„Krylows Tierfabel und die *Wün-schel-ru-te*", sagte ich, immer noch verärgert, dass Balzer Uhlands weißen Hirschen vor mir abgeschossen hatte. Da Eichendorffs Lieder in allen Dingen schliefen, brauchte ich mich nur umzuschauen, da ein Stuhl, dort ein Tisch, der Flügel und der wippende Fuß der Prüferin, es sollte mir ein Leichtes sein, sie in vier Zeilen aus ihrem Schlaf zu wecken.

„Danke, Arnold. Hast du uns auch etwas Musikalisches mitgebracht?", fragte die Dame.

Ein Lied, ein Lied, hämmerte es in mir, du hast das Lied vergessen! Denk an Sonne, Lagerfeuer, Sommerferien, rote Halstücher... Ich stimmte ein Pionierlied an, sang die erste Strophe ohne größere Patzer zu Ende. Unsicher verbeugte ich mich, die Bühne mit meinen Haaren kehrend, bevor sie auf den Gedanken kamen, womöglich weitere Strophen einzufordern...

„Und zum Abschluss noch eine Improvisationsübung", sagte die Pädagogin.

Das war nicht abgesprochen. Ich versuchte, mich nach außen unbeeindruckt zu geben, als seien Improvisationsübungen mein täglich Brot. So etwas wie eine altbewährte und vertraute Weizensorte.

„Spiel einen Hund!"

Ich dachte an den heißen Tag im letzten Sommer, als meine Schwester einen herrenlosen Welpen von der Straße auflas und nach Hause brachte. Er wäre sonst verdurstet und verhungert, erklärte sie und taufte ihn mit Spritzern aus der Regentonne auf den Namen Bobik. Nachdem Bobik eine gute Portion von Mutters Borschtsch verputzt hatte, tollte er herum wie ein Irrer. In der Folge bewies Bobik nicht nur mit einem Blick aus braunen Kulleraugen seine unbedingte Zuneigung zu allen Familienmitgliedern, sondern vor allem mit ausgiebigem Beschlabbern nackter Menschenhaut.

Pah, die Aufgabe war leicht. Ich wusste, wie Hund geht.

Irgendwie schaffte ich es, trotz gefühlter Bleigewichte an Armen und Beinen nach draußen zu kommen.

Balzer sonnte sich in der Aufmerksamkeit von drei Mädchen, die seinem Gitarrenspiel lauschten. *Warum hast du nicht im Kirchenchor mitgesungen, Arnold, dann würden dir jetzt Auftritte vor Publikum nicht die Stimmbänder lähmen.*

„Ich bekomme Bescheid", sagte ich zu Hause. „Wir müssen warten."

Ich versuchte dabei geduldig und besonnen zu bleiben. Dass Mutter gemeinsam mit mir wartete, war meinem Vorhaben abträglich.

„Hört mir bloß auf mit dem Blödsinn!", sagte Vater. „Egal, was für einen Bescheid die schicken, der Junge geht nicht nach Moskau, basta!"

Sonst sagte er nicht viel, als Agronom hatte er ja allerhand zu tun in der Kolchose.

Der Sommer schritt voran, ich fuhr weiter mit dem Traktor über die Äcker, bis der letzte Strohhalm abgeerntet war. Petuchow war in Schulzens Fahrdienst versetzt worden, dort hatte man ihn besser unter Kontrolle.

Als Nelli Bungert, kam es mir in den Sinn, würde Nelli Schulz im Alphabet erheblich vorrücken. Dennoch erschien es mir unpassend, unsere Ehe mit einem Hinweis auf diesen Vorteil anzubahnen.

Oswald Munz

Noch lange erfüllte mich die Erinnerung an den missglückten Dialog mit den Mitgliedern der Stern-Combo Meißen mit Unbehagen. Dieses Gefühl, versagt zu haben. Vor hunderten Zeugen. Alles wegen Wadim, der mich zu einer Sache gedrängt hatte, auf die ich nicht vorbereitet war. *Nie wieder* wollte ich mich von einer Menschenmenge zum Verstummen bringen lassen.

„Was soll denn aus dir werden?", fragte die Mutter. „Wirst doch am Ende kein Drückeberger sein…"

„Schau, Mama", erklärte ich: „Es gibt bucklige Trampelpfade und es gibt breite Wege, die man nicht erst vom Dickicht ringsum freischlagen muss, um sie begehbar zu machen. So einen will ich nehmen."

„Was heißt das denn, Sohn?"

„Das heißt Schauspielschule, ein Versuch noch. Denn unser Land ist groß, und das Glück lauert überall."

„Spar dir die Zeit", sagte Mutter. Ein milder Ratschlag, kein Verbot. Sie wollte nur die Enttäuschung von mir fernhalten.

„Wenn sie mich ablehnen, werde ich Buchhalter, Mama. Versprochen!"

Eine neugegründete Hochschule für Kultur nahm erstmalig Interessenten in einen Studiengang für Schauspielkunst auf. Weit weg von hier, wo mich niemand kannte.

„Ein Versuch noch, hascht gsogt? Dann fahr hin und schau zu, dass es kein Seifenblasenglück wird. Nicht, dass es zerplatzt, und dann stehst wieder mit leeren Händen da…"

„Das Glück zerplatzt nur, wenn man nicht fest genug daran glaubt", sagte ich, mehr zu mir selbst.

„Dann glaube – so fest wie ich und hilf dir mit Beten."

Ich wich ihr aus. Kirche, Gott, Kreuz, Gebet – wohl kannte ich diese Wörter auf Deutsch, aber ich hatte mit ihnen nichts zu schaffen, sie gehörten der Mutter. Theater, Bühne, Publikum, Scheinwerferlicht – dafür sollte die Mutter beten.

Zwischen hohen Fenstern schmückten in Gips gegossene Lorbeerranken die neue Hochschule für Kultur und Künste. Korinthische Säulen von unbeflecktem Weiß trugen einen mit dem Sowjetwappen geschmückten Dreiecksgiebel. In diesem Musentempel wollte ich gern Student sein.

Dieses Mal hatte ich mich, eingedenk meines kopflosen Abenteuers als Achtklässler, gründlich vorbereitet, Monologe einstudiert, getrennt nach komischer und ernster Rolle, Basisemotionen geübt, Zahl für fröhlich, Kopf für traurig. Umschalten auf Knopfdruck zwischen überrascht, ängstlich, wütend oder angeekelt sein. Mein Repetitorium der Tierstimmen hatte ich so weit getrieben, dass die Nachbarn herüberkamen, um zu fragen, was bei uns los sei.

Nach zehn Minuten erklärten die Prüfer das Vorsprechen für beendet.

„Warten Sie draußen."

Im Nebenraum fachsimpelten weitere Aspiranten über Figurenkonstellationen in Heldensagen. Alle warteten darauf, dass der Sprecher der Prüfungskommission herauskam und die Namen derjenigen verlas, die eine Runde weiterkamen. Die meisten hofften umsonst.

Als die Namen der Auserwählten fielen, war meiner nicht dabei. Die Glücklichen ließen jede Rücksicht gegenüber den durchgefallenen Mitstreitern fahren und brachen an Ort und Stelle in Freudentaumel aus.

Danke und auf Wiedersehen, verabschiedete ich mich gedanklich. Etwas Gutes hatte es vielleicht: Die Mutter wäre erleichtert. Endlich vorbei, die Verirrung des Sprösslings Oswald.

„Kommen Sie noch mal rein, Munz."

„Äh … Ich?!"

„Ja, Sie."

Emilia Riedel

Die Buchhalterin trieb mich an, ließ mich sogar mit staubbedecktem Schuhwerk ihr heiliges Kontor betreten. „Hoffentlich hat sie nicht aufgelegt, ich habe gesagt, du kommst gleich."

Ich nahm den Hörer in die von Erde und Pflanzensaft verkrustete linke Hand, die etwas weniger schmutzig war als die rechte.

„Hallo?"

„Emilia, ich bin's, Larissa Petrowna. Pass auf: Du musst übermorgen nach Zelinograd fahren. Dort wird dich eine Kommission anhören."

Mein Gesicht glühte, wahrscheinlich die Hitze und zu wenig getrunken, das Blut sackte in die Beine und kam nicht wieder hoch.

„Was wird mir denn vorgeworfen?"

„Vorgeworfen? Wieso denn vorgeworfen? Nichts! Das sind Genossen aus Moskau, die nach Talenten suchen."

„Welchen Talenten?"

„Ich habe versprochen, meine besten Schüler zu schicken."

„Aber ich kann nicht nach Zelinograd fahren, ich bin doch im Ernteeinsatz."

„Du kannst. Dafür wirst du freigestellt. Das sind nicht *irgendwelche* Leute ... Sie kommen im Auftrag der Regierung!"

„Äh ... Worum geht es überhaupt, was muss ich denn tun?"

„Hinfahren! Ein Gedicht aufsagen. Das klingt doch nicht so schwer, oder? Ein Gedicht aufsagen können schon Erstklässler. Dort wird man dir alles erklären. Wozu, weshalb, warum. Ich weiß nur, dass es wichtig ist. Regierungsauftrag…"

„Ich soll nach Zelinograd fahren, um ein Gedicht aufzusagen?"

„Genau. Puschkin, Jessenin, oder besser noch, Majakowski."

„Egal welches?"

„Irgendeines. Nicht zu lang. Nimm einen Stift und schreib die Adresse auf."

Die Buchhalterin brachte mir ein Glas Limonade, von dem sie mit Handbewegungen Fliegen vertrieb.

„Setz dich doch, Emilia, nicht, dass du mir noch umfällst. Ist das wahr, die Partei schickt dich nach Moskau?"

Tante Edith hatte im Radio davon gehört.

Talente für Theaterhochschule gesucht!

„Die Emilia ist doch schon als kleines Mädchen auf einem Besen geritten. Oder dachtest du, du könntest damit fliegen, Emilia?" Tante Edith schaute mich interessiert an.

„Künstler atmen eine andere Luft", fuhr sie fort. Dabei machte sie mit der Hand eine unbestimmte Bewegung nach oben. Eine bessere, verstand ich.

„So viele träumen vergeblich von der Bühne. Und du hast plötzlich einen Bonus, weil du Riedel heißt!"

„Was hat denn mein Name damit zu tun?"

„Er war uns doch immer eine Last! Und jetzt erweist er sich vielleicht als Eintrittskarte."

„Auf einer Schauspielschule", sagten die Eltern, „war noch niemand von uns. Wäre doch einen Versuch wert, bevor du uns noch als Schuhputzerin endest, Emilia. Und wenn du es schaffst, dort angenommen zu werden, dann wäre das sogar besser als tagein tagaus in irgendeiner Fabrik oder auf dem Feld zu schuften. Die Kinder sollen es doch leichter haben im Leben …"

Kunst verspreche zudem mehr Freiheit.

„Mehr Freiheit", fragte ich alarmiert, „was soll das denn heißen, haben wir etwa nicht genug davon?"

Doch, doch, natürlich. Mehr Freiheit im Tagesablauf, ja Abwechslung, das meinten sie, die Privilegien des Künstlerdaseins, man sei dann wer … Schauspieler nämlich!

„Im ganzen Dorf hat es noch nie einen Schauspieler gegeben und wenn sich nun die Gelegenheit bietet, verschlafe sie nicht! Wir werden stolz auf dich sein", sagten die Eltern.

„Stolzer als wenn ich Pionierleiterin würde?"

„Es wäre wirklich sehr dumm von dir, nicht hinzufahren", sagte Tante Edith.

Sie standen um mich herum, alle besorgt und erwartungsvoll.

„Ist ja schon gut! Wenn Larissa Petrowna sagt, das ist ein Parteiauftrag, dann fahre ich."

Oswald Munz

Einer der Prüfer winkte mich herbei, der Name war mir in der Aufregung entfallen, nicht jedoch, dass er zu den Koryphäen seines Fachs zählte. Die Mitbewerber tuschelten ehrfürchtig über *verdiente Schauspieler des Volkes*, die sich unter den Mitgliedern der Aufnahmekommission befanden.

„Wahrscheinlich sind Sie jetzt enttäuscht, junger Mann."
Gerade eher verwirrt, dachte ich.

„Das können wir natürlich verstehen. Alle kommen mit großen Hoffnungen hierher."
Ich neigte leicht den Kopf, gewiss, ohne Hoffnung brauchte sich niemand auf den Weg zu machen. Nur: Was hatte das mit mir zu tun? Meine Hoffnung hatten sie ja bereits klein gehäckselt, wer weiß, wann sie sich wieder zu einem Ganzen zusammenfügen ließe, vielleicht erst morgen oder nie ...

„Nicht alle Erwartungen können wir erfüllen. Aber – wir haben ein Angebot für Sie. Derzeit halten sich Kollegen aus Moskau in der Stadt auf, die Studenten für ein neues Nationalstudio an der Gawrilow-Theaterakademie suchen. Bedingung: Es müssen Deutsche sein. Sie haben doch einen deutschen Namen – *Munz*?"
Ich schwieg. Sicher stellten sie mich auf die Probe, zweiter Teil der Improvisationsübung.

„Wir glauben, dass Sie ein geeigneter Kandidat wären und möchten Sie vorschlagen."
Ich schwieg immer noch.

„Sie kennen doch die Gawrilow-Theaterakademie in Moskau? Eine der besten Adressen des Landes!"

„Munz?"

„Ähm … Ja, ich habe davon gehört."

„Sie haben unserer Ansicht nach durchaus das Zeug zum Schauspieler und wären dort gut aufgehoben. Wir werden Sie daher der Kommission empfehlen."

„Aber Sie haben mich doch soeben abgelehnt?"

„Wir hätten Sie wirklich gerne aufgenommen, leider ist der Kurs bereits voll."

„Etwas Besseres als Moskau kann Ihnen nicht passieren, Munz!", sagte eine Kollegin des Professors. „Ihre Komikerparodie ist wirklich fabelhaft! Und wenn Sie an der Geräuschimitator-Nummer noch ein wenig feilen, können Sie bald einen ganzen Zoo darstellen!"

„Aber kommen Sie morgen bloß nicht zu spät, Munz", warnte der Professor, „die Gawrilow-Kommission bleibt nur wenige Tage vor Ort. Viel Erfolg!"

Glück, da lag es.

Beim Hinausgehen entdeckte ich am Schwarzen Brett ein Plakat. Ich war mir nicht sicher, ob es bereits bei meinem Eintritt dort angebracht gewesen war, und wenn, dann hatte ich wohl in der Anspannung vor meinem Auftritt kein Auge dafür gehabt. Der Text rief Bewerber mit guten Kenntnissen der deutschen Sprache und Eignung für Bühnenkunst dazu auf, sich zu einem Vorsprechen in den Räumlichkeiten der Hochschule einzufinden.

Anstelle der Tür sah ich plötzlich eine Kreuzung: Ich könnte jetzt wie an jedem gewöhnlichen Tag auf die Straße hinaustreten und, statt nach Hause zu fahren, eine völlig andere Richtung einschlagen.

Den Rest des Nachmittags verbrachte ich mit der Suche nach einem privaten Quartier für die Nacht. Man empfahl mir ein altes Mütterchen, das Schlafgelegenheiten an Studenten vermietete. Die Alte erkannte sofort, dass ich als Ortsfremder in Nöten war und verlangte unverschämte fünf Rubel für eine Schlafecke. Nach einiger Feilscherei einigte ich mich mit ihr auf die Zahlung von einem Rubel, immer noch ein sehr gutes Geschäft für die ansässige Partei. So viel erziele man in Schwarzmeerkurorten dank Zimmern mit Seeblick, war mein Argument. Hier bekam ich eine Matratze im Flur einer winzigen Rentnerwohnung, wo ich nicht der einzige Gast und das Bad dauerbesetzt war. Ich erfrischte mich mit einem Spritzer Eau de Cologne und zählte abermals die verbleibenden Stunden bis zum nächsten Morgen.

Mir blieb keine Zeit, ein neues Programm vorzubereiten. Eine Improvisationsübung, mit ein paar deutsch klingenden Brocken garniert, sollte genügen. Immer schön die Balance halten zwischen Können und Wollen. Der Klang deutscher Sprache war mir vertraut, jedenfalls in der Form, die meine Mutter und Großmutter zu Hause benutzten, wenn ihnen kein Fremder lauschte. Da, wo sie herkamen, redeten die Leute in jedem Dorf anders, früher. Hier die Westpreußen, dort die Pfälzer und zehn Kilometer weiter die Hessen. Mit der Deportation nach Kasachstan waren die Dorfbewohner und ganze Familien auseinandergerissen worden, und alle Mundarten hatten sich vermischt. Dialektkompott sei dabei herausgekommen, klagten Mutter und Großmutter. Nur sie hätten ihr unverfälschtes Wolgadeutsch beibehalten, aber ich habe schon als Kind nicht zuhören, nachsprechen und lernen wollen. Sie seien die letzten ihrer Art, ihr Dialekt würde mit ihnen aussterben, weil ich als einziger Sohn mich dem sprachlichen Erbe verweigerte.

Aus den Worten des Professors für Schauspielkunst hatte ich verstanden, dass die Zielvorgabe der Auswahlkommission für das neue Nationalstudio war, schnellstmöglich Personen mit deutsch klingenden Namen in den Dörfern Kasachstans ausfindig zu machen. Idealerweise sollten die Kandidaten Bühnentalent, charakterliche Eignung und Integrität aufweisen, vor allem aber der deutschen Sprache mächtig sein, wie sie von den Figuren in Schillers und Goethes Werken gesprochen wird.

Fast hätte ich laut aufgelacht.

Dass Anspruch und Wirklichkeit hier weit auseinandergingen, lag auf der Hand. In meinem Freundeskreis sprach niemand eine andere Sprache als Russisch, ganz unabhängig von der Herkunft ihrer Namen. Ich brauchte keine Konkurrenz zu fürchten, wenn es mit rechten Dingen zuginge und meine Mitbewerber mehr Fehler machten als ich. Ein kaum gefragtes Fach, Deutsch, die Sprache der Faschisten, bedeutete auch: wenige Lehrer, wenige Richter.

Eines der Mädchen vor mir bekam auf der Stelle eine Absage. Sie hatte sich in einem Kurzgedicht verheddert und vor der Jury angefangen zu weinen. Sie schniefte auch jetzt noch in ein durchnässtes Taschentuch hinein.

„Wie viele sind es?", fragte ich.

„Die Kommission? Fünf, glaube ich."

„Können sie deutsch?"

„Keine Ahnung! Soweit bin ich gar nicht gekommen!"

Hinter der Tür krähte durchdringend ein Hahn. Wie der sich dorthin verirrt hat, dachte ich verärgert, das stört doch, warum werfen sie ihn nicht raus? Eine Zumutung... Tiere im Gebäude... und diese dünnen Wände... von nebenan wehten Klavierklänge herüber... eine Reibeisenstimme übte sich irgendwo in Tonleitern... von oben herab Geräusche des Stühlerückens, als trampele eine Herde Bisons über die Prärie.

Der nächste, der herauskam, war an deutschen Zahlen unter zwanzig gescheitert.

„Den Hahn habe ich noch irgendwie hingekriegt", sagte er niedergeschlagen, „aber bei Hausnummer neunundvierzig versagt."

„Der Hahn war echt gut", sagte ich, nicht ohne Neid.

Ruhe und Selbstgewissheit – das A und O vor jedem Auftritt. Mit der Empfehlung von namhaften Professoren im Rücken, in allen musischen Fächern stets Klassenbester gewesen – wenn ich erst auf der Bühne stünde, würden dann nicht alle endlich verstehen, dass ich unbedingt dorthin gehörte?

Das einzige Requisit war ein Stuhl. Die Bühne – ein Probenraum mit Holzboden, zerkratzt von den Schuhsohlen unzähliger Studenten.

„Munz, Oswald."

Alle Augen richteten sich auf mich. Natürlich, wohin sollten sie auch sonst schauen, auf den Stuhl etwa?

„Fangen Sie an!"

Ruhe, Selbstgewissheit, und: Textsicherheit. Nichts davon würde mich verlassen.

Ich holte tief Luft.

Violetta Kraushaar

Kostüme und Requisiten sind mitzubringen.
Mutter hatte das Diensttelefon im Lehrerzimmer benutzt, um an mehr Informationen zu gelangen. Ihre Kolleginnen empfahlen uns, in den Theatern Karagandas nachzufragen, angesichts der Bedeutung des Anlasses würde gutes Zureden im Kostümfundus gewiss Wunder wirken, um ein passendes Kleidungsstück auszuleihen.

„Für einen Bettelgang durch die Stadt reicht die Zeit nicht aus", sagte ich. „Ich nehme das Akkordeon mit."
Wir standen gemeinsam vor dem Kleiderschrank. Mit Kostümen sah es komplizierter aus.

„Wir könnten schnell noch etwas bei Faina nähen lassen", sagte Mutter.

„Bis morgen? Nein. Beim Vorsprechen geht es doch nicht um irgendwelche Stoffteile am Körper, sondern um die Botschaft, das Talent!"

„Ganz einfach: Du musst besser sein als die anderen. Sie werden von überallher kommen. Es werden viele sein."

Ich nahm den Bus ins Stadtzentrum. Karaganda, Stadt der Bergleute, Stadt der Kohle, Stadt des Staubs. Wichtigster Bestandteil der Aufnahmeprüfung: eine Darbietung auf Deutsch. Ich versuchte mich zu erinnern: An die Ferien auf dem Land bei der Großmutter, die mit uns Russisch sprach, aber manchmal seltsame Wörter einstreute. *Heidenei,* war so ein Wort.
Das Dorf der Großeltern lag an einem kleinen Flüsschen, so bedeutungslos, dass es auf keiner Karte namentlich

genannt wurde. Im Sommer trocknete das Flussbett bis auf übelriechenden Schlamm aus, der bei vielerlei Insekten als hervorragendes Biotop beliebt war und den Anwohnern als Plage galt. Im Winter bot die Eisfläche den Kindern Gelegenheit, hin und her zu rutschen, je nach Geschicklichkeit elegant auf einem Bein, auf den Knien oder gleich auf dem Hintern. Skier und Schlittschuhe besaßen wir nicht, und nach meiner Erinnerung vermisste solche Dinge auch niemand. An frostigen Sonntagen verstummte der Kinderlärm über der breitesten Stelle des Flüsschens erst bei Einbruch der Dunkelheit.

Im Sommer kamen Tagesausflügler von weit her, um in der Gegend nach Walderdbeeren zu suchen. Ganze Familien, ein jedes Mitglied – gleich welcher Generation – ausgestattet mit einem Körbchen, Eimer oder Schraubglas, schwärmten aus, die Augen auf den Boden gerichtet. Abends kehrten sie zu ihren Autos zurück, mehr oder weniger zufrieden mit dem Ertrag des Tages. Wann hatte ich gemerkt, dass etwas anders war?

Schlammspritzer bedeckten in mehreren Schichten die Fensterscheiben des Busses, nur schemenhaft war das Stadtbild dahinter zu erkennen. Ich zählte die Haltestellen, wer sich ablenken ließ, verpasste womöglich sein Ziel.

Wenn ich zu Besuch auf dem Land war, fiel mir sogleich die bessere Luft auf. Nur hin und wieder wirbelten Lieferwagen Straßenstaub auf. Auch hatte das Dorf eine eigene Quelle, wo Bewohner und Zugereiste Trinkwasser in mitgebrachte Behälter abfüllen konnten. Die Quelle war berühmt, tagsüber bildeten sich Warteschlangen an Durstigen. Die Büsche neben der Quelle waren mit Bändern geschmückt, Stofffetzen hingen neben teurer, seidener Meterware – die Art der Einheimischen, sich bei der Natur für das reine Wasser zu bedanken. Manchmal blieb ich nach dem Wasserholen stehen und schaute, welches Bändchen neu hinzugekommen war. Andere waren vollends verwittert, fielen irgendwann ab und ließen sich vom Wind zu bunten Häufchen auf staubiger Erde verwehen.

Irgendwann bat auch ich die Großmutter um ein Schleifenband, um dieser Tradition zu folgen und einen eigenen Tupfen Farbe ins Gebüsch zu flechten. Bedank dich bei Gott für gute Gaben, bekam ich zur Antwort, und nicht bei irgendwelchen Geistern.

Einmal beim Eisrutschen auf dem zugefrorenen Flüsschen stieß ich mit einem anderen Mädchen zusammen. Es hat gar nicht besonders wehgetan, aber die Petze lief sofort zu ihrer Mutter und schrie, *Mama, Mama, die Faschistin hat mir ein Bein gestellt!*
Ich hatte plötzlich keine Lust mehr, noch länger mit meinem Körpereinsatz die Eisfläche zu polieren. Auf dem Rückweg zum Haus der Großmutter gingen mir die Worte des Mädchens nicht aus dem Kopf.
Oma, was ist eine Faschistin?
Die Kinder plappern das Gerede der Eltern nach, höre nicht drauf.

„Warum sagst du Oma statt Baba?", fragten mich meine Spielkameraden. „Unsere Großmütter heißen Baba, nicht Oma."

Ich sagte nicht mehr *Oma* in der Öffentlichkeit, ich wollte nicht daran als *Deutsche* erkannt werden.

Ein handgeschriebener Zettel leitete die Bewerber durch das Foyer. In einer Warteschlange wäre „Wer ist der Letzte?" die natürlichste Frage gewesen. Doch ich besann mich, dass hier niemand für Brot oder Milch anstand. Ich war in Gesellschaft von kulturhungrigen, kunstsinnigen Leuten; einige davon so jung, dass sie sich von den Eltern bis zur Kabinetttür begleiten lassen mussten.

Ich stellte die Tasche mit dem Akkordeon ab. Über viele Jahre hatte ich das Instrument zur Musikschule und zurück getragen und mir täglich gewünscht, es wäre leichter gewesen, und überhaupt, hätte es nicht auch eine Flöte getan? Menschen liefen umher, die Hände an papierne Gedächtnisstützen wie an Rettungsringe geklammert. Ein Mädchen sprach mich an und bat, den Miederhaken hinten an ihrem Kleid zuzuknöpfen. Ihr selbst wollte es nicht gelingen, zu klein der Haken, zu eng das Oberteil. Um die Taille hatte sie eine weißrotkarierte Schürze gebunden; die Schürzenbänder, sorgfältig zu einer Schleife drapiert, fielen seitlich bis zu den Knien herab. Sie sah aus wie Rotkäppchen, das ihr Käppchen und Körbchen im Wald verloren hatte.

Originalschnitt, sagte sie, so was tragen die deutschen Frauen daheim, in Leipzig oder Berlin, und Männer gehen in Lederhosen.

In Lederhosen ging hier niemand. Schlecht vorbereitet, sagte das Mädchen schulterzuckend.

Ich hatte nicht geplant, mich umzuziehen. In meinem kleinen Programm war ein Lied mit eigener musikalischer Begleitung auf dem Akkordeon vorgesehen. Als Monolog hatte ich die Rolle der Jelena aus *Die Kleinbürger* von Gorki vorbereitet. Mein Requisit – ein Buch. Der erste Satz, gedankenverloren rezitiert, mit Blick zum Fenster: *Als ich noch im Gefängnis lebte, war's viel interessanter…*

Fertig, sagte ich zu dem Mädchen im selbstgeschneiderten Dirndl. Sie dankte für meine Hilfe beim Schließen ihres Miederhakens und hüpfte davon.

Ich wollte nach meinem Akkordeon sehen und stellte fest, dass es verschwunden war.

Arnold Bungert

Edik Balzer hatte eine Zusage bekommen. Er durfte im Herbst nach Moskau, um Schauspielkunst zu studieren.

„Wahrscheinlich nehmen die jeden!", sagte meine Mutter in bester Absicht, begriff jedoch bei meinem Anblick sogleich, dass ihr Trostversuch missglückt war. Ihr Innehalten machte mir das Ausmaß der Ungerechtigkeit noch deutlicher bewusst.

„Warum nicht mich? Warum gerade Balzer? Er hatte doch noch nie was am Hut mit Schauspiel. Im Neujahrsstück in der Achten wollte er nicht mal den stummen Tannenbaum spielen. Was zieht denn so einen wie ihn jetzt auf die Bühne?!"

Ich dagegen!

Ja, was? Du?

Sagen wir es mal so, ich war bisher vielleicht nicht als das Jahrhunderttalent im Rezitieren von Gedichten aufgefallen. Sobald der Kram sich reimte, hieß es im Literaturunterricht stets: „Drei minus, setzen, Bungert!"

Aber Moment!

Was hieß das schon?!

Mutter war ganz meiner Meinung: Kein Dorflehrer sollte mittels Zeugnissen über meine Zukunft entscheiden dürfen, nur weil ich im Vortragen von ewiglangen, öden Poemen nie Klassenbester war.

Dafür liebte ich es seit Kindertagen, mich mit meiner Schwester zu verkleiden und unsere Romanhelden nachzuspielen. Ich hatte sogar wechselnde Partnerinnen auf der Wohnzimmerbühne, wenn man unsere sehr wandlungsfähige alte Wolldecke mitzählte. Ach, ich hatte sie ganz verdrängt, die treue Gefährtin, seit ich mich überwiegend für sprechende Mädchen interessierte! Sie wird inzwischen von Motten zerfressen sein.

Meine Liebe zur Dichtkunst, plötzlich erweckt, versprach zu wachsen… Noch heute wollte ich mit Puschkins Gesamtwerk beginnen.

„Ach, nimm es nicht so schwer, Arnold! Edik hatte eben mehr Glück als Talent. Oder seine Eltern haben der Kommission etwas zugesteckt. Mehr als nur Himbeermarmelade."

Vielleicht war meine Mutter insgeheim sogar froh, dass sie mich zu Hause behielt, während Balzers Mutter bittere Abschiedstränen weinen würde. So gesehen, konnte ich sie verstehen.

Und Nelli! Unsere Wege würden sich so oder so trennen, selbst wenn ich im Dorf bliebe, ginge sie weg. Wer hätte sie wohl festhalten können?

Sie gab eine Abschiedsfeier, Balzer war eingeladen.

Ich nicht.

„Du kannst auch kommen, kein Problem. Gibt ja keine Eintrittskarten", sagte er gönnerhaft, als wäre er selbst der Gastgeber, wofür ich ihn hasste. Aber ich wollte ja unbedingt dabei sein!

Nellis Eltern waren verreist und hatten ihr für einen Abend Haus und Hof überlassen. Selbstgebastelte Papierlaternen erhellten den Weg, im Garten brannte ein Lagerfeuer. Dort war auch sie, im Licht der Flammen noch schöner als in meiner Erinnerung, umringt von der gesamten Dorfjugend.

Sie rauchte.

Wenn mir mein Vater, Arnold Bungert senior, von seiner Nachkriegsjugend erzählte, durfte die Geschichte von seinen ersten Erfahrungen als Raucher nicht fehlen. Aus ihm wurde keiner, so viel sei vorausgeschickt, weshalb er sich uns als gutes Vorbild empfahl. Nichts habe es nach dem Krieg gegeben, weder Brot noch Zigaretten, aber die Jugend sei wie eh und je in der Not erfinderisch gewesen. Unter seinen Freunden, die von Kindesbeinen an durch üppige Wiesen voll wildem Hanf gestreift waren, sprach sich die Mär herum, dass Kartoffelblüten sich als Tabakersatz eigneten. Die Halbwüchsigen stahlen die Blüten von den Kartoffelfeldern der Kolchose, trockneten sie und stopften sie in selbstgebastelte Papierröllchen. Mein Vater probierte; fand, es schmecke widerlich und sorge für Übelkeit. Er weigerte sich fortan, an diesem Freizeitvergnügen teilzuhaben. Seine kurze Laufbahn als Kartoffelblütendieb und Rauchernovize fand damit ein jähes Ende.

So viel Vernunft wünschte er sich auch von seinen Nachkommen; also von meiner Schwester und mir, wobei für Mädchen rauchen sowieso unerhört war, er aber wollte zwischen uns keinen Unterschied machen.

Als Kim von den Nachkriegskartoffelblütenzigaretten hörte, startete er, ganz tollkühner Held, sogleich einen Selbstversuch. Immerhin sei ihm nach dem Genuss recht warm geworden und er habe den Drang verspürt, nach Hause ins Kühle zu gehen. Es ziehe ihn in den Südpol, zu seinen Brüdern und Schwestern, den Pinguinen. „Mensch, Kim, lass den Scheiß!", riefen wir besorgt. Er fühlte sich in der Tat heiß an und redete wirres Zeug, bis wir ihm einen Eimer kaltes Wasser über den

Kopf kippten und das leere Gefäß für zu erwartende Übelkeitsanfälle unterstellten.

Kartoffelblüten, so Kims Fazit, seien gar nicht so ohne und verdienten Respekt.

Irgendwann wollte ich meinem Vater von Nelli erzählen. Nicht heute oder morgen. Er würde sich über die künftige Verwandtschaft weniger freuen als Mutter, das wusste ich, wegen dem alten Schulz. Eine alte Rechnung. Der Schulz würde noch bekommen, was ihm zustehe. Wenn mein Vater getrunken hatte, begann er politische Reden zu schwingen, die niemand hören wollte – davon war jedenfalls Mutter überzeugt. Immerhin achtete Vater darauf, dass sein Zuhörerkreis durch die eigenen vier Wände begrenzt war. Er schimpfte auf unsere Regierung, diese würdigen Erben von Banditen, das skrupellose und korrupte Pack. „Still!", sagte Mutter, doch er war nicht zu bremsen. Volksvertreter, die hinter den Mauern des Kremls im sicheren Moskau hockten, abgeschottet von den Alltagsproblemen ihrer Untertanen... Wie viele ihrer Vorgänger und deren Helfershelfer lebten in den besten Lagen des Landes, betagt und unbehelligt, gut versorgt als „Ehrenpensionäre", dekoriert mit Medaillen für ihre blutdürstigen Dienste in staatlichem Auftrag... *So waren die Zeiten, wir konnten nicht anders* – wo kein Gewissen, da keine Reue.

Es war Mutters Aufgabe, ihn wieder zur Vernunft zu bringen. „Genau deshalb bist du nur ein kleiner Agronom und kein Kolchosvorsitzender", sagte sie zu ihm. „Lieber ein kleiner Agronom, als die Seele an die Partei verkaufen", sagte er. „Ich bin doch nicht wie Schulz!"

Zu mir sagte sie, der Vater meine es nicht so, es sei der Alkohol, der seinen Verstand trübe und ihn Unsinn reden lasse, und dass ich das Gehörte ganz schnell vergessen solle.

Der Vater trank selten. Trotzdem war ich geübt im Erkennen und Überhören heikler Themen. Wie jedes Kind weiß, Banditen gibt's in unserem Land nur im Fernsehen.

Das war die offizielle Wahrheit, aber daneben existierte noch eine andere; ich musste nur aufpassen, sie nicht zu verwechseln.

Ich hielt mich in Nellis Nähe und rückte blitzschnell nach, als neben ihr ein Platz frei wurde. Ich hatte geschwind gehandelt, ohne darüber nachzudenken, ob ich hätte fragen müssen „Darf ich?" oder „Ist hier frei?"

Gut gemacht, Arnold!

Ihr bronzeschimmernder Arm war gerade mal zehn Zentimeter entfernt von meinem. Eine unverfängliche Bewegung und wir hätten uns berührt. Wahrscheinlich hätte es dann für alle hörbar geknistert. Irgendein Vollidiot warf einen Holzklotz, dick wie ein Elefantenbein, achtlos in die Glut, ein Funkenregen fiel glimmend auf meine Knie, mir wurde sehr heiß.

„Willst du auch?", fragte Nelli, zu mir gewandt. Ihre Pupillen waren riesengroß, tief und flammend vom Widerschein des Lagerfeuers. In der Hand hielt sie eine Zigarette.

„Nein", sagte ich, wiederum ganz ohne nachzudenken.

Oswald Munz

Beim Erzählen der Fabel vom Schwan, Krebs und Hecht flogen die Silben mit Spucke versetzt aus meinem Mund. Auf ihrem Weg nach unten fielen die Speicheltröpfchen in einen Lichtstrahl und glitzerten darin kurz auf. Jetzt bloß nicht ablenken lassen!

Mit feinen Variationen in der Stimme und vollem Körpereinsatz zeichnete ich die Charakterunterschiede der auftretenden Fabeltiere nach, die einen beladenen Leiterwagen aus dem Sand ziehen wollten. Während der Schwan den Wagen in die Lüfte zog, schleppte der Krebs ihn rückwärts, und der Hecht zerrte die Last ins Wasser. *Und die Moral von der Geschicht': Ein gutes Kollektiv waren die drei Tiere nicht.*

Das Lied hatte ich nicht vorgetragen, nicht gesungen, nicht geträllert, sondern geschmettert, einen altbekannten Volksreim, von dem ich als Kind annahm, er sei für Kinder gedacht, weil darin ein aufgeplustertes Vögelchen vorkam. Das Vögelchen kehrt morgens durchgefroren in sein Nest zurück. *Tschischik-Pyschik, wo warst du?* – Doch nicht von einem verirrten Erlenzeisig erzählt der Reim, sondern von studentischen Trunkenbolden, die zur Zarenzeit in ihren papageienhaften Uniformen stadtbekannt und für rüpelhaftes Benehmen berüchtigt waren. Ich passte meine Stimme dem Bericht von nächtlichen Gelagen an der Fontanka an, wo statt Wasser der Wodka floss. Rau und wild tönte es, bevor nach drei Zeilen der Kopfschmerz einsetzte: *Und jetzt brummt mir der Schädel.*

„Sehr schön, Munz, spielen Sie eine Kuh."

Ich stutzte. Eine Kuh, warum nicht. Eine Kuh war ebenso gut wie ein Hahn. Sie ließen uns solche Tiere spielen, deren Verhalten uns von klein auf vertraut war. Keine Giraffen, Kängurus oder Elefanten. Eine Handreichung, die ich sofort verstand.

Ich konzentrierte mich. Ich, Milchkuh Dussja, stehe auf einer saftigen Weide. Meine braunen Kuhaugen sehen einen schönen Sommertag, nur ein paar Fliegen ärgern mich, ach, könnte ich doch nur kuhgleich die Ohren bewegen, um sie zu verscheuchen! Das Gras ist frisch und noch feucht vom Morgentau. Mein – Dussjas – Appetit ist ausgezeichnet. Um den Genuss zu verdeutlichen, baue ich wiederkäuende Bewegungen in meinen Monolog ein. Der Tag könnte noch viel schöner sein, wenn mein Kälbchen nicht so ungezogen wäre. Trotz meiner warnenden Laute hat es seiner Neugier nachgegeben und sich zu weit entfernt. Ich scharre ein wenig mit den Hufen, gebe ein grollendes Muh von mir, um dem Nachwuchs meinen Missmut zu verdeutlichen. Da naht Gefahr in Gestalt eines Wanderers. Ich verlasse meinen Platz, um das allzu leichtsinnige Kälbchen zurückzuholen. Es hat große braune Augen, in denen sich die Welt, das Gras und die Morgentautropfen spiegeln. Unmöglich, dem Kleinen lange böse zu sein.

Meinen Prüfern war nichts anzumerken. Stumm machten sie Notizen in ihre Blöcke.

Zum Schluss warf ich ihnen noch ein paar Krumen im hessischen Dialekt meiner Großmutter hin. Ruhig und selbstgewiss verließ ich das Feld. Im Abgang vergaß ich vor lauter Erhabenheit, einen letzten Blick auf das Mienenspiel der Moskauer Theaterpädagogen zu werfen.

Violetta Kraushaar

„Ertappt, du lasterhaftes Weib!", rief das Mädchen im Rotkäppchenkostüm (ohne Kopfbedeckung) plötzlich. Ich fuhr zusammen.

„Nein, doch nicht du, ich übe nur meine Rolle."

Ich wich dennoch zurück. Ich hatte das Akkordeon nur wenige Augenblicke unbeobachtet gelassen, solange ich mit dem Miederhaken des Mädchens beschäftigt war. Wenigstens hier hätte das Instrument doch sicher sein müssen, im Kreise von gleichgesinnten Feingeistern, die in ihre Monologe vertieft waren, für alles andere um sie herum taub und blind …

„Ich sah sie wiederholt bei Dunkelheit durch jenen Eingang schleichen, verstohlen wie ein Dieb!", schrie das Mädchen weiter, mit der Hand in meine Richtung weisend.

„Sei leise, wir proben auch!"

„Hat jemand mein Akkordeon gesehen?", fragte ich zaghaft. „Eine schwarze Tasche mit Trageriemen?"

„Haltet sie fest! Bevor sie unerkannt gerechter Strafe …"
„Ruhe da!"

„Mein Akkordeon stand dort an der Wand. Hat es jemand gesehen? Eine große schwarze Tasche … die muss doch aufgefallen sein."

„Hast du was verloren?", fragte das Mädchen. „Ich heiße übrigens Julia."

„Mein Instrument ist weg – wie soll ich jetzt singen?"

„Einfach singen und weniger nachdenken. Wenn ich nachdenke, fühlt sich jedes Vorsprechen wie ein Gang zum Schafott an."

„Machst du das etwa öfter?"

„So oft nun auch wieder nicht. Aber ich weiß, dass man alles geben muss, bis zum letzten Tropfen Schweiß. Denn am Ende brauchen sie mehr Jungs als Mädchen. Wegen der Rollenverteilung. Es gibt nämlich viel mehr männliche Hauptrollen als weibliche. Hast du das gewusst? Deshalb – vergiss jetzt dein Musikinstrument. Improvisiere!"

Ich betrat den Prüfungsraum. Mit leeren Händen stand ich vor der Kommission, geblendet von einer Stehlampe. Jemand sagte: „Fangen Sie an."

Warum machte man das, wenn es sich doch wie eine Hinrichtung anfühlte?

Ich sah jedem Prüfer fest ins Gesicht, ohne viel zu erkennen. Fang an, sonst werden sie unruhig... *Du* bist es ja längst.

„Mein Akkordeon ist weg", sagte ich. „Gestohlen! Heute Abend ist Konzert und ich kann nicht spielen... ausverkauftes Haus... Der Parteisekretär kommt, mit Familie... Meine Eltern sind extra angereist... aus Nowosibirsk..."

Die Lage war zum Verzweifeln.

Ich begann umherzulaufen, berührte imaginäre Personen am Ärmel, zupfte an ihnen, bis sie stehen blieben und meiner Klage zuhörten: „Haben Sie jemanden davonlaufen sehen? Der Schurke kann noch nicht weit gekommen sein, rufen Sie die Polizei!"

Wut, Verzweiflung, Rachlust – alles in mir fühlte sich echt an. Und richtig. Ich hatte die Schuhe ausgezogen, in Socken bewegte ich mich leichtfüßiger (so glaubte ich zumindest). Der Dieb, das war keiner von uns Hoffnungstrunkenen, vielleicht war's der Heizer oder der Hausmeister, die ihren kargen Lohn mit Hehlerei aufbessern wollten. *Wir* waren hier zu einem Vorsprechen (oder zu einem Versprechen?), niemand *von uns* ließe sich dazu hinreißen, ein gebrauchtes Akkordeon gegen die Chance seines Lebens zu setzen.

„Ich spiele … Egal wie, auch ohne Instrument …"

Gespielt wird immer.

„Hast du es gefunden?", fragte Julia draußen.

Ich wusste nicht gleich, was sie meinte. Es war nicht mehr wichtig.

Emilia Riedel

Als *Emilia Riedel* kannte ich kein einziges deutsches Wort. Aber ich gab an, Komsomolorganisatorin zu sein. Meine Beurteilung empfahl mich als engagiertes Mitglied der Gesellschaft für höhere Aufgaben. Das hatte ich den anderen voraus, die auf diesem Gebiet regelrechte Schlafmützen waren, Komsomolzen zwar, jedoch ohne Anleitung zu Schwerfälligkeit neigend.

Beim Vorsprechen führte ich einen Hexentanz als Baba Jaga auf, bis der Stuhl von meinem wilden Getrampel umfiel. Die Prüfer baten mich, eine Szene zu spielen. Ich sollte so tun, als ob ich Äpfel aus Nachbars Garten stehlen wolle.

„Das kann ich nicht", sagte ich.

„Warum nicht?"

„Ein Komsomolze stiehlt nicht."

Sie nickten wohlwollend.

Dann setzte ich noch eins drauf: „Und weil mir die Äpfel vom Nachbarn nicht schmecken, unsere sind viel besser."

Hatte ich das tatsächlich laut gesagt? Jetzt werden sie mich dummes Riedel-Gör rauswerfen, dachte ich, und als Paradebeispiel für die Leichtigkeit des Scheiterns in ihre Prüfungsprotokolle aufnehmen. Ich schielte zur Tür in Erwartung des Raumverweises.

Sie tuschelten miteinander und sagten mir, ich solle nun einen Schrank darstellen.

Ich versuchte, ein Schrank zu sein. Ein Bauernschrank voll mit Aussteuer, schwer, solide, aus Eiche geschnitzt für die Ewigkeit, so stand ich da.

Ohne etwas zu verstehen, las ich *Der Rabe und der Fuchs* auf Deutsch stockend von meinen Handinnenflächen ab, die ich in passender Höhe hielt, um meinen Vortrag zu unterstreichen.

Statt eines Puschkin-Poems rezitierte ich überbetont einen russischen Kinderreim:

Gänschen, Gänschen,

ga-ga-ga,

habt ihr Hunger?

Ja-ja-ja!

Das ist so etwas wie *Hänschen klein, ging allein…* – wenn ich das damals schon auf Deutsch gekannt hätte.

Dann schickten sie mich raus, um in Ruhe zu beraten.

Oswald Munz

„Wirscht nun den Kuhstall ausmisten oder Bühnenbretter bohnern gehen?", fragte die Mutter.

Nach der Aufnahmeprüfung war ich zum Bahnhof gelaufen. Alles war schwerelos, als schwebte ich einem Kosmonauten gleich in einer Raumkapsel über der Erde.

„Ich warte", sagte ich täglich in Erwartung des Postboten.

„Ist doch nicht normal, sich wegen *so was* wie ein Liebeskranker aufzuführen!", urteilte Wadim, seit einem Techtelmechtel mit der verheirateten Olga Schestakowa Experte in Liebesdingen.

Sobald ich den Bescheid aus Moskau in Händen hielt, holte mich neben der Freude die Enttäuschung ein, bei all dem Lob nicht für eine normale sowjetische Theaterhochschule getaugt zu haben.

Mutter war erleichtert. Der Sohn mit Drang zur Bühne erschien ihr plötzlich vernünftiger als der Sohn in den Fängen einer verwitweten Frau mit fünf Kindern. Sie hatte Wind von Anna bekommen, im Dorf ließ sich nichts verheimlichen. Schlimmer noch als die Schestakowa, die nur zwei Bälger hatte und einen Ernährer dazu. Mich weit weg von der Männerfresserin zu wissen, ließ Mutter wieder hoffen.

Sie schickte Gebete zum Himmel, ich möge ein gleichaltriges Mädchen nach Hause bringen, aber bitte keine Moskauerin, keine Tingeltangeldame und keine Katholische.

Arnold Bungert

Nach Nellis Abschiedsfeier bekam ich ein Telegramm aus Moskau. Es hatte denselben Wortlaut wie jenes von Balzer. Mutter riss es mir aus der Hand, hielt das Blatt weiter weg, um den Text zu entziffern. *Beginn des Studiums, Datum, Zeit.* Dann fiel sie mir so stürmisch um den Hals, dass ihr die Haarnadeln herausfielen. Ich hielt still und wartete, bis sie mich und das Telegramm aus ihrer Umarmung befreite. Das Papier hatte ein paar Knitterfalten davongetragen, mir schmerzten die Rippen.

„Was soll denn der Junge beim Theater?", fragte Vater. Hatte er nicht deutlich genug gemacht, dass die Fachschule für Hydromelioration die Bildungsstätte seiner Wahl für mich war? Dort hätte ich gleich bei uns ums Eck einen nützlichen Beruf erlernen können. Nun also Moskau! Wenn das nicht verrückt war! Schauspielerei sei überdies in seinen Augen gleichbedeutend mit Zirkus: fahrende Leute.

Mutter sagte, es wäre ihr neu, dass Shakespeare und Dostojewski in der Zirkusarena aufgeführt würden.

Er brachte als weiteren Einwand vor, dass auf meinen Freund Kim und die Tochter vom Schulz gute Arbeitsstellen in unserer Kolchose warteten. Das nenne er ein solides Fundament fürs Leben, das ein junger Mensch brauche. Nicht diese Schnapsidee von einem deutschen Theater in der Steppe …

„Vor wem willst du denn auftreten? Vor einer Herde Saiga-Antilopen etwa? Als Dompteur oder was?"

Mutter machte hinter Vaters Rücken das Verschwiegenheitszeichen. *Lass ihn reden. Wir wissen es besser.*

Nelli verließ das Dorf in der letzten Augustwoche. Sie ging an die nächstgelegene Hochschule, ich ans andere Ende des Landes. Die Hauptstadt, die ich bis dahin nur von Bildern aus der Fibel und dem Fernsehen kannte, lockte mit sagenhaften Reizen. Von dort, sagte ich mir, wirst du geehrt und gefeiert zurückkehren, und Nelli Schulz wird dich heiraten.

Schreib mir, hatte Nelli zum Abschied leichtfertig gesagt und mich gebeten, ihr etwas aus Moskau mitzubringen, ein kleines Souvenir.

Im Liegeabteil trug ich Hauspantoffeln, schaute aus dem Fenster, aber meistens ins Leere, und überlegte während der gesamten Zugfahrt, womit ich Nellis Geschmack treffen könnte. Am Ende beschloss ich, meine Schwester zurate zu ziehen, denn ich wollte bei einer solch existenziellen Entscheidung, von der meine Zukunft abhing, keinesfalls versagen. Mit jedem zurückgelegten Kilometer erschien mir das Kommende bedrohlicher, eine neue Umgebung, ein ungewohnter Tagesablauf, die Masse an unbekannten Menschen in der Großstadt. Und vor allem: die Entfernung zwischen mir und Nelli.

Die Mitreisenden tranken Tee am laufenden Band, aßen Knoblauchwurst und raschelten mit Papier. Ständig packten sie Essbares aus und die Reste wieder ein. Ich teilte mit ihnen die Himbeermarmelade meiner Mutter.

Alle Passagiere stellten einander dieselben Fragen, wohin, warum, wie lang, und ich antwortete unermüdlich, nach Moskau, um Schauspieler zu werden, vier Jahre, und sie sagten oh und ah, wie interessant!

Dein Gesicht müssen wir uns merken, sagten sie, damit wir es später auf der Leinwand erkennen.

Nicht Leinwand, sagte ich, Theater, ein deutsches Theater.

Ah, Theater, sagten sie, und lobten das Aroma der Himbeermarmelade, die in ihren Teegläsern auf den Boden sank, eine süße Schicht kleiner rosafarbener Körnchen.

Ich hatte meinen Koffer noch nicht gepackt, da sprach Mutter beim Schwatz mit den Nachbarinnen bereits von ihrem Sohn, *dem Schauspieler* ...

Bungert, Arnold Arnoldowitsch. Der Sohn von.

Schauspieler.

Ich.

Zweiter Teil

Moskau

1975–80

Arnold Bungert

Der Gedanke daran, dass Generationen von Schauspielschülern vor mir dieselben Türklinken berührt und dieselben Gänge mit Millionen von Schritten abgenutzt hatten, ließ mich am Eingang der Theaterhochschule Lew Afanassjewitsch Gawrilow kurz innehalten. Was für ein seltsamer Wind hatte mich aus der Steppe hierher geweht!

Am ersten September, dem Tag des landesweiten Unterrichtsbeginns, herrschte Aufbruchsstimmung, und ich befand mich mittendrin. Die älteren Semester gingen ein und aus und straften mich mit abschätzigen Blicken – *Was glotzt du, Grünling?* –, weil ich im Weg herumstand. Einer von ihnen, ein blondgelockter Typ um die zwanzig, rief beim Anblick einer grauhaarigen Dame „Oh, unsere verehrte Tamara Michalna!" aus und machte vor ihr einen Kratzfuß, garniert mit einem halben Kniefall. Zweifellos gelenkig, aber nichts, was ich nicht auch gekonnt hätte. Ob das hier so üblich war, vor den Dozenten einen Bückling zu machen, als Teil der Ausbildung?

Ach, Arnold, du weißt nichts! Weder über diese Leute, die sich hier heimisch fühlen, noch über die Geschichte des Hauses. Vergiss nicht, wer du bist und woher du kommst: ein halbfertiger Traktorist, dein Lebensmittelpunkt, der Dorfacker. Als Bub vom Feld bist du noch nie in einem Theater gewesen. Was machst du überhaupt hier?

Vielleicht werden sie dich zurückschicken, wenn sie erfahren, dass du nichts weißt und nichts kannst. Dann wird aus dir nie ein Schauspieler werden, und Nelli heiratet einen anderen.

Möglicherweise geschieht das, aber nicht gleich morgen!

Arnold, du wirst dir das Innenleben von Theatern genauso aneignen, wie du das Führen von Landmaschinen gelernt hast: indem du die Sache anpackst! Halt einfach das Lenkrad fest und bediene die Pedale!

Dieses langgestreckte zweistöckige Gebäude mit verblichener grauer Fassade und bröckelndem Putz auf der Uliza Petrovka mitten in Moskau, seit 150 Jahren Sitz der Lew A. Gawrilow-Theaterhochschule, würde von nun an mein Feld sein. Ein Bauer weiß, was er zu tun hat, um zu ernten.

Die Theaterhochschule besaß kein eigenes Studentenwohnheim. Hilfsweise stellte die Staatliche Berufsschule für Zirkus- und Unterhaltungskunst ein Zimmerkontingent zur Verfügung. Die richtige Verbindung aus dem Gewirr von Metrolinien herauszusuchen, erschien mir wie eine zweite Aufnahmeprüfung. Mehrere vorbeieilende Passanten, die ich nach der *Uliza Raskowoi* fragte, zuckten nur mit den Schultern. Entweder war ich an Touristen geraten oder an Moskauer, die sich in der eigenen Stadt nicht auskannten! War sie etwa selbst ihren Bewohnern zu groß?

Die Empfangsdame im Wohnheim verlangte meinen Zuweisungsschein. Sie hielt einen staccatoartigen Monolog über die im Hause nicht erlaubten Dinge. Es waren viele. Ich nahm die Einhaltung der Ruhe- und

Besuchszeiten sowie das Übernachtungsverbot in fremden Zimmern zur Kenntnis. Nachdem ich ein Formular unterschrieben hatte, gab sie mir den Schlüssel heraus, an dem ein Metallanhänger mit eingestanzter Nummer baumelte.

Nur noch wenige Schritte bis zu meinem neuen Zuhause. Mehrbettzimmer. Wo blieb eigentlich Edik Balzer? Nicht auszudenken, wenn jemand in der Wohnheimverwaltung der Meinung wäre, Leute aus demselben Dorf seien wie Brüder und sollten zusammenbleiben! Dabei ging bei Balzers sogar der Strudel anders. Ediks Familie kam aus einer ganz anderen Gegend (arme Leute, sagte Mutter), Strudel hieß bei ihnen Wickel, Grombiera schlicht Kartowel, und es war gar kein Problem, beim Strudelwickel den Topfdeckel anzuheben, weil das Balzersche Teigrezept keine Hefe enthielt. Demnach verband mich mit Balzer so gut wie nichts!

Als ich die Tür öffnete, war da schon jemand, der seinen Koffer auspackte. Zwei Stockbetten. Vier Spinde. Die Rückenansicht eines unbekannten Menschen.

„Hallo?"

„Ah, da kommt schon der nächste! Willkommen. Oswald."

„Danke", sagte ich. „Arnold."

„Nicht zu fassen!", kam eine Stimme aus einem der oberen Betten, „Arnold, du auch hier?"

Balzer. Fast wäre mir herausgerutscht, schön, dich zu sehen, Kumpel.

Ich schrieb Mutter, dass ich ein Zimmer in einem internationalen Studentenwohnheim bezogen hätte, einer

Unterkunft für Privilegierte, zu der Inländer im Normalfall nur schwerlich Zugang bekamen. Aber ich hätte es geschafft. Dein Sohn! Soll sie ruhig den Nachbarinnen erzählen. Und all ihren Freundinnen, Kolleginnen, Tanten und Cousinen. Beim Frühstück hörte ich Leute Spanisch reden, *Hola! Buenos días! Cómo estás?*, weil Kuba in Moskau Artisten für seinen Staatszirkus ausbilden ließ und wir nun Zimmernachbarn waren. Da war er, der Flair der weiten Welt, tagtäglich am Tisch nebenan.

Die angehenden Akrobaten brauchten nur über die Straße zu gehen, um in ihre Übungsräume zu gelangen, wir als Untermieter hatten dagegen einen längeren Weg zurückzulegen. Aber das war ein geringer Preis für all das, was mir so unverhofft zufiel.

Ich lernte schnell zu unterscheiden, wer wohin gehörte. Auf unserer Etage belauschte ich Schauspielschüler höherer Semester, die sich einen Spaß draus machten, sich in ihrer jeweiligen Muttersprache zu unterhalten, um die anderen dumm dastehen zu lassen. Neben uns wohnten Kasachen im zweiten Studienjahr, und obwohl ich in meiner Schulzeit auf etliche Unterrichtsstunden Kasachisch zurückblicken konnte, erwiesen sich meine Kenntnisse als nicht ausreichend, um den Gesprächen zu folgen. Wahrscheinlich gaben sie eine einstudierte Bühnensprache zum Besten, die draußen auf der Straße kein Mensch verstand.

Bei den Osseten im dritten Studienjahr war mein Bemühen, den Sinn der Unterhaltung zu erfassen noch vergeblicher. Ein bestimmender Eindruck blieb: Sie konnten alle mehr als wir.

Unsere Kommilitonen waren Vertreter verschiedener nationaler Studios, aus allen Ecken des Landes nach Moskau delegiert, um hier zu Schauspielern für die Bühnen ihrer Nationaltheater ausgebildet zu werden.

Nationaltheater – das klang nach etwas Großem, Gewichtigem. Das verlieh ihnen in meinen Augen zusätzliche Bedeutung, zumal sie sich mit größerer Berechtigung Schauspielschüler nennen durften, waren sie uns doch ein Jahr oder mehr voraus.

Dann fiel mir ein, dass auch wir ein Nationaltheater bekommen sollten, dass ich selbst Teil davon sein würde und dass ich mich an diese Vorstellung noch gewöhnen musste.

Das ganze Wohnheim, bevölkert von Schauspielstudenten und Artistenlehrlingen, war ein Mikrokosmos an kreativer Energie, deren geballte Kraft mir Gänsehaut machte. Ich spürte ihr nach, wenn ich mich unbeobachtet glaubte, mit der unaussprechlichen Frage im Kopf, ob man diesen Überschuss auch von außen über die Poren aufnehmen könnte, wenn das Schöpferische nicht aus einem selbst heraussprudelte?

In meinem Brief nach Hause schrieb ich, alle Mitbewohner, Kursteilnehmer und Dozenten seien nett. Mit der Pförtnerin im Wohnheim hatte Oswald schon in den ersten Tagen seine Erfahrungen gemacht und nannte sie ein Schrapnell. Seine Wortwahl übernahm ich nicht, sondern notierte, die Empfangsdame sei eine pflichtbewusste Person und passe sehr gut auf uns auf. Wie eine zweite Mutter.

Ich ahnte sofort, dass Oswald kein Junge vom Feld war. Er hatte etwas an sich, das ihn heraushob und erfahren wirken ließ, eine Zielstrebigkeit und Selbstgewissheit, hier am richtigen Ort zu sein, ohne dass er wesentlich älter war als ich.

Heute sehe ich es so: Da waren wir – eine eilends zusammengetriebene Herde Jugendlicher, die Abenteuer auf Großstadtpflaster witterten, und dort war er, der nach eigenen Worten nie etwas anderes habe machen wollen als: *Schauspieler sein.*

„Was haben denn deine Eltern zu deinem Berufswunsch gesagt?", fragte ich ihn. „Schließlich ist Moskau sehr weit weg, der Kartoffelacker aber sitzt unsereins dauernd im Nacken."

„Meine Eltern sind bodenständige Leute. Sie wollten für mich einen soliden Beruf in der Landwirtschaft: Rinderzüchter oder Landmaschinenmechaniker. Theater ist für sie bestenfalls Freizeitvergnügen, niemals Arbeit, mit der einer seinen Lebensunterhalt verdienen kann. Ein Bauer kennt keine Freizeit. Vielleicht ein Tänzchen am Samstag, damals, als sie noch jung waren und von Haus, Hof, Huftieren und Kindern nur träumten…

Hat natürlich nicht geholfen. Bin schon als Schuljunge abgehauen, um zur Theaterschule zu fahren. Ich hatte ja keine Ahnung, wie so was abläuft. Bin einfach hin und habe gesagt, ich will Schauspieler werden. Beim ersten Mal kam ich nicht weiter als bis zur Pforte. Ich solle erst mal meinen Schulabschluss machen. Beim zweiten Mal haben sie mich nach zehn Minuten rausgeworfen."

Oswald lachte. „Vielleicht auch schon früher. Ich war wütend. Ich wollte mit allen Mitteln einen Fuß in die Tür zu dieser Welt bekommen! Umso mehr, als sie mich auf mein Klopfen nicht hineinließen. Ein Bauernsohn hat nicht von der Bühne zu träumen, sondern von Hektar, Ertrag und gutgenährtem Vieh im Stall."

„Wem sagst du das", sagte ich. Balzer behauptete rotzfrech, schon in Windeln Hamlets Monologe einstudiert zu haben. Ausgerechnet Balzer als Königssohn! Damit hatte er sich zum Kasper des Jahrgangs empfohlen.

„Wahrscheinlich hätte ich alles in Kauf genommen, um wenigstens in die Nähe einer Bühne zu kommen", redete Oswald weiter, „ob als Kabelträger, Regieassistent oder Beleuchter, egal, gebt mir nur eine winzige Aufgabe hinter den Kulissen! Aber am Ende ließen sie mich weich fallen."

„Ach ja?"

„Sie gaben mir einen Türöffner mit, eine Art geheimen Schlüssel."

„Wahnsinn! Was war das denn?"

„Eine Empfehlung."

Ich nickte beeindruckt. „Du bist ein Glückspilz, Oswald."

„Du doch auch. Sind wir alle."

Sorglos trank ich vom Zauber des Neuen und hatte keine Angst vor Übersättigung. Im Gegenteil, ich blieb noch lange durstig.

Die Dozenten gaben uns vom ersten Tag an Hausaufgaben, Anleitungen zum Selbststudium, Zeitpläne für Übungen und Repetitorien. Gewiss war das, ich will es gar nicht abstreiten, ein sinnvoller Zeitvertreib für Studenten. Wie schon Genosse Lenin sagte: *Lernen, lernen, und nochmals lernen!* Nach außen hin verfolgte ich gebannt den Vorlesungsstoff, tatsächlich war ich damit beschäftigt, die Namen und Gesichter der Mädchen in unserem Kurs zu studieren. Sie hatten teilweise sehr schöne Namen, Emilia, Violetta, Helena, Julia. Als kämen sie aus der Stadt oder seien einem Theaterstück entsprungen. Dabei stammten die meisten aus Kuhkäffern in den Weiten Kasachstans oder von noch weiter weg, Richtung Walachei, an der mongolischen Grenze. Manch eine von ihnen hätte mit einigem Wohlwollen sogar dem Vergleich mit Nelli Schulz standgehalten, stellte ich überrascht fest.

Violetta entwickelte vom ersten Tag an den Ehrgeiz, sich alles, was ihr nicht von allein zufiel, mit harter Arbeit anzueignen. Das Lehrertöchterchen. Unser Fleißbienchen. Sie habe Präsenz, lobten die Lehrer – was immer damit gemeint war. Ihre Stimme kam aus der Tiefe ihres Körpers und umschmeichelte einen wie das sanfte Gurgeln eines Waldbachs. Soll sie nur weiterreden, wünschte ich mir, ganz egal was. Sie hatte etwas von einem Vögelchen, scheu und schutzbedürftig, aber wenn sie sich aufrichtete und tief Luft holte, füllte sie den ganzen Raum aus und brachte das Parkett unter ihren Füßen zum Schwingen.

Die Dozenten hatten sich gleich auf Violetta eingeschossen und wählten sie und Oswald zum Vorzeigepaar, wenn es darum ging, den Unterrichtsstoff an einem praktischen Beispiel zu veranschaulichen. Die beiden machten ihre Sache wirklich gut, als hätten sie woanders geheime Lehrstunden genommen.

Recht bald war den hospitierenden Deutschlehrern aufgefallen, dass die muttersprachlichen Kenntnisse bei den Studenten sehr ungleich verteilt waren. Sie bestätigten gegenüber der Hochschulleitung, dass der auf unserer Seite vereinzelt vorhandene, rudimentäre deutsche Wortschatz für die Bühne nicht zu gebrauchen war. Mit diesen für Goethes und Schillers Werke unzumutbaren Dialekten unterschiedlicher Färbung, mit diesem Mischmasch an Mundarten sei einfach kein ernstzunehmendes Theater zu machen. Die Dozenten erklärten, man habe uns nicht nach Moskau geholt, um uns für Bauernschwänke auf Jahrmärkten auszubilden. Wir sollten die Bühne eines Nationaltheaters bespielen. Ob uns klar sei, was das bedeute?

„Als Erstes müssen Sie Deutsch lernen! Deutsch ist Ihr wichtigstes Arbeitsmittel! Was der Bohrer für einen Zahnarzt und der Meißel für einen Steinmetz, das ist für Sie die deutsche Sprache!"

Jetzt werden sie mich enttarnen, dachte ich, die Wünschelrute hat versagt. Vier Zeilen Deutsch waren mein einziger Besitz, und auch das nur, weil ich sie auswendig gelernt hatte.

Sie tragen zwar deutsche Namen, aber sie wissen nicht, wie man sie ausspricht. Das sind einfach junge Sowjetmenschen vom Lande, genauso wenig deutsch wie ein beliebiger Bürger auf Moskaus Straßen.

So redeten die Lehrer über uns, besorgt, ob wir das erste Semester überstehen würden.

Emilia Riedel

Am Ende der Aufnahmeprüfung war ich sicher, gnadenlos durchgefallen zu sein.

Aber die Prüfungskommission hatte entschieden, dass ich nach Moskau kommen durfte, um Schauspielerin zu werden. Ich glaube, sie haben mich wegen meiner politischen Funktionen genommen.

In Moskau vermisste ich anfangs sogar Tante Edith. Ihre Besuche am Sonntag, ihre Verlegenheitsgeschenke zum Geburtstag, ihre pflichtbewusste Anteilnahme an meinem Leben. Als ich sechzehn wurde, kam heraus, dass ich getauft war, heimlich, damit es die Nachbarn nicht erfuhren. Und dass Tante Edith darauf bestanden hatte, meine Patentante zu werden, weil sie keine eigenen Kinder hatte. Dann und wann wurde sie bedauert, keinen Mann abbekommen zu haben, fiel doch ihre Jugend in die *armen Jahre*, eine Zeit des Männermangels, und danach wurde es mit den Männern ja auch nicht schlagartig besser, dass man als gestandenes Fräulein viel Auswahl gehabt hätte. Ein Witwer hatte ihr einst den Hof gemacht, doch Edith beschied, dass er nicht zu ihr passte, weil er öfters einen über den Durst trank und erwachsene Kinder hatte. Aber wo hätte sie einen gefunden, der nicht trank? Danach kam gar keiner mehr. Das habe sie nun davon, sagten die Lästermäuler.

Mein Stiefvater trank nicht. Meine Mutter hatte es gut mit ihm getroffen, und ich freute mich, dass bei uns alles besser lief als bei meinen Schulfreundinnen Katjucha und Gulnara, deren Eltern nicht geschieden waren und jeden Tag lautstark stritten.

Trotzdem verstand ich nicht, warum meine Eltern das zugelassen hatten. Dass ich eine Patentante bekam. Dass ich getauft wurde. Die Worte passten nicht zu ihren Taten. Sie waren aus eigenem Antrieb zu einem Pfarrer in die Kirche gegangen und hatten ihn gebeten, ihr Neugeborenes zu taufen, so selbstverständlich, als würden sie auf dem Standesamt eine Geburtsurkunde für mich beantragen. Als Jungkomsomolzin fühlte ich mich von diesem Wissen beschämt. Zwar gab es keinen Taufschein, und die Taufkerze lag seit Ewigkeiten in einer Kiste auf dem Dachboden begraben. Dennoch war ich daheim von Zeugen dieser unerwünschten Zeremonie umgeben, in Moskau dagegen hatte niemand den Hauch einer Ahnung.

Am Ende der ersten Vorlesungswoche lud mich ein vorlauter Junge mit Sommersprossen und karottenfarbenem Haar ins Kino ein. Er sei Edik, sagte er, Edik Balzer. Das war hilfreich, denn bei 30 Studenten in der Gruppe waren mir noch nicht alle Namen geläufig. Wir gingen ins *Oktober*, das größte Kino der Stadt. Alle wollten den neuen amerikanischen Film über einen Banküberfall in New York sehen. Bevor mir der Anblick der langen Schlange vor der Kinokasse den Abend verdarb, zeigte mir Edik triumphierend zwei Eintrittskarten. Ein fürsorglicher junger Mann, das gefiel mir. Im vollen Saal galt Ediks Aufmerksamkeit allein dem Geschehen auf der Leinwand. Erst als die Bankräuber die Bankangestellten in Geiselhaft nahmen und die Polizei das Gebäude in Brooklyn umzingelte, tastete sich seine Hand an meinen kleinen Finger heran. Ich rührte ihn nicht. Wie praktisch, dachte ich, dass wir denselben Heimweg haben.

Die Lehrer an der Theaterakademie nahmen ihren Erziehungsauftrag ernst, jede Woche luden sie uns zu einem Klassengespräch ein. Sie fragten, wie es uns ginge, ob wir Heimweh hätten. Sie erkundigten sich nach den Berufen und der Gesundheit unserer Eltern, der Anzahl der Geschwister, den Wohnverhältnissen zu Hause.
Sie gaben Mitja Straub einen Tag frei, als seine kleine Schwester vom Nachbarshund angefallen wurde und ins Krankenhaus kam. Er hätte an seinem freien Tag in Moskau nicht viel für seine Schwester im fernen Kirgisien tun können. Aber allein die Geste war großzügig. Immerhin konnte er zur Post gehen und mit seiner Mutter telefonieren. Und Medizin schicken. Die Ärzte in der Provinz hatten nichts außer Jod zur Behandlung der Wunde. Dabei hätte der Hund tollwütig sein können. Alles Mögliche vermag durch einen Hundebiss übertragen werden. Mitja wollte lieber nicht darüber nachdenken. Ich auch nicht.
Von irgendwoher wehte eine penetrante Parfümnote herüber. Plötzlich wurde mir auf meinem Stuhl kotzübel. Tief in den Bauch atmen, mit den Augen einen Punkt fixieren, damit es nachlässt. Hinter den Fenstern verschwamm die nächste Straßenlaterne im Nebel.
Der Dozent betonte, dass wir uns in Moskau noch nicht gut auskannten. Die Stadt sei sehr groß, es brauche Zeit, sie kennenzulernen. Gerade wir als *Neuhinzugekommene* sollten daher aufpassen.
„Auf unsere Taschen?", fragte jemand.

Auf die auch. Vor allem aber, dass wir keine Dummheiten machen. Denn in einer Weltstadt wie Moskau seien viele Menschen unterwegs, auch solche aus kapitalistischen Ländern. Man wolle uns warnen, nicht allzu vertrauensselig zu sein.

Wie besorgt sie um uns sind, dachte ich, als wären sie unsere Eltern. Wir könnten nicht besser aufgehoben sein.

Und was den Mangel an Deutschkenntnissen betraf, so waren die Pädagogen nach zahlreichen Sondersitzungen gemeinsam mit der Schulleitung übereingekommen, unser fehlendes Sprachwissen mit Intensivtraining aufzupolieren, natürlich zusätzlich zum normalen Stundenplan, neben Politökonomie, russischer Literatur, Weltliteratur, Schauspielkunst, Sprecherziehung, modernem und historischem Tanz, Ballett und Fechten. Ich vernahm ein kaum hörbares Stöhnen von hinten, noch mehr Stoff, noch mehr lernen, noch länger die Schulbank drücken... Balzers Hand strich über meinen Rücken und verweilte wärmend in der Mitte, fakultative Gruppenarbeit.

Man werde für den Sonderunterricht schnellstmöglich ein *linguaphones Kabinett* einrichten und die besten Germanisten des Landes hinzuziehen.

In der anschließenden Stunde *Geschichte des russischen Theaters* überkam mich das drängende Bedürfnis, meinen Kopf auf die Tischplatte fallen zu lassen. Nur das Wissen um die Folgen – scheele Blicke, dumme Fragen – hielt mich davon ab.

Durchhalten, Emilia, dreißig Minuten noch.

Arnold Bungert

Oswald hatte eine billige Flasche Rotwein am Schrapnell vorbei ins Wohnheim geschmuggelt. Um den knappen Liter nicht durch vier teilen zu müssen, passte er
den Moment ab, als Balzer und Eugen Eppler, unser
vierter Zimmergenosse, bei den Zirkusleuten saßen.
Sie hatten es auf die weiblichen Mitglieder einer kubanischen Seilartistentruppe abgesehen, beeindruckt
von deren muskelgestählten, biegsamen Körpern und
dem spanischen Akzent. Um die Völkerverständigung
voranzutreiben, boten sie Dolores und Isabel Russisch-
nachhilfe an, gerne auch als Einzelunterricht.
Oswald und ich tranken den Wein aus ausgespülten
Mayonnaisegläsern. In der Gemeinschaftsküche blieb
nichts lange stehen. Die Mayonnaisegläser hatten die
praktische Größe von 250 Millilitern und waren uni-
versell einsetzbar. Ob Tee, Nudelsuppe oder Wodka,
alles ließ sich gut daraus trinken. Zuvor musste natürlich der Originalinhalt aufgebraucht werden. Wir tunk-
ten Brotstücke in die Mayonnaise, ein prima Abendessen, sättigend und schmackhaft, jedenfalls die ersten
drei Mal.
Die Schulleitung hatte Professoren der Maurice Thorez
Hochschule für Fremdsprachen beauftragt, um unsere
deutsche Aussprache zu perfektionieren. Täglich mehrere Stunden. Bis der Schweiß rinnt und Mordgedanken
aufkeimen.
Seht ihr, welchen Aufwand wir für euch betreiben?
„Hast du eine Ahnung, wer dieser Maurice Thorez
war?", fragte ich Oswald.

„Dem Namen nach Ausländer, und er hatte wohl was mit Fremdsprachen zu tun", mutmaßte Oswald. „Vielleicht Franzose? Aber natürlich einer von den guten, ein kommunistischer Franzose ..."

„Meine Mutter wird sich freuen, wenn ich schreibe, wir bekommen Deutschunterricht von Dozenten der *Maurice Thorez Hochschule*, das klingt sehr bedeutungsvoll, nicht wahr?"

„So ein Regierungsauftrag wirkt manchmal Wunder." Oswald war der Meinung, dass wir politischer werden müssten. Momentan sei unser Kurs eine lahme Truppe, mit der man nichts bewegen könne. Die Mädchen gerieten in kollektives Entzücken, wenn es einer von ihnen gelungen war, in der Parfümerieabteilung einen importierten Lippenstift zu ergattern. Auf hundert Meter Entfernung umwehte sie die Aura von Landpomeranzen.

„Wir haben doch gerade erst angefangen", sagte ich und protokollierte in Gedanken den Lippenstift nichtvaterländischer Produktion. Für Nelli. Demnächst Violetta fragen, wo man sich dafür anstellen muss.

„Ich denke an später. An unser eigenes Theater. An den Grad der Selbstbestimmung."

„Ah", sagte ich.

„Daran müssen wir arbeiten. An der Autonomie. Künstlerisch und politisch. Verstehst du?"

Ich nickte. „Absolut."

„Wir brauchen Ziele, um zu wachsen. Wo wollen wir in vier, fünf Jahren stehen?"

„Äh ... Auf der Gawrilow-Probebühne, um unsere Diplome entgegenzunehmen?"

„Und danach? Wohin werden sie uns schicken? Wo wird das Theater stehen, das sie uns versprochen haben? Davon hängt alles ab! Der Standort bestimmt die künftige Bedeutung. *Unsere Bedeutung…*"

„Hey, Theater stehen meist in Großstädten… Nationaltheater in Hauptstädten. Klarer Fall also, ich tippe auf Moskau oder Alma-Ata."

„Moskau? Ich bitte dich, Arnold. Wer braucht in Moskau ein deutschsprachiges Theater? Genau: niemand. Unsere Situation ist absurd. Denk doch mal nach: Zuerst rauben sie uns das Land, die Häuser und das Vieh, dann schieben sie uns mittellos in unwirtliche Gebiete ab, auf ewige Zeiten, ohne Recht auf Wiederkehr. Das heißt Gefängnis, auch wenn sie es nicht so nennen, lebenslang, die Nachgeborenen inbegriffen. Und als wäre das nicht genug, nehmen sie uns auch noch die Sprache weg. Und weißt du warum?"

„Warum?"

„Weil ein Volk, das viele Sprachen kennt, schwerer zu überwachen ist. Zum Abhören von Telefonaten, zur Kontrolle von Zeitungen, für alles brauchst du Übersetzer. Unsere Heimat, vom Ochotskischen Meer bis zur Ostsee – ein einziges großes Babylon. Wenn alle eine aufgezwungene Hauptsprache sprechen, werden sie ihre eigene vernachlässigen. Solche lassen sich einfacher regieren, also klein halten."

Ich hob warnend die Hand, um ihn zu stoppen. Oswald vertrug offenbar den Wein nicht.

„Es dauert nicht mehr lange, und sie ist tot."

„Wer?", fragte ich verwirrt.

„Die deutsche Sprache! Ich sehe es an mir, an dir. *Wir* sollen sie retten? Mit einem kleinen Theater? Ohne Sprache stirbt auch die Kultur. Die Erinnerung. Der Faden, der über Jahrhunderte gehalten hat, das einende Element, die letzte Verbindung zwischen uns und den ersten, die einst hierherkamen, wird mit jedem Tag mehr gekappt."

So sehr ich glaubte, meine Abwehrhaltung deutlich zu machen, so wenig drang sie bis zu meinem Gegenüber durch. Wie willst du, Arnold vom Weizenfelde, einen vollen Saal jemals von deinem Talent überzeugen?

„Unsere Sprache ist nicht gestorben, sie ist nur eine andere geworden...", sagte ich. „Wir haben sie gewechselt wie einen Mantel. Darunter sind wir doch dieselben geblieben."

Meinte Oswald, wir seien Attrappen, ohne Muttersprache gar nicht echt? Dabei kann man sie leicht verlieren, wie einen Ehering. Aber auch ohne Ehering bleibt man verheiratet, wenn man verheiratet ist, so macht der Verlust einer Sprache doch keinen anderen Menschen aus mir...

„... und Erinnerungen können auch übersetzt werden. Sie erzählen das Gleiche, ob auf Deutsch, Russisch oder Japanisch."

Oswald hörte mir nicht zu.

„Schau dich an. Wer bist du, wie nennst du dich? Sowjetbürger?"

„Äh... Bungert Arnold aus der Kolchose *Roter Oktober*."

„Kannst du deinen Namen auf Deutsch schreiben?"

„Äh... jetzt sofort?"

„Spare dir die Mühe für morgen. Wenn sie wieder Germanistikprofessoren bezahlen, um uns unsere eigene Muttersprache beizubringen, die sie uns zuvor geraubt haben."

Ich drehte mich um, um zu schauen, ob uns nicht doch jemand zuhörte. Zwar weckte Oswalds bühnenreife Rede durchaus Bewunderung in mir, jedoch hielt diese mein zweites vorsichtiges *Ich* nicht davon ab, seine Worte als aufrührerisch, ungehörig, vielleicht sogar als gefährlich einzuschätzen. Warum vertraute er solche Gedanken ausgerechnet mir an? So gut kannten wir uns doch noch gar nicht! Und wenn er mich aufs Glatteis führen wollte? Ein Spitzel war? Mein Vater hatte mich vor solchen gewarnt. *Sie werden sich dein Vertrauen erschleichen, um dir Unbedachtes zu entlocken, und dich dann verpfeifen.*

„So habe ich das noch gar nicht betrachtet…"

„Dann denk mal drüber nach!"

„Ähm… ich wäre mit solchen Äußerungen vorsichtig… an deiner Stelle…"

„Wovor hast du denn Angst, Arnold? Vor Worten? Ich kann es noch lauter sagen. Soll ich es in den Flur schreien? Oder besser noch, auf die Straße brüllen?!"

Oswald machte tatsächlich Anstalten, das Fenster aufzureißen.

„Nein, bitte nicht, draußen ist es kalt!"

„Ach, jetzt fürchtest du dich sogar vor Frischluft. Fakt ist, wir brauchen wieder einen Ort mit Schulen, Ämtern, Kinos und Theatern, wo es für alle Bewohner selbstverständlich ist, frei von Angst deutsch zu sprechen. Eine eigene Republik mit Hauptstadt und Selbstverwaltung.

Eine Autonomie. So wie früher an der Wolga. Das ist es: Wir wollen die Republik! – War das laut genug?"

„Aber die Wolga ist weit weg … Und das ist auch schon lange her."

Plötzlich sagte Oswald übergangslos: „Balzer hat erzählt, dass du in eine Melkerin aus deinem Dorf verliebt bist."

„Bastard", knurrte ich.

„Vergiss sie", sagte Oswald, ohne die Tonlage zu ändern, als ginge es um eine belanglose Sache und nicht um die Weichenstellung für mein Lebensziel. In aller Ruhe schnippte er einen winzigen Krümel von seinem Handrücken weg. „Hier findest du allemal etwas Besseres."

Ich stand auf und ging.

Vielleicht hätte ich ihn ohrfeigen müssen, dachte ich hinterher, als mir auf dem Flur der Zirkusetage Gelächter und Stimmengewirr entgegenschallten.

Violetta Kraushaar

Jetzt, da zwischen mir und den Autogrammkarten berühmter sowjetischer Filmschauspieler in der Schreibtischschublade meines früheren Kinderzimmers fast 3.000 Kilometer lagen, begann ich zu bedauern, die mühsam zusammengetragene Sammlung nicht verschenkt zu haben, an irgendein Mädchen aus der Nachbarschaft, das davon träumte, Schauspielerin zu werden.

Ich hatte diesen Traum nie gehabt. Selbst in der Hochphase des Autogrammkartentauschgeschäfts empfand ich den Beruf der Bewunderten als zu abstrakt, zu weit entrückt von unserem Alltag, um ihn in das Zentrum meiner Sehnsüchte zu erheben.

Auf dem Weg nach Moskau dachte ich unablässig: War es richtig? Ich war noch keine zwanzig und hatte nicht vorgehabt, unseren kleinen Vorort von heute auf morgen zu verlassen. Vielleicht hättest du doch lieber bei der Literaturwissenschaft bleiben sollen! Eine stille, unauffällige Existenz, nur innerhalb der eigenen Fachwelt wahrgenommen und geschätzt. Das war die Art von Sicherheit, die Oma (für andere: *Baba*) Klara sich für mich gewünscht hätte ... Theatermenschen dagegen seien, fand sie, unstete Gesellen, mal hier, mal dort anzutreffen, und ständig diese Verkleidungen, wie beim Karneval ...

Mit Schrecken dachte ich an die Worte meiner Mutter, auf der Bühne würden wir von Tausenden gehört werden, deren Applaus ebenso wie den Buhrufen wehrlos ausgeliefert sein. Wobei, ausgebuht würde man nur im

Westen, das hätten wir daheim nicht zu befürchten. Unsere Kritiker säßen vielmehr in Regierungsgebäuden und Parteisekretariaten. Die Bürde, die ich so leichtfertig in Kauf genommen hatte, reichte in der Tat weiter, als kostümiert Sätze aufzusagen, die sich andere für uns ausgedacht hatten. Eins dürfe ich nicht vergessen, belehrte mich Mutter zum Abschied: Am sowjetischen Theater wirkten Heldendarsteller als Volkspädagogen, die Bühne diente als weiterführende Erziehungsanstalt der Festigung sozialistischer Persönlichkeiten. Nicht zum Vergnügen (dem eigenen oder dem des Publikums) stünden die Schauspieler im Scheinwerferlicht, sondern um ihren Beitrag zur Verbesserung der Gesellschaft zu leisten.

Wir dagegen (die jungen Ungestümen) hätten die Möglichkeit, den Anteil an staatlicher Belehrung durch unverhofften Erkenntnisgewinn zu schmälern, dem Publikum Rätsel aufzugeben, fade Speisen mit etwas Eigenem zu würzen – bis wir für unseren Mut beklatscht und bewundert würden...

Ich nickte halb erschlagen. Welch eine Verantwortung! Tolstoi in zwölf Bänden schien mir weniger gewichtig als diese Last. So sinnierte ich, während ich zum Studieren nach Moskau reiste (zum ersten Mal so weit weg von zu Hause), wie der Verpflichtung gerecht zu werden sei: Unser Theater als Keimzelle von ... Widerstand? Weiterdenken wollte ich vorerst nicht, allein die Vorstellung von Auflehnung erschien mir bereits als zu frivol, so behutsam diese auch angegangen werden mochte. Überhaupt war es töricht, von Erträgen zu träumen, bevor die Saat gelegt war. Was können wir schon allein ausrichten? Vorerst fühlte ich mich hauptsächlich unauffällig (und nicht zu revolutionären Taten geboren).

In der ersten Woche als Studentin der Theaterhochschule lief mir ein Bühnenstar des Maly Theaters über den Weg. Ich hatte ihn auf einem Plakat gesehen und wiedererkannt. Spontan, vor lauter Ehrfurcht, wich ich zur Seite, um ihm Platz zu machen (wahrscheinlich völlig überflüssig, er hätte mich ohnehin nicht bemerkt). Doch im Vorübergehen nickte er in meine Richtung, als sei ich eine von denen, die er kannte, vom Sehen, vom Reden, im Zustand vor und nach der Maske... In diesem Mikrokosmos, den ich für Moskau hielt, begegneten mir zuweilen sogar berühmte Filmschauspieler, die mich grüßten (natürlich nur auf den Personalgängen, die dem Zutritt von Normalsterblichen verschlossen waren); dieselben, deren Lächeln auf Fotopapier konserviert in einem Sammelalbum fern von hier lagerte.
Ich war sichtbar. Irgendwie. Ganz ohne besondere Anstrengung.

Das erste Semester war dem Kennenlernen der Grundlagen der Schauspielkunst und der Kommilitonen untereinander gewidmet. Professor Viktor Nikitin, der stets selbstgestrickte Pullunder (Geschenke seiner Frau) unter einem Kordjackett mit Einstecktuch trug, ließ uns Spiele zur Gruppendynamik durchführen. Wir stellten uns paarweise auf, Rücken an Rücken (mein Kopf lehnte an Arnolds Nacken), entfernten uns auf Nikitins

Zeichen voneinander. „Nicht umdrehen, Violetta! Versucht, zeitgleich mit eurem Partner stehen zu bleiben, das fördert die Intuition."

Wir lernten, Emotionen auf Knopfdruck abzurufen, Liebesszenen mit wechselnden Partnern zu spielen und, ganz allgemein, Grenzen zu überschreiten, sowohl einzeln als auch gemeinsam. Freilegung des Talents, nannten die Dozenten das.

Das Talent ist nämlich nicht einfach nur irgendwo versteckt in unserem Inneren, immer schon da gewesen und nur auf eine günstige Gelegenheit wartend, um sich zu entfalten.

„Ist aus einem Marmorblock allein durch Streicheln jemals ein Löwe geworden?", fragte Viktor Nikitin in die Runde.

Ich stellte mir vor, wie ich einen unbehauenen Stein berührte, immer wieder mit den Fingern über die Oberfläche fuhr, die sich unter meinen bloßen Händen in Jahrhunderten nicht verändern würde.

„Vor jedem Applaus stehen Tränen, Schweiß und Verdruss!"

Manchen wurde von seinen Worten bange, mir nicht. Nikitin, *der Steinmetz,* würde uns seine Instrumentensammlung an die Hand geben, um den Löwen zu formen.

„Aus eurem Innern muss es kommen", rief Nikitin, „aus dem *Herzen*! Zeigt mir *Gefühle*! Wo sind eure Gefühle?!"

Er blieb vor mir stehen. „Violetta, wo sind deine Gefühle?"

„Im Herzen", sagte ich. Sein Blick blieb kurz an meiner Bluse hängen.

„Dort ist es aber dunkel", sagte er. „Sie müssen raus ans Licht, sichtbar werden!"

Er strich mir flüchtig über das Gesicht. „In jeder Pore. Verstanden?"

Im Studentenwohnheim war niemand längere Zeit allein, weil dieser Bienenstock niemals ruhte; Tag und Nacht brachten Emotionen und Energien verschiedenster Charaktere sein Innenleben zum Summen.

Zum Proben schloss ich mich mit einem Handspiegel auf der Gemeinschaftstoilette ein, um meinem Gesicht eine Abfolge von Gemütsbewegungen aufzuzwingen. Doch auch da war keine Ruhe, Mädchen kamen zum Schminken rein und erzählten sich gegenseitig von den kleinen Missgeschicken ihres Alltags (Laufmaschen im Strumpf, gerissene BH-Träger, ein untreuer Igor, der auf den Mond geschossen gehörte oder besser, noch weiter weg, und zwar für immer).

An den Wochenenden luden die Dozenten uns zu Ausflügen ein, als hätten sie kein eigenes Leben, keine Beziehungen außerhalb des Theaters, im Laufe der Woche noch nicht genug Zeit mit ihren Studenten verbracht. Sie wollten uns die Stadt zeigen, ihre Parks, ihre berühmten Museen, manchmal fuhren sie mit uns einfach von Metrostation zu Metrostation, um unseren Orientierungssinn zu trainieren (Zugereiste, zumal junge Leute vom Land wie wir, könnten sich anfangs leicht verfahren), und der Untergrundarchitektur wegen. So eine U-Bahn gibt's sonst nirgendwo auf der Welt, und ihr seid mittendrin. Genießt es. Seid dankbar.

Nikitin kaufte eine Süßigkeit bei einer Straßenhändlerin. „Probiere das heute Abend zum Tee", sagte er zu mir. Als ich zögerte, umschloss er fest meine Hand, damit ich das Päckchen nicht zurückweisen konnte.

Ich lernte zuerst unsere Straße kennen, benannt nach der Fliegerin Marina Raskowa, die bei der Erfüllung ihrer Dienstpflichten tödlich verunglückt war. Manchmal blieb ich vor der Gedenktafel zu Ehren der gefallenen Raskowa stehen und staunte, wie viel Tatkraft in so ein kurzes Leben passte: Befehlshaberin einer Fliegerstaffel, Majorin, Heldin der Sowjetunion... Was zählte dagegen das Werk eines Schauspielers? Ein paar künstliche Tränen auf der Bühne vergießen, während andere Menschenleben retteten und den Feind im Kampf besiegten?

Doch halt. Unsere Aufgabe war es, etwas zu bewegen. Jeder Schritt ein Fortschritt in Richtung bessere Zukunft. Das Rüstzeug dafür bekamen wir in Moskau.

Gefühle zeigen war das eine. Das andere, sie auszudrücken in der Sprache Kleists und Lessings. Wohl hatte ich von meiner Mutter Gewissenhaftigkeit und die Liebe zu historischen Romanen übernommen, nicht aber die Muttersprache, die plötzlich so wichtig war wie vorher unwichtig. Die Schuld lag eindeutig mutterseitig.

Die Reue lag bei mir.

Wenn meine Großmutter sich sommers über den Zaun mit anderen alten Frauen aus dem Dorf unterhielt, hörte ich wohl, dass sich fremde Laute in deren Rede mischten, Wörter wie „ischt, bischt, hascht", die ich nur flüchtig aufnahm. Jetzt, im Gespräch unter den

Studenten, die ihr muttersprachliches Können zum Besten gaben, spürte ich der spärlichen Erinnerung weiter nach. Die Frauen am Zaun taten *verzähle, schwätze* oder *babble*. Akustische Versatzstücke, von deren Schreibweise und Bedeutung ich keine Ahnung hatte. Ein Wortschatz, der nicht für zehn Finger reichte.

Dann und wann schwebte ein weiteres Wort irrlichternd durch den Raum, bis es mir gelang, es einzufangen und nach Gehör in lateinische Buchstaben zu pressen, so wie dieses hier voller eigenwilliger Poesie: *Bodalumpa*.

Meine Eltern nahmen die Tagesnachrichten zur Kenntnis, ohne diese zu kommentieren (jedenfalls nicht in meinem Beisein, als vertrauten sie nicht auf meine Reife und Verschwiegenheit). Was da draußen passierte, passierte auch ohne ihr Zutun, was also sollte es für sie zu besprechen geben?

Mein Vater schaute gerne Hockey, freute sich aber, wenn die gegnerische und nicht die sowjetische Mannschaft gewann (das durften die Nachbarn nicht wissen). Einmal sagte er, um eine Wahl zu haben, müsse mehr als ein Name auf dem Wahlzettel stehen, sonst sei es keine. Ich hatte noch nie einen Wahlzettel zu Gesicht bekommen.

An der Politik verbrenne man sich die Finger, sagte Mutter, daher wolle sie das Thema nicht bei Tisch haben, ihr sei die Suppe schon heiß genug.

Und doch wähnte ich mich nicht unwissend (welche Neunzehnjährige tut das schon). In den Sommerferien, die ich bei den Großeltern auf dem Land verbrachte, schnappte ich portionsweise die *alten Geschichten* auf. Manchmal ließen die Großeltern untereinander einen unbedachten Satz fallen oder blätterten gemeinsam mit mir im Familienalbum (was ich liebte) und nannten Jahreszahlen. 1805, 1902, 1937, 1941, 1956, verbunden mit den Begriffen Dorfgründung, Großvaters Geburtsjahr, Verhaftung, Verbannung, Winter, Hunger, Aufhebung der Kommandantur. Wir betrachteten vergilbte Fotos, von denen es im elterlichen Haushalt keine Abzüge gab, und ich speicherte irgendwo die dazugehörigen Wörter, stets versiegelt mit dem Hinweis, vor Fremden darüber zu schweigen. Ich lernte, dass das Schweigen irgendwie zum Reden dazu gehörte, man musste nur wissen, wann das eine, wann das andere Vortritt hatte. Die *alten Geschichten* wiesen nach Jahren immer noch Lücken auf, die aufzufüllen mir weniger am Herzen lag, als mit den Nachbarskindern zum Baggersee zu radeln. Wir brachten uns selbst das Schwimmen bei, kein Erwachsener warnte uns vor den Gefahren des tiefen Wassers. Auf dem Rückweg klauten wir halbreife Beeren, die aus Privatgärten durch die Latten baufälliger Zäune hindurchsprossen. Wir drehten aus Übermut hochstehenden Sonnenblumen die Köpfe ab, obwohl deren Kerne noch feucht und weich und ungenießbar waren. Unsere Beine und Fahrräder waren schnell, wir kannten keine Angst vor Entdeckung. Auf den Misthaufen der Kolchose wachsende Wiesenchampignons lernte ich als Pfannengericht schätzen, von den Müttern meiner Ferienfreunde mit Butter und feingehackter Petersilie zubereitet. Bei uns gibt's so was nicht zu essen, antwortete ich auf die Frage, ob es mir schmecke.

Eines Tages bekam meine Familie Besuch von einer merkwürdigen Person. Ich war damals um die vierzehn Jahre alt, saß in einer schattigen Ecke des Hofes auf einer Bank und streichelte die Katze, als eine ältere Dame durch das Tor eintrat und zielstrebig auf mich zuging. „Wo sind deine Eltern?", fragte sie. Ich bemühte mich, mein Erstaunen über die weißen Glacéhandschuhe, die die Frau trotz des warmen Wetters trug, zu verbergen. Überhaupt die ganze Erscheinung! So etwas hatte ich in meinem ganzen (jungen) Leben noch nicht gesehen. Die Besucherin trug ein wallendes weißes Gewand. Am Kragen thronte mittig eine von gerüschter Spitze halb verdeckte Brosche. Das sorgfältig hochgesteckte Haar war von seidigem Glanz wie die Handschuhe. Eine Person zum Gaffen für alle Nachbarn. Was wollte sie von uns?

Eingeschüchtert versprach ich die Eltern zu holen. Bevor ich es tun konnte, kamen sie von selbst aus dem Haus, offenbar beunruhigt durch den ungewöhnlichen Gast. Die Fremde erklärte, dass die Behörden einen nahen Verwandten von uns ausfindig gemacht hätten, einen Kraushaar bei Moskau, der seit Längerem seine Angehörigen in Kasachstan suche. Sie sei geschickt worden, um den Kontakt herzustellen.

„Wir haben keine Verwandten in Moskau", sagte mein Vater abweisend, „sie leben alle hier."

„Doch, doch", sagte die Dame, „Irrtum ausgeschlossen. Ihr verschollener Cousin. Ein baldiges Wiedersehen verschafft beiden Seiten Gewissheit. Zögern Sie es nicht zu weit hinaus."

„Sie müssen uns verwechseln", sagte Vater.

„Keinesfalls", entgegnete die Fremde. „Möchten Sie Ihren Verwandten etwa nicht treffen? Als Familie hält man doch zusammen ..."

„Danke, wir kommen zurecht."

„Überlegen Sie es sich, ich komme bald wieder."

„Wer war das?", fragte ich, kaum dass der weiße Stiefelabsatz der Besucherin hinter dem Tor verschwunden war.

„Sie ähnelt den Damen in Tschechows Stücken", sagte meine Mutter, noch völlig gebannt von der Aufmachung der Unbekannten. „Weiße Handschuhe im Sommer! Die Bluse feinster Batist mit Klöppelspitze! Vielleicht ist sie eine pensionierte Gewandmeisterin, die ihre eigenen Kreationen zur Schau trägt? Oder aber schlicht eine Verrückte, die sich als Großfürstin Romanowa verkleidet, um die Nachbarn zu erschrecken? Sollten wir die Polizei rufen, bevor sie die ganze Straße belästigt?"

„Nicht nötig", sagte mein Vater, „ich kenne diesen Auftritt. Das war eine Provokateurin in Diensten des KGB."

Seine Stimme zitterte wie nach überstandener Gefahr. Ich spürte seine Anspannung und das Verlangen, den Vater zu trösten, ihn, der mir das Fahrradfahren beigebracht und über jeden Sturz hinweggeholfen hatte. Gleichzeitig wunderte ich mich ein bisschen über seine Erfahrung mit Provokateurinnen (jedoch nicht allzu nachhaltig).

„Was wollte sie?"

„Eine unbedachte Äußerung provozieren, die gegen einen verwendet werden kann. Wir werden uns aber nicht provozieren lassen. Violetta, wenn diese Frau nochmals auftauchen sollte, sagst du, wir sind nicht zu Hause. Sonst kein Wort."

„Aber … sind wir denn so wichtig?" Die Frage war mir einfach so herausgerutscht. „Oder kommt sie zu jedem?"

„Mach, was ich gesagt habe."

Seither hatte ich eine Abneigung gegen weiße Handschuhe entwickelt. Keine unschuldigen Accessoires, sondern geheime Werkzeuge des KGB, die ich weder privat noch auf der Bühne tragen wollte. Auch gut gekleidete Damen mit üppigen Broschen erweckten meinen Argwohn, obwohl ich mir später natürlich darüber bewusst war, dass Provokateure vielerlei Gestalt annehmen und weder Glacéhandschuhe noch Schmuckstücke ihre einzigen Erkennungszeichen waren. Mit vierzehn hatte ich mich allerdings gefragt (in diesem Alter hat man viele Fragen), ob Provokateur ein Beruf war, den man erlernen und im Lebenslauf angeben konnte, mit Abschlusszeugnis und Aussicht auf Beförderung, doch sonderbarerweise tauchte er in keiner Berufsberatung auf.

Moskau hat viel zu bieten, darum wollen alle nach Moskau. Wir hatten geschafft, was den meisten verwehrt blieb. Wir durften länger bleiben, nicht nur auf einen Sprung verweilen wie Touristen, die kein anderes Ziel kannten, als mit vollen Taschen in ihre Provinzen zurückzukehren. Ausgestattet mit einem staatlichen Stipendium und einem billigen Wohnheimplatz stellten wir schnell fest, dass der Betrag kaum zum Leben reichte.

Unsere Kommilitonen verdingten sich abends und am Wochenende als Straßenkehrer, Aushilfen in Banjas oder Kartenabreißer im Theater, denn was nützte ihnen die Hauptstadt und die schönste Metro der Welt, wenn sie uns weder ausführen noch Geschenke kaufen konnten, und Mangelware, auf die die Daheimgebliebenen warteten, unerschwinglich blieb… Das Großstadtleben hatte eben seinen Preis (für Männer oft höher als für Frauen).

Die ersten Paare fanden zusammen, geflüsterte Verabredungen auf den Zimmern, wer wann wo mit wem ungestört bleiben wolle, umso lauter der Pulk der anderen, Gesänge, Gelächter, Akkordeon- und Gitarrenklänge, gelegentlich Applaus.

Nikitins Frau (die in ihrer Freizeit so gerne strickte) unterrichtete ebenfalls an der Theaterakademie, was ihn jedoch nicht davon abhielt, den Studentinnen Zettelchen zuzustecken. Ich fand darin das Angebot eines Rendezvous nach der siebten Stunde, jedoch keinen Hinweis auf den Treffpunkt. Ich trug das Zettelchen einen halben Tag mit mir herum, schwankend, ob ich eine Antwort darauf kritzeln sollte. Als ich beschloss, es wegzuwerfen, war es nicht mehr aufzufinden. Emilia und Julia glaubten mir diese Fahrlässigkeit nicht. So dumm könne ich doch nicht sein? Ein Stelldichein mit dem Dozenten beschere der Kandidatin womöglich bessere Noten. Ob ich wirklich nicht daran gedacht hätte? Nein, sagte ich wahrheitsgemäß, aber wenn ihr wollt, steht euch das frei. Julia begann zu fantasieren, dass man dem ungetreuen Gatten, nach den Motiven von Figaros Hochzeit, nicht ganz uneigennützig eine Lehre erteilen solle: die Inszenierung eines Verwechslungsspiels als praktische Aufgabe im ersten Studienjahr.

„Warum bist du nicht gekommen?", passte mich Nikitin in der Pause ab.

„Wohin?", fragte ich.

Er setzte gerade zu einer Antwort an, als hinter ihm, wer weiß woher, seine Frau auftauchte und ihn beiseite nahm. „Witja, du wirst gebraucht!"

Fortan war er auffallend häufig in ihrer Begleitung zu sehen, er bekam auch ein, zwei neue Pullunder geschenkt.

Unter den Grüppchen im Wohnheim galten Oswald und ich bereits als das perfekte Bühnenpaar. Oder anders: das Strebergespann. Und wo Oswald war, war noch einer, dessen Nähe sich nicht vermeiden ließ (sie teilten sich ein Zimmer). Er war einfach da. Immer. Wie eine Distel, die sich einem ans Hosenbein heftet und nicht abzuschütteln ist.

Arnold Bungert

Tamara Michailowna Golowko, unsere Dozentin für Sprecherziehung, ging nur zum Schlafen nach Hause. Ihr Leben spielte sich in den Räumen der Theaterschule ab. Wir wetteten, dass sie eines Tages auch hier sterben würde. Mitten im Unterricht einfach tot umfallen. Dieselbe Hingabe erwartete sie von ihren Schülern. Jeder Atemzug für die Bühne, bis zum letzten.

Aus Tamara Michailowna war schnell Michalna geworden. Nicht, weil die Studenten sie damit ärgern wollten, sondern zum einen aus Gründen der Ökonomie, und zum anderen aus einer gewissen flapsigen Zuneigung heraus, die nichts mit Respektlosigkeit zu tun hatte.

Michalna hatte eine Vorliebe für Ballspiele und kaufte Bälle sogar auf eigene Kosten im Kaufhaus *Kinderwelt* nach, weil regelmäßig welche aus dem Fundus verschwanden.

Sie ließ uns Zweiergruppen bilden, ich landete bei Balzer, Oswald bei Violetta.

Übungen zum Lockerwerden, nannte Michalna das. Um die Aufgabe vorzuführen, bat sie Violetta in die Mitte des Raums und stellte sich einen Meter vor ihr auf.

„Wir stehen locker, die Beine leicht auseinander. Wir werfen den Ball beim Ausatmen und fangen ihn beim Einatmen. Achtung, so!"

Sie warf Violetta den Ball zu, atmete zeitgleich mit einem lauten „Wopp" aus, fing den Ball wieder auf, atmete zeitgleich mit „Wapp" hörbar ein.

„Jetzt beginnen alle in ihrem Tempo. Sie sind dran!"
Oswald bekam seine Spielpartnerin zurück. Ich schielte zu ihnen hinüber. Wie gekonnt sie sich den Ball zuwarfen und dabei mit *Wopp!* und *Wapp!* das Gesicht zu Grimassen verzogen. Sie hatten Spaß. Zwei aufgeplusterte Frösche, die Geräusche machten, als ob Blasen in einem Schlammteich aufploppten.

„Sehr schön!", sagte Michalna. „Arnold, wieso höre ich bei dir nichts? Du musst lauter atmen! An alle: Wir konzentrieren uns auf die richtige Atmung! Mit Schludereien beim Üben schadet ihr euch nur selbst."

Ich presste die Luft durch die Tore aus *Wopp* und *Wapp*, die mein Mund jeweils formte.

„So ist's gut, mein Junge!"

Wir tauften diese Gemeinschaftsaktivität das *Silbenwurfspiel*.

Ohne Pause ging Michalna zur nächsten Ballübung über.

„Heute probieren wir etwas Neues aus. Wenngleich jeder das Spiel in Variationen aus seiner Kindheit kennen dürfte."

In manchen Gesichtern zeigte sich Vorfreude, in anderen Skepsis.

„So, aufgepasst!" Michalna prellte den Ball mit der rechten Hand, ohne sich vom Fleck zu rühren. Dabei ratterte sie parallel zu jedem Handschlag laut und akzentuiert Silbenfolgen herunter:

Bamberley, bemberley, bimberley, bomberley, bumberley!

Pamberley, pemberley, pimberley, pomberley, pumberley!

Tamberley, temberley, timberley, tomberley, tumberley!
Wtamberley, Wtemberley, Wtimberley, Wtomberley,
Wtumberley!
Wir ahmten sie diszipliniert nach, am Anfang noch
etwas holprig, dann immer schneller und sicherer.
Dreißig Personen, die auf Bälle einschlugen und dabei
rhythmisch tumbe Laute ausstießen. Das schweißt zusammen. Nach dieser Übung war unser Umgang miteinander merklich vertrauter.

Violetta fand es eine Zeitlang witzig, Michalna hinter
deren Rücken *Miss Pemberley* zu nennen, aber das
setzte sich nicht durch, weil außer Violetta niemand
den Witz verstand. Michalna blieb Michalna.

Eines Tages verschwand Michalna ohne eine Erklärung. Mangels geeigneter Vertretung fiel der Unterricht
in Sprecherziehung wochenlang aus. Wir übten im
Wohnheim anhand unserer Aufzeichnungen und dachten uns neue sinnfreie Silbenfolgen aus. Als wir Geld
für eine Pralinenschachtel sammelten, um Michalna im
Krankenhaus oder zu Hause zu besuchen, bekam das
Rektorat davon Wind und ließ uns mitteilen, Michalna
sei gar nicht krank, sondern auf einer Dienstreise.

Unser Sprachlabor erhielt den Beinamen Folterkabi-
nett. Der intensive Umgang mit der deutschen Sprache
hinterließ bei manch sensibler Seele Tränen in den Augen. Nicht umsonst war der Unterricht am Ende des
täglichen Stundenpensums angesiedelt, danach fühlten
wir uns geistig und körperlich nämlich verausgabt, als
hätten wir gleichzeitig einen Schachwettkampf und

einen Marathonlauf bestritten. Lob von den Lehrern gab es selten. Das Problem mit der deutschen Sprache ist, dass sie keinen klaren Regeln folgt. Sie ist eine spröde Schöne, die erobert werden will, jedoch nicht von heute auf morgen. Paukerei war angesagt, vor allem bei den Artikeln, denen keine sinnvolle Unterscheidung zugrunde lag. Wortendungen boten keine Orientierung geschweige denn Sicherheit, ob etwas als männlich, weiblich oder sächlich anzusprechen war. Wir irrten häufig, die professoralen Sprachmentoren in ihrer Unerbittlichkeit bestärkend. *Sie müssen lernen, üben, wiederholen! Und wer dazu nicht imstande ist, hat an einem Nationaltheater nichts verloren, der kann gleich gehen und seinen Platz für Begabtere räumen. Da draußen stehen junge Menschen landesweit Schlange, um in die heiligen Hallen der Lew Gawrilow Theaterhochschule Eintritt zu erhalten! Jedes Jahr kommen hundert Bewerber auf einen Platz! Vergessen Sie das nicht!*

Die Mädchen weinten, aber nur heimlich. Vor den Dozenten gaben sie die Streberinnen, und die größte von allen gab Violetta. Sie hatte den Ruf einer uneinnehmbaren Festung, war es doch bisher niemandem von meinen Kommilitonen gelungen, sie wenigstens zum Händchenhalten in eine dunkle Ecke im Kino zu locken. Sogar Balzer hatte es aufgegeben, sie anzugraben, zu hart war die Nuss. Probier's du doch mal, Arnold, riet er mir entnervt.

Aber ich hatte ja Nelli, wenngleich in weiter Ferne. Andererseits... Natürlich war Violetta nicht so perfekt wie meine Auserwählte, jedoch auch nicht ganz reizlos und – im Gegensatz zu Nelli – räumlich greifbar.

Mit Oswald paukte Violetta tatsächlich nur Vokabeln. Er trauerte irgendeiner Dorfliebe nach, gerüchteweise eine nicht mehr ganz taufrische Dame mit Vergangenheit.

Beide wetteiferten im Erfinden von Nonsenssätzen nach bestimmten Mustern, um sich bei den Professoren lieb Kind zu machen.

Lottchens Liedern lauschen lauter liebe Leute,
Lieschens Läuse teilen sich heute leise die Beute.

Der einzige sprachlich Gebildete unter uns stellte einen Antrag auf Befreiung vom Deutschunterricht, mit Dolmetscherdiplom habe er es nicht nötig, umringt von Anfängern sinnfreie Lautsilben rauf und runter zu jodeln. Der Antrag wurde abgelehnt. Unser Jahrgang habe als Kollektiv zusammenzuwachsen, entweder alle oder keiner, mit Dünger, Disziplin und Strenge sollten wir zu einem Ganzen geformt werden. Um aus einem Eisenklumpen eine Rose zu schmieden, muss das Eisen sehr heiß sein.

Wochen später war Michalna plötzlich wieder da. Erholt und voller Tatendrang stand sie vor uns, als sei sie soeben von einer Kur auf der Krim zurückgekehrt. Sie habe eine Fortbildung absolviert, erklärte sie, und sich längere Zeit an einer Theaterhochschule in der DDR aufgehalten, um ihre Lehrmethoden zu vervollkommnen. Würden wir Banausen die deutsche Sprache besser beherrschen, wäre uns nämlich längst aufgefallen, dass in ihren Silbenfolgen die Umlaute fehlten. Da sie sich selbst mit dem deutschen Alphabet nicht auskannte, musste sie sich von einem Germanisten darauf hinweisen lassen. Eine Schmach! Die Hochschulleitung habe daraufhin einen halbvergessenen Kooperationsvertrag mit einer Partnerinstitution in der DDR hervorgekramt und Michalna mitgeteilt, sie solle ihren Koffer packen, um ihre Wissenslücken deutschsprachige Umlaute und Diphthonge betreffend umgehend zu beseitigen.

Zu Beginn der nächsten Stunde salutierten wir mit: „Pämberley, Pömberley, Pümberley!"

„Äh… Sehr schön", sagte Michalna, den kurzzeitigen Verwirrungseffekt ihrerseits sogleich überspielend, „ich sehe, ihr habt das Problem erfasst. Jetzt machen wir mit einer Ballübung weiter."

Im Sprachlabor lauschten wir Vorträgen zu Lippentätigkeit und Mundöffnungsgrad im Hochdeutschen und suchten im Anschluss nach Beispielen für Umlaute im Wörterbuch: Löhne, Zähne, Mühe, aber Mythos und Hymne. Eine weitere Aufgabe lautete, von Muttersprachlern auf Band gesprochene Dialoge über Einkäufe, Kinobesuche und Familienverhältnisse zu übersetzen und nachzusprechen. Ich hoffte, recht bald von einem deutschen Touristen nach dem Weg, der Uhrzeit oder nach Zigaretten gefragt zu werden, um meine neuen Kenntnisse anzuwenden, gespannt darauf, ob sie sich im Alltag bewährten.

Die Neujahrsferien waren zu kurz, um nach Hause zu fahren, erst recht für unsere kubanischen Freunde. Sie beschwerten sich über die Moskauer Kälte, die Unmengen an Schnee und den Mangel an Zitrusfrüchten. Kurbelt doch mal den Export an, scherzten wir, und lasst euch was aus der Heimat schicken! Vielleicht kommt es als Trockenobst an.

Wir besuchten alle Vorstellungen des Maly Theaters, zu denen wir als Schauspielstudenten kostenlosen Zutritt erhielten. Der Zuschauerraum war gut beheizt, im schummrigen Licht der Kristalllüster erschien jede Frau als Schönheit, ein Übermaß an Gold, Samt und Parfüm attackierte die Sinne. Sobald ich in einem der tiefen weichen Theatersitze versank, fiel ich in den angenehmen Zustand des Vor-sich-Hindösens, umgeben von Wärme und dem vertrauten Stimmengesäusel des Publikums vor Beginn der Vorstellung. Selbst das Geschehen auf der Bühne vermochte mich als Stammgast nicht aus der gedanklichen Abwesenheit herauszureißen.

Balzer versuchte mit den Ballerinen vom Bolschoi Theater anzubandeln, die ihm verrieten, wie man in die Betriebskantine gelangt, wohin uns der Zugang verwehrt war. Bekanntlich übt das Verbotene einen besonderen Reiz aus. Balzer schwärmte vom Speisenangebot, der Einrichtung, und natürlich von den Tänzerinnen, nachdem er den Höllenhund von Pförtner, der den Eingang zur Kantine bewachte, überlistet hatte. „Das Geheimnis ist", erklärte uns der Glückliche, „denkbar einfach: Man muss im Bilde über die laufenden Aufführungen sein und ohne Zögern antworten. Etwa so: Eine von euch geht vor und sagt *Giselle*. Der Titel ist unser Passierschein. Alles klar?"

Die Betriebskantine hat für ein Theater etwa dieselbe Bedeutung wie der Kreml für unser Land. Daher folgten wir Balzer bereitwillig, angestachelt von seinem Wagemut und dem Risiko, erwischt zu werden.

Obgleich keines unserer Mädchen von der Statur her als Balletttänzerin hätte durchgehen können, zumindest nicht bei Tageslicht, ließ der Pförtner uns mit einem herablassenden Nicken passieren. Die Mädchen frohlockten, den Zerberus ausgetrickst zu haben, *wie wenig ähneln wir doch Giselle, viel eher den Walküren!* Im Fundus des Bolschoi hingen lauter Kostüme in Kindergrößen.

Während die Ballerinen an ihren Möhren- oder Gurkensalaten herumpickten, nahm ich mir etwas Handfesteres, einen Salat Olivier vom kalten Buffet, obwohl ich Mayonnaise nicht mochte, seitdem ich zu viele 250-Milliliter-Mayonnaisegläser leer essen musste, um unseren Geschirrbestand aufzustocken. Balzer überließ mir den Platz neben Violetta, um näher bei den Ballerinen zu sein. Doch deren Welt schien an den Mauern des Bolschoi zu enden, Balzer hatte als Außerirdischer bei ihnen einfach kein Glück.

Ich verspeiste meine Portion mit Haltung und Bedachtsamkeit, als verfolgten fünfhundert Augenpaare aus dem Zuschauerraum jede meiner Bewegungen, dabei hoffte ich, dass mich nur eine ansah.

Balzer, sonst nicht für übermäßigen Eifer bekannt, entwickelte plötzlich erhebliche Aktivitäten, um neben dem Studium Geld zu verdienen. Er fand eine Stelle als Geschirrspüler in einem Moskauer Restaurant, wo man selbst für diese Hilfstätigkeit sagenhafte neunzig Rubel bekam. Bei unserem knappen Stipendium war das ein Vermögen.

„Los Arnold, mach mit, für dich findet sich dort auch was."

Balzer und ich bekamen Arbeitskleidung und hantierten bis tief in die Nacht hinein mit verkrusteten Pfannen und Töpfen in heißer Seifenlauge. Die Arbeit in der Großküche war schwer und schmutzig, verglichen mit Mitja Straubs Job als Straßenkehrer jedoch auch weit einträglicher. Die Kellner überließen uns hungrigen Studenten Speisereste von abgeräumten Tellern, nicht ausgetrunkene alkoholische Getränke, halbe Brotlaibe und ermunterten uns, ein paar saubere Teller, Tassen und Besteck ins Wohnheim mitzunehmen. Nur nicht zu viel auf einmal, damit es nicht auffiel.

„Das ist kein Diebstahl", erklärten sie uns, „das machen hier alle."

Bei Schichtende waren wir ordentlich gesättigt und hatten noch allerlei Leckereien für unsere Zimmergenossen im Gepäck.

Unser Semesterabschluss auf der Etage ähnelte einem königlichen Bankett, Balzer hatte sogar Servietten aus dem Restaurant mitgehen lassen, um die Mädchen mit gehobener Tischkultur zu beeindrucken. Ein paar Finessen der Servierkunst hatte er sich vom Oberkellner abgeschaut, der sich soweit hochgedient hatte, dass er seine Fertigkeiten an Gästen aus dem Westen beweisen durfte.

Rechtzeitig vor den Ferien hatte Oswald geräucherte Gans und fünf Kilo Schinken von zu Hause geschickt bekommen, wovon alles in kürzester Zeit verputzt war. Das Studentenleben begann mir zu gefallen.

Emilia Riedel

Ach, die Klagen über zu wenig Freizeit! Unsere Tage waren vollgepackt mit Unterricht, Deutschstunden und Proben. So beschäftigt war ich, dass mir erst ein Verdacht kam, als mein Lieblingsparfüm plötzlich anders roch. Ich war seit drei Wochen überfällig. Einmal mit Edik Balzer im Kino gewesen und ... Wie enttäuscht die Eltern, meine Lehrerin Larissa Petrowna und erst Tante Edith wären, wenn ich in diesem Zustand zurückkehrte! Parteiauftrag untergraben, das Kollektiv vor den Kopf gestoßen. *Diese Emilia – kaum angekommen, verabschiedet sie sich schon, die faule Haut.*

Auf dem Mädchenzimmer berieten Violetta Kraushaar, Helena Seibold und Julia Nesterowa über meine Zukunft. *Liebt ihr euch überhaupt, du und Balzer? – Was soll ich sagen – nach einem Kinobesuch? – Dann lernt euch besser kennen, geht spazieren, das tut dem Baby gut. Du willst es doch behalten? – Ich habe noch nicht darüber nachgedacht.*

Edik Balzer sagte, er sei keiner, der sich davonstehle vor der Verantwortung. Er werde sich umgehend Arbeit suchen und für das Kind sorgen.

In der Folge kamen Balzer und Bungert häufig besoffen von ihren Restaurantschichten und weichten die studentische Lernmoral auf. An den Wochenenden verpassten sie die Proben, weil im Restaurant Hochbetrieb war, oder sie waren wegen Übermüdung zu nichts zu gebrauchen. Ich hätte sie ermahnen sollen, als Leiterin der Komsomolgruppe wäre es meine Pflicht gewesen, die Arbeitsmoral des Kollektivs aufrecht zu erhalten.

Aber mich hatte eine bleierne Mattigkeit erfasst. Ständig überkam mich das Bedürfnis, mich einfach hinzulegen. Bei den einberufenen Sitzungen unserer Komsomolgruppe hatte ich den Vorsitz und führte Protokoll, später konnte ich meine Notizen kaum entziffern. Über welche Probleme hatten wir gesprochen? War das kollektivschädigende Verhalten von Balzer und Bungert bereits Thema gewesen? Welche Disziplinarmaßnahmen waren ergriffen worden?

Im Rahmen von Aussprachen übten die zur Rede gestellten Komsomolzen Selbstkritik und gelobten Besserung.

Vorgestern hatte Balzer gebratene Hühnerbeine aus dem Restaurant mitgebracht, die ich regelrecht verschlang. Danach leckte ich mir die Finger ab, die fettig und rot von der Adschikasoße waren. „Bei deinem Appetit", sagte Balzer, „reicht es nicht, mir die Taschen vollzustopfen, da kann ich ja gleich mit 'nem Koffer zur Arbeit gehen."

Ich schaffte es nicht, zu lächeln. Ich aß ja wirklich für drei.

In meinem Spind lagerte bereits ein Flugticket nach Hause, eine vorzeitige Rückkehr, solange es noch ging, ohne des Bauchumfangs wegen abgewiesen zu werden. Wahrscheinlich dachten sie, sie sähen mich nie wieder. In Violettas Miene mischten sich Schadenfreude und Mitleid. Reingeflogen, die Kleine. Und das gleich doppelt.

Du bist aus dem Rennen. Es wird ohne dich weitergehen.

Sie hatten Recht. Für ein paar Monate.

Arnold Bungert

Die Wochen vor den Sommerferien waren hektisch, Geschenke für die Verwandten wollten gekauft werden, manche Kommilitonen hatten lange Bestelllisten von zu Hause abzuarbeiten. Auf der Suche nach einem Import-Lippenstift fielen für mich ersatzweise eine Flasche indisches Haarshampoo und ein paar Damenstrümpfe in Einheitsgröße ab, für die ich lange angestanden hatte. Besser als nichts, aber war ich mit Nelli vertraut genug, um ihr Nylonstrümpfe zu schenken? Nach Abwägung aller Risiken beschloss ich, sie lieber für meine Schwester zu behalten.

Die Tage vergingen, und das Shampoo blieb meine einzige vorzeigbare Errungenschaft.

Abends nach den Proben kreiste ich wie ein Propeller im Leerlauf um die Mädchenrunde, bis ich mir endlich ein Herz fasste und in Violettas Orbit innehielt. Hilfestellung wegen eines Geschenks für meine Mutter erbitten, hatte ich mir ins Logbuch geschrieben. Im Falle einer schnippischen Antwort würde ich die Primadonna nie wieder ansprechen wollen. Diese Aussicht passte mir aus irgendwelchen Gründen auch nicht.

„Aber natürlich finden wir ein Geschenk für deine Mutter, Arnold! Komm doch einfach mit, morgen gehen wir ins Kaufhaus."

Sie hatte ja gesagt, einfach so!

Oswald beobachtete mich, wie ich mich rasierte, ein billiges einheimisches Eau de Cologne auftrug und ein frisches Hemd anzog.

„Welche von ihnen willst du?"

„Die mit dem französischen Lippenstift", sagte ich lässig.

„Den haben mittlerweile alle, du Held."

Er blieb im Wohnheim, um zu lernen. Als ich von meinem harmlosen Einkaufsbummel mit Violetta, Julia und Helena zurückkehrte, frotzelte er weiter: „Mensch, Arnold, gleich drei Diven auf einen Streich! Du Teufelskerl! Wärst du in deinem Dorf geblieben, hättest du bestenfalls deine Melkerin abbekommen. Jetzt kannst du unter den schönsten Aktricen wählen!"

Statt ihn meine Faust im Gesicht spüren zu lassen, sagte ich: „Sie ist die Tochter des Kolchosvorsitzenden. Und Kühe melken kann nicht jede, frag mal die städtischen Grazien, ich wette, die nehmen schon beim kleinsten *Muh* Reißaus."

Oswald fühlte sich in Sicherheit und grinste nur.

Violetta Kraushaar

Wenn in meinem Tagesablauf eine Lücke entstand, eilte ich zum legendären zentralen Kaufhaus, um das Angebot in den Schaufenstern und die mondänen Moskauerinnen zu bestaunen. Alle Mädchen in unserem Kurs wollten werden wie sie. Unförmige Matronen, vom Scheitel bis zu den Fersen von mausgrauer Erscheinung, waren uns natürlich kein Vorbild.

Einmal im Monat leistete ich mir ein Kleidungsstück, von dem ich mir einen Zuwachs an Eleganz versprach, und wenn ich dafür hungern müsste. So dachten wir damals: Hungern, aber der neue Rock muss perfekt zu den Schuhen passen. Kein Preis zu hoch, um den Stallgeruch des Dorfes mit den Aromen der Hauptstadt zu übertünchen. An einem Verkaufsstand folgte ich dem sicheren Gespür der Menschentraube vor mir (was alle haben wollen, wird seinen Wert haben) und reihte mich hinter der letzten Kundin ein. Nimm, wenn dir gegeben wird und frag nicht, ob du es brauchst. Für einen Tausch taugt es allemal. Das Personal eines Bekleidungsgeschäfts brachte eine Lkw-Ladung indischer Herrenhemden unters Volk, limitiert auf zwei Stück pro Person. Ich erstand ein weißes mit blau-roten Streifen. Im nächsten Pulk stritten sich Frauen um lila Lackschuhe mit schmal zulaufender Spitze. Italienisches Design. Ich griff nach dem erstbesten freien Paar, probierte es an, vielleicht ein bisschen eng, ach was, wird schon passen.

Ich im Herrenhemd mit Krawatte und spitzen Lackschuhen, das hätte etwas Weltläufiges, einen Hauch von Marlene Dietrich.

Wir brachen im Dreierpack in die Stadt auf, Emilia Riedel, Helena Seibold und ich; trennten uns, um mehrere Hasen zu jagen und zu erlegen. Später zeigten wir einander unsere Beute, berieten, was zu behalten, was weiterzuverkaufen (je weiter ins Land, desto größer die Nachfrage) oder gegen andere Ware zu tauschen war. Bis Emilia wegen fortgeschrittener Schwangerschaft nichts mehr anprobieren wollte, langes Anstehen zu beschwerlich fand und uns allein umherziehen ließ. Die Ärmste hatte wirklich viel Pech gehabt, eine kleine Liebschaft mit Balzer und gleich ein Volltreffer. Das sollte mir nicht passieren. Jedenfalls nicht gleich am Anfang.

Bei meinen Spaziergängen durch Moskau begegnete mir mehrfach der Name Schechtel. Ein berühmter Architekt, erklärte mir die Mitarbeiterin der Gawriloweigenen Bibliothek, der viele Bauten im Jugendstil entworfen habe, die Spuren seines Wirkens seien über ganz Moskau verteilt. „Der Name klingt deutsch", sagte ich.
„Das ist er auch", sagte die Bibliothekarin, „und da gibt es noch einige mehr!"
Sie kramte ein Buch aus dem Regal, über bedeutende Deutsche in Russland.
„Wollen Sie es mitnehmen?"
Ich sagte ja, um sie nicht zu enttäuschen. Als ich das Buch zurückbrachte, fragte die Bibliothekarin, wie es bei uns mit dem Deutschlernen vorangine. Sie kannte alle Studenten beim Namen und wusste uns zu den jeweiligen Studios zuzuordnen.

„Wir geben uns Mühe", sagte ich. „Schade, dass Sie keine deutschsprachigen Bücher ausleihen. Damit hätten wir üben können."

„Sie sind die erste, die danach fragt. Kommen Sie nächste Woche wieder vorbei."

Manchmal kehrte ich auf einen Sprung im Haus des Buches auf dem Kalininprospekt ein, blätterte in der internationalen Abteilung in deutschsprachigen Büchern aus DDR-Verlagen und versuchte, den Sinn der gelesenen Passagen zu ergründen. Wenn ich Glück hatte, ließ die nettere Verkäuferin mich während ihrer Schicht in Ruhe; wenn nicht, blaffte mich die andere (ein wahrer Besen) an, das hier sei kein Lesesaal, sondern ein Geschäft, und wenn ich ein Buch lesen wolle, müsse ich es vorher kaufen. Dann sagte ich *Entschuldigung* und stellte das Buch zurück.

Am Dienstag stand die Bibliothekarin während der Pause in der Tür, um mich auf dem Gang abzupassen.

„Kommen Sie, ich habe etwas für Sie!"

Ich sah auf die Uhr.

„Aber nur kurz. Wir haben gleich Unterricht bei Nikitin."

Die Bibliothekarin strahlte, als habe sie eine Nominierung für den Leninpreis erhalten.

„Da", sagte sie und schob etwas über den Tresen.

Oswald Munz

Neben den Freikarten, die uns das Maly Theater für eigene Vorstellungen gewährte, verteilten die Dozenten einmal wöchentlich Eintrittskarten für weitere Moskauer Theater, ganze zwei für über dreißig Leute. Die Vergabe erfolgte streng solidarisch nach Warteliste, ohne Duldung von Drängelei und Tauschgeschäften. Das Geschacher begann erst in der Pause, wenn sich herumsprach, welches Theater mit welchem Stück auf dem Programm stand.

Mein Los fiel auf das Theater *Zeitgenosse*, in den 1950ern als Studio junger Schauspielstudenten gegründet, einst Avantgarde, zuletzt totgesagt und wiederauferstanden mit neuer Leitung.

Ich fuhr mit der Metro bis zur Station Kirowskaja. Die Gegend war mir unbekannt, der breite Boulevard lud mit vielen Bänken zur Rast ein, Mütter schoben Kinderwagen, Rentner betrachteten Passanten und Spatzen.

An einem parkenden Bus hatte sich ein Grüppchen junger Leute versammelt, Studenten von weit her, vermutete ich, denn ich hörte Spanisch, Französisch, sogar Deutsch heraus. Das machte mich mutig, dieses Mal würde es mir nicht die Sprache verschlagen wie damals vor der Stern-Combo Meißen, inzwischen hatte ich sie geschliffen, gefestigt, geformt, auf Abruf dressiert.

Ich trat näher, um das Stimmengewirr besser zu verstehen. Echte Ausländer, die zu einer Feier wollten und sich über Getränke unterhielten.

„Hallo", sagte ich. „Wo kommt ihr her?"

„Aus Tübingen", sagte ein Mädchen nach kurzem Zögern. „Gehörst du zu unserer Gruppe? Ich habe dich noch nicht gesehen."

„Nein, ich bin zufällig hier. Ich habe euch reden hören und dachte, es wäre eine Gelegenheit, Deutsch zu sprechen. Das passiert sonst sehr selten in meinem Alltag…"

„Ach, dann bist du Germanist? So ein Zufall… Wir sind Slawistikstudenten im Austauschprogramm. Für ein paar Monate studieren wir am Puschkin-Institut. Moskau ist eine tolle Stadt. Lebst du hier? Hast du Lust, uns ein bisschen was zu zeigen? Die geheimen Ecken, wo kein Tourist hinkommt?"

„Vielleicht ein andermal."

„Wie wär's mit morgen? Heute gibt's am Institut eine Feier. Komm doch mit! Wir schleusen dich in den Bus ein, niemand wird's merken."

Die Slawistikgruppe bestand vornehmlich aus Mädchen. Sie nahmen mich bereitwillig in ihre Mitte. Ein Moskauer, der Deutsch sprach, war für sie eine lebende Sehenswürdigkeit.

„Eigentlich habe ich noch was vor…" Mit leichtem Bedauern dachte ich an die Eintrittskarte für das Theater *Zeitgenosse*. Bis ich erneut an der Reihe wäre, würden Monate vergehen. Andererseits würde sich ein Abend mit Tübinger Slawistikstudentinnen auch nicht so schnell wieder bieten.

„Bin gleich zurück", sagte ich.

Violetta Kraushaar

Derweil trug Helena meine neuen Schuhe spazieren, die lilafarbenen mit Spitze (= Tortur für die Zehen), die ich ihr abgetreten hatte, nachdem der alte Hausmitteltrick, sie mit nassem Zeitungspapier zu weiten, nichts fruchtete. Sie verschwende schon genug Zeit mit Lehrbüchern für deutsche Grammatik, jammerte Helena, freiwillig werde sie kein anderes Buch auf Deutsch in die Hand nehmen.

„Das musst du auch nicht, der Ausweis gilt sowieso nur für eine Person."

Die Bibliothekarin der kleinen Bücherei in der Gawrilow-Theaterakademie hatte für mich einen Tagesausweis für die Leninbibliothek besorgt, das nationale Heiligtum des Wissens schlechthin, eine Instanz, die nicht jedem Normalsterblichen Einlass gewährte. Dort dürfe ich einen ganzen Tag verbringen, um in deutschsprachigen Originaldokumenten zu stöbern.

Ein großartiges Geschenk!

Ich betrat die palastartige Eingangshalle wie einen verbotenen Tempel (mit gebotener Ehrfurcht). Trotz des Ausweises beschlich mich Beklommenheit, ob man mich wirklich in einen der vielen Lesesäle vorließe. Meine Unsicherheit müsse doch jedem ins Auge springen (zumindest dessen war ich mir sicher). Ich drehte mich häufig um. War mir ein Wachmann auf den Fersen? Wie verhielten sich die anderen Besucher? Doch niemand kümmerte sich um mich.

Ich breitete meine bestellte Lektüre auf einem Schreibtisch aus. Viel zu viel Material für einen einzigen Tag.

Vergilbte Zeitungen aus den Dreißigerjahren, herausgegeben in der wolgadeutschen Sowjetrepublik. *Stalins Brigade, Stimme des Stoßbrigadlers (später: Stalins Weg), Bolschewistisches Tempo.* Ich las Artikel über Auftritte des Kolchostheaters in Marxstadt, über Ernterekorde und Parteibeschlüsse, jede Zeile triefte vor Jubel und Triumph der überlegenen Gesellschaftsordnung (der sowjetischen), in der Armut und Ungerechtigkeit beinahe ausgemerzt seien (kein großer Unterschied zu heute). Es fehle nur noch ein wenig gemeinsame Kraftanstrengung mit dem Ziel der Vernichtung von konterrevolutionärem Gesindel und niederträchtigen Spionen (Mittel der Wahl: Erschießung). Arbeiter und Hausfrauen verpflichteten sich, ihre Klassenwachsamkeit im Kampf gegen die Feinde der Partei zu verstärken. Getadelt wurden Maschinisten für schlechte Arbeit am Dreschaggregat. Auch ein diebischer Schuldirektor, der sich am Volkseigentum der Schule in Form von Heizmaterial bereichert hatte, blickte ernsten Konsequenzen entgegen.

Ich hatte so viel gelesen, wie ich aufnehmen konnte, bis mir am Ende des Tages die Augen brannten. Der Notizblock war leer geblieben, das Mitschreiben hätte mich zu viel Zeit gekostet. Hastig übertrug ich ein paar Jahreszahlen, Ereignisse und Namen auf das Papier, als Gedächtnisstütze für später (zum Vervollständigen des Großen und Ganzen; Grundlagenarbeit für Bannerträger, die wir werden wollten).

Ich hatte seit Stunden keinen Hunger verspürt, genährt vom Gefühl, etwas Einmaliges nicht durch Nahrungsaufnahme unterbrechen zu dürfen.

Zurück im Wohnheim ging ich gleich auf mein Zimmer.

„Du warst aber lange weg", sagte Helena. „War's denn so spannend?"

„Ja. Und bei dir?"

„Die Schuhe drücken höllisch. Schau dir meine Füße an."

„Oh, schade. Verkauf sie weiter. Gute Nacht."

Oswald Munz

Ich legte die Eintrittskarte für das Theater *Zeitgenosse* auf die nächstbeste Bank und beschwerte das Papier mit einem Stein. Vielleicht machte ich dem Finder damit eine Freude und er sich einen schönen Abend.

Dann kehrte ich zum Bus der Slawistikgruppe zurück.

„Steig ein, Wladimir", riefen die Mädchen.

„Ich heiße Oswald", sagte ich.

„Psst, heute bist du unser Dolmetscher."

„Den braucht ihr Slawisten doch gar nicht ... "

„Übrigens, ein ungewöhnlicher Name für einen Russen – Oswald wie?"

„Munz. Übrigens, nicht alle bei uns heißen Wladimir."

„He, war doch nur Spaß!"

Die Mädchen waren trotzdem nett, und Wissenslücken ließen sich schließen.

Der offizielle Teil der Feier war langweilig, die üblichen Begrüßungsansprachen und Organisatorisches, wer in welche Gruppe gehört, wann die Vorlesungen beginnen und wo die Essensausgabe ist.

Die Studentin, die mich mitgenommen hatte, hieß Jutta. Sie wirkte enttäuscht, dass beim anschließenden Empfang nur leichte alkoholische Getränke serviert wurden, ein Gläschen halbtrockener sowjetischer Sekt für jeden. Wahrscheinlich dachte sie, hier flösse der Wodka in Strömen, und bald würden alle auf den Tischen tanzen oder darunter liegen.

Das Bewusstsein, nicht hier sein zu dürfen, dieser Ruch des Verbotenen, steigerte meinen Appetit und ließ mich beim Buffet beherzt zugreifen. In der Tat bekam die Gruppe westlicher Studenten sogar ein Schälchen Kaviar zu den Plinsen serviert. Jutta widmete mir ihre ganze Aufmerksamkeit, während ich ihr erklärte, wie man russische Pfannkuchen isst. Sie korrigierte kein einziges Mal meine Aussprache oder Grammatik, obwohl ich sie darum gebeten hatte. Entweder war mein Deutsch bereits fehlerfrei oder sie zu taktvoll.

Ich begleitete Jutta ins Hotel, wo sie sich ein Doppelzimmer mit einer Kommilitonin namens Marion teilte. Herrenbesuch auf den Zimmern war natürlich nicht erwünscht, wir verabredeten uns für den nächsten Tag vor dem Maly Theater zum Stadtbummel und Eisessen. Der Höflichkeit halber weitete ich meine Einladung auf Marion aus.

Zurück im Wohnheim bat ich Arnold um Beistand.

„Du hast *westdeutsche* Mädchen aufgerissen? Welche ist die hübschere, Jutta oder Marion?", war seine erste Frage.

„Kann ich dir nicht sagen, ist mir auch egal", sagte ich. „Ich brauche dich nur als Begleiter."

„Meine Erfahrungswerte mit westdeutschen Mädchen liegen bei Null."

„Ist auch egal. Brauchst keine Angst haben, sie sind unkompliziert. Vielleicht laden sie dich nach Tübingen ein."

Bei Lichte betrachtet war an Jutta und Marion nichts Auffälliges zu entdecken. In Sachen Mode würden beide keinen Blumentopf gewinnen. Sie trugen Jeans. Kein Mut zu Farben. Das einzige besondere Accessoire war Juttas Brille mit dickrandiger Fassung. Aber darum ging es ja nicht, sondern um gegenseitige Freundlichkeit und das Knüpfen internationaler Beziehungen, die im Kleinen beginnen, von Mensch zu Mensch.

Dass wir ihnen das weltberühmte Maly Theater als *unsere Bühne* vorstellten, machte auf sie als Töchter aus bürgerlichem Hause – wie von uns beabsichtigt – gehörigen Eindruck.

„Oh, ihr seid echt Schauspieler?! Wie spannend!"

Ich stellte zufrieden fest, dass wir beim Klassenfeind einen erheblichen Ansehensgewinn erzielt hatten. Ihr Interesse an unserem Alltag war ernst gemeint. Jutta und Marion äußerten sogar den Wunsch, unser Wohnheim auf der Uliza Raskowoi zu besichtigen… Glücklicherweise klagten die Mädchen nach zweistündigem Spaziergang über müde Füße. Wir setzten uns auf eine Bank und verschoben den Besuch im Wohnheim auf später.

„Ich zeige euch, wo es das beste Plombir-Eis der Stadt gibt!"

Arnold steuerte einen x-beliebigen Eisstand an und bestellte vier große Waffelbecher.

Jutta und Marion waren entzückt über den Geheimtipp. Im Gegenzug boten sie an, uns in den Valutaladen Berjoska mitzunehmen. Arnold stieß mich in die Seite, damit ich ja keine falsche Antwort gab. Wer hatte nicht von diesen sagenhaften Berjoska-Shops gehört, in die normalen Sowjetbürgern wie uns der Zutritt verboten war! Dementsprechend groß war unsere Neugier. Jutta und Marion unterhielten sich auf Deutsch, so dass der kräftig gebaute Herr am Einlass bei ihren stummen Begleitern keinen Verdacht schöpfte.

Jutta schleppte uns sogleich in die Elektronikabteilung, offenbar in der Annahme, junge Männer unseres Alters müssten sich für Grundig- und Panasonic-Produkte begeistern. Großartig, dieses Angebot an chromglänzenden Hightechgeräten. Im Wohnheim teilten wir uns einen Plattenspieler mit der ganzen Etage. Mich jedoch zog es in die Bücherecke, wo ich Bände von Achmatowa, Pasternak und Bulgakows ungekürzte Ausgabe von *Der Meister und Margarita* entdeckte. Ich drehte mich um, in der bangen Erwartung, sogleich von einem Angestellten gemaßregelt zu werden, meine Finger von den Büchern zu lassen, deren Autoren immer noch der Nimbus staatsfeindlicher Aktivitäten anhaftete. Hier standen sie in den Regalen, als hätte alles seine Richtigkeit. Kaufen konnte ich mir ohne Valutaschecks nichts, und ein Geschenk von Jutta oder Marion wollte ich nicht annehmen.

„Schau doch", sagte ich zu Arnold, „was es hier für Bücher gibt!"

Doch Arnold war mehr an einem Kodak-Fotoapparat interessiert, dessen Funktionsweise sich gerade ein anderer Kunde vom Verkäufer vorführen ließ.

Marion wurde mit Arnold nicht warm und er nicht mit ihr. Mir schmierte sie ungefragt aufs Brot, dass Jutta in Tübingen einen Freund habe und ich mir keine Hoffnungen zu machen brauche. Ohnehin ließ sie mich mit Jutta kaum allein. Freilich waren ein Doppelzimmer und ein Vierbettzimmer, jeweils voll belegt, keine idealen Voraussetzungen für die Festigung einer aufkeimenden Beziehung, jedoch auch kein gravierendes Hindernis. Dieses bestand nämlich in einem anderen Problem: Jutta blieb nur drei Monate in Moskau. Das Ende war absehbar und kam viel zu schnell.

„Sehen wir uns wieder?", fragte sie.

„Nur, wenn du herkommst."

„Dann schreib mir wenigstens, okay?"

Wir tauschten Adressen aus und versicherten uns, jederzeit dem anderen willkommen zu sein. Ich hatte nun eine Brieffreundin und einen Schlafplatz in Tübingen, sollte es mich eines Tages dorthin verschlagen, was natürlich kaum vorstellbar war. Jutta wusste das, vielleicht versprach sie mir ihre Gastfreundschaft deswegen so leichtsinnig.

Arnold Bungert

Ich dachte, vieles hätte sich verändert, zu Hause und auf den Feldern, denn ich war lange weg gewesen, vom Herbst bis zum Sommer. Aber alles sah gleich aus.

Bis auf mich. Die Leute schauten mir sekundenlang grübelnd ins Gesicht, bevor sie mich grüßten. Arnold! Bist du es? Kaum wiederzuerkennen!

Sogar Nelli. Sie begegnete mir im weißen Kittel, als sie aus dem Kuhstall trat, um eine Zigarette zu rauchen. Fast wäre ich vor Überraschung einfach weitergegangen. Doch dann besann ich mich und sagte: „Hallo Nelli!"

„Guten Tag", grüßte sie verhalten. „Arnold?"

„Ja! Wie geht's dir? Was machst du hier?"

„Betriebspraktikum", sagte sie. Sie wirkte übermüdet. Und daher irgendwie älter, als ich sie in Erinnerung hatte, aber nicht weniger anziehend. „Wir arbeiten an der Tierfutteroptimierung. Die Kühe sollen mehr Milch liefern. Und du?"

„Ich ... besuche meine Eltern."

Mutter fragte mich endlos aus, wollte alles ganz genau wissen, angefangen bei meinem Stundenplan, den Namen und Eigenheiten der Dozenten bis zum Zustand der Bettwäsche im Wohnheim – wie oft wird sie gewechselt? Habt ihr Wanzen? Sie erteilte mir Beratung in Hygienesachen: Halte keine Nahrungsmittelreste auf dem Zimmer, sonst kommen die Kakerlaken! „Ja, Mama", sagte ich, „die sind doch schon längst da." Vater hielt sich zurück, weil er nicht zu Wort kam. Als Mutters Themenkatalog schließlich erschöpft war, sagte er salomonisch: „Junge, da du allen guten Ratschlägen zum Trotz diesen Weg nun einmal eingeschlagen hast, musst du jetzt bei deinen Theaterbrettern bleiben wie ein Soldat bei der Stange."

Er hatte sich abgefunden, verstand ich, die Zeit, der Abstand und Mutters Einfluss hatten das Ihre dazu beigetragen.

Ich wollte ihn nicht enttäuschen. Mögen andere nach dem ersten Studienjahr aus Feigheit und Faulheit Fahnenflucht begehen, nicht so sein Sohn. Der war immer noch da, der wird auch bleiben. Ein Arnold Bungert beißt sich durch. Nimmt es auf mit Silbenweitspucken, deutscher Grammatik und Gesangstraining, ohne zurückzuweichen. Und wisst ihr was? Er findet das Spiel gar nicht übel. Es ist anders, als hinter einem Traktorenlenkrad zu sitzen, anders als alles, was er vorher gemacht hat.

Ich wünschte, sie erkannten den neuen Arnold im alten und fanden an ihm Gefallen; besonders Nelli.

Mir fiel das Geschenk ein, das noch verpackt zu Hause lag. Der Einkaufsbummel mit Violetta und ihren giggelnden Freundinnen war die Hölle. Sie schlugen mir Handtaschen, Gürtel, Kosmetik und Schmuck als modische Mitbringsel für die Frau vom Lande vor; alles vollkommen ungeeignet für Nelli. Ich hatte am Ende etwas anderes erstanden, ganz ohne weibliche Beratung; vielleicht war es die falsche Wahl, weil kein Importgegenstand – mir blieb zu hoffen, dass Nelli ein echtes Moskauer Souvenir schätzte.

Ich erzählte Nelli nichts von meinen Ausflügen ins Maly und Bolschoi Theater, von den kubanischen Zimmernachbarn, den lustigen Ballspielen unter Michalnas Anleitung, der Bekanntschaft mit Studentinnen aus Tübingen… Ich wollte mich nicht wie ein Reiseführer anhören, als jemand, für den es nichts Besonderes ist, tagtäglich am Lenin-Mausoleum vorbeizuschlendern.

„Du hast dich verändert", sagte Nelli.

„Das kommt vor", sagte ich, „wenn man für ein Jahr fortgeht."

„Meine Schicht ist gleich zu Ende", sagte Nelli. „Magst du warten?"

Sie bat mich zu warten – der erste Schritt zur Verlobung! Wären wir erst einmal verlobt, wäre sie bereit, noch länger zu warten, ich würde die Wochen bis zu den nächsten Ferien zählen, und unsere gemeinsame Zukunft wäre besiegelt. Zeit, ihr mein Geschenk zu überreichen, nichts Verfängliches – ein handbemalter Kochlöffel aus sibirischem Zedernholz.

Während ich vor dem Kuhstall auf und ab ging und mir Worte zurechtlegte, die direkt zu Nellis Hand und Herz führten, spürte ich, wie sich der Wankelmut heranschlich und mir ungeniert über die Schulter schaute. Ich machte einen Schritt zur Seite, um ihn loszuwerden, doch er wich nicht von mir, begnügte sich auch nicht mit bloßer Anwesenheit, sondern begann mir etwas ins Ohr zu flüstern wie eine übereifrige Souffleuse, die sich zudem im Stück vertan hatte. Sei du nur still, sagte ich, ich kenne meinen Text!

Da kam Nelli im geblümten Kleid, ich glaube, es war Klatschmohn.

Oswald Munz

Schon am Anreisetag nach den Semesterferien sprach sich einem Paukenschlag gleich die Neuigkeit herum: Unsere Reihen hatten sich erheblich gelichtet. Wir waren nicht mehr die Gruppe, als die wir uns vor einem Jahr mit einem gemeinsamen Ziel kennengelernt hatten.

Es erwies sich, dass ein Schauspielstudium fernab des Heimatdorfes für manche Eleven nicht das Richtige war. Diejenigen, die mit falschen Vorstellungen nach Moskau gekommen waren, gewichteten die Mühen zu schwer und übersahen die Freuden zu leichtfertig. Ein Leben lang auf der Bühne stehen und vor Publikum einstudierte Sätze aufsagen? Dafür sollten sie jahrelang alberne Übungen ertragen und arbeiten, wenn andere mit der Familie die Abendnachrichten schauten?

Versuch, Irrtum, Ende, Stopp.

Ich bedauerte sie nicht. Aufmerksamkeits- und Stundendiebe, Verirrte, die man besser beizeiten wieder nach Hause schickte. Sollten sie in ihren Dörfern glücklich werden, wo ihre Eltern bodenständig lebten im Kreislauf der Jahreszeiten, so wie vor ihnen die Großeltern und deren Eltern, sollten sie doch wie gewohnt Jahr für Jahr die Saat auf die Felder bringen, dem Weizen beim Wachsen zusehen, die Ernte winterfest einlagern, zur Belohnung eigene Kartoffeln in der Pfanne brutzeln, und täglich mit den Hühnern aufstehen.

Ich wollte das nicht. Ich wollte die Bühne, nicht den Stall.

Die Hochschulleitung hatte grünes Licht bekommen, den verbliebenen Kern aus dem ersten Studienjahr mit neuen Studenten aufzufüllen. Die in den Sommerferien neuerlich aufs Land geschickte Auswahlkommission hatte im zweiten Durchlauf ein glücklicheres Händchen bewiesen. Die Neuen waren von anderem Schlag. Sie wirkten beileibe nicht, als ginge es ihnen nur um die Vergnügungen und Annehmlichkeiten der Großstadt, um das Abenteuer der Freiheit, wie sich Halbwüchsige, zum ersten Mal weit weg von zu Hause, die Freiheit vorstellten.

Der Herbst begann für uns mit dem üblichen zweiwöchigen Ernteeinsatz. Arbeitsort war ein Kartoffelfeld im Moskauer Umland, für die Unterbringung stellte die Kolchose eine zugige Baracke bereit. Wir waren nicht besonders effektiv, was den Ertrag betrifft, spätestens am zweiten Tag war ohnehin alles egal, weil jede Bewegung schmerzte.

Kaum im Wohnheim zurück, noch mit Schmutzrändern unter den Fingernägeln vom Kartoffeln-Ausgraben, begannen wir als Fortgeschrittene ein Willkommensprogramm für die Anfänger zu gestalten. Die frisch vereinten Schauspielanwärter unserer beiden Jahrgänge sollten unter Anleitung der Dozenten zu einem kreativen Organismus zusammenwachsen, einem Uhrwerk mit präzise ineinandergreifenden Zahnrädchen und dem Ziel, lebenslang gemeinsam auf der Bühne zu stehen.

Wir entschieden uns, das Begrüßungsstück *Guten Abend, erstes Semester!* auf Deutsch einzustudieren.

Den Neulingen gleich zeigen, wie hoch die Trauben hängen. Ein paar Volkslieder aus dem Vorrat unserer Großmütter, ein selbst geschriebener Bauernschwank, eine Pantomimeeinlage mit musikalischer Begleitung. Nachts saßen wir lange zusammen, um schnell ein Kollektiv zu werden.

Die Dozenten regten Patenschaften für unsere Neuzugänge an, damit sie sich in der Eingewöhnungszeit nicht alleingelassen fühlten; so hatte jeder alte Hase mehrere junge Häschen zu betreuen, denn diese waren in der Überzahl.

„Manche von ihnen können jetzt schon besser Deutsch als wir nach einem Jahr", sagte Violetta.

„Deutsch? Ich bitte dich, nur Dialekt", sagte ich. „Sie sind keine Konkurrenz. Außerdem wollen wir doch nicht in solchen überholten kapitalistischen Kategorien denken! Sie und wir, das gibt es nicht, es gibt nur *uns*."

Emilia Riedel

Vor meiner Abreise hatte ich Balzer gebeten, für mich mitzuschreiben und mir die Aufzeichnungen zu schicken, als Wochenbettlektüre. Tatsächlich kam irgendwann ein Päckchen, darin ein unleserlich vollgekritzeltes Heft, eine Glückwunschkarte, unterzeichnet von den Kommilitonen, drunter liegend zwei Paar blaue Babysöckchen und zwei blau-weiß gemusterte Babymützchen, alles gepolstert mit einer zerknüllten *Prawda*-Ausgabe.

Ich hatte ein halbes Jahr ausgesetzt, Urlaubssemester wegen der Zwillinge. Als ich zurückkam, war alles anders. Ich erkannte kaum jemanden wieder, weil so viele aus meinem Studienjahrgang aufgegeben hatten. Sie waren Versuchskaninchen gewesen, für die das Experiment abrupt beendet war.

Michalna ließ uns unsere Atmung mithilfe von Springseilen und Expandern schulen. Im Sprachlabor prasselten unbekannte Wörter auf mich ein, während die anderen in scheinbar fehlerfreien vollständigen Sätzen auf Deutsch parlierten. Sie waren mir enteilt, ich schaute auf ihre Rücken, aus dem Blickwinkel der letzten Reihe im Sprachenkabinett.

Beim Tanzen kam ich aus dem Tritt, beim Szenenstudium mit Monologarbeit sagte die Dozentin, ich solle meine Maske abnehmen, so erstarrt sei mein Gesicht, meine Stimme klinge schwach, und was ich sage, sei schon in der ersten Reihe kaum zu verstehen.

Vielleicht haben sie ja Recht, aber du wirst deswegen nicht weinen, sagte ich mir, während ich blinzelte, um wieder freie Sicht zu bekommen.

Wenn ich allein sein wollte, fern vom Lärm der Hofpausen, lief ich zum Vorplatz des Bolschoi Theater rüber, manchmal – aus Neugier – mit einem kleinen Umweg am Hotel Metropol mit seinen Valuta-Touristen vorbei, setzte mich dort auf eine Bank, über ein Lehrbuch gebeugt, um besser mitreden zu können. Ich bin eine von euch. Obwohl ihr mir viele Deutschstunden voraushabt. *Emilia stottert zu viel, Emilia muss an ihrer Modulation feilen, Emilia kann keinen Satz richtig aussprechen.*
Vielleicht meinten sie: Emilia ist fehl am Platz. Emilia soll gehen.
Ich war doch gerade erst angekommen. Streng dich mehr an! Nimm Nachhilfe! Gib die Kinder ab!
Die Kinder schauten mich von Fotos auf der Innenseite meiner Schranktür an. Sie trugen Matrosenmützen und blau-weiß geringelte Oberteile, meine Eltern hatten sie für den Fotografen herausgeputzt. Wie hübsch sie sind, dachte ich jedes Mal, wenn ich etwas aus dem Spind holte.

An einem milden Frühlingstag sprach mich ein unbekannter Bürger an, ob er sich zu mir setzen dürfe. Ich sagte, die Bank sei öffentlich. Der Mann, an dem nichts Auffälliges war, ein Jedermann wie aus dem Buche, rückte näher zu mir heran und fragte, ob ich am Theater tätig sei. Noch nicht, sagte ich, und auch meinen späteren Einsatzort fände ich wohl nicht in dieser Stadt, sondern hinter dem Ural. Wie schade, sagte er, das sei sehr weit weg. Wir kamen ins Gespräch, mir schien, als hätte er mich schon eine Weile beobachtet. Er lobte meine angenehme Erscheinung und meinen Fleiß, mit Blick auf das Lehrbuch, das ich kurz abgelegt hatte, Stanislawskis *Die Arbeit des Schauspielers an sich selbst*, unsere Bibel. Ich trug einen offenen Sommermantel und weiße Schnallenschuhe; mein Kopf kam auf keinen anderen Gedanken, als dass der Mann mich um ein Treffen bitten wollte. Das tat er auch, jedoch gänzlich anders, als von mir erwartet.

Gerade sagte er etwas über die Tauben, die sich am Springbrunnen Brotkrumen von Touristen erhofften, um dann beiläufig zu fragen, ob ich es mir vorstellen könne, mit dem KGB zusammenzuarbeiten. Ich hatte mich nicht verhört. Er wisse, dass ich mich in meiner Tätigkeit beim Komsomol bewährt habe.

Ich fühlte mich durch das Angebot geehrt. *Schau, wie wichtig du bist.* In dieser Funktion könnten sie mich nicht so leicht rauswerfen, auch wenn ich weiterhin deutsche Artikel verwechselte. *Das Mond, eine Mädchen, der Instrument.* Ich wäre geschützt wie ein Küken unter dem Flügelschlag seiner Adlereltern. Ohne Bedenkzeit stimmte ich zu. Was war es anderes als eine natürliche Beförderung, die nächste reguläre Entwicklungsstufe in meinem Dasein als Sowjetmensch? Ich hoffte, auch bald in die Partei einzutreten, ich dachte, wer will das nicht, unserem Land und seinen Organen dienen, das sei doch normal und demzufolge der Wunsch von jedermann.

Neben Arnold, Oswald und Violetta hatte auch Edik Balzer, der Vater meiner Kinder, die Auslese des ersten Studienjahres überstanden. Ihn müsse man schon mit Gewalt von der Bühne zerren. Oder als Pausenclown beim Zirkus einsetzen, stichelte Violetta.

Edik Balzer und ich hatten geheiratet. Mehr oder weniger auf Drängen der Eltern, wegen der Zwillinge und wegen dem Wohnraum. Wir waren nicht die ersten, sondern schon Ehepaar Nummer 3. Ich hatte mich nicht wirklich gesträubt, denn die Notwendigkeit, dass Kinder einen Vater haben, war nicht zu bestreiten. Ediks Begabung als Ehemann war dabei zweitrangig, ich sagte zu ihm nur: Vater ist der, der bleibt – deine Entscheidung.

Nach der Geburt der Zwillinge verspürte ich plötzlich das Bedürfnis, meinem leiblichen Vater Jakob Deschler Fotos seiner Enkel zu schicken. Würde er sich freuen? Meine Mutter rollte mit den Augen: „Einen Grund zur Freude hätte er sicherlich: Für Enkel sind keine Alimente fällig!"

„Dass es dir immer nur darum geht!", sagte ich. „Ich jedenfalls brauche keine Perserteppiche an den Wänden, keinen Farbfernseher und keinen Moskwitsch in der Garage. Ich will nur wissen, wo er lebt und wie er aussieht, war für ein Mensch er ist."

Im Alltag zwischen Windeln und Spucktüchern war der Wunsch, Jakob Deschler über seine Nachkommen in zweiter Generation zu informieren, irgendwann versickert. Als ich die Fütterung der Zwillinge aus dem Breischälchen meinen Eltern übertrug und nach Moskau zurückkehrte, dachte ich überhaupt nicht mehr daran.

Bei Antonow, Dozent für Bewegung, Akrobatik und Tanz, bekamen wir Tangostunden. Antonow ließ die Paare häufig wechseln.

„Die Schritte müssen sitzen, egal, wen du gerade im Arm hältst, ob das deine Mutter, dein Vater ist oder jemand, den du erst seit zwei Sekunden kennst."

Auf unserer Hochzeit wurde Walzer getanzt, jeder wie er konnte, jeder wie er dachte. Aber Tango? War das nicht etwas Anrüchiges aus ausländischen Filmen, so ähnlich wie Can-Can, mit viel nacktem Bein? Und wie geschickt stellten sich meine Kommilitonen in dieser Disziplin an! Statt mich meinem Partner zuzuwenden, heftete ich den Blick auf die biegsamen Körper, die an uns vorüberzogen.

Violetta und Oswald, sehr professionell, wie nicht anders zu erwarten. Ganz mühelos wirkte jede ihrer Bewegungen, obwohl Oswalds Hemd bereits durchnässt war. Ihre Füße folgten dem Rhythmus ohne einen einzigen Fehltritt, während meine und Balzers nach jedem gezischten „Pass doch auf!" neu beginnen mussten.

Wieder ein Wechsel. Balzer zu Helena, Oswald zu mir, Arnold zu Violetta.

Ich hatte immerhin eine respektable Entschuldigung, die Kinder, gleich zwei auf einen Schlag, verpasste Stunden, viel nachzuholen…

Und überhaupt: Wie oft werden wir auf der Bühne Tango tanzen oder fechten?

„Das musst du können, Emilia, sonst wird eine andere für dich tanzen", raunte Oswald, kaum merklich außer Atem. Ich legte meine Hand auf seinen verschwitzten

Oberarm, ließ mich von ihm umfassen. Ich tanzte nicht, ich stolperte ihm hinterher. Alle um mich herum machten es besser. Beim Seitenblick auf Violetta dämmerte mir, was vermutlich alle schon wussten.

Antonow hielt Oswald und mich an, um mir nochmals die Schrittfolge zu erklären. Welch ungelehrige Schülerin ich doch war…

„Mehr Haltung, Emilia!"

Wieso hatte ich nichts bemerkt? Was ging mich das überhaupt an?

Haltung, ja, Haltung. Mach ich doch. Kinn hoch, Schultern gespannt.

Arnold und Violetta.

Kleiner Traktorjunge. Der Bub vom Feld, der um einen verdruckst herumschlich, vor lauter Angst, ein falsches Wort zu sagen, wo war er geblieben… Wenn er neben Violetta stand, verblasste er nicht, sondern zwang einen, hinzusehen.

Auch mich.

Violetta Kraushaar

Ein reizendes Paar, die beiden. Offenbar wollte Emilia ihrem Edik in nichts nachstehen.

Warum sie überhaupt zurückgekehrt war? Niemand hatte mehr mit ihr gerechnet, sie hätte bei ihren Kindern auf dem Dorf bleiben und Kühe hüten sollen (Landluft tut jungen Mamis und den Kleinen bekanntlich gut). Jetzt schlich sie hier herum wie eine arme Verwandte und tat sich mit Sitzungen, Protokollen und dem ganzen Komsomolscheiß hervor statt Schauspieltalent und harte Arbeit an den Tag zu legen. Weil ihr eine ganze Erlebniskette fehlte, auf die wir inzwischen zurückschauten. Sie verstand unsere *Mission* nicht. Dass wir Delegierte waren, künftige Kulturattachés in diplomatischen Diensten, nicht bloße Darsteller von Fantasiefiguren. An diesem Anspruch wollten wir gemessen werden.

Wenn ihr das jemand erklären würde… Meine Sache war das nicht. Und wie sie Arnold begaffte, als wäre er der letzte Zarewitsch, auferstanden aus dem Kugelhagel von Jekaterinburg…

„Violetta, wo bist du heute nur mit deinen Gedanken?!"

Dass ich diesen für alle hörbaren Zwischenruf ausgerechnet Emilia zu verdanken hatte, ließ mich innerlich verkrampfen (als hätte sie mir höchstpersönlich ins Zwerchfell geboxt). Das routinierte Abrufen von Gefühlsregungen war plötzlich gestört, Leitungsdefekt, Kurzschluss, das Mahnsignal nachlassender Konzentration.

Professor Nikitin sprach von Vitalität, szenischer Fantasie und innerer Zerrissenheit der Figuren, die ihre Konflikte auf der Bühne austragen; natürlich nur dort.

„Ich gebe jedem von euch einen Gegenstand und ihr erzählt mir seine Geschichte. Zwanzig Sekunden Vorbereitungszeit. Augen schließen, Violetta!"

Er drückte mir eine Schere in die Hand. Welche Gefühle verbanden mich mit einer *Schere*?

„Zerschnitten ist das Band, das uns einst vereinte…", stammelte ich. „Mit diesem Instrument habe ich jegliche Erinnerung an dich vernichtet. In Gedanken führte meine Hand es sogar mehrfach an dein Herz… Siehst du, wie spitz die Enden sind?"

Emilia bekam ein weißes Hemd zum Improvisieren. Sie vergrub die Nase darin, strich zärtlich über den Stoff. Plötzlich begann sie am Kragen zu reiben, als sei da ein Fleck. Sie zog die Stirn kraus, hielt das Hemd mit spitzen Fingern eine Armlänge von sich und warf es auf den Boden, um mit beiden Füßen darauf herumzutrampeln.

Emilia Riedel

Im Kollektiv gleichgesinnter Genossen ist kein Platz für Rivalitäten. Wir kennen kein Konkurrenzdenken. Wir freuen uns füreinander, egal, welche Rolle uns selbst zufällt. Wir sind eine Familie, Tag und Nacht zusammen.

Natürlich war Violetta eine großartige Valentina! In Vorbereitung unserer ersten eigenen Produktion suchte Tatjana Pawlowna Ignatjewa, Dozentin für Schauspiel, ein passendes Stück aus.
Im letzten Sommer in Tschulimsk von Wampilow.
Wampilow war gerade sehr in Mode, seit er recht jung im Baikalsee den Tod durch Ertrinken gefunden hatte. Und weil *Tschulimsk* in einem sibirischen Flecken spielt und wir doch *deutsche Bauern mit russischer Seele* seien – so sah Ignatjewa uns. Erfahrungsnähe schafft eine bessere Identifikation mit den Figuren.
Spielt euch selbst!
Ignatjewa wollte es uns am Anfang nicht unnötig schwer machen. Sie ließ uns das Stück für die Premiere eigenständig ins Deutsche übertragen, geprobt wurde auf Russisch.
Die junge, hübsche Valentina bedient in einer heruntergekommenen Teestube. Ihr Heimatort Tschulimsk blutet wegen Landflucht aus. Sie selbst ist ein fleißiges, ordnungsliebendes Mädchen inmitten des Niedergangs. Womöglich hatte der Autor sie mit einer *deutschen Seele* bedacht?
Wir setzten eine wackelige Holzhütte in die Bühnenmitte, befestigten oben ein Pappschild mit der

Aufschrift *Teestube*. Ein Tisch, vier Stühle, fertig war das Bühnenbild. Dachten wir.

Solange kein Gast nach Tee verlangt, kümmert sich Valentina um die schiefen Zaunlatten im Vorgarten. Bei Wampilow sind Valentinas Kunden rücksichtslose Gesellen. Um wenige Meter Umweg einzusparen, beschädigen sie den Zaun und zertrampeln das Blumenbeet, als gäbe es kein Morgen. Valentinas Kummer darüber ist ihnen egal. Ein paar Schritte weiter hängt die Pforte halb abgerissen in den Scharnieren. Niemand hilft Valentina bei den Reparaturen. Jeden Tag heißt es für sie aufs Neue: aufrichten, hämmern, flicken. Sie bleibt der Liebe wegen im Dorf. Einer Liebe, von der ihr Angebeteter nichts ahnt.

Den Angebeteten spielte Oswald. Seinen jüngeren Rivalen Arnold. Mir gab Ignatjewa die Rolle der Apothekerin Kaschkina. Kaschkina ist die vorübergehende Trösterin von Valentinas Angebetetem. Sie ist weder jung noch schön. Sondern eifersüchtig.

Ich hätte jede Rolle angenommen. Soll es eben die Kaschkina sein, Apothekerin oder Prostituierte, mir doch egal. Alle dachten, ich wäre raus. Arme Emilia, mit siebzehn schwanger, und gleich Zwillinge, die wird das nicht packen.

Einmal in der Woche nahmen meine Eltern die Kinder mit auf die Arbeit, damit ich sie in der Kolchose anrufen konnte. Ob die Jungs am anderen Ende der Leitung weinten oder jauchzten, ich fühlte einen Kloß im Hals. Es lag in meiner Hand, die ganze Sache abzubrechen und Dorfschneiderin zu werden. Jemand, der abends frei hat, die Kinder selbst ins Bett bringt, ihnen

Geschichten vorliest und nicht nur telefonisch Anteil an ihrem Leben nimmt. Oder Pionierleiterin. Der alte Traum vom Ferienlager am Meer, mit lebhaften Schützlingen, Tagestouren durch den Wald, Picknick unter Birken, Singen am Lagerfeuer…

Sie lauerten förmlich darauf. Aber noch war ich hier. Einmal den eigenen Namen auf Theaterplakaten sehen, den Eltern – und Jakob Deschler – zeigen, schaut her, Emilia hat's geschafft, zwar eine kleine Rolle nur statt Weltfrieden –, so fangen Dinge an.

Manche hörte ich munkeln, ach, Emilias arme Kinder, müssen bei den Großeltern auf dem Dorf aufwachsen, hilflose Wesen, so klein und fern der Mutter. Und das alles nur, damit sie für ein paar Stunden *Kaschkina* sein darf! Nicht mal *Valentina*!

Das alles für den Versuch, Schauspielerin zu werden. *Genau wie ihr.*

Später würde es nicht besser werden. Die Arbeit eines Schauspielers beginnt erst, wenn die anderen am Abendbrottisch sitzen und Tee trinken.

An später wollte ich aber jetzt nicht denken; das tat hier niemand.

Du weißt, was uns interessiert. Gespräche in der Umkleide, wenn sie glauben, unter sich zu sein. Meine Ohren waren gespitzt, auftragsgemäß legten sie jedes gesprochene Wort der Kommilitonen auf die Waage, und ich entschied blitzschnell, ob es ein schwergewichtiges, lohnendes Wort war oder nicht.

Unsere Jungs zimmerten für Valentinas Teestube einen Zaun aus alten Brettern zusammen. Ignatjewa fand, ein Bühnenbild aus *totem Holz* sei langweilig. Hütte, Tische, Stühle, Zaun, schön und gut. Aber etwas Lebendiges müsse noch her.

„Wie wäre es mit Küken?", sagte Violetta. Immer tat sie sich mit Ideen hervor, während alle anderen noch Löcher in die Luft stierten.

„Küken im Vorgarten?", fragte Ignatjewa zweifelnd.

„Das ist eine Teestube, kein Bauernhof. Der Vorgarten ist bei Wampilow Schauplatz von Tragödien. Wie wollen wir ihn gestalten, um ihm Leben einzuhauchen?"

„Mit Blumen", sagte ich.

„Sehr gut, Emilia. Aber Blumen welken schnell. Unsere Requisiten müssen mindestens ein Jahr halten."

„Ich meinte Topfpflanzen."

„Ein Wäldchen aus echten Jungbirken", sagte Arnold.

„Wir reden von einem Vorgarten, Arnold! Hast du *irgendwo* schon mal einen *Birkenwald* im *Vorgarten* gesehen?"

Armer Arnold. In *Tschulimsk* ist ausdrücklich von einer Birke im Bühnenbild die Rede. Irgendwo hinter der Teestube soll sie stehen.

„Und ein Rasen?", sagte Violetta.

„Super Idee", sagte Arnold. „Am besten, wir holen ein paar Büschel Gras aus dem Park, sobald es dunkel wird." Er hätte auch zugestimmt, für Violetta junge Bäume auszureißen.

„Das wäre nicht *authentisch*", sagte Violetta. „Wir pflanzen ihn selbst."

Dieses Grünzeug machte uns mehr Arbeit als alle Proben und der ganze Rest. Violetta wollte einen echten Rasen in holzeingefassten Rabatten, um das *ländliche Leben* darzustellen, untermalt von Vogelstimmen aus dem Lautsprecher, zwischendurch ein Hahnenschrei. Dazu brauchte es einen Hahn, ob gekauft oder gestohlen.

„Wo soll der denn nach der Vorstellung hin", sagte Oswald, „doch nicht zu uns ins Wohnheim?!"

„Nicht nötig", sagte Balzer, „Hahnenschreie können wir selber, lasst mich mal machen."

Die Männer bastelten eine flache Kiste in passender Größe, schlugen sie mit wasserdichter Zeltplane aus, versahen den Boden mit Drainage. Wir schleppten eimerweise Erde auf die Bühne, um das Beet zu befüllen. Wir drückten den Rasensamen an und wässerten ihn regelmäßig, Violetta besserte jede Unebenheit sofort aus. Nach einem selbstauferlegten Dienstplan rissen wir die Fenster auf, um Licht und Frischluft hereinzulassen. Zwei wattstarke Theaterscheinwerfer dienten den sprießenden Grasspitzen als Frühlingssonne.

Der Rasen wuchs zu einem sattgrünen dichten Teppich heran, den Violetta kniend mit einer Schere beschnitt, ihr Schmuckstück.

Ignatjewa bescheinigte uns goldene Hände samt grünem Daumen.

In den Pausen, wenn die Kommilitonen sich unbeobachtet glaubten, fern von pädagogischer Aufsicht, sprachen sie über eine neue Wolgarepublik, deren Gründungsväter und Taufpaten sie werden wollten, wie Kinder, die den Bau einer Sandburg planten. Ihnen würde gelingen, was den glücklosen Vorgängern nicht gelungen war, den früheren Delegationen nach Moskau, die unverrichteter Dinge in ihre Provinzen zurückkehren mussten. Nicht mal ein deutschsprachiges Theater hatten sie der Regierung abgetrotzt, von einem Stück Land ganz zu schweigen; was Wunder, wenn sich unter die damaligen Gesandten lauter Zuträger des KGB gemischt hatten. Das sei jetzt ganz anders! Bildeten doch *wir* eine verschworene Gemeinschaft, in der jeder alles vom anderen wisse und alle sich darin einig seien, dass es bei uns *solche Verräter* nicht gebe… Und: Bald hätten *wir* das Theater, von dem unsere Landsleute zuvor nur geträumt hatten. Auf uns ruhte die Hoffnung von Millionen.

Sie kauften die Zeitung *Neues Leben*, um Deutsch zu üben, ein Exemplar für die gesamte Etage, wo es in der Küche auslag und irgendwann auf dem ungelesenen Stapel älterer Ausgaben landete, als Verpackungsmaterial für Lebensmittel.

Ich notierte die Namen der Anführer, der Mitläufer und der Abseitssteher. Der Bericht fiel karg aus.

Der Bühnenrasen gedieh tatsächlich eine Weile. Am Vorabend der Premiere bekam ich ein Telegramm von zu Hause: *Kinder krank. Komm schnell.*

Das passte jetzt wirklich nicht! Ich war doch die Kaschkina, die Gegenspielerin von Violetta! Unmöglich, von hier fortzukommen. Zwei Tage Zugfahrt. Es wird doch nichts Schlimmes sein, redete ich mir ein, allenfalls Scharlach, Windpocken oder eine Magenverstimmung –

und keine Meningitis, Lungenentzündung, Blutvergiftung… Bestimmt etwas, das auch ohne mein Zutun ausheilte.

„Ich fahre!", tönte Balzer, aber natürlich fuhr er nicht, er hatte ja auch eine Rolle zu spielen.

„Deine Eltern haben alles im Griff."

Vater ist, der bleibt; Mutter ist…?

Nach durchwachter Nacht ging ich zu unserer Kursleiterin Galina Bogdanowa und sagte wie im Fieberwahn: „Ich muss nach Hause." Gleichzeitig schlug mein Herz so heftig gegen die Rippen, dass der Blusenstoff sich einseitig bewegte, als versteckte ich darunter ein wendiges Tier.

„Du willst dich krankmelden – am Tag der Premiere?!" Bogdanowa suchte mein Gesicht nach Anzeichen von Rausch ab.

„Emilia, was hast du… ich verstehe nicht… Du kannst von Glück reden, dass du überhaupt…"

Ich spürte den Druck der vielen zerrissenen Tage, die Last der allabendlichen Proben und der endlosen Textpaukerei… *Die Zwillinge.* Der Wunsch, bei ihnen zu sein. Das würde Bogdanowa tatsächlich nicht verstehen. Eine Welt außerhalb des Theaters kannte sie nicht.

„Ich will gehen." Für immer oder für zwei Tage. Das Tier soll endlich in seine Höhle zurück.

„Emilia, das entscheide nicht ich. Wende dich an die Schulleitung. Aber bedenke, wie viele liebend gern mit dir tauschen würden! Willst du das alles hinwerfen? Trink ein Glas Wasser, du bist ja ganz durcheinander. Hattest du Streit mit jemandem?"

„Streit? Nein… Es ist nur…"

„Gut. Redet miteinander. Gezänk führt zu nichts!"

„Das ist wahr", sagte ich, wie Recht sie hat, Gezänk hat in einem Kollektiv nichts zu suchen.

Auf dem Gang traf ich Violetta. „Du glühst ja, Emilia! So aufgeregt wegen der Premiere? Du hast doch nur eine Nebenrolle!"

Ich drängte mich wortlos an ihr vorbei. Sie hatte ja keine Ahnung. Es gibt keine Nebenrollen. Wir sind alle gleich.

Die Hitze wich von mir, im selben Maße gewann mein Sichtfeld wieder an Schärfe. Das Tier, mein Herz, rollte sich zusammen zum Schlafen. In meinem inneren Aufruhr hatte ich ganz vergessen, dass ich nicht nur die Kaschkina war. Ich hatte noch eine andere Rolle auszufüllen, von der sie nichts ahnten. Eine Aufgabe, die um einiges gewichtiger war als die Darstellung einer verblühten Kleinstadtapothekerin und die ich nicht einfach hinschmeißen konnte. Die Aufgabe einer *Berichterstatterin*. Ich telegrafierte nach Hause: *Bin unterwegs*. Damit die Eltern beruhigt waren; ein Tag Aufschub für mich.

Am Abend nach der Premiere, als die anderen die geglückte Vorstellung feierten, goss ich den Rasen, bis die Wurzeln unter Wasser standen, in der Hoffnung, ihn zu ertränken. Ignatjewa, voll des Lobes für Violetta, hatte über meine Leistung geurteilt: „Emilia, bei dir war noch Luft nach oben, beim nächsten Mal will ich mehr *Herzblut* sehen!"

Es war unser erster Sommer, in dem wir in einem Tourenbus von Dorf zu Dorf tingeln und vor den Bauern den *Letzten Sommer in Tschulimsk* spielen sollten.

Ich beantragte eine Freistellung, um nach den Kindern zu sehen. Bogdanowa hatte meinen Wunsch schließlich befürwortet, als junge Mutter konnte ich triftige Gründe anführen. Die Darstellung der Kaschkina übernahm die Zweitbesetzung, überflüssig, deswegen besorgt zu sein.

Die Kinder fand ich wohlauf vor. Dreitagefieber, heftig, aber schon fast vergessen.

„Mama muss wieder fort, Theater spielen", sagte ich zu ihnen, als sie schliefen.

„Und der Vater?", fragte meine Mutter.

„Ist noch da."

Für unser mobiles Bühnenbild des *Tschulimsk*-Gastspiels hatte Ignatjewa ein Stück Kunstrasen besorgt. Er war pflegeleicht, ließ sich zusammenrollen und platzsparend im Bus verstauen. Die Bauern bestaunten das neuartige Erzeugnis, ob man dafür bis nach Moskau fahren müsse?

Arnold Bungert

Es begann damit, dass in meiner Erinnerung etwas mit Nellis Haaren passierte. Freilich, die Zeit, die Entfernung und neue Eindrücke, die sich dazwischenschoben, ließen viele Bilder verblassen. Zu Hause war sie immer noch dieselbe Nelli mit den honiggelben Strähnen. Nur hier, in Moskau, schien sich ein Schatten über ihr Abbild zu legen, bis der Farbton ihrer Zöpfe dem von Violettas Haar ähnelte.

„Aus den Augen, aus dem Sinn, so ist das mit der Liebe", sagte Oswald.

„Verpiss dich, du Idiot", sagte ich.

Die Vorstellung meiner Zukunft mit Nelli, bei der Abreise nach Moskau noch fest umrissen, geriet ins Wanken. Stand es mir zu, das bereits fertige Stück mit dem Titel *Lebenslauf von Arnold Bungert* umzuschreiben? An der Abfolge der Szenen zu rütteln: Ausbildung, Wehrdienst, Arbeit, Heirat, Kinder, Rente, Friedhof ...?

„Ändere einfach den Namen der Heroine", riet Oswald. Doch ohne Nelli änderte sich alles! Ich würde nicht mehr zurückkehren in unser Dorf, um abends auf der Veranda ein Gläschen mit dem alten Schulz zu trinken, weil mein Schwiegervater ein anderer wäre. Weitere schwerwiegende Folgen wären unvermeidlich.

„Herrgott, du bist neunzehn, nicht neunzig! Die erste Liebe wird nicht die letzte sein."

Nelli und ich waren nicht verlobt, weil ich nie danach gefragt hatte, es gab kein Versprechen, keine Verpflichtung, keine Verabredung, allenfalls die Aussicht auf ein zufälliges Wiedersehen im Kuhstall der Kolchose *Roter*

Oktober. Sie brauche kein Deutsch, hatte Nelli bei unserem letzten Treffen gesagt, wozu ich damit meine Zeit verschwende? Wir würden es ja doch nie benützen. Eine Sprache für die Bühne, nicht fürs Leben.

„Von der Bühne zurück ins Leben, da soll sie hin", sagte ich. „Damit es gelingt, muss jeder dazu beitragen. Auch wir haben mit einfachen Sätzen angefangen…"

„Du klingst wie eine Wandzeitung, Arnold. Ich arbeite mit unseren Kühen auf Russisch, sie verstehen alles, ob Lob oder Tadel, sogar nicht druckreife Wörter. Was soll ich mit Deutsch? Das ist für mich wie eine Tante aus Amerika, unerreichbar fern, ihre Existenz nutzlos, ein potenzieller Kontakt sogar gefährlich, auch heute noch… Unter all diesen Gesichtspunkten lohnt sich die Mühe nicht!"

Trotzdem versprach Nelli, unser Gastspiel zu besuchen, sobald wir einen Aufenthalt in der Nähe planten.

Ich schrieb ihr, wo und wann wir mit *Letzten Sommer in Tschulimsk* von Wampilow auftraten und dass sie keine Sorge haben müsse, die Rede ihrer *Tante* nicht zu verstehen, wir seien technisch gut ausgerüstet, zwei Bühnenhelfer hielten russische Übertitel auf Pappschildern in die Höhe, so dass jeder der Handlung folgen könne.

Wir machten Halt im Dorf Romanowka. Romanowka war laut Tatjana Pawlowna Ignatjewa ein idealer Spielort für uns. Sie habe ihn ausgesucht, weil achtzig Prozent der Bewohner Nachfahren deutscher Siedler waren, die den Ort 1895 gegründet hatten. Wenn wir dort kein dankbares Publikum fänden, dann habe sie

ihren Beruf verfehlt und wolle fortan als Nachtwäch-
terin arbeiten.

„Aber, liebe Tatjana Pawlowna", sagten wir, „Sie irren
sich doch nie!"

Angekündigt als Studenten aus Moskau waren wir eine
willkommene Abwechslung, Menschen der Großstadt,
ersehnte Gäste, im Werden begriffene Bühnenstars –
und wurden auch so behandelt. Sogleich umringten uns
mitteilungsbedürftig die Dorfältesten, die nichts mehr
zu tun hatten außer vor ihren Häusern auf der Bank zu
sitzen und darauf zu warten, dass jemand zum Schwät-
zen vorbeikäme.

In den Gärten entlang der Hauptstraße blühten manns-
hohe Sonnenblumen, es roch nach Kuhdung und Heu,
irgendwo tuckerte ein Traktor über die Felder, ich
fühlte mich ganz wie zu Hause.

Ja schaut, ihr junge Leit, weder Revolution noch Krieg
haben's geschafft, uns von hier zu vertreiben, immer
noch wohnet mir in den Häusern, die wo unsere Vor-
väter gebaut haben, und bewirtschaften dieselben Hektar Land, sogar die Sprooch ist dieselbe gebliebe, wie
ihr heert.

„Ein glückliches Dorf, dieses Romanowka", sagte ich
zu Oswald, „da können ja unsere Pappschilder in der
Requisite bleiben!"

„Sie glauben, dass sie verschont wurden", sagte Oswald.
„Die Häuser haben sie vielleicht behalten dürfen, aber
alles Land verloren, und viele der Väter, Brüder und
Männer sind nicht zurückgekommen."

In einer redseligen Stunde hatte mein Vater die berüchtigten Listen aus Moskau erwähnt, die den menschli-

chen Zoll für jedes Dorf genau bezifferten: wie viele zu verhaften, wie viele zu erschießen waren; später enthielten sie die Namen von Männern und Frauen, die abgeholt wurden, um als *Trudarmisten* Zwangsarbeit zu leisten. Ich wusste Bescheid.

„Schwieriges Thema“, winkte ich ab.

„Aber mit Potenzial für die Bühne. Und Romanowka böte die perfekte Kulisse dafür. Meinst du nicht?“

Wer sollte es wagen, dachte ich, diesen sperrigen Stoff je zum Theaterleben erwecken zu wollen…

Wir spielten im Haus der Kultur, in Wahrheit eine alte evangelische Kirche, erklärten uns die Alteingesessenen, die sich unbeirrbar als Protestanten verstanden, ganz egal, was der Zeitenfluss an Unheil in ihr Dorf trug. Das Kreuz auf dem Kirchturm war längst abgerissen, der einstige Altar einer Bühne gewichen. Mutter, dachte ich, schau her: Dein Sohn steht in der Kirche! Einer *lutheranischen*! Da, wo du mich immer haben wolltest. Zwar nicht singend wie Edik Balzer damals, den du bei Bedarf so gerne als Vorbild für mich heranzogst, sondern als draufgängerischer Pawel, der es auf Valentina abgesehen hat, eines Sommers in Tschulimsk.

Kurz vor Beginn der Aufführung entdeckte ich sie. Nelli Schulz. In Begleitung eines fremden Mannes.

Bedeutet: ungeprobte Szene, Improvisationsübung, Spontandialog.

Ich wusste sofort, dass es keiner von ihren Cousins war. Trotzdem wollte ich sie sagen hören: Arnold, das ist mein lang verschollener Halbbruder, den du noch nicht kennst. Ich habe ihn ja selbst gerade erst kennengelernt, deshalb muss ich ihn die ganze Zeit so anstarren und habe keine Augen für dich.

Und ich hätte gesagt: Dein Bruder ist mein Bruder, willkommen in der Familie!

Doch dafür hätte sie sich umsehen müssen. Mein Blick allein war offenbar nicht magnetisch genug, er löste nichts in ihr aus.

Sie wirkten glücklich.

Verliebt.

Vertraut.

Verheiratet.

Und mich hatte niemand vorgewarnt. Mutter hätte wenigstens ein Telegramm schicken können. Ich hätte Nelli vielleicht doch lieber Schmuck und keinen Holzlöffel schenken sollen, eine Goldkette für den Anfang, ein Ring wäre zu symbolbeladen gewesen… Nun trug sie einen.

„Ich kann heute nicht auftreten", sagte ich zu Oswald.

„Schau mal ins Publikum."

„Wieso?"

„Da ist jemand, den ich kenne. Jemand Besonderes."

„Ja und?"

„Sie ist nicht allein."

„Bist du Schauspieler?"

Ich dachte kurz nach und nickte.

„Wenn du Schauspieler bist, geh raus und spiele."

Violetta Kraushaar

Die Dorfbewohner verhielten sich zögerlich. Alles schon vorbei? Sollten sie jetzt klatschen?

Wir stellten uns Hand in Hand an den Bühnenrand, eine Menschenkette, die Einigkeit demonstrierte. Links von mir verbeugte sich Arnold, meine Hand lag seltsam reglos in der seinen, als wolle sie sich ihm entziehen (dabei wollte ich das gar nicht). Alle neigten erwartungsvoll die Köpfe. Nun klatscht doch endlich, dachte ich hinter meinem Lächeln, der Vorhang ist gefallen, es wird heute keine Hochzeit mehr geben, lasst uns gehen, ich will ins Bett!

Verhaltener Applaus, ratlose Gesichter. Ein schönes, aber trauriges Stück, sagten die Dorfbewohner. Habt ihr auch was Fröhliches dabei?

Was wollt ihr denn, wir spielen Theater, keine Operette, hätte ich ihnen am liebsten zugerufen.

Vor der ehemaligen Kirche standen gedeckte Tische zu unseren Ehren auf der Straße. Das Spätprogramm, kreatives Treffen der Künstler mit dem Publikum, Pflichttermin nach jeder Vorstellung. Freundlich, aufmerksam sein, die Müdigkeit wegschieben, erkennen, was die Menschen in ihrem Innersten bewegt, welche Sorgen sie haben, mit ihnen reden.

Die Menschen redeten gern in unserem Beisein, sie sahen in uns durch die Lande ziehende Geschichtensammler.

Die Nacht war mild, der Boden staubig, im Hintergrund zirpte ausdauernd ein Chor aus Zikaden. Die Bewohner sprachen von ihren Problemen, der langen Trockenheit, reparaturanfälligen Landmaschinen, fehlenden Ersatzteilen (wie überall), erzählten von der siebzehnjährigen Mascha aus der Nachbarschaft, die aus verschmähter Liebe ein Glas hochprozentige Essigessenz getrunken hatte, von Magenkrämpfen geschüttelt zusammengebrochen und im Krankenhaus an Verätzung gestorben war. Ach, diese jungen Mädchen mit ihren überbordenden Gefühlen! Das ganze Leben noch vor sich, sie hätte doch schon bald einen anderen gefunden. Alles weggeworfen in einem Anfall von Umnachtung. Die armen Eltern, wehklagten die Bauern. Jeder hält Essigessenz von kleinen Kindern fern, aber wer denkt daran, dass die Großen sich genauso unverständig daran vergreifen… Solche Dramen spielten sich auf dem Dorf ab, das könne sich kein Dramaturg ausdenken!

Ich aß von den faustgroßen Tomaten, trank etwas Wein und dachte dabei an das Mädchen Mascha, die glücklose Julia Capulet von Romanowka.

Ich trug noch Valentinas Bühnenkleid und versuchte vergeblich, die Mücken von meinen nackten Beinen abzuwehren. Als es kühler wurde, legte mir jemand eine Jacke um die Schultern. „Du hast ja Gänsehaut", sagte Arnold. „Wollen wir gehen?"

Wie lange er sich mit dieser Frage Zeit gelassen hat.

„Wampilow ist vielleicht ein wenig zu modern für Romanowka", gab Ignatjewa zu, als wir wieder unter uns waren. „Aber Theater muss den Leuten etwas Bissfestes bieten, an dem sie eine Weile zu knabbern haben. Auch Dinge, die ein Bauer nicht kennt."

Arnold Bungert

Weihnachten aßen wir Strudel, der sehr hübsch aufgegangen war, Mutters Meisterwerk, innen zart und luftig, außen mit einer glänzenden Haut überzogen. Meine Schwester hatte ihren Verlobten mitgebracht, Alex, der in Strudelwissenschaften noch einige Nachhilfe benötigte, aber sonst ein feiner Kerl war.

Nach dem Essen tranken wir Tee zum ofenwarmen, zimtfarbenen Honigkuchen und redeten alle durcheinander. Trotz der Lautstärke bei Tisch schnappte Vater im Radio Sätze auf, die ihn dazu bewogen, die Hand zu heben, um Ruhe zu erbitten.

Das Radio meldete, dass sowjetische Truppen in Afghanistan einmarschiert seien.

„Das klingt ja fast nach Krieg", sagte meine Schwester und schmiegte sich noch fester an ihren Verlobten, als würde er gleich vom Tisch weg in die unwegsamen Berge Afghanistans mobilisiert werden.

„Ach, hör doch auf, Magdalena", sagte Mutter.

„Sie werden viele junge Männer hinschicken", stimmte Vater mit ein. „Wenn die Operation bis zum Sommer nicht vorbei ist, bist du vielleicht der nächste, Arnold, gleich nach deinem Diplom."

„Sie werden doch ein halbes Jahr vor der Olympiade keinen Krieg anfangen!"

„Hast du es nicht gehört?"

„Bis dahin ist doch alles wieder vorbei. Nur ein kleines Scharmützel."

„Also ich würde lieber ins Baltikum gehen als nach Afghanistan", sagte ich, immer noch recht heiter gestimmt. Wer will sich nach gutem Essen mit Krieg beschäftigen?

„Schau dir diesen Kindskopf an, Katharina! Dein Sohn nimmt die Sache nicht ernst."

Vater schwadronierte weiter, dass ein Krieg in fernen unzugänglichen Bergen nicht zu gewinnen sei, wie jeder wisse, der seine fünf Sinne noch beisammenhabe, nur nicht unsere Regierung. Und dass dies ein Zeitpunkt sei, ernsthaft übers Auswandern nachzudenken.

Das Radio berichtete, Tausende Reservisten aus den mittelasiatischen Republiken und Kasachstan seien nach Afghanistan versetzt worden, um die befreundete afghanische Regierung zu unterstützen, die um militärische Hilfe im Kampf gegen den inneren Feind gebeten hatte.

„Sie sprechen von Reservisten", sagte ich.

„Das ist erst der Anfang! Sie werden einen großen Vorrat an Zinksärgen anlegen müssen."

Die Stimme im Radio sagte, der Einsatz sowjetischer Truppen erfolge in Übereinstimmung mit einem Freundschaftsabkommen zwischen beiden Staaten, diene der Befriedung eines regionalen Konflikts und werde in wenigen Wochen beendet sein.

„Dafür hebe ich mir eine Flasche Wodka auf. Mal sehen, wann wir sie köpfen können und ob wir dann noch alle hier zusammensitzen."

„Unke nur kein Unglück herbei, du mit deinen Reden", mahnte Mutter. Magdalena klammerte sich an Alex, und ich dachte daran, wie schön es wäre, jemanden zu haben, der einem nachwinkt, wenn der Zug losfährt, möglichst nicht nach Afghanistan.

Vier Personen blieben nach den Neujahrsferien am Bahnsteig zurück, Vater, Mutter, Magdalena und Alex; sie winkten ausgiebig. Eine aber fehlte.

Zöge ich ins Gefecht am anderen Ende der Welt, wäre Nelli unbeeindruckt davon, sie würde um einen anderen weinen. Das beste Mittel gegen Liebeskummer sei, sich neu zu verlieben, riet mir meine Schwester mit der ganzen Weisheit ihres Altersvorsprungs von vier Jahren.

Zurück in Moskau nahm ich mir vor, den richtigen Moment abzupassen – nach dem Essen, keine Zeugen, nicht zu grelles Licht – und zu Violetta Kraushaar Folgendes zu sagen: „Pass auf, vielleicht muss ich bald in den Krieg ziehen, also lass uns schnell heiraten, okay?" Vorher mit Balzer wetten, dass sie *Ja* sagt.

Violetta Kraushaar

Es gab bei uns Paare, die heirateten, um aus dem Wohnheim rauszukommen. Die Weichen mit dem Ziel *eigener Wohnraum* waren beizeiten zu stellen, wer mit der Familiengründung zögerte, hatte später das Nachsehen. Ich war dreimal mit Arnold Bungert ausgegangen (Abendessen im Restaurant, wo er Tellerwäscher war, Tanz im Studentenklub, Ausflug auf das Gelände der Ausstellung der Volkswirtschaftlichen Errungenschaften der UdSSR). Auf einer Bank am Brunnen der Völkerfreundschaft küssten wir uns (in der Dämmerung war das Wasserspiel romantisch beleuchtet). Als er anfing, von *heiraten* zu reden, fragte ich „Warum?", obwohl mir auf der Zunge „Wo und wann?" lag; nicht allein des Zimmers wegen. Ich wollte eine Liebeserklärung hören, irgendetwas, das dem nahekam, weil man mit Anfang zwanzig glaubt, das gehöre dazu.

„Wir wären ein gutes Gespann, nicht so wie der Schwan, der Krebs und der Hecht, weißt du noch?"

Der Glaube an die großartige Zukunft ist auf Dauer angelegt, er ist nicht ohne Weiteres zu erschüttern. Denn wäre er wankelmütig, müsste man dann nicht alsbald an der Festigkeit des Fundaments zweifeln?

In den Klassengesprächen wichen die Dozenten dem Thema aus. Je schneller der Studienabschluss nahte, je drängender sich uns die Frage nach dem *Wohin/Was dann* stellte, desto einsilbiger fielen die Antworten aus.

„Ja nun", sagten sie, „das Theater wird dort stehen, wo euer Publikum ist. Wir sorgen dafür, dass ihr eure

Schauspieldiplome bekommt und geben euch vier bühnenfertige Stücke mit auf den Weg, alles andere haben wir nicht zu entscheiden. Und ist es am Ende nicht egal, wo sich eine Bühne befindet, wenn es eine gute Bühne ist?"

Aber warum gerade Temirtau? Davon war doch bisher nie die Rede gewesen. Uns wurde eine *Großstadt* versprochen …

Temirtau – eine reine Industriestadt, mit Bergbau im Drei-Schicht-Betrieb und mit nur wenigen deutschsprachigen Bewohnern. Welches Publikum wartet denn dort auf uns?

Den meisten von uns sagte der Ort nichts (zumindest nichts Gutes), aber ich kannte die Gegend um Karaganda, stammte ich doch selbst aus einem Vorort (der irgendwann in Karaganda aufgehen würde), war also beinahe Großstädterin. Temirtau lag keine Stunde von meiner Haustür entfernt. Uns ausgerechnet dorthin zu schicken, war so sinnvoll, wie eine Katze zum Mäusejagen in einen Vogelkäfig zu sperren …

„Wir sollten protestieren", sagte Balzer.

Die Dozenten erklärten sich für bar jeder Verantwortung. Die Regierung habe die Entscheidung gefällt, wer dagegen sei, solle sich an sie wenden.

Dann wenden wir uns halt an die Regierung! (Manche spucken gerne große Töne, vor allem zu fortgeschrittener Stunde.) Waren uns nicht Metropolen in Aussicht gestellt worden? Daran mochte sich von den Zuständigen niemand mehr erinnern. *Metropolen* – ein weiter Begriff. Auch Temirtau sei ja *kein Dorf*. Sondern eine schnell wachsende Stadt mit steigender kultureller

Nachfrage und guter Versorgungslage dank der vielen Bergleute. Deren Arbeit bilde die Grundlage für wichtige Industriezweige des Landes, der Name des Temirtauer Metallurgischen Kombinats sei weltweit ein Begriff.

Da wäre ja selbst Karaganda als Standort für unser Theater das kleinere Übel, fanden nicht wenige von uns, mich eingeschlossen.

Im Trausaal des Moskauer Standesamtes hingen zwei prächtige Kronleuchter über einem abgewetzten Teppich in altrosa. Wir machten keine große Sache draus, versprachen den Eltern (weil sie keine Ruhe gaben), die Feier im Sommer nachzuholen. Als Vorgeschmack schickte ich ein Foto vom Hochzeitspaar: Arnold und ich beim Niederlegen eines Blumenkranzes am Lenin-Mausoleum, wie es die Tradition in Moskau gebot.

Das Kabinett war von den halbhoch farbig gestrichenen Wänden bis zum Linoleumboden in graugrünen Tönen gehalten. Ich betrachtete eine weiß-emaillierte Nierenschale mit schwarzem Rand auf dem Beistelltisch. Die Ärztin, über Papiere gebeugt, hatte viel zu schreiben: Diagnose, Entlassungsbericht, ärztliche Bescheinigung für die Schule / Arbeitsstelle.

Ich hatte nicht damit gerechnet, mich hier wiederzufinden. Bedurfte es doch nur in zwei Fällen einer entsprechenden Konsultation (so dachte ich damals): Abtreibung oder Entbindung. Nichts dazwischen.

„Verheiratet?"

„Ja."

„Vorerkrankungen?"

„Keine bekannt."

Die Ärztin schlug die Akte zu.

„Kann eben vorkommen. Schonzeit nicht notwendig!"

Draußen war ein sonniger Tag. Menschen eilten vorüber, ein Kind lief an der Hand seiner schwangeren Mutter, deren rotes Kleid, weißgepunktet, über dem Bauch spannte. In der anderen Hand hielt die Frau ein gefülltes Einkaufsnetz. Ein leeres Einkaufsnetz hätte die Harmonie dieses Kunstwerks gestört.

Wenn ich die Szene im Arztzimmer hätte spielen müssen (Patientin in Frauenabteilung, erschüttert), wäre sie danebengegangen. Ich hatte nichts gefühlt und nichts gezeigt, nicht einmal Überraschung, die kam erst später.

Emilia sagte: „Wie gut, dass du es noch nicht herumerzählt hast. Gerade in den ersten drei Monaten muss man vorsichtig sein."

„Du weißt es doch. Ein paar andere auch. Und morgen vermutlich die ganze Schule!"

„Aber die Lehrer…"

„Es hätte sowieso nicht gepasst. Mitten in der Prüfungszeit… Und bald der Umzug nach Temirtau."

An Emilias Gebärmutterwand klebten die Embryos fest wie die Kletten.

Oswald Munz

Tatjana Pawlowna Ignatjewa war es, die uns im letzten Studienjahr erzählt hatte, unsere Diplomstücke seien für die Aufführung bei den Olympischen Spielen in Moskau ausgewählt worden. *Emilia Galotti, Die Ersten, Die Schneekönigin.* Ignatjewa war es, die vom hohen Anspruch der Organisatoren der Olympiade sprach, den Gästen aus aller Welt ein nie dagewesenes kulturelles Rahmenprogramm zu bieten, mit dem die Sowjetregierung zeigen wollte, dass die Russen nicht nur Sport, Zirkus, Ernterekorde und Raumfahrt, sondern sogar Theater auf Deutsch können!

Ich erinnere mich, dass der Abend besonders lang und fröhlich gewesen war, wir tranken auf den Erfolg unserer Mission, niemand wollte als Erster damit aufhören. Temirtau, bislang nur eine blutleere Vision, geriet in den Hintergrund, denn noch waren wir in Moskau, noch atmeten wir Großstadtluft. Was für ein Sommer, was für eine Ehre, direkt nach der Versuchsbühne einer Schauspielschule vor großem, internationalem Publikum aufzutreten! Wir würden in staatlichem Auftrag gesehen und gehört werden! Dabei sein ist alles!

Übermütig geworden, schlug Balzer vor, die Gunst der Stunde zu nutzen und einen Brief zu verfassen, an den Genossen Breschnew persönlich, unseren Herrn Generalsekretär *Die schwarzen Augenbrauen buschig und dicht, die langen Reden hohl und schlicht.*

„Was willste ihm denn schreiben?"

„Nur das einfordern, was uns versprochen war – 'ne

Metropole! Die Rolle der stummen Unsichtbaren gehört der Vergangenheit an, wir treten unter dem Licht der Scheinwerfer ans Mikrofon! Dort wollen wir bleiben – damit uns alle sehen und hören."

Balzer war voll wie eine Haubitze, doch seine Idee fand Anklang.

Wir stritten um das richtige Maß an Höflichkeit in Anrede und Grußformel, um Änderungen und Verbesserungen, um die Ausgewogenheit von Demut und Bestimmtheit in den Formulierungen. Nicht von alkoholgeschwängerter Aufmüpfigkeit ließen wir uns leiten, sondern vom berechtigten Willen, unsere Interessen zum Wohle des Landes einzusetzen.

„Leute, besser nicht zu viel verlangen! Lasst uns klein anfangen!"

„Seid leise!", sagten die jungen Waghalsigen zu den verzagten Bedächtigen. „Zuerst stellen wir Ansprüche auf ein Theater in der Hauptstadt, und dann fordern wir die Wolgarepublik zurück."

„Ihr seid ja vollkommen verrückt geworden", sagte Emilia.

„Nur gemeinsam sind wir stark. Auf welcher Seite stehst du?"

„Ich dachte, es geht um unser Theater…", stotterte Emilia, unfähig, die Aufbruchsstimmung um sie herum zu begreifen, weil zu nüchtern geblieben.

Wer sich zu weit aus dem Nest lehnt, kann ganz herausfallen und auf dem Boden zerschellen.

Violetta, die Schönschreiberin, übertrug die gesammelten Gedanken in gleichmäßigen Zeilen auf das Papier. Im Morgengrauen waren wir fertig.

Wir schickten den Brief ab. Er hatte keinen weiten Weg von der Uliza Raskowoi bis zum Roten Platz. Dennoch rechneten wir nicht mit einer schnellen Antwort. Die Regierung hatte wichtigere Dinge zu erledigen, im Sommer 1980, als die ganze Welt nach Moskau schaute.

Die Olympischen Spiele rückten näher. Ignatjewa verkündete, für die Aufführung unserer Stücke sei das Maly Theater vorgesehen, allerdings nicht die Hauptbühne, sondern die Filiale auf der Bolshaya Ordynka. Wahrlich keine schlechte Adresse, aber wir müssten uns noch gedulden, bis alles von oben bestätigt worden sei, so ein Mammutprogramm brauche eben seine Planungszeit, kurzfristige Verschiebungen könnten nicht ausgeschlossen werden, aber eins sei sicher: Das Olympische Organisationskomitee zähle fest auf uns.

Die hochfliegenden Hoffnungen, der Trubel, so viele Menschen überall. Sogar olympische Witze machten die Runde: Genosse Generalsekretär Breschnew hält die Festrede bei der Eröffnung der Olympiade. Er liest vom Papier ab: *Oh. Oh. Ooh. Oooh!* Die Zuschauer sind verwirrt. Breschnews Assistent flüstert: Genosse Generalsekretär, das ist nicht Ihr Text, das sind die olympischen Ringe auf dem Briefkopf!

Meine Mutter wünschte sich ein olympisches Souvenir, ich kaufte Maskottchen Mischka als Plüschtier und für Omas Vitrine Mischka als braun glasierte Porzellanfigur, die mich in ihrer Hässlichkeit an das Fabelwesen des sowjetischen Trickfilms namens Tscheburaschka erinnerte.

Irgendwann stand das Programm fest, unsere Stücke tauchten darin nicht auf.

Wie war das möglich? Ein Fehler im Programm? Dann musste es neu gedruckt werden! Ignatjewa verordnete sich plötzlich Schweigen, ließ den Enttäuschten und Ratlosen ausrichten, dass sie das Gastspiel eines anderen Jahrgangs begleiten müsse, und wünschte uns weiterhin viel Glück und Erfolg.

„Vielleicht ist das die Antwort auf unseren Brief", sinnierte Violetta, die Einzige, die sich an dessen Wortlaut genau erinnerte, weil sie ihn mehrmals abgeschrieben und darum seltener Gelegenheit zum Mitanstoßen gehabt hatte als die anderen.

Vor dem Olympischen Fest erging die Anweisung, Moskau gründlich zu reinigen, alles Störende und Überflüssige zu beseitigen, Wohnheimplätze zu räumen, jedes verfügbare Zimmer würde für die Besucher der Spiele benötigt. Die Hochschulleitung zog die Abschlussprüfungen vor, um uns schneller loszuwerden, und schickte die jüngeren Semester vorzeitig in die Ferien.

Als Eliteabsolventen hatten wir die Flügel ausgebreitet, mit Adleraugen die Metropolen des Landes nach Jagdgründen abgesucht – um in Temirtau zu landen, wo es keine Beute für uns gab.

Alles wird gut, besonders die Zukunft!

Balzer schlug vor, einen weiteren Eingabebrief zu schreiben.

„Du wieder ..."

„Wegen dir haben wir den Schlamassel ..."

Bestätigt in seiner Bedeutung salbaderte er weiter: „Wir dürfen jetzt nicht einknicken! Die da oben müssen merken, dass wir es verdammt ernst meinen! Und wenn sie weiterhin schweigen, werden wir sie zwingen, sich mit uns zu beschäftigen!"

Balzers Schneidigkeit fand im Kollektiv bei Tageslicht keinen Rückhalt. Zwar widersprach niemand offen, doch ebenso wenig pflichtete ihm jemand bei. Jung und unerfahren fügten wir uns den Umständen, derart ernüchtert von der Wirkung unseres Briefes, dass wir von weiteren Forderungen vorläufig Abstand nahmen. Auch wenn dies bedeutete: keine Olympischen Spiele, keine Hauptstadt, keine blühenden Apfelbäume, keine malerischen Bergketten am Horizont von Alma-Ata…

Stattdessen erwarteten uns Stahl, Rost, Kalk, Asbest, Zement und qualmende Schornsteine an der Seite von Hochöfen.

Dritter Teil

Temirtau

1980–85

Das Gebiet um die Siedlung Samarkand ist von Natur aus wie geschaffen, in Zukunft das Zentrum der Eisenmetallurgie Kasachstans zu werden.
Aus dem Bericht einer sowjetischen geologischen Expedition zur Erkundung Kasachstans, 1920er Jahre

Oswald Munz

Im Bus war genauso viel Staub wie draußen. Wüsten-stürme nannten sie das, weder Karosserie noch Wände anderer Bauart boten Schutz dagegen, erst wenn der Wind sich legte und ein Regenschauer die herumflie-genden Sandkörnchen am Boden festklopfte, würde es besser werden, hatte man uns versprochen.

Die Frauen fächelten sich mit Zeitungen Luft zu und wirbelten noch mehr Staub auf.

„Violetta, bitte, nicht so theatralisch! Du bist hier nicht auf der Bühne."

Noch sangen sie lauthals, vom milden Wohlwollen der zahlenmäßig unterlegenen Gesangsverweigerer beglei-tet. Violetta stimmte mit etwas angerauter Stimme, wohl unterdrücktem Hustenreiz geschuldet, ein Lied nach dem anderen an.

Mit jeder Stunde schrumpften draußen die Bäume. Als würden sich die letzten stattlichen Exemplare mit einem Schwingen der Äste von mir verabschieden, Reisender, du verlässt unser Gebiet und betrittst nunmehr baum-loses Land. Wir werden dir keinen Schatten mehr spen-den noch dich vor Regen oder Wind schützen. Nirgend-wo wirst du fortan Schutz finden, es sei denn, du gräbst dich in die Erde ein wie eine Zieselmaus.

Selbst Emilias Zwillinge staunten. „Wohnen denn hier keine Bäume mehr?", fragten sie. Reizende Kinder. Erst recht, wenn sie schliefen.

Ich hielt mir ein feuchtes Tuch an die Stirn, die Wirkung war nur kurzzeitig erfrischend. Den Mund nicht öffnen und flach atmen. In einem Moment der Unachtsamkeit drohte das Rollenbuch von meinem Schoß zu gleiten. In letzter Sekunde fing ich es mit der noch freien Hand auf. Meine Finger hinterließen Spuren auf dem Umschlag, welcher während der Fahrt buchstäblich Staub angesetzt hatte.

Wie sollte einer bei dem Lärm zum Lesen kommen? Die Lieder begannen sich zu wiederholen. Sie sangen von Birken, den Weiten der Steppe, von Mutter Wolga und dem Vaterland.

Laut Arnolds Einschätzung passte *Die Stadt im Morgenrot* an sich gut in den künftigen Spielplan, aber an einigen Stellen habe er sich gefragt, ob vor einer Aufführung nicht ein wenig Adaption an die Parteilinie erforderlich sein würde.

Dermaßen vorgewarnt, fand ich gleich am Anfang des ersten Akts eine fragwürdige Formulierung, der weitere, noch fragwürdigere, folgen sollten. Das Problem begann für mich mit der Szene, in der die jungen, unerfahrenen Komsomolzen, die künftigen Erbauer der *Stadt im Morgenrot*, im sibirischen Hinterland ankommen und feststellen, dass für sie keinerlei Wohnraum vorhanden ist. Natürlich hatten sie keine vergoldeten Paläste erwartet. Aber dass auch nicht die kleinste Hütte als Unterschlupf für sie bereitstand? Weit und breit nur unberührte Natur. Doch dafür hat die Jugend kein Auge. Die Mädchen und Jungen müssen schnellstens mit dem Zeltaufbau beginnen, denn statt bei philosophischen Gesprächen unter dem Sternenhimmel mit Blick auf den Mond und majestätische Fichtenwipfel einzuschlummern, geraten sie prompt in der ersten Nacht in ein apokalyptisches Gewitter.

Mürrisch vor Nässe und Kälte spricht *Sorin*: „Wenigstens ein paar Baracken hätten sie hinstellen können."

Schora antwortet: „Stimmt, hier steht überhaupt nichts!"

Und *Oxana* bestätigt: „Ringsum nur Taiga!"

Wonach sich das anhörte? Nach unverhohlener Gesellschaftskritik, jawohl, da gab es nichts zu interpretieren. Komsomolzen, die statt Herausforderungen fest anzupacken, erst einmal an allem herumnörgeln, wer dachte sich denn so etwas aus?!

Ich schlug nochmals den Namen des Autors nach. Arbusow. Wie konnte ich den nur vergessen! *Der* Arbusow, dessen Stücke so gut wie jedes Theater mit mehr als drei Plätzen von Brest bis Tschukotka inszenierte, vor allem seine *Irkutsker Geschichte*. Die *Stadt im Morgenrot* musste irgendwie durchgerutscht sein, ein vergessenes kritisches Frühwerk eines inzwischen allseits verdienten Dramatikers.

Violetta wollte die Hauptrolle. Sie sang wirklich passabel, das musste ich ihr lassen, bei allem Kampf gegen die widrigen Begleitumstände einer Busfahrt durch Wüstenlandstriche.

Hinter dem Fensterglas zogen vom Wind gebeugte stachlige Gewächse vorüber. Sie neigten ihre kärglichen Zweige alle in eine Richtung, als wäre ein riesiger Kamm über sie hinweggegangen, wovon sie sich nie wieder erholt hatten.

Doch welches war die Hauptrolle? Ich blätterte zur Personenübersicht zurück. Unter den weiblichen Figuren war nicht auf Anhieb ersichtlich, wer die wichtigste ist.

Oxana oder Natascha? Oder doch Ljolja, die Zeitungsredakteurin? Die Komsomolzinnen der Baubrigade treten alle gleichberechtigt auf. Ljolja fällt später wegen eines unliebsamen Artikels in Ungnade. Zur Strafe wird sie aus der warmen Redaktionsstube in den Wald zum Roden geschickt. Das verwöhnte Mimöschen bettelt darum, nach Moskau zurückversetzt zu werden. – Diese Figur würde Violetta kaum spielen wollen. Sie sah sich auf die siegreichen Heldinnen abonniert.

Den ganzen Sommer über schicken die uns den unmöglichsten Krimskrams – Badewannen, Stühle, irgendwelche Rohre… Und wo sind die Äxte? Die Spaten? Wo bleibt das Frischgemüse?

Das waren die Fragen, die sich die Erbauer einer neuen Weltordnung in Arbusows Stück stellten.

Der Bus war mit einem Vorderrad in einem Schlagloch versackt und bekam leichte Schräglage. Der Fahrer rangierte ohne sichtbare Gemütsregung zurück und wieder vor. Zusätzlich zum bereits herumfliegenden Staub gelangte durch die gekippten Fenster eine lehmfarbene Wolke ins Businnere. Trotz geschlossenen Mundes und des feuchten Tuchs als Atemschutz begann es bei mir, zwischen den Zähnen zu knirschen. Mit jedem Aufheulen des Motors stachen mir die Abgase in die Nase.

Dem Fahrer war es gelungen, das Schlaglochmanöver schweigend und ohne die Hilfe der Fahrgäste auszuführen.

Ich lehnte mich dankbar zurück. Während der Fahrt durch die kasachische Steppe fühlte ich mich den Komsomolzen in der fernen Taiga sehr nahe. Sie hatten ganze sechs Monate Zeit, um aus dem Nichts eine Stadt zu erbauen. Ich sah mich Seite an Seite mit Arbusows Helden hüfthoch im Schnee stehen. Vom stundenlangen Sägen zitterten mir die Arme, die Beine gaben nach, ich hörte die Warnrufe, wenn ein Stamm sich zu neigen begann. Jetzt schnell sein, zur richtigen Seite springen, dorthin, wo sich die erfahrenen Kollegen scharten. Ich nahm die eintretende Stille wahr, sobald die letzten zitternden Zweige des gefällten Baums zur Ruhe gekommen waren und der aufgewirbelte Schneestaub sich wieder abgesetzt hatte. Ein Zedernzapfen machte „plonk!", als er im Tiefschnee verschwand. An der Eintrittsstelle blieb ein kleiner Krater zurück. Eine solche Delikatesse lässt man doch nicht verkommen, dachte ich in Vorfreude auf geröstete Zedernkerne.

Der Bus ruckelte. Hinter mir biss jemand in einen Apfel. Meinen linken Arm durchzuckte ein Funkenregen. Emilias Zwillinge warfen Papierflugzeuge quer durch die Sitzreihen, eines hatte mich am Ohr gestreift und blieb eingeklemmt zwischen meinem Knie und dem Vordersitz hängen.

Emilia Riedel

Der Busfahrer hievte unsere Koffer aus dem Koffer-
raum, recht unsanft, wie ich fand, als wolle er das Gepäck auf dem kürzesten Weg in den Straßendreck beför-
dern. Vorsicht, rief ich, benommen von der ruckeligen
Fahrt, dem beißenden Benzingeruch und den Abgasen
aus dem laufenden Motor. Ein eigenartiges Gemisch
aus den Aromen industrieller Auswürfe stieg mir in die
Nase, Schwefelverbindungen, Kohlenruß, eine Duft-
spur von schmorendem Gummi. Nach wenigen Atem-
zügen verlor der Geruch ein wenig von seiner Schärfe.
Vielleicht gewöhnte man sich daran mit der Zeit. Der
nächste kräftige Windhauch würde alles verwehen. In
Temirtau entstanden nun mal keine Damenstrohhüte
oder Herrentaschentücher in Handarbeit, sagte ich
mir, hier wurden Rohstoffe für das mächtigste Land
der Welt gewonnen, verständlich, dass es dabei laut,
dreckig und übelriechend zuging. Schau doch, was vor
dir liegt: eine pulsierende Schlagader, durch die unauf-
hörlich Kohle und Stahl gepumpt werden, Tag für Tag,
Jahr für Jahr, in immer größeren Mengen!
Unser Ziel heißt Kommunismus, stand auf der Haus-
wand gegenüber.
Laut Tante Edith war Temirtau kein Ritterschlag, sondern nur die nächste *Schikane*. Wie falsch sie lag!
*Geradlinigkeit, Modernität und ein von Anfang an
urbanes Format zeichnen die junge Stadt der Metall-
bauer aus.*
Vielleicht war Temirtau keine Weltmetropole, aber
Platzmangel kannte hier niemand, die Stadtplaner

hatten ihre Linien sehr generös gezogen, es gab keinen Wald zu roden und keine Berge zu sprengen, nur Steppe, Steppe, Steppe in alle Himmelsrichtungen.

Wir werden von Boulevards und Palästen umgeben sein: Kulturpalast der Chemiker, Kulturpalast der Energetiker, Kulturpalast der Metallurgen.

Die Kinder brachten mich fast zu Fall, als sie sich vor mir nach etwas auf dem Boden bückten. Ein Käfer mit glänzendem Panzer verharrte in Abwehrstellung, als der Schatten der Zwillingsköpfe auf ihn fiel, die menschliche Neugier von oben nicht grundlos als Gefahr witternd. Kinder, an diesem Tag hat ein neues Kapitel angefangen, und eure Eltern haben daran mitgeschrieben, werde ich ihnen später erzählen, für die Familienchronik.

Ein Pulk von Stahlkochern auf dem Heimweg zeigte die Nähe des Stahlwerks an. Dichter Rauch stieg aus den Schloten auf. Schichtwechsel. Ein Riesenberg von Wassermelonen lag auf der Straße, bewacht von einem Großmütterchen und einer mageren vor sich hindösenden Katze zu ihren Füßen.

„Kaufen Sie, kaufen Sie!", rief uns die Händlerin mit zahnlosem Mund zu. „Reife Melonen, heute frisch geliefert!"

Die Zwillinge liefen sofort zum Melonenberg, weckten die Katze durch überschwängliche, auf Empfängerseite höchst unwillkommene Streichelversuche und rangen mir den Kauf einer Sieben-Kilo-Frucht ab, die sie zu zweit ins Foyer trugen. „Wowa, Witja, wascht euch die Hände vor dem Essen!", rief ich ihnen hinterher. Diese

Kinder machten sich ständig schmutzig und nirgends gab es eine Waschmaschine.

„Wowa, Witja, geht Onkel Oswald aus dem Weg!"

Witja und Wowa... Allerweltsnamen, damit sie sich nicht ständig erklären mussten, der Nachname war ihnen Bürde genug.

Oswald Munz

Niemand von den Businsassen hatte eine Vorstellung davon, was wir am Zielort vorfinden würden. Eine bewohnte Stadt. Aber sonst? Waren die Personalwohnungen bezugsfertig? Das Theatergebäude übergabereif? Wir waren die Vorhut, die Pioniere, darauf vorbereitet, alle Widrigkeiten aus dem Weg zu räumen, und gewillt, unsere Sache besser zu machen als Arbusows zweifelnde Komsomolzen. Ein Theater zum Laufen zu bringen, sollte doch eine leichtere Übung sein, als mithilfe von Äxten eine Stadt auf Permafrostboden zu errichten!
Das Stück für die Premiere stand längst fest, unsere Diplomarbeit mit dem Titel *Die Ersten*, immerhin thematisch überaus passend.

„Wann sind wir denn endlich da?", fragten Emilias Zwillinge abwechselnd in immer kürzeren Abständen. Ich vergaß ständig ihre Namen, hätte sie ohnehin nicht auseinanderhalten können.
„Bald", antwortete die junge Mutter. Als Emilia im ersten Studienjahr schwanger geworden war, mit siebzehn, hätte niemand gedacht, dass sie die Sache trotzdem durchziehen würde. Aber sie war nicht allein, den jungen Eltern stand das halbe Ensemble als Patenonkel und Patentanten bei. Die Zahl der Ehepaare unter uns wuchs stetig, ebenso die der Geburten und Taufen, bald würden wir einen theatereigenen Kindergarten eröffnen können.

Eine *romantische Chronik* hatte Arbusow sein Werk genannt. Der Autor war in seinen jüngeren Jahren offensichtlich jemand gewesen, der anecken wollte oder sich wenig darum scherte, wie sein Werk bei den Mächtigen ankam, schrieb er doch für die Theaterbesucher ...

Das Stück hatte seine Kanten, mit gewissen Widerständen wäre zu rechnen. Aber wir würden alle Schwierigkeiten überwinden, so wie Arbusows Helden in Sibirien den Naturgewalten trotzen und am Ende der unwegsamen Taiga eine ganze Stadt abringen. Am Anfang war Abend, am Ende das Morgenrot.

Ich hörte bereits den Applaus des Publikums. Er wollte gar nicht aufhören, wurde mir schnell lästig. Irgendwas stimmte daran nicht. Ein falscher Rhythmus, der Klang recht dünn ...

Es war Violetta, die in die Hände klatschte, um mich zu wecken.

„Was ist", fragte ich vom Halbschlaf benebelt, „sind wir schon da?"

Sie wies mit der Hand nach draußen. Ich neigte ein wenig den Kopf, um einen besseren Ausblick zu haben. Das graue Gebäude, vor dem der Bus gehalten hatte, trug oben den Schriftzug *Hotel Tschaika*. Ein Übergangsquartier für die ersten Tage.

Wir waren angekommen. Das Ziel hätte auch *Stadt im Morgenrot* heißen können. Doch immerhin warteten Hotelzimmer mit richtigen Betten auf uns und keine Zelte in der Wildnis. Ringsum Steppe statt Taiga. Viele Geschichten kennt der Volksmund über die Wanderherden der Saigas, die seit Urzeiten auf diesem Land grasen. Der Amur-Tiger durchstreift als einsamer Jäger majestätisch die Wälder, während das Wappentier der Steppe gesellig und weit weniger furchteinflößend ist.

Violetta Kraushaar

Fernheizungsrohre verliefen oberirdisch kreuz und quer
durch die Stadt und gaben Temirtau den Anschein einer
riesigen bewohnten Industrieanlage. Fabrikessen blie-
sen Rauch in allen erdenklichen Schattierungen von
ganz weiß bis ganz schwarz emsig in den Himmel, wo
er unterhalb der Wolken hängen blieb. Der Horizont
verbarg sich hinter einer undurchdringlichen Dunst-
schicht in Sepia.

Männer und Frauen in Einheitskleidung eilten an uns
vorüber, Fabrikarbeiter im Schichtdienst. Einst hatte
man sie mit dem Versprechen überdurchschnittlicher
Löhne und der Bereitstellung von Wohnraum hierher-
gelockt, in dieses neu errichtete Wunderland.

Wohnraum – in der Tat ein Zauberwort. Beim Gedanken daran musste ich Passanten anlächeln, deren Blicke
emotionslos an mir abprallten; am liebsten hätte ich
jedem von ihnen zugerufen, hört, hört, ich habe *Wohnraum* auf dem Prospekt der Metallurgen!

Warum freuten sie sich nicht mit mir? Vielleicht hatten
sie sich an ihr Glück schon so sehr gewöhnt, dass seine
Strahlkraft nachgelassen hatte und die starren Gesichter nicht mehr zu erleuchten vermochte.

Der Rauch am Himmel schillerte plötzlich wie ver-
gossenes Maschinenöl in einer Pfütze (oder narrte ein
Regenbogen meine Sinne?). Ein fabelhaftes Bühnenbild
für ein Freilichttheater!

Wir waren im Besitz eines Zuweisungsscheins für eine
Personalwohnung in einem Neungeschosser im Neu-
baugebiet *Hügel der Freundschaft* (die Partei hatte auch

die Parteilosen mit Wohnraum versehen). Das Haus sei leicht zu erkennen am Ladengeschäft im Erdgeschoss, *Kinderwelt* – alles für unsere Kleinen. Den Kindern der Werktätigen, künftigen Stahlgießern, Minenarbeitern und Baustoffingenieuren, sollte es an nichts mangeln. Sie zeigten von Anfang an Dankbarkeit für ihre wunderbare Kindheit im aufstrebenden Reich der Industriearbeiter. Arnold und ich besaßen nichts außer einem roten Diplom (mit Auszeichnung), keine Möbel, keinen Hausrat, keine Kinder, kein Parteibuch.

„Hier ist es", sagte Oswald mit Blick auf die Kolonnade, die den Haupteingang schmückte. Rechts und links grüßten Hammer und Sichel auf versteinerten Fahnen von den Wänden. Zwei Straßenlaternen neigten ihre ovalen Metallköpfe über Bänke, die Verliebte zum Verweilen einluden. Eine Kulisse mit dem Charme eines beschaulichen Kurparks. Bald würden in abendlicher Windstille festlich gekleidete Besucher durch die offene Säulenhalle wandeln. Männer in Anzügen, eingeengt von ungewohnten Krawatten, Arm in Arm mit der Ehefrau, die in unbequemen Sonntagsschuhen nebenher stakte (sofern sie das Glück hatte, diese in der richtigen Größe ergattert zu haben)... Kulturhungrige Werktätige, die in der Pause über das soeben Gesehene diskutierten, Kritiker, Journalisten und Zuschauer, Seite an Seite...
Wir standen vor dem ehemaligen Kulturpalast der Metallurgen, an dem ein frisch angebrachtes Schild dessen neuen Verwendungszweck bekannt gab:

Deutsches Schauspieltheater

Arnold Bungert

Warum ausgerechnet Temirtau, haben wir uns alle gefragt, immer wieder, bis wir davon ganz müde wurden. Viele von uns hatten nie zuvor gehört von diesem Ort. Selbst Violetta, die aus dem benachbarten Karaganda stammte, wusste nur von qualmenden Schornsteinen als Temirtauer Sehenswürdigkeit zu berichten. Das Gerücht, dass ein Theater aus Temirtau nach Karaganda umzog, war ihr zu Ohren gekommen, und dass damit wohl ebenda ein geeignetes Gebäude frei würde. Daraus könne jeder seine Schlüsse ziehen.

Gibt es dort Deutsche, in diesem Temirtau? Und wenn ja, wie viele?

„Willkommen in der Trabantenstadt von Karaganda!", sagte der Haustechniker, dem Theater treu verbunden, egal, wer dort auftrat. „Auch genannt Stadt der Metallurgen oder Stadt der Kriegsgefangenen."

Der Mann namens Tautvilas Gudaitis war nach eigener Aussage zugigen Baracken in einem sibirischen Arbeitsbesserungslager entronnen, um Mitte der 1950er in Temirtau in einem Zeltlager als Arbeiter anzuheuern. Wir tranken ein paar Gläschen auf unsere Bekanntschaft, seine Gesundheit und ein langes Leben.

Tautvilas erzählte von einer Expedition, die in den 1920er Jahren das Gebiet um Temirtau auf der Suche nach Bodenschätzen besichtigte. Die Wissenschaftler fanden wohl nicht das, wonach sie im Regierungsauftrag suchten, in ihrem Abschlussbericht hielten sie jedoch fest, dass die kleine Siedlung Samarkandskij aufgrund des Zugangs zum Fluss Nura und der Nähe zu den Steinkohlevorkommen im Tagebau als Standort für ein Metallurgiekombinat geeignet sei. Um das Stahlwerk zu bauen, strömten aus allen Ecken des Landes Komsomolzenbrigaden und Freiwillige herbei. Richtig freiwillig sei Tautvilas zwar nicht nach Temirtau gekommen – eher so wie wir hierher beordert –, im Alter wolle er jedoch auch nicht mehr wegziehen. Das Theater sei ihm zur Heimat geworden, hier kenne er jede Schraube.

An einem Flecken mit nur wenigen Häusern entstand in kürzester Zeit eine sowjetische Jahrhundertbaustelle. Freilich überstürzt und ohne belastbaren Plan zur Versorgung der Werktätigen.

„Anfangs wohnten wir in Zelten, sommers wie winters. Tausende Männer kampierten auf dem Feld in Erwartung der versprochenen Schlafstatt mit Dach, gemauerten Wänden und Stromanschluss. Ständig wurden wir vertröstet, *bald* würde es soweit sein. Wie steht es mit dem Pioniergeist und der Arbeitsmoral, wenn hart arbeitende Männer schlecht versorgt werden? Nicht nur Lebensmittel fehlten, auch Trinkwasser wurde zu einem knappen Gut. Lasst 25.000 Menschen im Hochsommer unter freiem Himmel schuften und stellt ihnen zu wenige Wassertanks bereit … Selbst schuld, wer zu spät kommt, soll sich halt um seine Ration prügeln, dachten sich die Parteifunktionäre, blind und taub gegenüber dem wachsenden Unmut. Beschwerden brachten nichts.

Die Revolte brach vor dem Frühstück aus. Tausende kräftige Männer – die Mägen leer, die Gemüter überhitzt – warteten vor der Kantine vergeblich auf Einlass. Nur wenige Tische waren besetzt. Dort frühstückten die kürzlich angekommenen bulgarischen Bauspezialisten. Die Baustelle war ein Völkerfreundschaftsprojekt, wo sie ihre Erfahrung und ihr Fachwissen einbringen sollten. In Windeseile hatte sich herumgesprochen, dass die *internationalen Gäste* feste Quartiere bezogen hatten. Den hungrigen, missmutigen Männern wurde befohlen, draußen zu warten, bis die bulgarischen Kollegen ihre Butterbrote und die Hafergrütze fertig gegessen hätten. Erst dann dürften sie die Kantine betreten.

Da ging ein Raunen durch die Reihen. *Die Bulgaren, die bisher kaum einen Handschlag getan haben, bekommen die besten Happen, und für die eigenen Leute bleiben nur Reste übrig! Uns lassen sie wie Hunde vor der Tür warten!*

Der Zornesfunke zündete und entfesselte in den Abgewiesenen ihre lange aufgestaute Wut. Die Arbeiter stürmten die Kantine, wo die Bulgaren wie versteinert innehielten. Wurden sie soeben Zeugen einer Meuterei der Proletarier?

Ich habe mich von dem Getümmel ferngehalten. Ich erstatte nur Bericht. Nicht, dass ihr glaubt, Onkel Tautvilas hätte eigenhändig Barrikaden gebaut …

Nach der Eroberung der Kantine nahmen sich die Männer Ladengeschäfte vor. Im revolutionären Rausch stopften sie sich die Taschen mit Wodka, Zigaretten und Konserven voll, schlugen die Einrichtung kurz und klein und warfen die Reste auf die Straße.

Die Stadtoberen versuchten kopflos, den Aufruhr zu unterdrücken. Sie fragten nicht, was der Begehr der

Aufsässigen war, sondern riefen Soldaten aus den nahegelegenen Kasernen herbei.

Die Soldaten verweigerten den Schießbefehl. Abgesehen von Stöcken, Messern und Flaschen mit abgeschlagenen Hälsen waren die Rebellen unbewaffnet; zudem kannte man sich von der Baustelle.

Die Aufständischen fühlten sich bestätigt. Unsere Jungs schießen nicht auf die eigenen Leute! Die sind auf unserer Seite!

Die Sache zog immer weitere Kreise. *Bauarbeiter in Temirtau haben die Arbeit niedergelegt.* Eine Ungeheuerlichkeit! Am dritten Tag der Unruhen wurde endlich gehandelt: Armeetruppen marschierten in der Stadt ein. Die Befehlshaber wiesen die Streikenden an, sofort auseinanderzugehen und ihre Arbeit wieder aufzunehmen. Doch diese gehorchten nicht. Sie glaubten, niemand würde in Friedenszeiten die Armee auf das eigene Volk schießen lassen. Und selbst wenn ein solcher Befehl käme, die anderen hätten ja auch nicht geschossen…

Da beendete eine Salve von Schüssen den Spuk. Nach einer Minute war alles vorbei.

Anschließend: das Blut der Erschossenen mit Sand aufsaugen, die Versager in den Leitungsebenen austauschen und zur Tagesordnung übergehen.

Schaut euch um: So eine Stadt ist Temirtau, erbaut auf blutgetränktem Boden."

Oswald Munz

Tänzerinnen, die das Haar unter einem Netz im Nacken knollenförmig gebunden trugen, eilten federnden Schrittes durch die Gänge des Kulturpalastes, sie waren noch dabei, Kostüme und andere persönliche Utensilien zusammenzupacken. In den Garderobenschränken standen die Türen offen. Federboas, Netzstrümpfe, Gazetücher, all diese buntfarbigen Accessoires burlesker Bühnenkunst quollen aus geöffneten Schubladen heraus. In der Luft stand der vertraute Geruch aus einer leichten Schweißnote vermischt mit Parfüm und Staub aus wurmzerfressenen Holzspinden.

Manche der Balletteusen ließen uns spüren, dass sie ihre Nachfolger für Eindringlinge hielten, für unwillkommene Statisten aus noch tieferer Provinz als sie selbst. Dabei waren sie es, die Operettenleute, die sich deutlich verbesserten – erhielten sie doch eine neue Spielstätte im Zentrum der Rayonhauptstadt und überließen uns, den Neuankömmlingen, ein abgenutztes Haus, nun ja, an der Peripherie. Seit Jahren schon hatten sie die Behörden um einen Umzug ersucht, Anträge eingereicht und Begründungen geschrieben, warum ihnen die Bühne eines ehrenwerten metallurgischen Kombinats nicht gut genug sei. Dennoch schien ihnen der Befehl, ihre Zelte abzubrechen, etwas plötzlich gekommen zu sein – oder wir waren zu früh.

Schaut euch gut an, wem ihr die Gnade des Wechsels zu verdanken habt. Ohne uns hätte es nicht die Entscheidung gegeben, aus einem Operettenhaus über Nacht ein Theater zu machen.

Trotzdem führten sich einige von diesen naseweisen Stupsnasen mit Duttfrisur auf, als wären sie von uns vertrieben worden. Wir nannten diese Art Mädchen Libellen: ein bisschen schillernd, ein bisschen unstet, ständig schnatternd, dabei irgendwie schwebend und sehr, sehr anziehend – für manche.

„Blöde Hupfdohlen", sagte Arnold, nachdem er bei der dritten eine Abfuhr kassiert hatte.

„Was willst du mit ihnen … diesen Anbeterinnen leichter Musen. Lass sie ziehen, mein Freund!"

Plakate kündeten noch von den früheren Aufführungen unserer Vorgänger. Die Auszugswilligen hatten sich die Arbeit gespart, die verblichenen Affichen abzureißen, Zeugen einstiger Erfolge. Sieh da: *Das Veilchen von Montmartre* von Kálmán. *Der Schwarze Drache* von Modugno. *Wiener Begegnungen* nach J. Strauss. Natürlich durften die einheimischen Autoren nicht zu kurz kommen, ohnehin verdächtig, dass so viele Ausländer auf dem Operettenspielplan standen. *Der freie Wind* von Dunajewski. *Verbirg dein Lächeln nicht* von Gadschijew. Vertraute Namen, die nun anderen würden weichen müssen.

Eine Tafel mit Fotos der Ensemblemitglieder. Solisten, Chor, Ballett, Orchester, Regie, Dramaturgie … Kein Grund, sich mit scheidenden Gesichtern aufzuhalten, adieu, werte Kollegen! Dort werden jetzt andere Bilder in Rahmen hängen, nämlich unsere.

Elitestudenten seien wir, Auserwählte, Halbgötter des Theaterhimmels, das hatte man uns jahrelang gepredigt, solange, bis wir es selbst geglaubt hatten und nicht mehr davon abzubringen waren, für die besten Bühnen des Landes ausgebildet worden zu sein. Hatten wir nicht die ganze Palette an vollmundigen Versprechungen als Kanon verinnerlicht?

Arnold nickte. „Haben wir."

Ein nagelneues Theaterhaus in der Hauptstadt der Kasachischen Sowjetrepublik hatte man uns versprochen, nachdem wir bei den lokalen Verantwortlichen mit einer Petition vorstellig geworden waren.

Alma-Ata als verheißenes Ziel. Dort, wo im Frühjahr Apfelbäume die Stadt mit weißen Blütenwolken schmücken und der Blick am Horizont auf die verschneiten Berggipfel des Tienschan trifft. Und wir kannten keinen Zweifel; allen war der Glaube an eine großartige Zukunft eingeimpft. Sie lag vom ersten Studientag an wie ein fein gemusterter Teppichläufer vor uns, wir mussten nur ein Ende erwischen und es festhalten. Manche waren sogar der Meinung, es sei gar keine Anstrengung vonnöten, die großartige Zukunft käme ganz von allein auf uns zu.

Das dachte ich nicht, denn wie jeder weiß, müssen Versprechen nur in Kinderreimen gehalten werden. *Versprochen ist versprochen und wird nicht gebrochen,* riefen das nicht Emilias Zwillinge, wenn sie sich stritten?

Die Behörden gaben bekannt: Unsere erste Spielzeit nach dem Studium sei aus rein organisatorischen Gründen nach Temirtau verlegt worden. Es handele sich bei Temirtau nicht um einen festen Standort, sondern lediglich um ein Provisorium, bis das neue Theatergebäude in Alma-Ata fertiggestellt sein würde, und daher bestehe seitens des Ensembles weder Grund zur Sorge noch zur Beschwerdeführung.

Eine Spielzeit vergeht schnell, dachte ich, sie lässt sich gut zum Sammeln von Erfahrungen nutzen; in der Tat schwerlich, etwas dagegen vorzubringen.

Violetta Kraushaar

Der Mangel an Abnutzungsspuren im Treppenhaus zeugte von unserem unverschämten Glück (andere warteten zehn Jahre auf eine Neubauwohnung, die meisten bekamen sie nie!).

Ich bewunderte den makellosen Putz, das stabile Geländer, die farbfrischen Wände, die ebenen Stufen – nichts bröckelte hier, nichts war durchgetreten oder verrostet, kein muffiger Geruch stieg aus den Ecken. Sogar der Fahrstuhl bewegte sich auf Knopfdruck, wohin man wollte.

Bei der Schlüsselübergabe erschien mir die Vertreterin der Hausverwaltung als Muse, die statt mit Papierrolle und Schreibgriffel, Theatermaske, Weinlaub- oder Efeukranz als Insignien ihres jeweiligen Amtes mit einem Schlüsselbund von ihrem marmornen Podest zu uns herabstieg, schön und mächtig, auf ihrer Schulter ein Greifvogel, der Schrecken aller Schlüsseldiebe.

Zwei Zimmer, Küche, Bad – Standardzuweisung für ein kinderloses Paar (wie uns). Emilia bezog drei Zimmer nebenan.

Ihre Zwillinge zogen meinen schläfrigen Kater Mercutio so lange am Schwanz, bis er kratzte und fauchte, was mir Diskussionen mit Emilia einbrachte. Ich bot ihr Tee an, Mercutio, wieder besänftigt, scharwenzelte um meine Füße.

„Ich habe sie gewarnt, es nicht zu übertreiben."

Auf dem Tee schwamm ein leichter Schaumfilm, wie er entsteht, wenn das Wasser zuvor nicht richtig gekocht hat. Koch das Wasser immer ordentlich ab, egal, wo du bist, pflegte meine Mutter zu sagen, lass es mindestens fünf Minuten lang sprudeln! Sie selbst hat penibel auf die Zeit geachtet, auch wenn die Küche am Ende unter Dampf stand.

Aber was sollte passieren?

Durchfallerkrankungen, Würmer und Hepatitis hatte sie mir prophezeit.

Wenn sie nicht zusah, hatten wir grünlich-braunes Wasser aus der Regentonne mit allerlei Getier darin getrunken, welches wir nur notdürftig beiseitegeschoben hatten, egal, ob es noch zappelte oder bereits ersoffen war. Es gab nie ein Zeichen der Unverträglichkeit. Wir hatten robuste Mägen und hätten problemlos Stahlschrauben verdaut.

Der erste Schluck aus der Teetasse hinterließ einen metallischen Beigeschmack auf der Zunge. Zudem vernahm ich ein eigenartiges Aroma, etwas leicht Fauliges, ich behaupte, es roch nicht übler als manches Heilwasser aus Schwefelquellen, demnach wäre die Brühe durchaus magenfreundlich (gar gesund?).

„Das Wasser hier schmeckt scheußlich", sagte Emilia.

„Du wirst dich dran gewöhnen, nimm einfach mehr Zucker!"

„Das ist noch nicht alles. Wäsche, die du auf dem Balkon zum Trocknen aufhängst, wird innerhalb von Minuten schwarz. Die Einheimischen sagen, wenn es in Temirtau regnet, müssen die Kinder sofort ins Haus geholt werden, so giftig sind die Wolken."

Die Stadt der Metallurgen grüßt ihre Gäste.

Im Badezimmer ließ ich das Wasser laufen, heiß, kalt, lauwarm, alles funktionierte, sogar die Toilettenspülung, ein Zustand der Vollkommenheit. Im Schlafzimmer probierte ich die Klappliege aus, die Federn spannten sich unter meinem Gewicht mit einem Quietschlaut, der wie das Geräusch einer Feenharfe im Geisterwald verschwand und ein leises Echo hinterließ.

Die Bewohner des Hauses – nicht nur Nachbarn, sondern Kollegen.

Weggefährten auf Lebenszeit. Familienersatz.

Die Tänzerinnen vom Tingeltangeldingens durchschauten die Lage, sie gaben sich keinerlei Mühe, das zu verheimlichen. Verbannte auf ewig seid ihr! Sonst wärt ihr nicht in diesem Temirtau gelandet (aus dem sie selbst unbedingt wegwollten und es nun endlich geschafft hatten, gute Reise!). So wie früher, so auch heute – Ausgestoßene! –, das seid ihr, schienen sie uns durch ihr Mienenspiel zuzurufen. Sogar ihre manikürten Fingerspitzen deuteten mit beiläufiger Bewegung einen Hauch von Geringschätzung an (eine schauspielerische Glanzleistung).

Oswald wünschte den Mädchen einen schönen Tag. Mit einem Wiedersehen wäre wohl kaum zu rechnen. Mögen sie niemals stolpern bei ihren Pirouetten, fügte ich im Stillen an.

Unser Ensemble erhielt in einem Industriegebiet ein abgelegtes Bühnenhaus zur Nutzung, einst erbaut von japanischen Kriegsgefangenen. Ganz Temirtau war ein ehemaliges Kriegsgefangenenlager und heute Industriegebiet, Heimstatt des Karagandinsker Metallurgischen Kombinats, eines Stahlerzeugungsriesen von Weltrang. Kein völlig unbedeutender Ort, so viel könne man zu

Hause und anderswo allemal erzählen! Der Glanz des Theatergebäudes war zwar lückenhaft, jedoch durchaus noch vorhanden: Kristalllüster, Stuck, Deckengemälde, über vierhundert samtbezogene Sitze in leicht verblichenem Rot… Die paar Flecken an den Wänden ließen sich leicht übertünchen. Damit es schneller voranging, bekamen wir Pinsel und Farbe in die Hand gedrückt. Ein Subbotnik, scherzten wir, unter dem Motto *nicht nur unsere Städte und Gemeinden, auch unsere Museen und Theater sollen schöner werden…* Natürlich packten wir beherzt mit an, die Spielzeiteröffnung stand im Oktober bevor (bei aller Anstrengung kaum zu schaffen, wie jeder wusste).

Die Theaterleitung erteilte Handwerkern den Auftrag, den alten Schriftzug über der Kolonnade des Kulturpalastes zu ändern, das Etikett des kurzlebigen Varietés gegen echtes Drama auszutauschen, von weitem sichtbar und ganz offiziell. Die Musen samt Hofstaat hatten in fliegendem Wechsel die Residenzen getauscht, die ehemals ansässige Leier war nun endgültig der Theatermaske gewichen.

Da, wo früher die Operette war, würden die Leute im Ort noch eine Weile über ihr neues Theater sagen. Es war ja von ihnen nicht zu erwarten, dass sie sich über Nacht umgewöhnten.

Es begann genauso wie beim letzten Mal. Ich hatte zuvor die schweren Eimer mit Wandfarbe geschleppt und die Decke gepinselt bis zur Nackenstarre. Hätte ich nicht klüger sein müssen, vorsichtiger…

Ich weckte Arnold. „Bring mich ins Krankenhaus!"

„Ich weiß doch gar nicht, wo hier eins ist", sagte er, verwirrt und zitternd. „Ich rufe den Notarzt."

„Aber bitte ohne Sirene." Nur kein Aufsehen mitten in der Nacht.

„Na, keine Geduld gehabt, die jungen Leute?", fragte die Ärztin mit strengem Blick über die Ränder ihrer Lesebrille, so dass ich mich sogleich schämte.

„Drei Monate Abstand werden empfohlen! Hat Ihnen das niemand gesagt? Gibt es Schwierigkeiten im privaten Bereich, Krankheiten wie Masern oder Alkoholismus in der Familie?"

Ich verneinte mit einem Kopfschütteln.

„Derzeit sehe ich keinen Anlass für weitere Untersuchungen. Sie sind jung, versuchen Sie es weiter, lenken Sie sich ab. Wo arbeiten Sie?"

„Am Theater", sagte ich.

„Dann ist ja alles bestens. Stahlgießerei wäre bedenklicher."

Oswald Munz

Wo ist der Regisseur?
Welcher Regisseur?
Der für uns zuständige!
Ähm ... Wir haben keinen Regisseur.

Bei der Ankunft in Temirtau besaß ich, Oswald Munz, ein rotes Diplom, eine Anstellung als Theaterschauspieler, ein festes Monatsgehalt und eine eigene Wohnung, zwei Zimmer, Neubau. Eine unerwartete Erbschaft aus Amerika hätte all das nicht aufwiegen können.

„Siehst du", sagte ich zur Mutter.

„Wenn es zu schön wird", sagte sie, „kommt der Neid."

Unausgesprochen ihre Erwartung: Jetzt, wo du alles hast und die Geschichte mit Anna, der Witwe, nun schon so lange zurückliegt, wäre es da nicht an der Zeit ...?

Ich bin keine dreißig, alles liegt vor mir.

Mutters stille Warnung: Schau doch, die anderen haben sich in Windeseile behagliche Nester eingerichtet, mit Eheringen, Kinderwiegen, Doppelbetten ... Und du?

Möglich, dass sie darüber die eigentliche Aufgabe vernachlässigen. Nicht die sechzig Neubauwohnungen auf Parteibeschluss sind es, die uns nach Temirtau geführt haben, sondern ein weit höheres Ziel.

„Junge, endlich hast du deine Bühne", sagte Mutter. „Ergebnis meiner Gebete! Schick uns Karten, das ganze Dorf kommt zur Premiere."

Das Theater in Temirtau war vielleicht nicht das, was wir uns in jugendlichem Überschwang erträumt hatten. Vor allem aufgrund der Lage. Aber es war besser als befürchtet. Ein großzügiges Haus mit Werkstätten, Garderoben, Kostümschneiderei, Probenräumen und Kantine – alles unter einem Dach.

Der neuernannte Direktor klagte zwar im inneren Kreis über Anlaufschwierigkeiten. Es gab Mängel in der Ausstattung. Im Fuhrpark fehlte Motorenöl. Die Theaterbusse standen still.

Der Direktor sagte, darum müsse sich das technische Personal kümmern.

Das ginge nicht.

Warum nicht?

Weil Leiter des Fuhrparks krank.

Stellvertreter?

Auch krank.

Dann eben der zweite Stellvertreter. Gibt's nicht? Warum nicht?

Hat gekündigt.

Kaputte Steckdosen, angenagte Kabel, Ratten im Keller, Grippewelle, eine Kanne sauer gewordene Milch in der Kantine … Ich beneidete den Direktor um dessen Probleme. Lächerliche Kleinigkeiten, leicht überwindbar.

Aber was ist ein Theater ohne Regisseur? Warum hat niemand daran gedacht?

Genossen, wir wollen nicht von Problemen reden, sondern von Lösungen!

Immerhin hatten wir einen Direktor. Eine Führungskraft, unterschrifts- und antragsberechtigt. Soll der mal …

„Ohne Regisseur ist die Eröffnung in Gefahr", sagte Violetta. „Wir können doch nicht irgendeinen von der Straße nehmen! Deutsch sollte er können, wozu haben wir das sonst jahrelang gepaukt?"

Arnold konnte sich glücklich schätzen, dass Violetta ihn überhaupt angeschaut hatte. Wie er sie dazu gebracht hatte, ihn auch noch zu heiraten, wusste nur sie allein.

„Ich kann auch nicht zaubern", sagte der Direktor. „Die Angelegenheit ist dem Kulturministerium bekannt. Außerdem stocken die Renovierungsarbeiten. An eine planmäßige Eröffnung ist momentan nicht zu denken, da kommt es auf den Regisseur nicht an."

Doch. Ohne Regisseur kein Theater, ob in Moskau, Temirtau oder wo auch immer!

Der Direktor beschwichtigte, nur keine Panik, ein Regisseur sei bereits vertretungsweise eingeladen.

Welcher?

Der uns bereits aus Moskau bekannte Gennadi Ulanow, der mit den Mentalitäten und Modalitäten bestens vertraut war.

Warten auf Ulanow.

Bald darauf schickte Ulanow ein Telegramm, seine Abreise verzögere sich, unvorhergesehene Schwierigkeiten privater Natur. Ulanow befand sich im Scheidungskrieg um die Möbel, Importmarke. Heirate niemals eine Schauspielerin, pflegte er zu sagen, umgeben von Ausdünstungen aus Zigarettenrauch und Alkohol. Deutsch konnte er keine Silbe, machte diesen Mangel jedoch mit Intuition wett.

„Einer muss einspringen, bis Ulanow da ist. Für dieses eine Stück."

„Warum? Die Eröffnung wird ohnehin vertagt, und das Stück ist praktisch fertig."

Damit hatten wir vor wenigen Wochen unsere Schauspieldiplome erworben, der Text saß noch bombenfest. Ein bisschen Feinschliff hier und da, ein, zwei Proben, und die Sache wäre geritzt. Zumal *Die Ersten* ihre Feuertaufe nach halbjähriger Vorbereitungszeit bereits in Moskau bestanden hatten. Doch bevor es soweit war, hatten viele gutmeinende Pädagogen, Dozenten, Dramaturgen und Regisseure ihre Heilkunst an dem anfangs kränkelnden Drama versucht. Mal lautete der Rat, etwas hinzuzufügen, mal ersatzlos zu streichen. Sätze wurden wie auf dem Schachbrett hin- und hergeschoben und dutzendfach umgeschrieben, Charaktere und Schauplätze änderten sich, über Nacht bekamen Darsteller neue Rollen zugewiesen. Der Verfasser, extra eingeflogen aus dem Städtchen Dschetissai vom südlichsten Zipfel Kasachstans, war anwesend, wagte jedoch angesichts der Übermacht der hauptstädtischen Fachjury keinen Widerspruch. Und auch wir, die Beinahe-Absolventen, selbst die hitzköpfigsten unter uns, wollten mit falschem Rebellentum nicht den Abschluss gefährden und probten klaglos, bis zum Tag der Abnahme durch die Kommission.

Vor den Augen der Vertreter des Kulturministeriums ging das Stück reibungslos über die Bühne. Der Sommer der Olympiade stand bevor, die Regierungsorgane arbeiteten mit Hochdruck am positiven Außenbild der Hauptstadt. Die Kommission beriet sich. Stattgeben oder nicht stattgeben? Im Beisein der jungen Schauspieler und ihrer Betreuer fiel das Urteil der Genossen: *Dieses Stück erfüllt nicht unsere Erwartungen.*

Ich erinnere mich noch lebhaft an das Gemeinschafts-
gefühl danach. Als hätte man Adlerjunge bei ihrem ersten Flug gegen eine Betonmauer fliegen lassen, auf dass
sie sich einen blutigen Schnabel holen.

Ein wegen der Olympiade sichtlich unter Anspannung
stehender Beamter bekräftigte: „Das Stück kann so
nicht aufgeführt werden! Es fehlen aktuelle Bezüge,
eine Verbindung zum Alltag der sowjetischen Bürger
von heute."

Violetta hatte geblinzelt und ein wenig den Kopf ge-
neigt, als hätte sie nicht alles verstanden und bitte um
Wiederholung.

Der Staatsdiener lieferte uns selbst den rettenden An-
ker: „Fügen Sie an den passenden Stellen Passagen aus
dem neuesten Werk des Genossen Generalsekretärs
Breschnew ein! Die Abnahme wird hiermit vertagt."

Das war ein Vorgeschmack auf unseren beruflichen Alltag, damit mussten wir umgehen. Nicht die Zeit, nicht
das Umfeld für Auseinandersetzungen. Nüchtern bleiben. Kräfte sammeln. Für später.

Im Stück *Die Ersten* ging es um furchtlose Neuland-
erschließer. Mit *Neuland* war auch ein Teil der Lebens-
erinnerungen des Genossen Generalsekretärs – volks-
tümlicher Beiname: *Die Reden lang ohne Sinn und
Verstand* – betitelt, als Sammelband frisch gekürt mit
dem Leninpreis für Literatur, obgleich Gerüchten nach
keine Zeile vom Autor selbst verfasst war.

Wir erfanden zwei Sprecher, die abwechselnd zwischen
den Szenen auf der Bühne erschienen und Zitate aus

Breschnews Buch lasen. Sie trugen schwarze Anzüge, nur ihre Gesichter waren beleuchtet, Konzentration auf das Wesentliche: die weisen Worte des Generalsekretärs. Diese mussten natürlich auf Deutsch verlesen werden, wobei wir uns bei der Übersetzung, die wir selbst vornahmen, gewisse Freiheiten erlaubten, es würde sowieso niemand genau hinhören.

Der Urheber des Stücks resignierte vollends. Das Ergebnis hatte nur noch wenig mit seinem Werk zu tun. Sie könnten nun auch seinen Namen streichen!

Die Kommission zeigte sich beeindruckt. Die Vorgaben seien hervorragend umgesetzt, der Aufführung werde stattgegeben.

Bei einem derart umfassend geprüften Opus waren Befürchtungen gewiss unnötig. Ulanow war ein erfahrener Mann, zwar nur des Russischen mächtig, aber darauf kam es nicht an. Zudem bestand die Gebietskulturabteilung des kasachischen Kulturministeriums darauf, das Premierenstück erneut abzunehmen, da es sich formal um eine Neuinszenierung handele, Diplom hin oder her. Andere Bühnen, andere Zuständigkeiten!

Ulanow, endlich aus Moskau eingeflogen, hatte keine Veranlassung gesehen, das fertige Stück wesentlich umzukrempeln, zumal uns die Zeit für Experimente fehlte. Er ließ es uns wie einstudiert spielen. Erteilte Anweisungen auf Russisch, so dass der eine oder andere sich gelegentlich zwischen Bühnen- und Regiesprache verheddterte.

„Wer sind diese schwarzen Gestalten, die zwischendurch mit Grabesstimme etwas vorlesen, als seien sie auf einer Beerdigung?", fragte die Kommission.

„Das sind Conférenciers, deren Aufgabe es ist, das Geschehen auf der Bühne mit Zitaten des Genossen Generalsekretärs zu kommentieren."

„Wer hat sich denn das ausgedacht?"

„Nun, das sind Vorgaben aus Moskau …"

„Moskau ist weit weg. Wir brauchen das nicht. Streichen!"

Freudig telegrafierten wir nach Dschetissai, der Fehler sei endlich behoben, der Autor möge doch wie geplant zur Theatereröffnung nach Temirtau kommen … Diese habe man zwar zuerst von Oktober auf November und danach von November auf Dezember verschieben müssen, aber Weihnachten sei es ganz sicher soweit.

Die Druckerei lieferte endlich die Kisten mit der Premierenankündigung, zweisprachige Klappkarten mit roter Schrift auf weißem Papier, die Buchstaben leicht verwischt.

Die Ersten.
Ein Stück in deutscher Sprache von Alexander Reimgen.
In den Hauptrollen: *A. Bungert, V. Kraushaar, O. Munz.*

Temirtau, 26. Dezember 1980

Die Scheinwerfer glühten, die Sitze knarrten, Besuchergemurmel als Hintergrundrauschen. Alle wollten die neuen Schauspieler aus Moskau sehen. Selbst der Kulturminister der Sowjetunion schickte ein Grußwort nach Temirtau, so wichtig waren sie, ihre Arbeit, ihre Ziele, ihre Sprache.

Die Kugelschreiberspitzen der Journalisten glitten flink über das Papier, um jedes Wort der staatstragenden Offenbarungen für die Ewigkeit festzuhalten.

Zur feierlichen Eröffnung des Deutschen Schauspieltheaters in Temirtau kamen neben Vertretern der Regierung, der Presse und der Kunst auch zahlreiche Neugierige ins vollbesetzte Haus.

Die jungen Leute, die heute im Mittelpunkt stehen, werden an diesem besonderen Abend bei aller Professionalität zutiefst ergriffen sein. Sie erleben ein Ereignis von großer Tragweite und Bedeutung nicht nur für ihre eigene Zukunft, sondern für das gesamte kulturelle Leben ihrer Heimat Kasachstan.

Oswald versuchte sich den Ablauf minutiös einzuprägen. *Ich war dabei als... Konzentriere dich!* Aus der Ansprache des Kulturministers der Kasachischen Sowjetrepublik drangen nur Wortfetzen in sein Gehirn.

Im Vorfeld des sechsundzwanzigsten Parteitags der KPdSU... und des fünfzehnten Parteitags der Kommunistischen Partei Kasachstans... nimmt ein neues interessantes nationales Kollektiv seine Tätigkeit auf...

Keine Rede ohne Zählung der Parteitage. Junge, putz dir die Schuhe vor dem Auftritt, hatte Oswalds Mutter gesagt, das halbe Dorf wird da sein. Wie sähe das aus, wenn er sich jetzt bückte – ob ihn jemand beobachtete?

Die Gründung des Deutschen Theaters wird für die internationalistische Erziehung der sowjetischen Menschen von bedeutendem Einfluss sein...
Nicht nur dafür, dachte Violetta. Wir werden es auf unsere Weise zu nutzen wissen. Und ihr werdet wohl oder übel mitspielen. Die kühnen Gedanken trieben ihren Puls in die Höhe, oder war es der bevorstehende Auftritt?
Auch der Rektor der Gawrilow-Theaterhochschule war anwesend, um seinen Absolventen zu gratulieren. Er sprach davon, dass die Küken nun flügge geworden seien und sie, ihre ehemaligen Lehrer, deren Flug weiterhin aufmerksam verfolgen würden.
Die letzten fünf Jahre rauschten in Violettas Kopf noch einmal vorüber, Wahnsinnszeit, harte Schule, unerbittliche Dozenten. Hatten alles, was ging, aus ihnen rausgeholt, sie gefüttert, trainiert und zum Schluss aus dem Nest gestoßen. Wer sollte mit größerer Berechtigung heute hier stehen, wenn nicht die Menschen, die sie zu Schauspielern geformt hatten...

Oswald sah auf die Uhr. Vierzig Minuten waren mit Vorgeplänkel vergangen, und angesichts der Anzahl der geladenen Redner war kein Ende abzusehen, zumal diese die Kunst, sich kurz zu fassen, geringschätzten.

Arnold ging im Geiste wieder und wieder seinen Text durch. Was kümmerten ihn die Reden der anderen, während er das Neuland im Alleingang eroberte, er, der Bezwinger der Hungersteppe, Naturgewalten und allen anderen Widrigkeiten trotzend, mit Schwert und Bärenfell auf den Schultern... Nein, stopp. Seine Bühnengarderobe bestand aus einer gesteppten Wattejacke, der berüchtigten grauen Einheitsfufaika, und Soldatenstiefeln. Violettas Blick hing unverwandt an der Bühne, gut gespielt, ihre ungeteilte Aufmerksamkeit.

Eine Schriftstellerdelegation aus dem Altai-Gebiet überreichte im Namen der Zeitschrift *Rote Fahne*, als deren Repräsentanten sie angereist waren, dem Theaterdirektor einen riesigen goldenen Schlüssel als Symbol für das lang ersehnte Wiedererwachen einer deutschsprachigen Kulturstätte gerade hier, im Herzen der kasachischen Sowjetrepublik. Der Direktor erhob das Geschenk in triumphaler Geste über seinem Kopf, um es allen zu zeigen.

Wenn er doch nur einmal zu ihr herüberschaute, wünschte sich Emilia von Arnold. Er tat es absichtlich nicht. Stierte eisern in eine andere Richtung. Sie dachte an die Zwillinge, die sie der Obhut ihrer Eltern überlassen hatte, weil der Abend viel zu lang für die Kinder geworden wäre. Daran, dass ihre Familie diesen historischen Moment verpasste. Und dass er sie einfach nicht beachtete, obwohl er es könnte.

Die Zuschauer ließen Rede um Rede über sich ergehen und klatschten höflich, bis auch der Letzte verstummt war, der Vorhang sich endlich hob und *Die Ersten* die Bühne betraten.

So vieles geschah zum ersten Mal an diesem Abend, schrieben am nächsten Tag die Zeitungen. *Die Geburtsstunde eines neuen Theaters. Die erste Aufführung. Die ersten Zuschauer. Die ersten Kritiken. Die Bewährungsprobe der Schauspieler als Kollektiv – erfolgreich bestanden. Weiter so, höher hinaus, mutig kursnehmend auf kommende Herausforderungen…*

In Oswalds Wohnzimmer schnitten sie jeden Artikel für das Theaterarchiv aus, vermerkten gewissenhaft Datum und Zeitungstitel, auf dass derlei Zeitzeugendokumente für die Nachwelt erhalten blieben.

Der Vorhang geht hoch… betitelte die Zeitung *Freundschaft* einen Beitrag mit Fotos der Hauptdarsteller. Der Korrespondent schrieb etwas *vom gesunden urwürzigen Geist des alten Hannes*, um den Charakter einer der Hauptfiguren, eines Tischlers, zu umreißen.
Und mahnte anschließend: *…Es ist bezeichnend, dass das Deutsche Theater seine erste Spielzeit mit dem Werk eines sowjetdeutschen Schriftstellers beginnt. Das soll unsere Schriftsteller zur Schaffung neuer Werke über das Leben und die Arbeit der Sowjetdeutschen anregen, die Hand in Hand mit allen Völkern unseres Landes den Kommunismus aufbauen.*

Beim Überfliegen der Zeilen in der *Freundschaft* hatte Emilia statt *Leben* zuerst *Leiden* gelesen. Wie konnte ihr nach vielen Jahren Deutschpaukerei ein solcher Fehler passieren? Obgleich das Malheur sich nur in ihrem Kopf ereignet hatte, biss sie sich auf die Lippen und schalt sich für die Unaufmerksamkeit. Aber war es denn so abwegig, dass Leben und Leiden manchmal nah beieinander lagen?

Danach stand das Bühnenstück *Die Letzten* von Maxim Gorki auf dem Spielplan des jungen Deutschen Theaters. Ein Repertoire ohne russische Klassiker wäre undenkbar.
Auf *Die Ersten* folgen *Die Letzten*, sagte Balzer mit einem Augenzwinkern.

Oswald Munz

Das Blitzlicht der Fotografen war erloschen. Silvester rauschend gefeiert. Mit Gesang, Schnaps, Matjes im Mantel und Maskerade; Motto: die goldenen 20er. Der Theaterfundus lieferte die passenden Kostüme, paillettenbesetzte Minikleider, Perlenketten, lange Handschuhe für die Damen, Frack, Hemd und Weste für die Herren. Eine Etage verwandelte sich für eine Nacht in ein Ballhaus. Die Band spielte mit wechselnden Solisten, wir waren uns selbst Publikum. Violetta schmerzten irgendwann die Füße, sie zog ihre Schuhe aus und tanzte barfuß weiter. Emilias Kinder schliefen vor Mitternacht auf ihren Stühlen ein. Am Neujahrsmorgen kehrten wir die Scherben zusammen. Abends war wieder Vorstellung.

Nachdem alle Artikel über die Eröffnung des Theaters geschrieben, gedruckt und gelesen worden waren, verschwanden sie alsbald in den Pressearchiven. Übrig blieben 450 Plätze, die mehrmals wöchentlich gefüllt werden wollten, mit einem Publikum, das der deutschen Sprache mächtig sein sollte. Der glänzende Anfang, die wohlwollenden Kritiken, die Aufmerksamkeit der Regierungsvertreter und öffentlicher Stellen – all das war mit einem Schlag vorbei.

„Notfalls spielen wir auch für einen!", sagte Violetta. Das sagte sie halt so dahin, wie man Dinge daherredet, die nie so gemeint sind. Kein Theater überlebt ohne Publikum.

„Wenigstens 150 sollten es sein", sagte ich. „Pro Vorstellung."

„Warum gerade 150?"

„Ein Drittel ist das Mindeste – sonst hat ein so großes Haus keine Berechtigung."

„Es wird schon keiner über jeden nicht besetzten Platz Buch führen."

„Irgendwann wird es auffallen, verlass dich drauf."

Temirtau liegt auf dem Gebiet eines ehemaligen Lagers für Kriegsgefangene und politische Häftlinge. Viele der Insassen waren nach ihrer Befreiung in der Stadt geblieben. Weil sie den Ort auch als vorgeblich freie Bürger nicht verlassen durften oder nicht wussten, wohin sie sonst gehen könnten, weil anderswo niemand auf sie wartete. Industriearbeiter zogen hinzu. Hart arbeitende Menschen bevölkerten seit Anbeginn die Stadt Temirtau. In ihrer Freizeit dürstete es sie nach schönen Dingen, nach Kultur und Erbauung. Gewiss waren viele von ihnen einem Theaterabend nicht abgeneigt. Doch wie viele davon verstanden Deutsch? Also kamen sie nicht.

„Hans, wir spielen vor fünf besetzten Reihen."

„Gemach, gemach", sagte der Direktor, „ein neues Theater muss sich erst rumsprechen. Ein paar Artikelchen in der Presse und Trommelwirbel zur Eröffnung reichen da nicht aus. Wir müssen mehr Stücke inszenieren. Die Stadt ist klein, das Publikum will Abwechslung. Nur Geduld, bald wird es besser."

Im Januar schoben wir es auf frostige Temperaturen. Da war jeder froh, nach getaner Arbeit nicht noch einmal in die Kälte raus zu müssen. Ins Theater zumal! Gab doch kein Brot, keine Milch dort zu holen. So konnten auch die versprochenen Pendelbusse aus den Dörfern zum Theater und zurück niemanden hinterm Ofen hervorlocken, bei den angesagten Schneestürmen bliebe jeder Bus irgendwo in der Steppe stecken. Freilich zog ein vernunftbegabter Mensch seine ferngeheizten vier Wände diesem Szenario vor.

„Was sollen wir tun, Hans?"

„Wir können die Leute ja nicht ins Theater zwingen", sagte der Direktor. Es sei schlicht eine mathematische Unmöglichkeit, bei einem zehnprozentigen Anteil des Zielpublikums an der Gesamtbevölkerung Temirtaus ein Theater dieser Größe regelmäßig zu füllen. Sie seien dafür am falschen Ort.

Nun erwies sich gerade die deutsche Sprache, unser wichtigstes Arbeitsmittel und Gründungszweck des Theaters, als hinderlich bei der Gewinnung von Zuschauern. Was wir von den Dozenten der Maurice Thorez Hochschule für Fremdsprachen gelernt hatten, schuf Gräben zwischen uns und unserem Publikum. Gräben, die zugeschüttet werden mussten, wollten wir als Theater bestehen bleiben.

Nach den Proben trafen wir uns zur Lagebesprechung bei mir. In meine Küche passte kein Tisch, ein Mini-Buffet fand Platz auf dem hüfthohen Kühlschrank, Gläser nahm sich jeder vom Fensterbrett, aus dem Plattenspieler *Akkord* leierte Musik der 30er Jahre. Die Aufnahme knisterte, die zerkratzten Rillen brachten die Nadel häufig zum Springen. Das Gerät stand auf einer Holzkiste im Flur, wo ich es gut im Blick hatte, aus Angst, jemand könnte meinen kostbaren *Akkord* anrempeln oder sich versehentlich draufsetzen.

Seit dem Einzug in den Neubaublock setzten wir die lieb gewonnenen Traditionen aus unserem Studentenleben fort, insbesondere das gesellige Beisammensein bis tief in die Nacht. Wir schliefen zu wenig und arbeiteten zu viel, aber das kümmerte uns nicht. Waren wir doch jetzt wer: offiziell berufene Vertreter einer nationalen Minderheit und deren Sprachrohr vor den Mächtigen. Retter und Bewahrer der deutschen Kultur im Steppenland. Ärgerlich nur, dass unsere *Kolchosniki* kein rechtes Interesse für Dürrenmatt und Brecht zeigten.

Hädded ihr ned awos in moi Mudderschproch?

Sie meinten ihren bühnenfernen Dialekt. Selbst wenn ich meiner Mutter zuhörte, war ich versucht, ihr ins Wort zu fallen, um sie zu verbessern.

Von den lästigen Alltagssorgen befreite mich der Einberufungsbefehl zum Wehrdienst. Fünf Jahre Aufschub wegen des Studiums hatte man uns großzügig gewährt, mehr als genug. Der vorübergehende Verlust männlicher Darsteller an den ehrenvollen Dienst in der Sowjetarmee sei bei der Stückefindung und Rollenvergabe entsprechend zu berücksichtigen. Vorher hatte es noch anders geklungen, man wolle eine den Erfordernissen des Theaterbetriebs zuträgliche Lösung finden. Nach der Premiere kein Wort mehr davon.

Bekanntlich ließ der Dienst in der Sowjetarmee den Charakter reifen; eingezogene Grünschnäbel kehrten als gestählte Männer zurück – ein Gewinn für jede Bühne.

Emilia Riedel

Witja und Wowa waren im Kindergarten bekannt als *die Theaterkinder*. Sie fielen bereits als Zwillinge überall auf, hinzu kam noch der Beruf der Eltern mit von der sozialistischen Norm abweichenden Arbeitszeiten. Nachts arbeiten, vormittags schlafen … Kollektive Müßiggänger, von echten Arbeitern kritisch beäugt.

Die Gruppe der Theaterkinder wuchs beständig. Sie umfasste bald alle Vorschulaltersklassen. Die Theaterkinder zeichneten sich dadurch aus, dass sie im Pulk abgeholt wurden, wie zu einer Gruppentherapie.

Wechselnde Aufsichtspersonen, die gerade frei von Proben und Auftritten oder in gänzlich anderen Berufssparten beschäftigt beziehungsweise bereits glückliche Pensionäre waren, bereiteten den Theaterkindern das Abendessen zu, sangen ihnen Schlaflieder vor und brachten sie ins Bett, während die Theatereltern in Kostümen auf der Bühne herumliefen, um das Leben, die Liebe und den Tod erfundener Helden den Zuschauern als Lehre vor Augen zu führen.

Wir sind schon so groß, sagten meine Söhne und zeigten bis zur Decke. Sie wuchsen in der Stadt der Schornsteine auf. Sie kannten die Geräusche und die Gerüche der umliegenden Fabriken. Sie wussten, dass dahinter die Steppe lag. Und dass man an den mit schwarzem Ruß bedeckten Temirtauer Eiszapfen nicht lecken sollte, so wie wir das in unserer Kindheit gemacht hatten, als der Schnee noch weiß war.

Sie wären ganz normale sowjetische Kinder, wenn sie nicht diesen komischen Nachnamen trügen.

Balzer.
Riedel war aber auch nicht viel besser.

In einem hatte mich Edik überrascht: Wie ernst er die
Rolle des Vaters nahm. Ernster als manche Theaterver-
pflichtung. Kein Ausflug ohne die Kinder, um die verpasste gemeinsame Zeit nachzuholen. Gastspiele – für
ihn ohne die Kinder undenkbar. Soll die Theaterleitung
doch zusehen, wie sie die Betreuung des Nachwuchses
auf Reisen organisiert; er habe den Kopf für die Bühne
nicht frei, wenn er von seinen Kindern getrennt sei. Er
trat als Weihnachtsmann auf, zuerst an Heiligabend,
wie das bei Balzers Familiensitte war, bei Riedels/Beu-
telspachers dagegen nie als besonderes Datum begang-
en wurde; dann noch einmal bei den Neujahrsfeiern.
Er kümmerte sich um die Geschenke für die Kleinen,
irgendwann war er in die Rolle des Kinderbeauftragten
gerutscht, der für Spiel, Spaß und Programm abseits der
Bühne sorgte.
Wo er auftauchte, hingen die Kinder – die eigenen wie
die fremden – an ihm und waren kaum abzuschütteln.
Nie zeigte er Ungeduld, wenn sie an ihm zerrten und
mindestens zwei davon immerzu „Papa, Papa!" schrien.
Mir waren sie oft zu laut, womöglich verschmutzten sie
mit ihren klebrigen Fingern mein Kostüm aus staats-
eigenem Fundus, ihn aber störte das keineswegs.

„Ein drittes schaffen wir nicht", sagte ich, „es ist schon
so schwierig genug."
Detaillierte Kenntnisse über Abtreibungen hatte ich bei
den Ballerinen des Bolschoi erst aufgeschnappt, als es

bereits zu spät war. Bei den Zwillingen hatten mich die Eltern davon abgehalten, mit siebzehn hätte ich noch ihre Einwilligung gebraucht. Der Mensch wächst mit seinen Aufgaben, sagten sie, auch du, Emilia.

Die Ballerinen waren da schon weiter, sie kannten die entsprechenden Einrichtungen, tauschten Adressen und Namen von Ärzten aus, sprachen offen über Maßnahmen, die eine abtreibungswillige Patientin zu ergreifen hatte, um schmerzstillende Angebote zu erhalten, die über Eisbeutel und lokale Codeinspritzen hinausgingen. Denn die waren wirkungslos. Man konnte genauso gut in ein Bettlaken beißen. Ein Jahr Auszeit wegen Schwangerschaft und Geburt, klagten sie, und keine von ihnen bekäme mehr ein Bein auf die Bühne, die Laufbahn als Tänzerin wäre zu Ende, selbst wenn sie es verstünden, den Niedergang ihrer Figur zu verhindern und den Trainingsstand zu halten. Jedes Jahr drängten Hunderte Jüngere nach. Dann doch lieber ein kurzer Schmerz, ein paar Stunden Bettruhe, und die dreitägige Krankschreibung mit Diagnose werfe man am besten gleich in den Müll, damit die Personalabteilung nichts erführe.

„Vergleiche dich nicht mit Ballettmädchen, du bist keins", sagte Balzer, „und solange ich noch ein Wörtchen mitzureden habe, musst du dich einer solchen Prozedur nicht unterziehen, und wenn die Spirale dreimal verrutscht ist. Ein Name wird uns schon einfallen!"

Nur zukunftsträchtig sollte er sein; ein Name, der über die Grenzen hinausweist, gleich wohlklingend auf Russisch und auf Deutsch.

Violetta Kraushaar

Im Sommer standen Gastspielreisen auf dem Programm. Endlich würden wir dorthin fahren, wo unser Publikum war: in die Dörfer, in die Sowchosen und Kolchosen, in die Kulturhäuser und Scheunen. Wo die Bewohner unserem Auftritt als dem Höhepunkt des Jahres entgegenfieberten. Wo jeder Stuhl besetzt wäre und alle sich darum reißen würden, uns, die jungen Schauspieler, zu bewirten und zu beherbergen ...

Doch bis zum Sommer war es noch weit. Unser Theater brauchte *jetzt* mehr Besucher.

Vielleicht das Gastspiel vorziehen auf März, April? Zu kurz die Vorbereitungszeit, zu matschig die Straßen, nicht selten kam es in dieser Jahreszeit noch zu überfrierender Nässe, und in den Hotels war es zu kalt.

Zur Lösung des Problems wäre ein Erfindergeist vonnöten, der Felsen in Bewegung setzen, aus Stroh Gold spinnen und sämtlichen Kombinat-, Sowchos-, Kolchos- und Schuldirektoren in ganz Kasachstan das Herz erweichen könne (so witzelten wir über das Unmögliche).

Theaterleiter Hans Gerlach erklärte freudig, er habe jemanden eingestellt, der diese Herausforderung annehme, seine neue *rechte Hand*: Rudi Ostermeier – so der Name, den wir uns merken sollten.

„Der Ostermeier soll zuerst in die Schulen gehen, ein Theater muss sich sein Publikum heranziehen. Wir lassen ermäßigte Eintrittskarten an Deutschlehrer verteilen, damit sie mit ihren Schülern zu uns kommen. Wir spielen *Hänsel und Gretel* oder den *Gestiefelten Kater*.

Und für die Älteren geben wir so lange den *Diener zweier Herren*, bis sie uns von der Bühne jagen."

„Selbst wenn es uns gelingt, auf diese Weise den Saal zu füllen, haben wir dann Leute in der Vorstellung sitzen, die kein Wort verstehen. Solche kommen kein zweites Mal, und wir hätten nichts dauerhaft gewonnen!"

„Wir lassen Konferenztechnik einbauen. Wir werden das erste Theater Kasachstans mit mehrsprachigen Vorstellungen sein."

Broadway, schau zu und lerne! So geht Reklame im Sowjetland. Wir ahmen den Westen nicht nach, wir setzen ganz neue Maßstäbe.

Der Direktor schrieb eigenhändig Anträge, Rudi Ostermeier telefonierte die verantwortlichen Stellen ab. Eine Simultanübersetzungsanlage, der Köder für unser Publikum, wurde geliefert und installiert. Wir bewunderten die schallisolierte Kabine und setzten zur Probe die Hör-Sprech-Garnitur auf. Wer sorgte dafür, dass dieses Wunderwerk der Technik allabendlich funktionierte? Unsere Sache war es, zu spielen.

Zu Beginn der Vorstellung stieg ein Mitarbeiter in die Kabine und dolmetschte das auf der Bühne Gesprochene in sein Mikrofon. Im Grunde las er den Text auf Russisch von einem Blatt ab, wir sagten trotzdem *Dolmetscher*, denn ohne Kenntnis der deutschen Sprache und der Handlung des Stückes hätte er diese verantwortungsvolle Tätigkeit unmöglich ausführen können.

Schnell hatten wir uns an den Anblick von Zuschauern mit Kopfhörern gewöhnt. Immerhin lachten diese an den richtigen Stellen, wenn auch zeitversetzt: zuerst das deutschkundige Publikum, wenig später das russischsprachige. Mitunter empfand ich es als störend, wenn ich mit meinem Text schon weiter war und es gar nichts mehr zu lachen gab.

Wir spielten *Emilia Galotti, Die Räuber, Kabale und Liebe, Die Ersten* und *Die Letzten,* und das Publikum fragte immer noch unzufrieden, warum spielt ihr nicht dieses oder jenes? Heroisches und Tragödien waren bei den Leuten nicht wohlgelitten. Sie wollten Lustspiele in den Dialekten ihrer Heimatdörfer vorgesetzt bekommen, mit Gesang, Tanz und Witz, leicht und seicht. Als hätte ihnen ihr eigenes Dasein nicht genug Freude zu bieten, so dass sie sich danach auf der Bühne sehnten.

Die Dialekte aber waren unterschiedlich, in den Mennonitendörfern sprachen die Alten Platt, anderswo Wolgadeutsch, wieder anderswo Schwäbisch. Sollten wir für jedes Dorf eine sprachlich angepasste Bühnenfassung proben? Da hätten wir viel zu tun, und was würden Schiller und Goethe dazu sagen, außer sich still im Grabe umzudrehen?

Alle Theaterangehörigen unter 28 Jahren waren Mitglieder des Komsomol, bis auf diejenigen, die bereits in die Partei eingetreten waren. Undenkbar, dass an einem *Nationaltheater* jemand abseits des gesellschaftlichen Auftrags stand. Alle ziehen an einem Strang, um eine bessere Zukunft aufzubauen, kein Schritt aus der Reihe.

Die Parteilosen klagten, dass Parteimitglieder die besseren Rollen und mehr Geld bekämen. Aus ihnen sprach der blanke Neid. In den Läden gab es nichts, wir hätten auch gar keine Zeit, uns in Schlangen anzustellen, wenn doch einmal etwas geliefert würde. Was nützte einem mehr Geld? Aber dennoch, an fünf Rubeln Gehaltsunterschied entzündeten sich hitzige Debatten. Krämerseelen. „Komsomolzen!", schritt Emilia, unsere Oberkomsomolzin, dann ein. „Habt ihr denn kein Gewissen, kein Ehrgefühl? Dieses materialistische Denken ist reaktionär und eurer nicht würdig!"

Beschämt verstummten die Habgierigen. Gottlob waren wir jung und seit Studentenzeiten gewohnt, mit wenig auszukommen. Ich machte mir jedenfalls nichts aus fünf Rubeln mehr oder weniger, obwohl… wenn ich an die Preise auf dem Basar dachte … Deshalb in die Partei eintreten? Und wer von den anderen schrieb als Spitzel Berichte? Besser, es nicht zu wissen, es könnte jedermann sein. Oswald, mit dem ich eine Liebesszene spielte, Balzer, der gerne Politikerwitze erzählte, Julia, die freundlich zuhörte und immer mitlachte, Emilia, die Komsomolorganisatorin (hat von Haus aus viel zu dokumentieren)…

Der neue Regisseur war gleich nach seinem Einzug an heiße Ware herangekommen und hatte sein kahles Wohnzimmer mit einer hochglanzlackierten Wurzelholzschrankwand veredelt. Laut Emilia ein elender Materialist. Er lud alle Kollegen ein, gemeinsam auf den Neuerwerb anzustoßen, das gute Stück mit fließend Wodka zu taufen. Wir drängten uns um das Buffet mit sauren Gurken, Räucherfisch und dick geschnittenen Weißbrotscheiben. Der Hausherr schenkte großzügig ein. Die Regisseursgattin führte vor imposanter Schrankwandkulisse ihren neuen Fuchsmantel vor. Julia wollte unbedingt mal anfassen, Emilia hatte es anscheinend die Sprache verschlagen. Dabei war ein solcher Pelz in unseren Klimaregionen durchaus kein Luxus, sondern effektiver Schutz vor den Schneestürmen des Steppenwinters (das sollte jedem einleuchten).

Im Juni gingen wir auf Gastspielreise. Zuvor wurde tagelang gepackt, Listen wurden abgeglichen, und schließlich setzte sich eine Kolonne aus mehreren Fahrzeugen in Bewegung. Ein Tourenbus für die Schauspieler, drei Lkws mit Technik, Bühnenbildern und Dekoration, ein Kleinbus für die Theaterleitung und das schwarze Auto unseres persönlichen Betreuers vom KGB, der uns nie im Stich ließ. So sehr liebte er die Bühnenkunst, dass er keinen Auftritt von uns verpassen wollte.

Nachmittags gaben wir Vorstellungen für die Kinder. Sie saßen artig auf ihren Stühlen, manche mit verschmierten Mündern vom Beerenessen. Balzer, der uns erhalten geblieben war, weil für wehrdienstuntauglich befunden, schlüpfte in die Rolle des Gestiefelten Katers, begrüßte die kleinen Zuhörer im Namen des Ensembles mit „Guten Tag, liebe Kinder!" Die Kinder schwiegen eingeschüchtert. Emilia hatte vergessen, die Kopfhörer zu verteilen. Nun half sie den Jüngsten hastig, diese aufzusetzen. Sodann übersetzte die Dolmetscherin Balzers Begrüßung.

„Sdrawstwujte!", riefen die Kinder fröhlich.

Immer wieder das Gleiche. Selbst *Guten Tag* verstanden sie nicht. Wenn die Sprache ausstirbt, war unsere Arbeit umsonst. Hier wuchs die nächste Publikumsgeneration heran, die in wenigen Jahren unser Theater füllen sollte. Die Jugend, von der wir erwarteten, dass sie sich mit

der Kultur ihrer Vorfahren auseinandersetzen und iden-
tifizieren würde. Bald – bevor es zu spät war – mussten
die jungen Menschen begreifen, dass sie genauso wie
alle anderen kleinen und großen Brüder einen Platz in
der weiten Familie der Völker der Sowjetunion haben
und das Recht, ihre Sprache zu pflegen, ihre Kirchen zu
bauen und ihre Feste zu feiern. Wir ebneten der Jugend
den Weg, aber weitergehen musste sie ihn alleine …

Die Kolchosdirektoren sagten, bitteschön, tretet auf,
Kultur ist uns immer willkommen, aber nicht vor 22:30
Uhr! Wir sind hier auf dem Land, und jetzt ist Erntezeit.
Kein Bauer geht sich amüsieren, bevor er sein Tages-
werk erledigt hat.

Also richteten wir uns nach der Erntezeit und spielten
bis ein Uhr nachts. Dann wollten die Bauern gesellig
und gastfreundlich sein. Warum nicht noch ein Tänzchen wagen, warum nicht das Gläschen erheben in
der lauen Sommernacht? So blieben wir und tranken
bis zum Morgengrauen, und wenn jemand vorschlug,
angeln zu fahren und weiterzutrinken, wäre es unhöf-
lich gewesen, abzulehnen, also fuhren wir zum Angeln
und tranken dort weiter. Danach hatten wir Frauen oft
Migräne.

Im Nachgang sollte niemand sagen, wir hätten den
künstlerischen Dialog mit dem Zuschauer nicht ernst
genommen. Ganze Nächte widmeten wir der Erfor-
schung der bäuerlichen Seele, von der wir uns selbst
schon zu weit entfernt zu haben glaubten.

Arnold Bungert

Wenigstens nicht Afghanistan!

Im Baltikum zu dienen, klang nach einem zwei Jahre währenden Sanatorium-Aufenthalt in Meeresnähe. Dass sich diese meine Vorstellung erfüllte, war zwar nicht gänzlich ausgeschlossen, aber auch nicht wirklich wahrscheinlich. Natürlich kam ich nicht ins Baltikum, sondern nach Nischni Tagil in Sibirien. Mein Einsatzgebiet zur Verteidigung des Vaterlandes fand ich nicht bei Spezialstreitkräften, nicht in der Luftwaffe, nicht in der Marine, sondern – tschingderassa! – im *Baubataillon*.

Zu mehr hat's beim Bungert eben nicht gereicht, hatten einige hernach behauptet, als wäre von den Lästermäulern ein jeder Kampfpilot oder Atom-U-Boot-Kapitän geworden.

Anfangs versuchte ich, das Armeeleben als ein Theaterstück zu sehen, nur war es nicht nach zwei Stunden vorbei, sondern dauerte rund um die Uhr an, mit klar verteilten Rollen und schlechtgelaunten Regisseuren, ohne die Möglichkeit, in der Pause zu gehen, wenn es einem nicht gefiel.

Denk an die Zinksärge in Afghanistan, sagte ich mir beim Anblick der Kaserne für 150 Soldaten, die in Stockbetten schliefen, jeder sein Paar verschwitzte Stiefel griffbereit, deren Ausdünstungen sich Jahr für Jahr tiefer ins Mauerwerk fraßen, bis kein Lüften mehr half.

Mein reifes Alter rettete mich nicht vor dem Gespött der Rekruten über meinen, wie diese achtzehnjährigen

Kindsköpfe höhnten, schöngeistigen Beruf. „Na du Romeo, wartet deine Giulietta auch treu auf dich?"

Die ersten Wochen zogen sich zäh dahin, Exerzierübungen im Schlamm, kaum Schlaf, natürlich, das weiß jeder, das gehört dazu, Wehrdienst soll einen stählen und nicht an Warmwasser gewöhnen. Ich verglich die militärische Härte des Umgangs mit meiner Zeit an der Schauspielschule samt zahmen Dozenten, deren größte Strenge darin bestand, uns zum Deutschlernen zu zwingen… Der Junge vom Feld, behütet aufgewachsen, gehegt und umsorgt, erwählt vom begehrtesten Mädchen des Jahrgangs, fühlte sich verlassen wie ein im Winterwald ausgesetztes Kätzchen. Meine Giulietta auf dem Balkon mit gefrorener Wäsche in Temirtau liebte mich wohl, die Befehlshaber in Nischni Tagil dagegen nicht. Ich glaube, sie hassten uns alle.

Eines Tages wurde ich zum Kommandeur gerufen. Vor ihm lag meine Personalakte.

„Bungert, du kommst vom Land?"

„Jawohl, Herr Hauptmann!"

„Also kennst du dich mit Gemüse aus?"

Knifflige Frage, deren Hintergrund und etwaige Folgen ich nicht auf Anhieb überblicken konnte.

„Mit Tomaten und Gurken, Herr Hauptmann! Was im Garten so wächst!"

„Gut. Du wirst dich ab sofort um das Gewächshaus kümmern, Bungert."

„Jawohl, Herr Hauptmann!"

Das Gewächshaus war zur Versorgung der ganzen Kompanie vorgesehen, ein riesiger Glasbau, ausgestattet mit Fernheizungsrohren und Bewässerungssystem. Mein Vorgänger, eine offenbar wenig innovative Natur, hatte keine zufriedenstellenden Erträge produzieren können. Auf den Beeten zeugten Überreste von kümmerlichem Rettich und vertrocknete Bohnenstauden von seiner Fehlbesetzung als Gemüsebauer.

Ich erhielt weitgehend freie Hand, die Dinge besser zu machen. Meine Kameraden verbargen ihren Neid notdürftig hinter Spott. *Müder Krieger vom Bohnenfeld* nannten sie mich. Klar, dass eine so feinsinnige Artistenseele wie *unser Romeo* lieber einen Spaten in der Hand hielt als eine Kalaschnikow. Wäre ja auch viel zu schwer für ihn, der höchstens Gewehre aus Pappmaché gewohnt sei.

Ich ließ sie reden. Der Hunger auf Frisches würde sie schon bald handzahm machen.

An einem Ende des Gewächshauses befand sich ein kleines Büro mit Schlafgelegenheit. Dort verbrachte Soldat Bungert viel Zeit über Plänen, wie die Anbauflächen aufzuteilen waren und welche Kulturen in welcher Abfolge angepflanzt werden sollten.

Rüben, Weißkohl, Tomaten, Gurken, ein Kräuterbeet für Petersilie, Schnittlauch und Dill.

Mit Weißkohl hätte es hier noch niemand versucht, warnten die Befehlshaber. Keine Experimente!

Der Weißkohl als heimische Pflanze sei keinesfalls ein Experiment, beteuerte ich, der würde hier in tropischer Geschwindigkeit wachsen und den Speiseplan mit Kohlsuppe, Borschtsch, Krautrouladen und Sauerkraut bereichern. Ein unverzichtbares Gemüse an Land und auf See! Man denke nur an die Entdeckung Amerikas, die ohne Sauerkraut nicht möglich gewesen wäre, Zwieback allein hätte die Santa Maria schon auf halbem Wege zu einem Geisterschiff werden lassen … Der Hauptmann stoppte mich mit einer Handbewegung. „Dann mach!"

Draußen mochten Schneestürme toben und einem die Ohrläppchen abfrieren, ich hatte es hell, gemütlich und warm. Nach der ersten Ernte und Vergrößerung des Sortiments überzeugte ich den Hauptmann, dass meine Anwesenheit im Gewächshaus auch nachts erforderlich war, denn bei einem Stromausfall, einem Wasserrohrbruch oder einem Heizungsdefekt mussten sofortige Maßnahmen vor Ort ergriffen werden, um die wertvollen Zöglinge nicht zu verlieren. Diese wichtige Aufgabe könne nur ich übernehmen. An sich war mein Platz bei den anderen Soldaten in der Kaserne, aber da ich ein so gutes Händchen bei der Versorgung der Kompanieküche mit Vitaminen bewiesen hatte, erlaubte er mir zeitweilige Übernachtungen im Gewächshaus.

Aus meinem Kabuff schrieb ich launige Briefe nach Hause, voller Aufzählungen meiner vielfältigen Tagesaktivitäten: Anträge schreiben für Sämereien und Düngemittel, Protokoll führen über Art und Anzahl der Setzlinge, ihr Gedeihen beobachten, Schädlingsbefall und Krankheiten vorbeugen, Unkraut beseitigen, Belüftung optimieren, Bewässerung kontrollieren.

Der Kommandeur stellte mir zwei Helfer zur Seite, wir waren die drei vom Gewächshaus, Produzenten und Verwalter frischer Zutaten für die eintönige Soldatenkost. Die Arbeit meiner Hände war für jeden sichtbar;

wer die Produkte auf den Teller bekam, konnte sie betrachten, fühlen und schmecken.

Wenn das hier vorbei wäre, würde endlich meine Zukunft beginnen, mit Violetta, unseren Kindern und der Arbeit am Theater. Diesen Weg sah ich geradlinig vor mir, wenn ich durch die beschlagenen Fensterscheiben des Gewächshauses schaute. Während der Wintermonate in Nischni Tagil herrschten um mich herum konstant angenehme Temperaturen, ich vermisste weder Berge noch Meer. Neben mir keimten Samen, entfalteten ihre ersten Blättchen Richtung Sonne, gewannen an Größe und Kraft, begannen zu blühen, trugen Früchte. Das war mir Sinn und Trost zugleich.

Im Sommer wurde ich nachlässig. Ein Auftrag führte mich in die Stadt. Weil es sehr heiß war und ich mich in meinem Gemüsekabuff an ein unsoldatisches Lotterleben gewöhnt hatte, ließ ich den obersten Knopf der Uniform offenstehen. Wird schon keiner sehen, im Zweifel rettet mich ein Kohlkopf als Bestechungsmittel. In Höhe der Haltestelle, kein einziger Schatten – die Frauen trugen durchscheinende Sommerkleidchen, die mich von wichtigeren Dingen ablenkten –, hörte ich plötzlich jemanden brüllen: „Soldat, dein Name?!"

Rudolf „Rudi" Ostermeier

An vier Tagen pro Woche stand ich in aller Herrgotts-frühe auf, um ab sieben Uhr unterwegs zu sein im Auf-trag des Theaters, mit einem chronisch missgelaunten Fahrer im theatereigenen klapprigen Uasik-Bus, zum Klinkenputzen in Schulen und Parteibüros. Das sahen sie aber nicht, die feinen Herrschaften, die täglich bis zehn Uhr schliefen und nicht vor elf zu den Proben erschienen.

Die Abteilung Öffentlichkeitsarbeit bestand aus ei-nem einzigen Mitarbeiter: mir. An meinem Bürotag setzte ich mich um Punkt acht an den Schreibtisch und telefonierte bis spät abends Listen ab, Gastspielreisen organisierten sich schließlich nicht von allein. An tau-send Dinge war im Voraus zu denken: das Programm, die Eintrittskarten, die Übernachtung, Verpflegung, Kinderbetreuung, die Zwischenstopps, das Benzin. Da-für brauchte ich Kontakte, die fielen aber nicht vom Himmel, wie manche offenbar dachten, um die musste sich einer kümmern. Versprechungen machen, Verspre-chungen halten, von der Gegenseite Versprochenes ein-fordern. Anderswo erledigt das ein Diplomatenkorps. Als erstes fragte ich die Kolchosdirektoren, gibt's bei euch Deutsche in leitender Position? Oft genug erschra-ken sie am anderen Ende der Leitung, was für eine komische Frage, nein, die gibt's bei uns nicht, falsche Adresse!

So leicht kamen sie mir aber nicht davon.

Dann nennen Sie mir ein paar Lehrer im Ort, Lehrer werden Sie doch haben? Am besten Deutschlehrer. Wir suchen Ansprechpartner für das Deutsche Theater auf Gastspielreise. *Menschen, die etwas von Kultur verstehen... im Gegensatz zu Ihnen.* Das sagte ich freilich nicht laut.

Was soll das sein, ein deutsches Theater, brauchen wir hier nicht, unsere Deutschen sind zufrieden und glücklich, die sprechen alle Russisch, und wenn sie Kultur wollen, gehen sie ins Kino und gucken sowjetische Filme, das sind sowieso die besten der Welt.

Hatte ich die Lehrernamen bekommen, ließ ich die Iwanows und Petrows beiseite und konzentrierte mich auf Müller, Meyer, Schmidt. Ich pries den *Gestiefelten Kater* als Sommertheater für die Kinder an, sprach von Verantwortung, Bildungsauftrag und Ferienspaß für die Kleinen, von anspruchsvoller Unterhaltung nach einem harten Arbeitstag für die Großen. Alle Besucher kämen auf ihre Kosten, für jedes Alter und jeden Geschmack hätte unser Theater etwas Passendes im Gepäck. Man gebe uns nur einen Auftrittsraum, notfalls unter freiem Himmel.

Die Pädagogen lobten mein Engagement. Wie wertvoll unser Anliegen der spielerischen Sprachvermittlung und des Kulturerhalts doch sei und wie sehr sie das außerschulische Angebot unterstützten...

Laber Palaver. Wo blieben konkrete Zusagen? Zum Ausklang des Telefongesprächs wiederholte ich meinen Namen, damit sie ihn nicht so schnell vergaßen, Ostermeier, Rudolf, aus Temirtau, vom Deutschen Theater, und sagte, in einer Woche riefe ich wieder an. Dranbleiben, den Leuten in den Ohren liegen, bis sie nachgeben. Zugute kam mir, dass ich selbst vom musischen Fach war, unser Theaterdirektor – der Gerlach Hans – war dagegen als Lebensmitteltechniker, zufällig gestrandet in der Produktion geistiger Speisen, im Umgang mit Künstlern wenig geübt.

Über die Telefonate führte ich Listen, sonst hätte ich schnell den Überblick verloren. Mit wem was wann vereinbart, an wen weiterverwiesen, welche beiderseitigen Wünsche geäußert, wer war mir blöd gekommen, wer hatte sich als ungehobelter Kleingeist erwiesen, alles hielt ich fest.

Meine Herrschaften wollten Übernachtungen im Doppelzimmer, Kinderbetreuung während der Auftritte und täglich warmes Essen. Manchmal war nichts davon drin. Uns auftreten zu lassen, sei Entgegenkommen genug. Glaubt ihr, unsere Leute im Dorf hätten noch nie ein Theater gesehen? – Ein solches wohl kaum, konterte ich, in zwei Sprachen und mit Synchronübersetzung!

Endlich fand ich einen, der es nicht bei schönen Worten bewenden ließ, Vorsitzender der Kolchose *Lenins Vermächtnis*, selbst Deutscher, Held der sozialistischen Arbeit, Schächterle sein Name. Stolz berichtete er von seinem Dorfensemble *Weizenhalm*, zu dessen volkstümlichem Repertoire so bekannte und beliebte Lieder wie *Hefeklöß mit Kraut, Wenn der Topf aber nun ein Loch hat, Schön ist die Jugend*… gehörten. Alles in schönstem Deitsch vorgetragen, versteht sich! Bei ihm seien wir mit unserem Bühnenprogramm herzlich willkommen. Ein Theatergastspiel sei die ideale Ergänzung zum kulturellen Angebot in seiner Gemeinde, der Deckel zum Topf sozusagen. Für Übernachtung und

Verpflegung werde er, Schächterle, persönlich sorgen. Kinder seien jederzeit gern gesehen, je mehr, desto besser. Ungeduldig erwarten werde man die Truppe in Sosnowka!

Der Kolchosdirektor bot mir sogar an, die Eintrittskarten zu bezuschussen. 1,20 Rubel Eintritt, da käme doch niemand, viel zu teuer! Wir sollten die Karten für achtzig Kopeken verkaufen, den Rest würde die Kolchose übernehmen. Wenn alle Verhandlungen so erfreulich verliefen, schliefe ich weitaus besser.

Erfolg ist, wenn Vertreter der Partei und der Presse zur Vorstellung kommen und der Saal vollbesetzt ist. Wenn der Applaus laut und lang anhaltend ist und Blumen körbeweise auf die Bühne fliegen.

Misserfolge hingegen musste ich erklären. Gute Gründe dafür finden. Selbstkritik üben. Meinen Kopf hinhalten. Als ob ich für schlechte Straßen und volltrunkene Fahrer verantwortlich wäre, das Wetter beeinflussen oder Erkrankungen und Sterbefälle vorhersehen könnte.

Erfolge waren selbstverständlich, die mussten nicht erklärt werden.

Bei meinen Telefonaten klickte es oft in der Leitung. Es hörte sich an, als hebe ein Dritter den Hörer ab, um leise mitzuatmen. Einmal sagte der Dritte ungeniert, *verstehe nichts, die sprechen Deutsch,* und legte auf.

Sieh an, nicht mal einen Dolmetscher sind wir ihnen wert, dachte ich, ob das ein gutes oder ein schlechtes Zeichen ist?

Bei Helena und Kornelius Sauter, einem Schauspielerehepaar, ging *der eine* verdächtig oft ein und aus. Als gehörte der Mann schon zur Familie. Alle wussten, welcher Arbeit er nachging, von solchen hielt man sich lieber fern. Wenigstens im Privaten, wo er sich doch schon täglich im Theater herumtrieb, als lebendes Aufnahmegerät. Sie aber holten ihn noch zu sich ins Haus, wo er mit am Tisch saß und von ihren Tellern aß, und schlugen alle Warnungen in den Wind.

An mir, Rudi Ostermeier, haben sie sich die Zähne ausgebissen. Das können die anderen glauben oder nicht.

In meinem Dorf beteten früher die Kinder vor dem Schlafengehen: *Christkind komm, mach mich fromm, dass ich zu Dir ins Himmele komm.*

Ob meine Kinder vor dem Schlafengehen beteten, wusste ich nicht. Wenn ich nach Hause kam, lagen sie längst im Bett. Sie hätten den Vers ohne Übersetzung ins Russische nicht verstanden. Und auch dann wäre das mit dem Frommsein wohl kein Herzenswunsch mehr gewesen.

Von meinem deutschen Wortschatz hätte ich den anderen unbeschadet ein Viertel abgeben können. Bis zur Schuleinführung hatte ich andere Sprachen nur im Radio und Fernsehen gehört. Auf der Straße spielten und stritten wir in der uns vertrauten Sprache, womit wir anderswo rasch auf Ablehnung gestoßen wären. Wegen der Ballung deutscher Familiennamen im Ort fielen wir nicht weiter auf, das Dorf nahe der kasachisch-usbekischen Grenze hatte bis in die Nachkriegszeit als Sprachinsel der glückseligen Vergessenen überdauert. Mag sein, dass meine Aussprache nicht ganz bühnenreif war, nicht so geschliffen wie die der Herrschaften, weil es mir an Übung unter fachlicher Anleitung mangelte.

Vom Blatt ablesen, Einstudiertes aufsagen, ja wer könnte das nicht. Dass mein Dialekt durchschimmerte, wäre bei manchen Rollen nicht von Nachteil. Sie dagegen trugen ihr Bühnendeutsch aufgesetzt wie eine Pickelhaube, unter der sie verkleidet wirkten. Der Zuschauer jedoch liebt das Authentische. Der will keinen Esel, der ihm als Gazelle verkauft wird.

Der neue Chefregisseur, Naumann Wolodja, übertrug mir Komparsendienste; stumme, bestenfalls wortkarge Rollen im Hintergrund. *Wir wollen dich ja nicht überlasten, Rudi.*

Naumann führte Konzertabende ein, zwecks Auflockerung des Spielplans, Gewinnung neuer Publikumsschichten, weil Musik, das zieht immer, natürlich keine Bachkantaten, sondern etwas für den breiten Geschmack, er denke da an mitreißende volkstümliche Klänge...

Nach Abschluss des Konservatoriums hatte ich eine Laufbahn als Konzertmusiker angestrebt. Drei Jahre lang tingelte ich als Orchestermitglied mit meinem Akkordeon durch das Land. Für das große Solo hatte es nicht gereicht. Zum Musikpädagogen für die Kleinen fühlte ich mich nicht berufen. Als ich die Stelle am Theater antrat, hatte ich bereits Erfahrung mit Gastspielreisen, liegengebliebenen Tournee-Bussen und langen Nächten in ungeheizten Hotels samt Kakerlakenbesuch.

Dank Naumann durfte ich mich mit Musikeinlagen beweisen. Plötzlich war ich Solist. Mit meinem Akkordeon brachte ich Stimmung in den Saal, da staunten die Neider auf der Bühne nicht schlecht! Wenn sich in den Schlussapplaus die Rufe nach *Marussja!* mischten, wussten alle, dass ich, Rudi Ostermeier, gemeint war. Dann spielte ich die Volksweise von Marussja, die einen neuen Samowar hat, ein zweites und ein drittes Mal, und wenn die Leute immer noch nicht genug hatten, als Zugabe *Oh Susanna, wie ist das Leben doch so schön!* Ach Rudi, ohne dich wären wir verloren!

Ja, ja, das glaube ich gern. Auf Dienstfahrten schlang ich zwischendurch schnell ein Butterbrot hinunter. Eher bringst du von der Arbeit ein Magengeschwür mit als einen Blumenstrauß, schimpfte meine Frau.

Der Auftritt in der Kolchose *Lenins Vermächtnis* fühlte sich nach Erfolg an. Schächterle hielt sein Wort. Quartier, Verpflegung, Besucherzahlen, Beteiligung lokaler Presse, Einbindung von Parteifunktionären, alles lief wie bestellt. Ein Gastspiel wie aus dem Bilderbuch. Mein Erfolg, meine Blumen. Einmal nichts erklären müssen. Beruhigt einschlafen.

Zurück in Temirtau plötzlich ein Anruf. Ein Mitarbeiter der Sicherheitsorgane verlangte zu wissen, was das Deutsche Theater mit einem Dorfensemble zu schaffen hat? Der durchschaubare Verdacht: *konspirative Absprachen unter Deutschen, Versuch der Bildung einer nationalistischen Organisation.*

„Künstlerische Zusammenarbeit", sagte ich ohne Zögern.

„Mit einem Laienkollektiv? Zu welchem Zweck?"

„Nun, zu einem freundschaftlichen Zweck. Erfahrungsaustausch zwischen Stadt und Land, Volkskunst und Staatstheater im Prozess der Interaktion …"

Danach mit dem Gedanken *was geschieht morgen* wieder lange wach gelegen.

Wir standen nach wie vor unter Beobachtung. Nicht anders als früher. Anlass dafür war das verbindende Element, die deutsche Sprache. Von der einen Seite neuerdings gefördert, von der anderen seit jeher verdächtigt. Und ich dachte, die Zeiten hätten sich geändert, jetzt, da wir eine eigene Bühne hatten und die Beamten des KGB einfach den Hörer auflegten, wenn sie nichts verstanden.

Arnold Bungert

Der Soldat, das war ich.

Sofort strammgestanden, doch zu spät, um noch den Knopf zu schließen. Vor mir Major Schipulin, unser Politkommissar.

„Sieben Tage Arrest wegen Liederlichkeit, Bungert!"

Ehrlich, ich hatte in dem Moment keine Sorge um mich, vielmehr überfiel mich die Angst um mein Gemüse. Würde es eine Woche ohne den Chefgärtner überleben? Meine Helfer brauchten stetige Anleitung. Sie konnten Buschbohnen nicht von Erbsen unterscheiden. Ohne mich wäre die Versorgung der ganzen Garnison gefährdet. Wegen eines offenen Knopfes müssten viele Menschen hungern …

Nach Ablauf der Arrestzeit hatten sich die Straffälligen beim Appell ganz vorn aufzustellen. Vor 900 Soldaten erfolgte die Prüfung, ob die Erziehungsmaßnahme erfolgreich war und der Übeltäter sein schuldhaftes Verhalten abgelegt hatte.

Ich sah nochmals an mir herunter. Versuchte nicht zu schwitzen, nicht wegen der Hitze, früh morgens war es noch erträglich, sondern wegen der auf mir lastenden Verantwortung für das Wachstum von Gurken und Kopfsalat. Uniform sauber, alle Knöpfe zu? Stiefel blank geputzt?

„Schlecht rasiert, Bungert. Macht sieben Tage Arrest. Abtreten."

Nun rächte sich mein Eremitentum im Gemüsebataillon. Während die anderen Arrestanten Rasierzeug von ihren Kameraden bekamen und nach einer Woche wieder draußen waren, wartete ich vergeblich auf meine Helfer. Wahrscheinlich hatten sie alles schon verhökert, wenn nicht verdorren lassen. Dafür spross mein Barthaar ungehindert und bescherte mir noch zwei weitere Arrestverlängerungen, bis mein Kompaniechef einen stumpfen Rasierer schickte. Eine neue Rasierklinge bekam ich im Austausch gegen eine Dose Büchsenfleisch, versprochen aus meinem Vorrat für besondere Anlässe.

Frisch rasiert wurde ich beim nächsten Appell entlassen und eilte zum Gewächshaus.

„Vergiss das Gemüse, Bungert", sagte der Kommandeur. „Ab sofort bewachst du den Panzerübungsplatz."

Violetta Kraushaar

Die Regisseure kamen und gingen, als hielten sie es nicht lange bei uns aus. Wir rätselten: Lag es an unserem Kollektiv, am Theater, an der Stadt, an der Luft, an der Zweisprachigkeit?

„Was willst du, frischer Wind belebt das Geschäft", sagte Oswald.

Außerdem müsse einer, der gut genug Deutsch könne, um es mit uns aufzunehmen, wohl erst aus der DDR eingeflogen werden, scherzten wir, so einer sei hier nicht aufzutreiben.

Vielleicht machten wir es ihnen nicht leicht genug. Sie uns jedoch auch nicht, wussten wir doch nie vorher, was das für ein Mensch war, den man uns vorsetzte; wieder einer, der meinte, mit uns deutsche Klassiker im Original inszenieren zu können, ohne selbst die Sprache zu beherrschen? War es da nicht verständlich, dass wir eine skeptisch abwartende Haltung einnahmen, sobald sich der nächste Regisseur ankündigte?

Manchen von ihnen blieben unsere Ziele fremd (die Wiederauferstehung der Republik), andere beklagten unsererseits zu viel Eigensinn bei gleichzeitiger Unerfahrenheit (keine gute Mischung).

Mit dem neuen Regisseur, Wolodja Naumann, begannen wir an der *Stadt im Morgenrot* zu arbeiten (die Übersetzung blieb uns erspart, da die deutsche Fassung in der DDR erschienen war). Naumann wollte testen, wie weit wir mit ihm mitgingen. Den Laden ein bisschen aufmischen, nannte er das. Ein junges Kollektiv müsse durch eine Sturm- und Drangperiode zu mehr Reife und einem unverwechselbaren Profil finden.

Er ließ die Darsteller der Komsomolzenbrigade jeden Morgen mit dem roten Banner fröhlich singend (Gesang hebt die Stimmung) durch den Kulissenwald zur Baustelle stapfen, dem Geburtsort der neuen Stadt in der Taiga. Abends kehrten unsere Komsomolzen von der Arbeit erschöpft in ihren kalten Wohnwagen zurück, versammelten sich um den Burschuika-Ofen, um rebellische Reden zu führen. Wut hatte sich angestaut, wegen des stockenden Nachschubs und der Ignoranz der Behörden, von denen sie sich allein gelassen fühlten. Müde seien sie mittlerweile des ganzen Heldentums und fragten sich, welchen Sinn ihr Tun habe. Wofür rackerten sie sich ab? Für die Partei? Für das Land? Für das Volk? Wer würde es ihnen später danken, dass sie ihre Jugend und Gesundheit in der unwegsamen Einöde geopfert hatten?

Im zweiten Akt wachte die rote Fahne derweil in einer Ecke des Wohnwagens über ihre Gespräche (ein stummer Spion, nein, Zeuge). Einer der männlichen Parts sollte nach Vorstellung des Regisseurs im Streit nach der Fahne greifen und diese in einem Augenblick tiefster emotionaler Aufgewühltheit draußen in den Schnee werfen.

Bevor Naumann jemanden dafür aussuchen konnte, sagte ich: „Lasst mich das machen!" Hätte es nicht eine stärkere Wirkung, wenn das eine Frau tut?

„Ich bestimme, wer hier was macht", sagte Naumann. Bei den Proben zwei Tage später ließ er mich (Ljolja, die Zeitungsredakteurin) die Fahne wegwerfen. Oswald (gespielt entsetzt über meine Tat) holte die Fahne zurück, stellte mich zur Rede. Welch ein Frevel, was nur in mich gefahren sei… Ob ich zu lange in der beheizten Redaktionsecke gesessen und ihren Existenzkampf draußen im Schnee vergessen hätte? Das Kollektiv hielt Gericht über mich. Disziplinarmaßnahmen wurden einstimmig beschlossen. Sie enthoben mich der Verantwortung für die Zeitung und setzten mich an die frische Luft (zu Baumfällarbeiten tief im Wald).

Eine kantige, vielschichtige Rolle, diese Ljolja. Genau das wollte ich auf der Bühne verkörpern, nicht nur als singendes Dorfmädchen mit Küchenschürze herumhüpfen wie Emilia.

In der *Stadt im Morgenrot* wurde viel gesungen (gut für die Arbeitsmoral, solange es die richtigen Texte sind). Ein fröhliches Lied auf den Lippen gegen das Gift der Querulanten, das nicht stark genug war, um den Pioniergeist der tapferen Komsomolzen ins Wanken zu bringen. Vorgebrachte Bedenken wegen der systemkritischen Töne wischte Naumann beiseite.

„Bei der Gesamtkomposition des Stückes aus kräftigen patriotischen Farben dient ein Hauch von Kritik doch nur dem Kontrast und ist ohnehin kaum wahrnehmbar." Diese Sichtweise präsentierte er uns als Einheitslinie und Interpretationshilfe für Außenstehende (die Kommission eingeschlossen).

Kunst verlangt den Mut, ungewohnte Wege zu beschreiten. Und waren wir nicht alle Komsomolzen auch abseits der Bühne? Das Idealbild eines Komsomolzen besteht darin, Wagnisse einzugehen und Widerstände zu bezwingen. Demnach handelten wir im Einklang mit den Statuten und unserem Gewissen.

Die Kommission der Karagandinsker Gebietskulturverwaltung teilte unsere Auffassung von Kunst und Wagnis nicht. Sie verbot kurzerhand die Aufführung, solange die problematische Szene nicht beseitigt sei. Mit der roten Fahne wird kein Schindluder getrieben! Was zu weit geht, geht zu weit!

Naumann strich die Szene. Keine Diskussionen. Wir hatten es versucht und waren gescheitert. Zu viel auf einmal gewollt, der Gegner war noch zu wachsam. Doch eines Tages würde er vielleicht ermüden, die Spitzen übersehen und passieren lassen.
Die rote Fahne blieb unbehelligt, meine Ljolja durfte einen letzten kritischen Artikel für die Zeitung schreiben, womit ihre Karriere als aufstrebende Taiga-Reporterin beendet war.

Das Stück, vielmehr der Verfasser, Arbusow, zeichnete das Leben der Komsomolzen mit wenig Licht und viel Schatten. Mir schien seine Gesellschaftskritik nicht nur mit zarten Pinselstrichen dahingetupft, sondern wie eine Axt daherzukommen (wenn man nicht beide Augen vor Schreck zudrückte). Die *Stadt im Morgenrot* würde entweder schnell abgesetzt oder zu einem Meilenstein in der Geschichte des Theaters werden, womöglich die erste Schwalbe einer neuen Tauwetterperiode, und wir hätten dank Naumann unseren Anteil daran.

Oswald nahm meine Überlegungen nicht ernst. „Wenn du mich fragst, das Stück ist pathetischer Murks und der Autor beim Schreiben zeitweise nicht ganz bei Sinnen gewesen. Nur so kann ich mir erklären, dass dem systemtreuen Arbusow ein paar negative Momente reingerutscht sind. Und die Kontrollstellen haben offenbar so fest geschlafen, dass ihnen das Zweifelhafte der Motive entgangen ist. Eines Tages wird jemand von den Zuständigen den Fehler erkennen, wetten?"

Zwischen Bett und Theater blieb nur wenig Freiraum. Morgens Proben, abends Vorstellung, dazwischen wieder Proben, vielleicht noch schnell etwas einkaufen, bevor die Läden zumachten. So verlief unser Leben. Vielleicht hatten wir uns dem Alltag außerhalb der Theatermauern bereits entfremdet, weil unser Alltag anderen Gesetzen folgte, den Gesetzen der Bühne, denen lediglich ein kleiner auserwählter Kreis unterworfen war. Wir lebten für uns auf einer winzigen Insel, wähnten uns aber auf einem großen Kontinent.

Im Winter vermieden wir, die Fenster zu öffnen. Nicht wegen der Kälte (die Fernheizung lief auf Anschlag, als müsse sie eine Stadt voller Saunen beheizen), sondern wegen der Industriegerüche, und wenn Besuch vom Dorf kam, an reine Landluft mit Kuhfladenaroma gewöhnt, erklärten wir wortreich, dass es nicht immer so stinke, nur manchmal, wenn der Wind drehte.

Der Samarkander Stausee grenzte direkt an die Stadt und lockte Erholungssuchende mit einer Vielzahl von Freizeitzerstreuungen. Baden, angeln, Boot fahren, in Wassernähe picknicken, abends am Lagerfeuer Lieder anstimmen. Im Sommer strömten junge Leute und Familien an den Strand. Die Jugend feierte mit gegrilltem Schaschlik und selbstgebranntem Wodka, die Kinder tobten, schossen Bälle auf benachbarte Liegeplätze, lernten schwimmen unter den wachsamen Augen der Erwachsenen. Mir entgingen nicht die dicken Rohre in der Nähe des Strandes. Sie leiteten das Abwasser der umliegenden Fabriken in den See. An deren Mündungen sammelte sich übelriechender rosa Schaum, der sich nicht auflöste, sondern Schicht um Schicht wie die Jahresringe eines Baums wuchs, nur viel schneller.

Das Wasser des Stausees war trüb. Ich hatte den Verdacht, dass es genauso ungefiltert zurück in die Leitungen unseres Neubaublocks floss. Trotzdem zog ich die Schuhe aus, wie es alle taten, und hielt die Füße ins Wasser. Der Stausee reichte bis zum Horizont, wo er an einigen Stellen in einen schmalen grünen Streifen oder direkt in den Himmel überging. Fuhr man mit einem Tretboot hinaus und blickte auf die Stadt zurück, zeichneten sich die rauchenden Fabrikschlote als unverwechselbare Silhouette ab. So viele Schornsteine auf einem Platz – wo gab es das sonst noch auf der Welt? Andere Städte hatten lediglich Wolkenkratzer oder einen einsamen Fernsehturm zu bieten.

Verliebte Pärchen turtelten am Strand. Leicht widerstrebend erinnerte ich mich daran, dass ich verheiratet war (als wäre das ein Makel: ein abwesender Ehemann, zumal Verteidiger des Vaterlandes).

Arnold Bungert

Mein Temirtau! Die Stufen unter dem Säulengang übersprang ich, um endlich, endlich die Lunge in einem Atemzug mit Theaterluft vollzusaugen, diesem einzigartigen Gemisch aus den Aromen von altem Holz, Staub und Schweiß. Es erschien mir lieblicher als die teuersten Parfüme der Welt.

Arnold Bungert war zurück auf dem Spielfeld.

Ich hatte Erfahrung im Gemüsezüchten in Sibirien und im Bewachen von Panzerübungsplätzen, bei kompletter Selbstversorgung im Wärterhäuschen dank Tauschhandel mit den Bauern, begehrtes Armeebüchsenfleisch gegen Eier und Milch.

Aber war ich noch Schauspieler? Die anderen hatten mir zwei Jahre Berufserfahrung voraus.

Ein jeder von ihnen hatte sein Können in mehreren Stücken öffentlich unter Beweis gestellt, ich dagegen fühlte mich als Novize, der ohne Begleitperson in diesem großen Haus verloren ginge. Selbst bei Violetta hatte ich den Eindruck, dass meine Unsicherheit ihr lästig war.

Die Kollegen sagten, der Applaus sei manchmal etwas dünn, weil wenig Menschen kämen, aber auch an solche Tage gewöhne man sich, wie an das schwankende Angebot in den Läden, ob man dort etwas bekomme oder nicht, wisse man ja vorher ebenfalls nicht. Der Regisseur sagte, wir müssten trotzdem alles geben, Herz und Hirn, Haut und Haar, unsere Zeit, Tatkraft und überhaupt, er wolle *Leidenschaft* sehen, jeden verdammten Abend volle Kanne *Leidenschaft* und zwar von jedem Einzelnen ohne Ausnahme!

Nichts lieber als das. Er gab mir eine kleine Rolle in der *Stadt im Morgenrot*.

„Du, Arnold, sollst langsam in die Dinge hineinwachsen, im nächsten Stück kannst du dann dein Potenzial voll entfalten."

Balzer hatte, ohne einen Finger zu rühren, den Wehrdienst elegant umgangen. Als Vater von drei kleinen Kindern wurde er nicht eingezogen. Geschickt, Herr Oberstratege! Nach der Geburt ihres Dritten war Violetta die Letzte, die den glücklichen Eltern gratulierte.

Keine Sekunde hatte Balzer verdreckte Kasernenböden mit der Zahnbürste schrubben müssen, niemals den Arschtritt des Kompaniechefs zu spüren bekommen, der ihn samt Uniform in die schmutzige Brühe beförderte, nie das Gebrüll danach gehört: Soldat! Was ist mit deiner Uniform passiert?! Er kannte keinen Sieben-Tage-Arrest, kein Robben durch Morast, musste nie innerhalb von 45 Sekunden – Soldaten, eure Zeit läuft, solange dieses Streichholz brennt! – fertig angezogen zum Appell erscheinen. Balzer war glücklicher Familienvater, Balzer bekam Hauptrollen.

Zu Hause pisste Mercutio in meine Schuhe.

„Guck dir an, was dein Kater gemacht hat", sagte ich zu Violetta.

„Er verteidigt nur sein Revier."

„Das ist mein Revier, und vor allem sind das meine Schuhe!"

„Er lebt in dieser Wohnung länger als du."

Die Erbauer der Stadt am Amur neigen zu den handfesten Träumen schwer arbeitender Menschen. In der

Rolle des Chauffeurs Njura wollte ich nur eins: „Och, jetzt einen Teller Nudelsuppe haben…"

Die Komsomolzen warten ungeduldig auf den letzten Dampfer, dessen Ladung sie über den Winter retten soll, wenn der Fluss zufriert und monatelang unpassierbar bleibt. Sie malen sich aus, welche Delikatessen außer Getreide der Dampfer ihnen bringen würde: vielleicht *Marmelade* und *Schafskäse*… Viel weiter reichen ihre Sehnsüchte nicht.

Indes stapfte Violetta mit unförmiger Wattejacke und Gummistiefeln über die Bühne, im Hintergrund die Geräusche von Wind und Regen, und sagte Sätze wie diesen: „Abends nach sieben ist das hier die Zeitungsredaktion – ihr wisst doch selber, dass wir zu wenig Baracken haben…" Sie nahm mit ihren Unterlagen den einzigen Tisch in Beschlag, Balzer kam hinzu, unser Brigadier Sorin, verantwortlich für eine Waldrodebrigade, und hielt die Redakteurin Ljolja mit Zudringlichkeiten von der Arbeit ab. Erst küsste er sie, dann schlug sie ihn, dann küsste sie ihn, worauf Balzer / Sorin ihr einen Heiratsantrag machte. So lief das damals in Arbusows Taiga. In jeder Probe bekämpfte ich den Impuls, dazwischen zu gehen – was zur Hölle fiel Balzer ein!

Ich hatte in meiner Szene nicht viel zu tun, bis die Nachricht kam, dass der ersehnte Dampfer statt Lebensmittel nur Maschinen als Fracht geladen hatte. Allen war sogleich bewusst, was das bedeutete. Es war das letzte Schiff der Saison… Maschinen statt Marmelade… und kein Krümel Mehl, von Schafskäse ganz zu schweigen. Die Bühnentechniker ließen ein paar Schippen Kunstschnee herabrieseln.

„Der Winter…", sagte Emilia in der Rolle der Natascha, den Blick starr auf die weißen Flocken gerichtet.

Ich dachte, wer zum Henker hatte sich für dieses Stück entschieden, in dem Komsomolzen im Dienst für das Vaterland Hunger leiden müssen? Das würde uns allen noch um die Ohren fliegen. An einem bitterkalten langen Winterabend freuen sich die Komsomolzen über zwei Kartoffeln und eine Knoblauchzehe!

Am Ende tauchte die aufgehende Sonne die Silhouette der neuerbauten Stadt in magisches Scheinwerferlicht.

Zurück in der Garderobe sagte Violetta: „Arnold, besorgst du morgen bitte Milch, Brot und eine Packung Zucker? Und vergiss die Kernseife nicht! Du hast doch frei, oder?"

Violetta Kraushaar

Wenn Temirtauer Fabriken Dolmetscher für deutschsprachige Delegationen suchten, was ab und an vorkam, wandten sich die Direktoren auf kurzem Dienstweg an unser Theater: Schickt mal jemanden zum Aushelfen.

Die Leitung des Karbidwerks hatte Ingenieure und Chemiker aus dem Bruderland DDR zum Erfahrungsaustausch eingeladen. Zuerst wollte die Delegation die Karbidproduktionshallen besichtigen. Für den Abend schlugen die Gastgeber einen Theaterbesuch vor. Natürlich im hiesigen Deutschen Theater! Da werden die Kollegen aus dem Ausland staunen, was ihnen die Steppe alles zu bieten hat.

Hans Gerlach (unser Direktor) fragte, ob ich Lust hätte, im Karbidwerk zu dolmetschen.

„Warum gerade ich? Ich verstehe doch nichts vom Fach."

„Das ist überhaupt nicht von Belang. Soll ja kein Wissenstest werden, sondern nur ein bisschen Begrüßung hier und belanglose Plauderei dort. Das schaffst du!"

Keine Prüfung, nichts auswendig lernen, neue Kontakte, Ablenkung, symbolisches Honorar. Ich nahm den Auftrag an. Zur Vorbereitung vertiefte ich mich in ein Büchlein mit Fachvokabular der chemischen Industrie. Wenn schon, dann richtig.

Vor der Ankunft der Delegation aus der DDR ging ich zum Friseur, wo ich die Wahl zwischen den angesagten Schnitten *Garçonne* und *Sesson* hatte (wobei *Sesson* in der Interpretation der Friseurin ein schlichter Topfschnitt war). Ich kaufte mir hochhackige Schuhe und ließ in der Theaterschneiderei ein Kostüm nach Maß nähen. Die ersten echten Deutschen, vor denen ich mit meinen Deutschkenntnissen glänzen konnte! Ich schminkte mich wie für einen Bühnenauftritt.

„Wo willst du denn hin in diesem Aufzug?", fragte Arnold.

„In die Fabrik, mein Dolmetscherauftrag, hast du vergessen?"

„Aber doch nicht so! Mach dich nicht lächerlich, zieh lieber Gummistiefel an."

Ich zögerte. Warum sagte er so etwas, Gummistiefel zum Kostüm. Schließlich tauschte ich seufzend die neuen, im Laden hart umkämpften Pumps gegen abgetretene Mokassins.

„Besser so?"

„Küss mich", sagte Arnold, als ich bereits die Türklinke in der Hand hatte.

„Ich komme zu spät", sagte ich, machte kehrt und gab ihm einen flüchtigen Kuss auf die Wange.

„Das ist doch kein Kuss", sagte Arnold. „Küsst du so auch auf der Bühne?"

„Bis später."

Im Karbidwerk wurde ich von einem Mann empfangen, der sich als Abteilungsleiter vorstellte und mich in sein Büro bat, bis die Besucher einträfen. Ich nahm ihm gegenüber Platz.

„Sie übersetzen also?", fragte er. Mir fiel auf, dass seine Zähne teilweise mit Gold überkront waren, ein Zeichen von Wohlstand.

„Das auch, wenn gewünscht. Heute soll ich dolmetschen."

„Melden Sie mir die Fragen."

„Welche Fragen?"

„Die die Gäste Ihnen stellen. Und die Antworten unserer Leute. Nicht zu viele Informationen preisgeben … Sie wissen, was ich meine?"

„Ich kann Sie beruhigen, ich verstehe nichts von Chemie."

„Darum geht es nicht. Wir wollen die Gäste nicht mit leerem Geschwätz langweilen, ich verlasse mich auf Sie …"

„Ich halte mich strikt an die Vorgaben."

„Fein. Sie erzählen mir einfach, worüber gesprochen wurde, das ist alles. Kommen Sie mit."

Ich folgte dem Mann. Weitere Personen kamen hinzu, offenbar von der Betriebsleitung und aus der Produktionshalle. Gemeinsam begrüßten wir die Delegation aus der DDR, deren Mitglieder den Wunsch äußerten, sich zuerst ein wenig umzusehen. Für den Aufenthalt auf dem Werksgelände bekamen alle einen Schutzhelm. Ich kämpfte damit, meine frisch frisierten Haare (*à la Garçonne*) formerhaltend unter den Helm zu schieben.

Das Außengelände spricht allerdings nicht für einen vorbildlichen Betrieb, dachte ich im Stillen und hätte mich beinahe laut entschuldigt, als müsse ich meinen eigenen Innenhof vor der Kritik Fremder verteidigen; die Direktion des Karbidwerks hätte wenigstens die vielen Tonnen Bauschutt, Asche und Schlacke wegräumen lassen können. *Sieht ja aus wie zerbombt.* Was sollten die Fachleute aus der DDR davon halten?

Ich hoffte, dass die Gäste über solche Äußerlichkeiten großzügig hinwegsahen oder zumindest aus Höflichkeit schwiegen. Doch sie betrachteten die Schutthaufen sehr genau und fragten mich, warum hier Asbestplatten offen herumlagen.

„Asbestplatten?", wiederholte ich und sah mich hilfesuchend nach den Verantwortlichen um.

Natürlich, das erkenne man sofort an der faserigen Struktur. Ob ich nicht wisse, dass Asbest erhebliche Gesundheitsschäden verursache? Die Gefahr sei schon lange bekannt, Atemschutzmasken seien unerlässlich, da in der Luft Milliarden hochgefährlicher Asbestfasern schwirrten.

„Gerade jetzt, während wir hier auf dem Werksgelände stehen, atmen wir das alles ein!"

Ich sah angestrengt ins Leere, ob dort tatsächlich etwas Greifbares herumschwirrte, mir kamen etwa Geißeltierchen in den Sinn (wer weiß warum), ich hatte keine Ahnung, wie groß man sich diese vorzustellen hatte, und versuchte automatisch flacher zu atmen.

„Worum geht es?", mischte sich der Abteilungsleiter ein.

„Die Genossen aus der DDR wünschen Atemschutzmasken."

„Wozu? Sie haben doch einen Schutzhelm."

„Sie sagen, Asbestplatten seien schlecht für die Lunge."

„Ach was. Unsere Männer arbeiten damit Tag und Nacht und sind gesund wie die Ochsen. Dolmetschen Sie das!"

Ich formulierte diplomatisch, die Gefahren von Asbest seien noch nicht abschließend erforscht und würden gewiss übertrieben.

In der Karbidhalle ließen sich die Gäste die Arbeitsprozesse vorführen. Mir brummte bald der Kopf von der Anstrengung, bei gleichbleibender Konzentration Fachbegriffe zu übersetzen und in einem sinnvollen Zusammenhang wiederzugeben.

Auch die anschließende Sitzung machte mir die Aufgabe nicht leichter. Ein Teilnehmer der Delegation brachte das Thema Gesundheitsgefahren erneut auf die Tagesordnung (als ob es einem Gast nicht besser anstünde, den Mund zu halten, statt an allem herumzukritteln).

„Genossen, mit der ungesicherten Lagerung von Asbestplatten wird massiv gegen Arbeitsschutzbestimmungen verstoßen. Bei uns in der DDR ist das nicht zulässig. Das Material darf nicht mehr verbaut werden."

„Was will er?" Ich spürte den Atem des Abteilungsleiters an meinem Ohr.

„Er will aufräumen."

„Das kann er bei sich zu Hause tun."

Nicht nur die frei herumliegenden Asbestplatten machten dem Kollegen aus der DDR Sorgen, sondern auch der Quecksilbergehalt in der Karbidhalle. Dort habe er ein Messgerät an seine Schuhsohle gehalten und Zahlen gemessen, welche die zulässige Norm um das Hundertfache überstiegen. So bedenklich dies auch scheine, so vertraue er doch mit Gewissheit darauf, dass dagegen alle erforderlichen Schritte bereits eingeleitet worden seien.

„Wer weiß, wo der Kerl mit seinen Schuhen vorher war."

Im Auftrag des Theaterdirektors schenkte ich den Gästen aus der DDR Karten für die Abendvorstellung der *Stadt im Morgenrot*. Sie luden uns im Gegenzug nach Bitterfeld ein, für kulturelle Abwechslung böten sich Ausflüge in die Städte Leipzig und Berlin an. Warum nicht, dachte ich, endlich eine Gastspielreise ins Ausland statt immer die gleichen Touren durch unsere ruhmreichen Kolchosen und Sowchosen...

Oswald Munz

„Wie war es?", fragte ich, als Violetta aus der Karbid-
fabrik zurückkam. Sie hätten auch mich als Dolmetscher beauftragen können. Weder Erfahrung noch Können waren bei mir geringer ausgeprägt als bei Violetta.
„Eins weiß ich – wenn Kinder kommen", sagte Violetta,
als hätte sie soeben einen unverrückbaren Entschluss
gefasst, „möchte ich nicht mehr hier sein. Das ist kein
Ort, an dem Kinder gesund aufwachsen können. Bisher
war mir das nicht so wichtig. Aber seit heute sehe ich
einige Dinge klarer… Wann können wir endlich in das
neue Theater in Alma-Ata?"
Diese Frage hatte sich mir seit geraumer Zeit nicht
mehr gestellt. An der Antwort hatte sich nichts geändert. Vielleicht würden wir noch als Rentner in Temirtau leben und mit unseren Enkeln Ausflüge an den Stausee machen, der dann weniger schmutziger wäre, des
technischen Fortschritts wegen.
„Warum seit heute?", fragte ich, um ihr eine Brücke zu
bauen, die längst erwarteten und nun offenbar endlich
eingetretenen Umstände publik zu machen.
„Weil ich dieses Betriebsgelände einmal durch den Blick
von Außenstehenden betrachtet habe, deshalb! Was
hast du denn gedacht?"
Sie ließ mich ohne ein weiteres Wort stehen.

Zwei werdende Mütter veranlassten Wolodja Naumann zu Änderungen in der Besetzung. Hochschwan-
gere auf einer Großbaustelle in Sibirien schuften zu
lassen, würde nur weiteren Missmut seitens der Kom-

mission heraufbeschwören. Als ob die Partei kein Herz für Frauenbelange hätte.

Die Facharbeiter aus der DDR und etliche herangekarrte Temirtauer Schulklassen retteten uns den Abend. Genau diesen einen. Den Kampf der Komsomolzen um die Stadt im Morgenrot wollte kaum einer freiwillig sehen. Bei den Schülern verhinderte das Beisein eines Lehrers, dass sie in der Pause das Weite suchten; sonst hätten wir den letzten Akt womöglich vor leerem Hause gespielt.

Die deutschsprachigen Gäste spendeten höflich Beifall. Ein schönes Stück, lobten sie, und so wahrheitsgetreu, kein Fortschritt ohne Hindernisse, keine Helden ohne Zweifel, und diese fein herausgearbeiteten Konflikte, die mit Mut und Zuversicht gelöst werden ... Eine bemerkenswerte Leistung, an die sie sich noch lange erinnern würden, dem Schauspielensemble des Deutschen Theaters in Temirtau sei Dank!

Eines muss man ihnen lassen, dachte ich, sie reden wie ein geölter Wasserfall. Ein Publikum aus solchen wohlerzogenen, freundlichen Menschen adelt jedes Theater. Nach der Vorstellung hatte Violetta den Einfall, die neugewonnenen Freunde aus der DDR in die Theaterkantine einzuladen. Warum jetzt schon auseinandergehen? Buffetfrau Waletschka hielt einige Leckerbissen unter dem Tresen versteckt.

Der Betreuer vom KGB runzelte die Stirn, es war spät genug, und irgendwann wollte auch er nach Hause. Ich ahnte, was ihm durch den Kopf ging: Statt die Ausländer seinem Auftrag gemäß vom Theater zum Hotel zu begleiten, sollte er nun auch noch zusehen, wie sie sich betranken. Er und wir, die Bewachten und ihr

Überwacher, verbrachten notgedrungen viel Zeit miteinander. Wir kannten seine Sorgen und er die unsrigen. Erstaunlich, sagte ein Chemieingenieur aus Bautzen, so weit von zu Hause Deutsch auf der Bühne zu hören. Er sei beeindruckt, mit welchem Engagement die Sowjetregierung die Kultur befreundeter Nationen fördere.

„Wir fördern die Kulturen aller Völker der Sowjetunion, der kleinen wie der großen", stellte unser Betreuer etwas verschnupft klar. Wenn das hier noch länger dauerte, würde seine Frau ihm wieder erklären, dass sie lieber einen anderen geheiratet hätte.

Der Kulturbeauftragte des Karbidwerks fügte hinzu, die Bühnen der kasachischen Sowjetrepublik böten ein umfangreiches Repertoire in vielen Sprachen: neben Russisch und Kasachisch auch Uigurisch, Koreanisch und seit neuestem eben Deutsch. Darauf sei man stolz. Das mache Internationalismus und Völkerfreundschaft aus!

Ich wusste, wie man unseren Zwangsbegleiter reizen konnte. Ein Histörchen schwelte mir schon länger auf der Zunge, doch war ich mir angesichts der deutschsprachigen Gäste meiner im Sprachlabor erworbenen Deutschkenntnisse nicht ganz sicher. Womöglich ließen sie mich im Stich, gerade wenn es darauf ankam. Mein Sprachklavier, dem ich auf der Bühne wohlklingende Sätze entlockte, weil ich es dort beherrschte, war noch wenig alltagserprobt. Und die Begebenheit selbst gehörte eher in die Rubrik mündliche Überlieferung als zur offiziellen Geschichtsschreibung, war aber vielleicht gerade darum interessant, wie unter der Hand gehandelte Ware.

„Lassen Sie mich eine kleine Anekdote erzählen",
wandte ich mich an die Gäste. Den warnenden Blick
des KGB-Mannes ignorierte ich. Jedes Wort unterzog
ich im Geiste einer Qualitätskontrolle, bevor ich es meinen Stimmbändern überantwortete. Daher klang meine
Rede verlangsamt, als müsste ich erst Stolpersteine aus
dem Weg räumen.

„Anfang der 70er besuchte Willy Brandt Moskau.
Nachdem der formelle Teil vorbei war, plauderte er mit
unserem Generalsekretär Breschnew über dieses und
jenes. Irgendwann kam das Gespräch auf das Thema
Kultur, und Brandt soll den Wunsch geäußert haben,
das Deutsche Theater zu besichtigen, von dem er gehört
habe. Breschnew hatte keine Ahnung, wo sich dieses
Theater befand, versprach aber dem Kanzler der BRD,
dessen Wunsch zu erfüllen und das Besuchsprogramm
entsprechend zu ändern. Alles andere hätte einen Ge-
sichtsverlust bedeutet!

Breschnews Mitarbeiter wiesen ihn darauf hin, dass
es leider nicht möglich sei, für Brandt eine Reise zum
Deutschen Theater zu organisieren, denn das gebe es
seit vielen Jahren nicht mehr. Es habe nur bis zum Beginn des Zweiten Weltkrieges in der wolgadeutschen
Sowjetrepublik existiert, mit der Umsiedlung der Deutschen in andere Gebiete wurde sein Betrieb eingestellt.
Brandts Begehr lief also ins Leere.

Doch Breschnew, ein Mann der Tat, ließ eine solche
Peinlichkeit nicht auf sich sitzen. Sein Wort zähle. Wenn
sein deutscher Gast glaube, irgendwo in den Weiten der
Sowjetunion sei ein Deutsches Theater zu finden, dann
ließe er, Breschnew, eben ein solches Theater errichten,

um Brandt beim nächsten Besuch damit zu beeindrucken.

Und hier sind wir also, meine Herren: im Deutschen Theater in Kasachstan."

Zunehmend genoss ich meinen Monolog. Niemand wagte, mich zu unterbrechen, weder die fremden noch die eigenen Leute. Ich hatte das Sprachlaufband in Bewegung gebracht, je mehr es sich erwärmte, desto seltener stolperte ich über einen Fehler oder stockte auf der Suche nach dem richtigen Wort.

Die Gäste aus der DDR lächelten pflichtschuldig. Soso, der Brandt. Interessante Details. Die Geschichte werde man sich merken.

„Worum geht's?", fragte der KGBist nervös, weil er dem Inhalt meiner Rede nicht hatte folgen können.

„Kurz zusammengefasst, um Völkerverständigung und Weltfrieden."

Der KGBist gab Ruhe, sehnsuchtsvoll auf die Uhr schauend. Er würde nachher, wenn die Ausländer weg waren, ein klärendes Gespräch mit mir suchen, vorerst gab er sich den Anschein, mit dem Gesagten vollkommen einverstanden zu sein. Was hätte er auch gegen Völkerverständigung und Weltfrieden einwenden können?

Der Ingenieur aus Bautzen sagte, wem auch immer die Idee eines Deutschen Theaters in der Steppe zu verdanken sei, ob Brandt oder Breschnew, am Ende zähle das Ergebnis, und unsere Bühnenstätte sei wunderbar gelungen. Ein außergewöhnliches Kleinod, welches unbedingt bekannter werden müsse. Er sei mit der Problematik vertraut, da, wo er herkomme, gebe es das Deutsch-Sorbische Volkstheater als zweisprachiges Angebot.

„Wo haben Sie so gut Deutsch gelernt?"

„An der Theaterhochschule in Moskau", sagte Violetta, als sei es üblich, seine Muttersprache in einem Sprachlabor zu erlernen.

„Deutsch-Sorbisches Volkstheater", mischte ich mich ein, „das klingt hochinteressant! Ich habe noch nie davon gehört."

„Besuchen Sie uns doch. Ich kenne den Intendanten persönlich. Bautzen ist klein."

Wenn das, dachte ich, mal kein Fingerzeig ist. Gleich morgen müsse Rudi sich ans Telefon hängen und mit Bautzen telefonieren. Unsere beiden Theater, geografisch auf verschiedenen Kontinenten gelegen, aber dennoch vereint in Tradition und Zielen, waren wie geschaffen, etwas gemeinsam auf die Beine stellen. Wir werden Partner sein. Bautzen und Temirtau.

Endlich wollte man sich verabschieden. Der KGBist frohlockte. Kurz vor dem Hotel wünschte er allen eine gute Nacht und bog in eine Seitenstraße ab. Ich sagte, damit solle der Abend keineswegs beendet sein, unser Zusammentreffen verdiene einen gemütlichen Ausklang, ganz ohne Formalitäten.

Die Delegierten sagten, es sei ja schon recht spät und alles habe bereits geschlossen. Ich hatte mich jedoch zuvor in der Theaterkantine mit Getränken bevorratet. Wir könnten einen kleinen Umweg nehmen und in meiner Wohnung auf gute Zusammenarbeit anstoßen, als Fortsetzung der bilateralen Beziehungen. Sie stimmten zu, vielleicht aus Höflichkeit, vielleicht aus Neugier darauf, wie Russen feiern. In meinem Wohnzimmer wurde es eng. Der Plattenspieler leierte, die Stühle reichten nicht. Einer der DDR-Leute machte eifrig Notizen für den Reisebericht, der unter dem Titel *Fünf Tage in Temirtau* in der Betriebszeitung erscheinen sollte. Beim Anstoßen mit dem dritten Wodka fiel ihm der Block vom Schoß. Ich bückte mich schneller als der Besitzer, dessen Reaktionen alkoholbedingt bereits etwas verzögert waren. Ohne, dass ich es hätte verhindern können, sprangen mir Halbsätze ins Auge. *…Provinztheater… Stücke auf Deutsch, das einem hart und ungewohnt in den Ohren klingt…*

„Würden Sie uns Ihren Artikel zuschicken?", bat ich. „Ein kleines Haus wie das unsrige freut sich über internationale Presse."

„Aber natürlich", sagte der andere. „Wenn Sie das möchten."

„Unbedingt", sagte ich.

Was verstehen diese Chemieingenieure schon von Theater, genauso wenig wie wir von Karbidproduktion, dachte ich, und hoffte, der nächste Wodka möge über die leichte Missstimmung hinweghelfen. Doch das Bild wollte nicht von mir weichen: mein Deutsch, eben noch stolzer radschlagender Pfau, zusammengeschrumpft zu einer Graugans.

Um das Besichtigungsprogramm abzurunden, schlugen wir den Gästen einen Ausflug in die Steppe vor. Der Theaterbus setzte uns an der Landstraße ab, kaum dass die Schornsteine der Stadt hinter uns verschwunden waren. Mit vollgepackten Taschen wanderten wir ins Freie, bis man in alle Himmelsrichtungen auf einen ebenen Teppich blickte, der weder ein einprägsames Muster noch eine abwechslungsreiche Farbpalette aufwies. Zu dieser Jahreszeit überwogen die Erdtöne, dann und wann war in der Ferne ein berittener Schäfer zu sehen, der ein verirrtes Schäfchen zur Herde zurückbrachte. In der Luft lag ein würziger Geruch nach Kräutern, wie die Steppe riecht, wenn es warm und trocken ist. Wir breiteten auf dem Boden Decken aus, entnahmen unseren Taschen Proviant für mindestens eine Woche, um den Gästen alles zu präsentieren, was die Küche hergab; so karg die Steppe, so üppig unser Picknickkorb. Wir aßen, tranken und unterhielten uns eingedenk der Gäste auf Deutsch, in das sich zunehmend russische Sätze mischten, denn nach und nach vergaßen wir die Anwesenheit der Fremden und verfielen in unsere gewohnte Alltagssprache.

Die Theaterleitung sah sich gezwungen, die *Stadt im Morgenrot* schon nach wenigen Aufführungen vom Spielplan zu nehmen. Ein Fiasko! Kostüme, Proben, Zeit, Schweiß, Plakate, Programmhefte – alles umsonst. Und das, obwohl die Kommission die Inszenierung grundsätzlich gutgeheißen hatte. Die Zuschauer waren es, die die ihnen dargebotenen politischen Spitzen nicht goutieren wollten und nörgelten, das Stück sei misslungen, und von patriotischen Heldenepen über die Bezwingung der Hungersteppe, die Urbarmachung von Neuland und die Eroberung Sibiriens habe man die Nase gestrichen voll. Sogar Protestbriefe schickten die Leute ans Theater, mit vollständigem Absender, als hätten sich die vor kurzem noch Hasenfüßigen über Nacht Mut angetrunken.

Des kennad ihr in Moskau spiele, auf de Parteidääg, aber nemme dohanna!

Kein Theater kann auf Dauer gegen sein Publikum anspielen, wenn dieses den Aufstand probt.

Rudi empfand die Absetzung der Komsomolzensaga als persönliche Niederlage. Gewiss würde wieder eine Parteisitzung einberufen werden, um seine Rolle kritisch zu beleuchten. Zu wenig für den Erfolg des Stückes getan, der Ostermeier, der kleine Saboteur. Dabei war es doch den Zuschauern und ihrer Ignoranz zur Last zu legen, dass sie ein so wichtiges Werk nicht schätzten, und nicht ihm!

„Solche Dinge passieren eben", sagte ich, „vergiss Arbusow und die Taiga! Schau nach vorn und denk an Bautzen. Dort spielt die Zukunft: Unsere erste internationale Tournee!"

Emilia Riedel

Ich heiße Emilia, aber *Emilia Galotti* werde ich nie sein.

Violettas Name stand auf den Plakaten.

Von allen Seiten war zu hören, sie sei eine hervorragende Schauspielerin. Bestätigt durch ein rotes Diplom.

Ein *Naturtalent*.

Oswalds *Muse*.

Arnolds *Ehefrau*.

Märchen vorlesende *Gutenacht-Fee* meiner Kinder.

Alle Welt hielt uns für dicke Freundinnen. Wir verbrachten viel Zeit miteinander. Als Kolleginnen, als Nachbarinnen waren wir Tag für Tag zusammen. Nur zum Schlafen begaben wir uns in getrennte Betten.

Ich darf nicht so denken. Als ob ich die Hauptrolle mehr verdient hätte, nur weil ich Emilia heiße. Das Kollektiv ist alles. Zusammen erzielen wir Bestleistungen. Jeder ist auf den anderen angewiesen. Wie ein aufeinander eingespieltes Operationsteam. Das kann ja auch nicht aus lauter Chefchirurgen bestehen. Bühne und Leben, das lässt sich nicht trennen. Nicht für uns.

Getuschelt haben sie bereits in Moskau. Mich ließen sie als junge Mutter außen vor. Die Sache verlangte unermüdlichen Einsatz, Babys wären da hinderlich. Dass mich bereits eine andere Sache beanspruchte, ahnten sie nicht.

In Temirtau begannen sie, Unterschriften zu sammeln. Am Anfang noch ein bisschen hinter vorgehaltener Hand, wie Verschwörer.

Sie fragten auch mich.

Bist du dabei? Unterschreib für die Republik.

Welche Republik?

Unsere eigene!

Was soll das denn bringen?

Das zurück, was wir verloren haben.

Ich brauche das nicht. Wir haben aus der Steppe Ackerland gemacht, sind hier verwurzelt. Wollen nicht wieder alles aufgeben. Niemand wird euch folgen. Wer von euch vermisst die Wolga? Ihr habt sie doch noch nie gesehen!

Du redest Unsinn, Emilia. Frag deine Eltern nach ihrer *Stunde Null*, solange sie noch leben. Besser noch: *Deine Großeltern*.

Ihr Gerede verwirrte mich. Was soll denn gewesen sein, von dem ich nichts wusste? Die Republik an der Wolga? Schnee von gestern.

Habt ihr vergessen: Die Häuser von damals werden seit Jahrzehnten von anderen bewohnt, die Höfe von anderen bewirtschaftet. Niemand erwartet uns dort. Im Gegenteil, wir wären höchst unwillkommen.

Warum begriffen sie das Offensichtliche nicht? Taten doch sonst so schlau.

Das soll nicht unsere Sorge sein, Emilia, und auch nicht deine. Der Staat hat's genommen, der Staat muss es wieder zurückgeben. Sollen sie uns halt neue Häuser auf neuem Grund bauen.

Wo niemand wohnt?

Die Wolga ist ein langer breiter Fluss.

Sie ließen heimlich Flugblätter drucken und verteilten diese bei der nächsten Vorstellung im Publikum, sobald das Licht ausging. Ich sagte, ich will damit nichts zu tun haben. Ihr seid verrückt. Das wird böse enden.

Sei still, Emilia. Widerstand beginnt in Gedanken. Wir aber sind schon weiter, wir *handeln*. Andere werden sich uns anschließen. Und wo stehst du?

Die Zuschauer lasen die Flugblätter und ließen sie unter die Sitze fallen, als hätten sie sich daran die Finger verbrannt. Nach der Vorstellung liefen die Ensemblemitglieder durch die Reihen und sammelten das bedruckte Papier wieder ein.

Schon am nächsten Tag erhielt ich die Aufforderung, Bericht zu erstatten. Mein Führungsoffizier legte mir das Flugblatt vor. „Warum hast du das nicht gemeldet?"

„Ich kenne dieses Flugblatt nicht", sagte ich. „Eine kleine Zelle von Verschwörern muss es heimlich geplant haben, ich bekam nichts davon mit."

„Sie fordern die Wiedererrichtung einer autonomen wolgadeutschen Republik. Was glauben denn deine Kollegen beim Theater, dass wir hier bei *Wünsch-dir-was* sind?"

„Nichts als das lästige Geknurre von übermütigen Welpen. Kein Mensch nimmt das ernst. Wir haben unsere Häuser und Familien in Kasachstan. Alles, was wir besitzen, befindet sich auf diesem Boden."

„Wir nennen diesen gefährlichen Unfug *nationalistische Umtriebe*. Verbreitung von Flugblättern! Unerlaubte Agitation! Eine eigene Republik wollt ihr gründen? Weil es die schon einmal gab, glaubt ihr, ein Recht darauf zu haben? Aufstachelung Unzufriedener zu staatsfeindlichen Aktivitäten. So etwas darf sich nicht wiederholen, merk dir das, Genossin Riedel. Am Ende macht das noch Schule!"

Sie wollten von mir die Namen. Wer war daran beteiligt? Der Direktor habe wohl seine Leute nicht im Griff. Und wo hätten die anderen Verantwortlichen ihre Augen? Die Regisseure, die Dramaturgen, die Parteigenossen? Steckten die alle unter einer Decke?

„Wir werden sie alle befragen."

Ich dachte, dann sollen sie sie eben befragen, ich kann es ja doch nicht verhindern. Alle zu fragen, schadet nicht. So haben sie alle Namen ohne Ausnahme, und ich habe keinen einzigen genannt. Ich spürte keine Angst, mein Gewissen war rein, Emilia, du bist nur ein kleiner Spatz in ihrer Hand, sie werden nicht zudrücken, es sei denn, aus Versehen. Dennoch, wenn du eine gute Schauspielerin bist, wenigstens halb so gut wie Violetta, dann lass sie es nicht merken, dass dein Spatzenherz jetzt zu laut und zu schnell klopft.

Als ich nach Hause kam, schliefen die Zwillinge und der kleine Alexander, genannt Sascha, bereits, Edik saß im Dunkeln, Stromausfall, und er habe nicht gewusst, wo die Kerzen sind.

„Da, wo sie immer sind, im Vorratsschrank neben den Streichhölzern und dem Verbandskasten."

Im Kerzenschein entdeckte ich die leere Flasche unter dem Tisch.

„Du hast wieder getrunken."

„Nur Wasser", sagte er. „Hab schon lange genug gewartet, kommst du jetzt ins Bett?"

„Später. Kann noch nicht schlafen."

„Was willst du denn noch machen ohne Licht?"

„Meinen Rollentext üben."

„Aber sei leise", sagte er, mit dem Tonfall eines nörgelnden, vernachlässigten Ehemannes. Ich hörte, wie sich seine Schritte in der Finsternis entfernten.

Ich blieb im Wohnzimmer sitzen, bis die Kerze erlosch. Dort zu verharren, erschien mir einfacher, als mich ins Schlafzimmer vorzutasten. Mit dem Morgengrauen kehrte auch das elektrische Licht zurück.

Vielleicht erregte es Verdacht, wenn ich mich zu sehr aus der Sache heraushielt.

„Wo habt ihr die Liste", fragte ich die Verschwörer, „ich will auch unterschreiben."

Für eine Republik irgendwo an der Wolga.

Violetta Kraushaar

Am Anfang waren die Gastspiele eine willkommene Abwechslung. Endlich raus aus dem Dunst von Temirtau, wieder saubere Luft atmen, reines Wasser trinken, unverstellten Horizont sehen (ohne rauchende Schornsteine).

Doch bald war ich das Leben aus dem Koffer, die monatelangen Reisen leid. Ein Arzt empfahl mir eine Unterbrechung des Alltags als der Sache förderlich, ein anderer meinte, jede Abweichung vom Gewohnten bedeute zusätzliche Beschwernis und sei zu vermeiden.

Ihr Problem, Bürgerin, ist nicht, schwanger zu werden, sondern es zu bleiben.

Das weiß ich. Tun Sie was dagegen, zur Hölle!

Aber sie konnten es nicht. Bis auf hilflose Ratschläge, es immer weiter zu probieren, entließen sie mich ohne Trost. *Sie sind noch jung!* – Was nützt die Jugend, bar ihrer Funktionen.

Auch Arnold agierte ohnmächtig, bis er eines Tages meinte, sich ebenfalls untersuchen zu lassen, damit nicht alles auf mir allein laste (wir fühlten uns modern und gleichberechtigt, ganz anders als unsere Eltern). Waletschka aus der Theaterkantine gab mir die Adresse einer Frau, die unter der Hand Kräutertee verkaufte – eine geheime Mischung, die bereits Bewohnerinnen des Pharaonenreiches zu gesundem Nachwuchs verholfen hätte, erprobt und bewährt seit dem Bau der Pyramiden von Gizeh.

Ich hatte die Frau aufgesucht und ihr den gesamten Vorrat abgekauft. Sie nannte mir die Namen der verschiedenen Heilkräuter, die sie nach uralter Rezeptur verarbeitete – Frauenmantel, Nickendes Wintergrün, Johanniskraut, Schafgarbe, Salbei, Vogelknöterich –, bis ich sie unterbrach und sagte, es sei mir vollkommen egal, wie all dieses Zeug heiße, wenn es nur wirke.

Mein Koffer war zur Hälfte gefüllt mit in Tütchen verpackten Heilkräutern, die nach einem bestimmten Zeitplan als Teeaufguss (natürlich frisch gebrüht) einzunehmen waren. Das Reisen im Theaterbus stand trotz Thermoskanne diesem Vorhaben entgegen. Manchmal trank ich den Tee nur lauwarm und ängstigte mich, ob damit die kurierende Kraft der Kräuter dahin war.

Emilia ließ uns an ihrem Kummer teilhaben, dass sie die Zwillinge und ihr Jüngstes nicht habe mitnehmen können (für die anderen war dies allerdings eine Erholung). Vor lauter Sehnsucht nach ihren Kindern bekam sie Kopfweh und verweigerte die Proben (Himmel hilf!). Im Tomsker Gebiet, weit draußen in Sibirien, landeten wir zu fünft auf einem Hotelzimmer – enger zusammengepfercht als zu unseren Studentenzeiten. Das Hotel stand eine halbe Weltreise von unseren Auftrittsorten entfernt, oft kamen wir erst im Morgengrauen zurück, nach der Vorstellung, dem kreativen Treffen mit den Zuschauern, dem letzten Umtrunk zu unseren Ehren, auf das Theater und seine lichte Zukunft. Endlich ein paar Stunden schlafen, Seit an Seit mit den Kolleginnen, ihren Atemgeräuschen lauschen, blickdichte Gardinen vermissen, aus schläfrigen Augenwinkeln Bewegungen flinker Tierchen wahrnehmen, die sich hier, in diesem Hotelzimmer, zu Hause fühlten, während wir nur

Gäste waren. Zum Frühstück gab es nichts. Rudi sagte: Selbstversorgung. *C'est la vie*. Geht hinaus und seht zu, wie ihr satt werdet. Abends hatten wir es versäumt, uns von den Bauern nach der Aufführung etwas mitgeben zu lassen, Frischwaren wie Brot, Milch, Schmand und Speck. Sie beschenkten uns mit Blumen. Aber Blumen konnten wir nicht essen. Nach jeder Vorstellung landeten die floralen Gaben in der Hotelbadewanne oder verwelkten auf der Gepäckablage im Theaterbus.

Im Lebensmittelladen in der Nähe des Hotels verstaubten die Regale ohne Ware. Nur georgischer Rotwein hatte die Zeiten überdauert, wer weiß, aus welchem Grund. Wir schmissen unsere Scheine zusammen und kauften alle fünf Flaschen. Oswald schlug vor, uns in Gruppen aufzuteilen, um die Chancen auf Essensbeschaffung zu vergrößern (wie Partisanen auf Geheimmission). Die einen wollten im nahe gelegenen Wald Pilze suchen, die anderen fuhren mit dem Bus in das benachbarte Dorf, um die Bauern zu beschwatzen, uns Zwiebeln, Knoblauch, Kartoffeln und saure Sahne zu verkaufen. Zurück auf dem Zimmer war es bereits früher Nachmittag. Die Mägen knurrten. Wir schnippelten alle der Natur und den Dörflern abgetrotzten Zutaten in eine elektrische Bratpfanne aus dem Theaterfundus, während die andere Gruppe versuchte, die Küchengerüche vor der Etagenfrau zu verbergen. Wir dämmten die Zimmertürritzen mit Handtüchern, die Fenster blieben geschlossen, der Deckel fest auf der Pfanne. Sie roch es trotzdem, die Megäre. Natürlich, solche Düfte hätten einem Toten Appetit gemacht. Auf den Zimmern sei Kochen streng verboten, schimpfte sie und drohte, uns rauszuschmeißen. Wir gaben ihr zwei Scheine, um sie zu besänftigen.

Abends nach der Aufführung hofften wir, uns den Weg zurück ins Hotel zu sparen und bei guter Verpflegung am Spielort zu nächtigen. Die Bauern boten uns bereitwillig Unterschlupf. Nach dem kreativen Treffen begann unter den Dorfbewohnern ein reger Handel (wer nimmt wen zu sich nach Hause). Oswald erhielt häufig Angebote von älteren Damen, die ihm Kost und Logis offerierten und ihn als verlorenen Sohn hätschelten. Er hatte sofort einen Draht zu ihnen, glänzte mit landwirtschaftlichen Kenntnissen, guten Manieren und Komplimenten (eine seltene Mischung, die auf dem Lande Eindruck machte). Während Oswald sich sein Quartier aussuchen konnte, hatte manch anderer das Nachsehen, wie unser Kollege Kornelius Sauter, der wegen eines Ohrrings und seiner unkonventionellen (Rockstars aus dem verfaulenden Westen abgeschauten) Zuckerwasserfrisur auf bäuerliche Skepsis traf. So einen wollte man lieber nicht ins Haus lassen. Wer so aussah, der stahl vielleicht auch Hühner.

Den Anschein, dieser Auswahlprozedur hafte womöglich etwas Unwürdiges für die weniger Begehrten an, vermied der Kolchosvorsitzende, indem er großzügig in sein Haus einlud. So waren am Ende alle verteilt und versorgt, niemand vergessen.

Zu den Beschwerlichkeiten des Gastspielreisens gesellten sich Mücken und Fliegen, die einen umschwirrten und auch vor der Bühne nicht haltmachten, diese Plagegeister, die einem in den Mund flogen, wenn man sich auf seine Rolle konzentrierte, in der nichts davon stand, dass gerade mit den Händen zu wedeln sei, um Insekten abzuwehren. Ich wollte Theater spielen – aber nicht in Dorfscheunen und Kuhställen!

Ob wir unsere Gastgeber um Tomaten und Gurken bitten sollten, fragte ich.

Ein Kilo Schinken wäre mehr nach seinem Geschmack, sagte Arnold. Natürlich erwarteten wir nicht, dass jemand mit einem Eimer Tomaten oder Räucherschinken auf die Bühne kam, aber nachher, beim informellen Teil, sprach ja nichts dagegen… Doch wieder nur Dahlien und Gladiolen, Kosmeen und Duftwicken.

Am Freitagmorgen legte ich mich mit Bauchkrämpfen und dem Verdacht, dass mein Magen gegen die Kräuterteemischungen rebellierte, wieder hin.

„Wenn schon, dann trinken wir den Tee zusammen", schlug Arnold vor. „Auch wenn er widerlich schmeckt." Er brachte mir eine Wärmflasche und befühlte meine Stirn. „Lass die Hand dort liegen", sagte ich, bevor ich einschlief.

Seit der Theatereröffnung ging die Klage: Dem Deutschen Theater in Kasachstan fehle es an Stücken aus der Feder seiner Landsleute. Ein Nationaltheater diene der Pflege der eigenen Kultur. Doch wo blieb das Authentische aus dem Alltag der sowjetischen Deutschen gespiegelt in der modernen sowjetischen Gesellschaft? Wo wird ihr Anteil am Aufbau des Kommunismus künstlerisch dargestellt? *Die Ersten* – das erste und einzige Stück zum Thema (und nicht besonders erfolgreich), wie beschämend.

Liebe Landsleit, schreibt doch mal was über euch selbst!

Die Regisseure und Dramaturgen klagten, es würde nichts geliefert, und wenn doch, passte es aus vielerlei Gründen auch wieder nicht. Zu sperrig, zu unbeholfen, zu kurz, zu lang, kurzum: untauglich für die Bühne.

Sie suchten, vergaben Aufträge, riefen Wettbewerbe ins Leben, warteten, lehnten fertige Stücke ab, verzweifelten. Wir nannten uns vollmundig *Deutsches Theater*, spielten jedoch zumeist ins Deutsche übertragene russische Stücke. Der Zuschauer, das ewig unzufriedene Wesen, wollte lieber etwas über sich selbst sehen, seinesgleichen auf der Bühne wiedererkennen, identitätsstiftende Erfahrungen teilen.

Erst haben wir jahrelang gebraucht, um den Saal auch außerhalb der Premieren halbwegs voll zu bekommen, haben winters Pendelbusse für das lustlose Publikum organisiert, sind sommers von Kolchose zu Sowchose getingelt, um in das entfernteste Kuhkaff einen Hauch Kultur zu bringen, und jetzt wollte *der Zuschauer* auch noch selbst *das Programm bestimmen.*

Wollt ihr das wirklich – euren faden Alltag nochmals als Spiegelung auf der Bühne vorgehalten bekommen?

Vierter Teil
Das große Werk
1986–92

Violetta Kraushaar

„Ich hab da was!" Sergej, unser Chefdramaturg, wedelte mit einem Papierbündel in der Hand.

Ein Manuskript! – Das Stück, worauf wir warteten, zweifelnd, ob es jemals käme – plötzlich war es da. Ein Geschichtsdrama in vier Bildern, eigens erdacht und erschaffen für unser Theater von dem sowjetdeutschen Schriftsteller Viktor Heinz.

„Endlich etwas Verwertbares!", jubelte der Dramaturg. Gierig lasen wir den Text. Ein Ritt durch die Jahrhunderte, bei dem es keine Hauptrollen gibt, sondern nur Menschen, die kommen und gehen und dazwischen unterschiedlich lang auf der Bühne verweilen. Das Stück wird bevölkert von Ehepaaren, Handwerkern, Kirchenleuten, Bauern und Kommunisten. Aufatmen: So viele Rollen wie Schauspieler, niemand musste leer ausgehen, der Vorteil eines maßgeschneiderten Stückes. Als habe der Autor beim Entwerfen seiner Szenen jeden Einzelnen von uns vor Augen gehabt, versehen mit Personalien aus den Gehaltstabellen der Buchhaltung. Der Titel: *Auf den Wogen der Jahrhunderte. Eine Chronik.*

Im Vorspann treten auf: der Nihilist und die Erinnerung. Ort der Begegnung: ein Bahnhof. Das Bühnenbild: karg (Bahnhofsschild, Laterne, Koffer, das Geräusch einer Lokpfeife vom Band).

Am Ende des Tages sagte der Dramaturg ernüchtert: „Ein bisschen roh noch das Ganze. Wir werden daran arbeiten müssen."

Als wäre uns ein Stück Ton zum Formen in die Hände gefallen, standen wir drum herum und diskutierten, wo ein Millimeter wegzunehmen und wo einer hinzuzufügen war.

Das erste Bild spielt in einer deutschen Kleinstadt. Im Hintergrund stilisierte Fachwerkfassaden (wie unser Theatermaler sich eine deutsche Kleinstadt im 18. Jahrhundert vorstellte). Im Vordergrund Einblick in eine ärmliche Handwerkerwohnung. An einer Schneiderpuppe mit einem Kleidungsstück, dem noch die Ärmel fehlen, macht sich ein Mann zu schaffen. Schneidermeister Hans Schneider (wer sonst) hat die Nacht durchgearbeitet, um seine Familie durchzubringen, eine schwierige Zeit, das Jahr 1765. Hinzukommt, dass seine Frau Lene schwanger ist und die Not immer größer wird. Im Ort gehen die Werbeagenten der russischen Zarin durch die Straßen und versprechen den Leuten das Blaue vom Himmel, wenn sie als Kolonisten nach Russland ziehen: Reisezuschüsse ab dem Zeitpunkt der unterschriebenen Einwilligungserklärung, dreißig Hektar Land, dreißig steuerfreie Jahre, freie Religionsausübung, Befreiung vom Militärdienst – mehr Freiheiten gebe es auch überm großen Teich nicht, und Russland liege doch viel näher als Amerika! Meister Schneider ergreift die Chance, was hat er schon zu verlieren…

Lenes Rolle ist klein, bis zum zweiten Bild überlebt sie nicht, und zu sagen hat sie auf der Bühne wenig.

Ich riss mich nicht um diesen Part (verständlicherweise). Die Rolle passte eher zu Emilia mit ihren ausgetragenen Schwangerschaften (immerhin eine nützliche Erfahrung in diesem Fall; ich konnte damit nicht dienen).

Den Hans Schneider spielte Arnold. Zuvor hatte er in der Kostümschneiderei einen Schnellkurs im

Maßnehmen und Knöpfe-Annähen absolviert; Maßband, Nadeln und Kreide waren seine Requisiten.

Während für mich das ätherische Wesen der Erinnerung abfiel (durchweg präsent), deren Geist im Vor- und Zwischenspiel fingerschnippend den Blick auf die Ereignisse eröffnete und diese allwissend kommentierte, wurde aus Arnold und Emilia für die Dauer des ersten Bildes ein Ehepaar, Hans und Lene Schneider (Emilia mit angeschnalltem Bauch in Arnolds Armen, ich zählte die Minuten, bis die Szene vorüber war).

Über dieses Stück werden alle reden, versprach uns der Nachfolger von Naumann, dafür werde er als Regisseur sorgen (Genie oder Großmaul?).

Wir hätten ihm, dem Nonkonformisten, sowieso nicht entkommen können. Er und unser Theater seien füreinander bestimmt wie die Sprösslinge zweier Dynastien, die beizeiten zum beidseitigen Vorteil miteinander verlobt werden.

Wir kannten ihn seit seinem Diplomstück; damals hieß es, er sei unserem Theater zugeteilt worden, weil er deutsch spreche. Deutsch? Er wäre der Erste…

So hatten wir, Jungschauspieler mit zwei Jahren Berufspraxis, neugierig den Studenten erwartet, um ihn auf sein vermeintliches Wissen zu prüfen.

„Ich heiße Saken", stellte er sich vor. In der Tat sprach er ein weiches, melodisches Deutsch, ohne die Holprigkeiten und die Hartsilbigkeit unserer dörflichen Dialekte, die vollständig loszuwerden uns trotz jahrelangem Training nicht gelungen war. Wir schauten uns an, alle dieselbe Frage auf der Zunge: Wo hatte dieser (damals noch unfertige) Regisseur nur Deutsch gelernt, das schöner war als unser eigenes, ein weiter, ruhiger Sprachfluss, der kaum je über eine Stromschnelle stolperte?

Die ersten deutschen Worte habe er *Oma Krischtine* zu verdanken, sagte er. Sie wohnte in einer Straße, wo er als kasachisches Kind in der Unterzahl und die deutsch sprechende alte Nachbarin Tagesmutter für alle unter zwölf im Viertel gewesen sei. Hungrige kleine Mäuler, deren Eltern erst abends von der Arbeit heimkehrten, bekamen bei Oma Krischtine warme Mahlzeiten mit lustig klingenden Namen. Zum Nachtisch reichte sie *Schneebälle, Riwwelkuche* oder *Schnitzelsupp*. Als Dreikäsehoch habe er nicht gewusst, dass es Deutsch war, was er bei Oma Krischtine hörte. Wie alle ihre Pflegekinder übernahm er Krischtines schwäbische Mundart, die erst während seines Studiums geglättet und zu Hochdeutsch aufpoliert wurde.

Der Name des Regisseurs war Saken Galimbekov.

Nach seinem Diplomstück nahm er Abschied. Doch kein Grund zum Traurigsein, unsere Zusammenarbeit sei damit nicht beendet. Er werde bald zurückkehren, um zu bleiben, versprach uns Saken (als liege die Entscheidung allein in seiner Hand).

„Endlich geht's aufwärts", sagte Arnold, als wir abends im Bett lagen. Mercutio wärmte mir zusammengerollt die Füße.

„Was meinst du?"

„Den neuen Regisseur. Er hat den richtigen Biss."

„Das wird sich zeigen."

„Warum so skeptisch?"

„Weil es oft anders kommt... Weil manchmal selbst die einfachsten Dinge nicht gelingen."

Arnold nahm mich in den Arm, was sich gut anfühlte (warm und fest), aber irgendwie auch hilflos.

Arnolds Enthusiasmus stellte sich als verfrüht heraus. Unsere Verlobungszeit mit Saken zog sich in die Länge. Das Kulturministerium hatte seine bereits besiegelte Entsendung ans Deutsche Theater zurückgestellt. Wegen Meinungsverschiedenheiten mit dem frisch-gebackenen Regisseur, wurde gemunkelt. Galimbekovs Regiediplom würde ihm erst ausgehändigt, wenn er zur Vernunft käme und der Anweisung des Dienstherrn Folge leistete. Doch anstatt einzulenken und fortan gefällige Stücke am Fließband zu inszenieren, habe Galimbekov sich dafür entschieden, Gäste aus der DDR für *Intourist* durch Alma-Ata zu führen und ihnen die Schönheiten der Stadt zu zeigen.

Nach zwei Jahren kehrte er geläutert zurück (so hoffte man jedenfalls).

Sakens Liebe zur deutschen Sprache war so groß, dass er als *Parteimitglied auf Probe* das Protokoll einer Par-teiversammlung auf Deutsch schrieb. Emilia zeigte sich bestürzt über den Vorfall. Zuerst erntete er für diese provokative Handlung von allen Seiten stilles Entset-zen, abgelöst von stetig lauter werdenden Maßrege-lungen einzelner Versammlungsteilnehmer, in die Emi-lia pflichtbewusst einstimmte. Schreib es sofort um, schreib es auf Russisch um! – verlangte sie.

Saken ließ sich von ihrem Gegacker nicht aus der Ruhe

bringen. Er nahm das Protokoll und zerriss es vor aller Augen.

Ich hielt den Atem an. Zu viele Zeugen, unmöglich, die Sache zu vertuschen. Wollte er aus der Partei ausgeschlossen werden, seine Theaterkarriere von Beginn an ruinieren, des Landes verwiesen werden oder gar einen Aufenthalt im Gefängnis riskieren?

Was würde nun passieren? Wir malten uns das Schlimmste aus. Arbeitslager in Sibirien. Strafversetzung nach Tschukotka. Irgendwohin, wo es noch kälter war und wo noch weniger Bäume wuchsen. Was würde ohne Saken aus uns und dem Stück werden?

Der Verfasser der *Jahrhundertwogen*, der kein Dramatiker sein wollte, sondern Schriftsteller, hatte an das Ende des ersten Teils seiner Theatertrilogie den Erlass vom 28. August 1941 gesetzt.

Der Erlass …

Allein das Wort löste unter uns Gemurmel aus. Wessen Stimme sollte ihn verkünden, diesen Erlass, am liebsten nicht auf der Bühne (wo der Sprecher für alle sichtbar wäre), sondern, mit verfremdeter Tonlage, irgendwo aus dem Off. Wer wäre mutig genug, sich damit in Verbindung bringen zu lassen, bitte Freiwillige vor …

Der Erlass des Präsidiums des Obersten Sowjets der UdSSR *Über die Umsiedlung der Deutschen, die in den Wolga-Rayons leben*, dessen Wortlaut die Jungen nicht kannten und die Alten am liebsten vergessen hätten, war noch nie zuvor öffentlich von einer Bühne des Landes erklungen.

„Dann werden wir eben die Ersten sein", sagte Saken.

Oswald: *Entsprechend glaubwürdigen Nachrichten, die die Militärbehörden erhalten haben, befinden sich unter der in den Wolga-Rayons lebenden deutschen Bevölkerung Tausende und Zehntausende von Diversanten und Spionen, die nach einem aus Deutschland gegebenen Signal in den von den Wolgadeutschen besiedelten Rayons Sprenganschläge verüben sollen.*

Emilia: *Die Anwesenheit einer so großen Zahl von Diversanten und Spionen unter den Wolgadeutschen hat den Sowjetbehörden keiner der in den Wolga-Rayons ansässigen Deutschen gemeldet, folglich verbirgt die deutsche Bevölkerung der Wolga-Rayons in ihrer Mitte Feinde des Sowjetvolkes und der Sowjetmacht.*

Arnold: *Im Falle von Diversionsakten, die auf Weisung aus Deutschland durch deutsche Diversanten und Spione in der Republik ausgeführt werden sollen, und im Falle, dass es zum Blutvergießen kommen wird, wird die Sowjetregierung entsprechend den zur Kriegszeit geltenden Gesetzen gezwungen sein, Strafmaßnahmen zu ergreifen.*

Julia: *Um aber unerwünschte Ereignisse dieser Art zu vermeiden und ernsthaftes Blutvergießen zu verhindern, hat das Präsidium des Obersten Sowjets der UdSSR es für notwendig befunden, die gesamte deutsche Bevölkerung, die in den Wolga-Rayons ansässig ist, in andere Rayons umzusiedeln, und zwar derart, dass den Umzusiedelnden Land zugeteilt und bei der Einrichtung in den neuen Rayons staatliche Unterstützung gewährt werden soll.*

Edik: *Für die Ansiedlung sind die an Ackerland reichen Rayons der Gebiete Novosibirsk und Omsk, der*

Region Altaj, Kasachstans und weitere benachbarte Gegenden zugewiesen worden.

Violetta: *Im Zusammenhang damit ist das Staatliche Verteidigungskomitee angewiesen worden, die Umsiedlung aller Wolgadeutschen und die Zuweisung von Grundstücken und Nutzland an die umzusiedelnden Wolgadeutschen in den neuen Rayons unverzüglich in Angriff zu nehmen.*

Arnold Bungert

„Hättest du mal lieber Nelli geheiratet."

Das sagte mir mein Vater beim letzten Besuch zu Hause, als Violetta bereits schlafen gegangen war.

Ich verwarf jede mögliche Entgegnung. Keine Widerrede, wenn der Vater mit den alten Geschichten anfängt und dabei vergisst, dass Nelli es war, die sich anders entschieden hatte.

„Schau, der alte Schulz ist zwar in der Partei, aber nur notgedrungen, sonst wäre er nicht Kolchosvorsitzender geworden. Ich hätte auch Kolchosvorsitzender werden können, wäre ich in die Partei eingetreten."

„Vater, du wärst niemals in die Partei eingetreten."

„Stimmt. Diesen Gefallen hätte ich ihnen nicht getan."

„Sie hätten einen wie dich auch gar nicht aufgenommen."

„Ach was. Jetzt nehmen sie jeden. Scheinen es nötig zu haben. Aber ich wollte ja nie. Nicht mit *unserer Geschichte*, habe ich zu denen gesagt. Schulz denkt da anders. Aber deshalb ist er ja noch kein schlechter Mensch. Nur ein Opportunist. Er hat in der Position viel erreicht und kann noch mehr auf die Beine stellen. Jedes Jahr ein Gastspiel für eure Truppe, zum Beispiel."

„Dazu muss er nicht mein Schwiegervater sein. Viel wichtiger wäre es, dass er unsere Petition für die Wiedererrichtung der Republik unterschreibt. Alle in der Kolchose sollen unterschreiben. Wir brauchen jede Stimme."

„Dafür ist er der Falsche. *Eigene Republik* – das riecht nach Nationalismus, werden sie sagen. Warum lassen sie euch überhaupt gewähren? Ist ihre Macht schon so am Bröckeln?"

„Wir werden genug andere Mitstreiter finden. Es werden täglich mehr."

„Was du nicht sagst! Früher Traktorist, heute Aktivist, schau einer an. Wer will schon in eure *Wolgarepublik* ziehen? Die Leute zieht's in die *Bundesrepublik*. Bekommt ihr denn gar nichts mit an eurem Theater? Allein bei Schulz haben schon drei Familien Ausreiseanträge nach dem Westen gestellt. Zusammen haben die neun Kinder. Mit einem Schlag fünfzehn Leute weniger! Und das ist erst der Anfang. Sobald sie weg sind, packen die nächsten ihre Koffer. Es schreckt sie nicht mal, dass sie ihre Ersparnisse nicht mitnehmen dürfen. Lieber geben sie ihr ganzes Geld für blöden Tand aus, wenn sie es nicht verschenken oder gar dem Staat überlassen wollen."

„Das sind Einzelne. Auch sie werden lieber bleiben wollen, wenn es die Republik gibt. Wir sind viele. Wir machen Druck auf die Regierung."

„Ihr macht Druck, haha. Womit denn? Mit euren Gesangseinlagen? Ihr habt doch gar keine Mittel, um das Ziel zu erreichen. Wer hört schon auf euch? Ihr seid Artisten, keine Politiker. Aber wenn du in die Partei eintrittst, bist du nicht mehr mein Sohn."

„Vater, das habe ich nicht vor."

„An einem Nationaltheater kann man sich nicht so leicht ohne Parteibuch durchmogeln wie ein versoffener Traktorist in der Kolchose."

„Ich weiß."

„Hättest du Nelli geheiratet, wärst du bei uns im Dorf geblieben. Schau, jetzt hat sie schon drei Kinder. Hätten unsere Enkel sein können. Aber nun wollen sie auch fort. Versuch mal bei ihr deine Überredungskünste, ob sie die bloße Aussicht auf eure Wolgarepublik umstimmt."

Das wäre der Zeitpunkt gewesen, um Vater zu sagen: Sorge dich nicht. Bald habt ihr auch einen Enkel. Aber ich ließ den Moment ungenutzt verstreichen; ohne dass Violetta dabei war, fühlte es sich nicht richtig an.

Philipp Bungert kam rechtzeitig auf die Welt, so dass seine Mutter von Saken Galimbekov für die wichtigste Premiere des Jahres 1987 eingesetzt werden konnte. Violetta stillte zwischen den Proben, legte den schlafenden Säugling als fest gewickeltes Paket in der Garderobe ab. Wenn er schrie, holte die Putzfrau Violetta von der Bühne. Manchmal trug ich das Bündel im Gang umher, damit mein Sohn sich beruhigte, und zeigte ihm die Porträts der Schauspieler an den Wänden. Vor Violettas Bild blieben wir stehen. Und das ist deine Mama, sagte ich, da lächelte das Baby zum ersten Mal, im Alter von sechs Wochen.

In der ersten Szene des historischen Dramas durfte ich Emilia, der schwangeren *Frau Schneider*, über den Bauch streicheln, eine umgeschnallte Attrappe aus der Maskenabteilung, und sie in der Öffentlichkeit in den Arm nehmen.

Leider hat Lene Schneider nach dem Willen des Autors die beschwerliche Reise die Donau entlang bis ans Schwarze Meer nicht überlebt.

Emilia übernahm im weiteren Verlauf noch eine kleinere Rolle, die jedoch keine Nähe mehr zwischen uns herstellte. Für Nähe sorgten wir nach den Proben selbst, im Technikraum, hinter dem Schild *Zutritt nur für Personal*.

Die künstlerische Leitung ließ beinahe täglich etwas an Text und Handlung ändern. Dadurch potenzierte sich das übliche Chaos vor der Premiere, die Stimmung bei den Proben war gereizt. Wenn etwas nicht nach Sakens Vorstellung lief, schmiss er das Manuskript der *Jahrhunderte* quer durch den Saal, brüllte, dass er so nicht arbeiten könne, weil wir allesamt talentlose Versager seien, und schloss mit: „Haut ab, ihr Faschisten!"

Emilia Riedel

„Was macht es mit euch, den Erlass zu hören?", fragte Saken in den Pausengesprächen. Von jedem Einzelnen wollte er eine Antwort.

Er klingt zuallererst nach Problemen, dachte ich, und ob es nicht klüger wäre, ihn zu streichen, bevor die Kommission ihn als Provokation sowieso einkassierte. Vielleicht fiele damit sogar das ganze Stück ins Wasser, die Arbeit von vielen Monaten...

Was machte der Erlass mit mir?

Zunächst wollte ich wissen, ob dieser Befehl überhaupt echt sei. In der Schule hatten wir darüber nichts gelernt. „Emilia!" – Violetta und Oswald rollten mit den Augen, als wäre allein meine Frage schon eine Kränkung für ihre empfindsamen Seelen. Woher sie ihre Kenntnisse nahmen, wenn nicht aus Lehrbüchern?

Angenommen, es hätte diesen Befehl zur massenhaften Verbannung tatsächlich gegeben, damals vor 46 Jahren, als wir noch nicht geboren waren: Was machte mit mir die Erkenntnis, irgendwie dazuzugehören, gemeint zu sein? Als Nachfahrin jener, die er direkt betraf?

Ich wäre dann kein ganzer Sowjetmensch mehr. Sondern ein unvollständiger, mit einem Makel behafteter, von dem mich all meine erworbenen Funktionen und Posten nicht hätten reinwaschen können. Parteimitglied Emilia Riedel, Tochter von Verbannten auf Lebenszeit. Wir alle – keine wagemutigen Neulanderoberer, sondern unerwünschte Personen, die sich erst langsam aus dem Bann hinauswagten, um eines Tages vollwertige Bürger zu werden. Der Weg dorthin bedeutete noch mehr Anstrengung, das Ziel war jedoch lohnend und nicht mehr fern.

Auch in meinem Dorf fehlten seit dem Krieg viele Großväter. Nicht zurückzukehren aus dem *Krieg* bedeutete einen ehrenvollen Tod im Angesicht des Feindes, nach einem Kampf bis zum letzten Blutstropfen. *Heldentum*. Durch eine glückliche Fügung hatten meine Großväter beide überlebt, sowohl Opa Riedel als auch Opa Beutelspacher, deshalb sah ich bislang keinen Anlass, mich für die nicht mehr Anwesenden zu interessieren. Von eigenen Heldentaten hatten sie indes nicht berichtet, vermutlich aus Bescheidenheit.

„Wie kam eigentlich Herr Barbier nach Kasachstan", fragte ich Mutter, „wenn Napoleon es nur bis Moskau schaffte?"

„Barbiers Urahn blieb kriegsversehrt in einem wolgadeutschen Dorf hängen und seine Nachkommen, verheiratet mit Deutschen, mussten unser Schicksal teilen! So kam der Franzose nach Kasachstan, ein Verbannter wie wir."

„Sollte man nicht zuerst klären, was der Erlass mit der Kommission machen würde?", wandte ich ein.

„Emilia, die Kommission wird den Erlass schlucken."

„Aber wenn nicht…"

„Deine Aufgabe ist es, fleißig zu proben."

Violetta Kraushaar

„Was macht der Erlass mit *dir*, Violetta?", wollte Saken wissen. Seltsame Frage. Im Moment war er vor allem eins: weit weg. Und am Tag der Premiere würde er nicht länger Inhalt des Stückes sein, darauf wettete ich ein Pfund Butter.

„Über den Erlass", sagte ich zu Saken, „sollten wir noch einmal gründlich nachdenken…"

Seit ich ihn auswendig kannte, geisterten Worte daraus durch meinen Kopf, zwischen Tee kochen, Philipptschik in der Wiege schaukeln und Mercutio vom Hochspringen abhalten. Größere Sorgen machten mir der Schlafmangel, die Ringe unter den Augen und die Windeln meines Sohnes, denn die Waschmaschine war kaputt. Der Monteur hatte keine Ersatzteile verfügbar, und Freikarten für das Deutsche Theater interessierten ihn als Anreiz nicht.

In den ersten Wochen nach Philipps Geburt war meine Mutter nach Temirtau gekommen. Sie war inzwischen pensioniert und freute sich, mir zu zeigen, wie man Windeln von Hand wäscht und in einem Topf über dem Gasherd auskocht (mit dem Holzlöffel umrühren nicht vergessen). Sie ging mit dem Enkel einkaufen, schob den Kinderwagen, wiegte Philipptschik summend in den Schlaf. „Keine russischen Schlaflieder, Mama", hatte ich angeordnet. „Wenn dem Jungen von der Wiege an deutsche Schlaflieder vertraut sind, wird er sich später leichter mit der Sprache tun. Leichter als wir Erwachsene."

Ich bemerkte, wie Mutter unter meiner (wenig subtilen) Kritik zusammenzuckte. Hätte sie etwa voraussehen können, dass die Tochter Deutsch einmal für ihren Beruf benötigen würde? Damals war die Lage eben anders... Da hatte man die Füße stillgehalten.

„Heute wollen wir es besser machen."

„Da hast du Recht. Jetzt den Grundstein legen, damit *Philipptschik* sich weniger fremd fühlt, wenn wir nach Deutschland ziehen."

„Was redest du da, Mama? Wir ziehen doch nicht nach Deutschland! Wir gründen eine neue Republik, dafür muss niemand das Land verlassen."

„Wer ist *wir*? Die Leute sprechen ständig von Deutschland, nicht von der Republik."

„Sollen sie doch", sagte ich. „Träumen ist nicht verboten."

Albina Kraushaar widersprach nicht (was keineswegs als Einsicht zu interpretieren war). Sie las dem Enkel als Einschlafhilfe aus einem vergilbten Liederbuch vor, von dem niemand wusste, wie und wann es in den Besitz unserer Familie gelangt war. Wenn die Schule zu Altpapiersammlungen aufrief, hielt sie Zeitungsbündel (*Neues Leben* und andere) für ihre Schüler bereit. Sobald die Kinder erwartungsvoll vor der Tür standen und nach Makulatur fragten, hatte Mutter zu tun, das zerfledderte Büchlein vor Vaters Zugriff zu retten, der es wegen der gotischen Schrift für unlesbar hielt und die Gelegenheit, den Ramsch loszuwerden, nutzen wollte. Die handschriftliche Widmung mit Tinte auf der Innenseite – so fein schrieb heute kein Kugelschreiber mehr – lautete: *Unserem lieben Gretchen zum Confirmations-*

fest. Ein Gretchen, eine Margarete kannten wir in der Verwandtschaft nicht. 1900, im Jahr der Schenkung, an der Schwelle zur Jugend, dürfte Gretchen heute kaum mehr am Leben sein. Die im Buch enthaltenen Reime waren allesamt wenig alltagstauglich und würden dem Enkel, wenn er erst größer war, in Deutschland beim Einkaufen im Supermarkt kaum weiterhelfen. *Ach Gott, gieb du uns deine Gnad, dass wir all Sünd und Missethat bußfertiglich erkennen, und glauben fest an Jesum Christ, der zu helfen ein Meister ist, wie er sich selbst thut nennen.*

Im künstlerischen Rat war der Erlass ebenfalls Gegenstand langwieriger Diskussionen.

„Wir können das Stück doch nicht mit einem *Deportationsbefehl* enden lassen!", sagten die einen. Das sorge beim Zuschauer womöglich für wenig erbauliche Gefühle auf dem Nachhauseweg (von Schlafstörungen bis hin zur Vorladung durch die Organe war alles denkbar). In der Mitte, irgendwo dazwischengeschoben, würde der Befehl vielleicht weniger auffallen und von der Kommission eher übersehen werden. Ans Ende gesetzt klinge er dagegen gar zu dramatisch ... um nicht zu sagen, *provokant*.

Sie taten, als ob sie das Seelenheil des Zuschauers kümmerte, dabei sorgten sie sich nur um ihre eigene Haut. „Nach dem letzten Wort des Erlasses fällt der Vorhang!", beharrten die anderen.

Müde der Streitgespräche, wollte ich nach Hause zu Philipptschik (an seinem Bettchen stehend über mein Glück staunen).

„Ist das denn überhaupt *wahr*, was wir da vorlesen?", fragte Emilia. Sie (unsere Dauerbesetzung als *junge Naive*) hatte tatsächlich Zweifel, ob es sich bei dem Erlass um ein historisches Dokument oder ein Fantasieprodukt des Stückeschreibers handelte… Kurz schwankte ich, was die angemessene Reaktion wäre (Verachtung oder Mitleid), bis mich eine jähe Eingebung überkam: Wollte sie uns etwa aufstacheln, verbarg sich hinter der Maske des Unschuldslämmchens womöglich eine geübte Provokateurin?

Bei der Beschäftigung mit der Rolle der Erinnerung kamen mir erstmalig meine Vorfahren in den Sinn. Sie tauchten zunächst als gesichtslose Schemen auf, nur an den Umrissen als Mann oder Frau erkennbar. Ihre Namen kannte ich ebenso wenig, außer dass einer von ihnen Kraushaar geheißen haben muss. Dieser Kraushaar war damals jung und verheiratet, denn Zarin Katharina wollte, dass sich an den Grenzen ihres Reiches tüchtige Familien ansiedelten, die noch viele Kinder bekamen. Etwas Gewichtiges hatte ihn bewogen, sein bisheriges Leben aufzugeben und einer ungewissen Zukunft in einem fremden Land entgegenzufahren; vielleicht waren es die Kriegsfolgen in seinem westpreußischen Heimatdorf (Napoleon), äußerste Armut (jüngerer Sohn) oder religiöse Zwistigkeiten (gehörte er doch zur mennonitischen Minderheit, drangsaliert vom preußischen König).
Wäre *ich* so blauäugig gewesen, die vollmundigen Versprechen (Land, Freiheit, Wohlstand *auf ewig*) Ihrer Majestät der Kaiserin von Russland für bare Münze zu

nehmen? Was zu gut klingt, ist meistens gelogen. Oder aber, jener Kraushaar hatte gar keine andere Wahl gehabt, als zu gehen. Eben weil er ein armer Handwerker, ein Bauer ohne Land oder ein Tunichtgut auf der Flucht vor dem Gesetz war. Nur eins wusste ich genau: Er hatte keine Ahnung von Russland, als er dorthin aufbrach. So wie wir zweihundert Jahre später keine Ahnung von Deutschland haben. Aus der Entfernung von sieben Generationen und weit klüger als sie alle, hätte ich dem Wanderwilligen dringend geraten, umzukehren. Als Muse der vorauseilenden Erinnerung wollte ich ihm im Traum erscheinen (immerhin sprach ich leidlich seine Sprache und hoffte, er würde mich verstehen); letztlich unsicher, ob meine gutgemeinte Warnung nicht doch in eine Anklage umschlagen würde: Warum nur war er, der Ur-ur-Kraushaar, den Verlockungen schöner (und am Ende erwartbar leerer) Worte erlegen? Er hätte seine Urenkel doch auch zu Amerikanern machen können. Hätte, hätte, in der Tat.

Die Kommission beschied, das Stück *Auf den Wogen der Jahrhunderte* dürfe mit dem Deportationserlass nicht aufgeführt werden. Entweder sei das Zitieren des Erlasses zu streichen oder das Stück als Ganzes einzustampfen.
Die Entscheidung liege bei uns.

Saken war ein Spieler. Am liebsten spielte er mit *uns*. Nach seinen Regeln. Regie kommt von regieren. Und wenn ihn das langweilte, forderte er die den Staat Regierenden heraus. Er nutzte jede Gelegenheit, um ihnen kleine Nadelstiche zu versetzen, als sei er Achilles ohne verwundbare Ferse. Als Stadtführer in Alma-Ata habe er von DDR-Touristen „Sie können aber gut Deutsch!" ebenso oft gehört wie Begrüßungsfloskeln und Abschiedsworte. Ein bezahltes Sprachpraktikum seien die letzten beiden Jahre gewesen, um ihn auf kommende Aufgaben vorzubereiten; keinesfalls verlorene Zeit.

Vor der Premiere der *Jahrhunderte* inszenierte er einen besonderen Abend. *Briefe aus dem Hinterland* – statt *Briefe von der Front*.

„Wir laden jemanden ein, der euch Dinge zu berichten weiß, für die ihr selbst zu jung seid. Also hört gut zu."
Er stellte uns Ida Koch vor, eine ehemalige Schauspielerin des Deutschen Kolchos-Sowchos-Theaters in Marxstadt, das sich seinerzeit in der Wolgarepublik befand und 1941 aufgelöst wurde.
„Was soll das", mäkelte Violetta, „er setzt uns eine Laiendarstellerin vor, die nie eine Theaterhochschule von innen gesehen hat! Was sollen wir denn von ihr lernen? Was will sie uns erzählen?"
Ida Koch erzählte nichts. Sie saß einfach nur da.
1941, bei der Schließung des Theaters, war sie eine junge Frau gewesen. Jetzt war sie eine alte Bäuerin, der Mund verkniffen, umgeben von Fältchen. Dazwi-

schen lagen Erfahrungen, die sich wie eine Chiffre in ihr Gesicht eingegraben hatten. Erahnbar, aber nicht leserlich.

Das war unseren Alten eigen, für das, was gewesen war, keine Worte zu finden. Als müssten erst andere mit einem Schlüssel kommen, um die Worte ans Tageslicht zu holen.

Saken plante die Inszenierung minimalistisch, schwarzes Bühnenbild, in der Mitte ein Stuhl. Auf ihm hatte Ida Koch, im schwarzen Kleid einer Witwe, vom gleißenden Licht des Frontalscheinwerfers getroffen, regungslos Platz genommen.

Wir standen im Halbkreis um sie herum, noch verborgen im Dunkeln. Wir lasen aus den Briefen ihres Mannes, in denen er seinen Alltag in der Arbeitsarmee schilderte, gerichtet an sein *liebes Idalein* daheim. Nur war *Idalein* genauso wenig daheim wie er, sondern verbannt auf Lebenszeit in die Weiten der Steppe; für den Mann jedoch war *daheim,* wo sich seine Frau aufhielt.

Einer nach dem anderen traten wir aus dem Schatten in den Lichtkegel und ließen die gelesenen Briefe zu Boden fallen, bis die Bühne mit weißen Blättern übersät war.

Vor der Abnahme des Stücks verlangte die Kommission die Übersetzung der Briefe aus dem Deutschen ins Russische, denn eine Zwangsarbeiterarmee, die habe es offiziell nicht gegeben, womöglich versteckten sich in den Zeilen des Schreibers systemkritische Bemerkungen und Zeichen allgemeiner Unzufriedenheit mit dem Staatsapparat. Das sei vor einer öffentlichen Aufführung auszuschließen.

Saken nahm bereitwillig die Übersetzung vor, natürlich nicht ohne gewisse Anpassungen, damit die Kommission zufrieden war und uns die Genehmigung erteilte.

„Er spielt mit dem Feuer", sagte Arnold, „vielleicht geht das zwei, drei Mal gut, aber ein viertes Mal nicht. Was dann?"

„Du wirst ihn nicht aufhalten können", sagte ich.

„Ihr sorgt euch umsonst, liebe Freunde", sagte Saken, der wie aus dem Nichts aufgetaucht war. „Wir werden einfach weiterspielen."

Bei den Proben zu den *Jahrhunderten* fiel ein drei Meter hohes Bühnenbild aus Sperrholz um. Emilia, die direkt darunter stand, schrie vor Schreck oder Schmerzen. Arnold sprang ihr sofort bei. Ganz Kavalier.

„Wer hat diesen Schrott gebaut!", tobte Saken. „Weg damit und alles neu machen, bevor ihr mir die ganze Aufführung zugrunde richtet!"

„Moment, wir brauchen die Kulissen ohnehin nicht mehr", sagte ich. „Weil das Stück noch vor der Premiere vom Spielplan genommen wird."

„Wer sagt das?!"

„Dazu muss man kein Hellseher sein… Weil du weiter auf dem Erlass bestehst."

„Unsinn. Ich habe gesagt, über dieses Stück werden alle reden. Also werden wir es aufführen. Ohne Änderungen."

„Mit dem Erlass?"

„Natürlich. Den lasse ich am Ende gleich dreimal lesen! Hast du gehört? Dreimal!"

Arnold Bungert

Hätte es den Erlass vom 28. August 1941 nicht gegeben, würden wir keine Theaterbühne in Temirtau bespielen, sondern in einer lieblichen Gegend auftreten, wo an den Südhängen der Wein wächst und die Winter mild und kurz sind. In meiner Vorstellung musste das Leben dort vollkommen anders ablaufen, da, wo die Natur dem Menschen freiwillig gibt, was er ihr in der Steppe mit harter Arbeit abtrotzen muss.

Das Stück wollte viel, nicht weniger als 176 Jahre in 120 Minuten pressen.

Und auch Saken wollte viel, eigentlich alles: den Erlass und 500 Flugblätter am Premierenabend unter die Leute bringen. Emilia war dagegen, aber niemand nahm ihre Bedenken ernst.

„Was hast du denn? Wenn er es verspricht, wird es schon gut gehen", sagte ich. „Es weht jetzt ein anderer Wind, dank *Perestroika*."

Emilia wollte ständig gestreichelt werden, am liebsten im Nacken und die Wirbelsäule entlang, ganz anders als Violetta. Die kuschelte am liebsten mit ihrer Katze. Violetta hatte keine Augen für andere Männer, dafür blieb sie bei jeder Straßenkatze stehen und sprach auch das räudigste Exemplar in zärtlicher Babysprache an. Wenn sie *mein Schatz* sagte, galt das Mercutio, nicht mir.

Es war nicht so, dass ich Katzen nicht mochte. Sogar mit Mercutio hatte ich meinen Frieden gemacht, obwohl er meine Schuhe nach wie vor als Feindesland betrachtete. Um seine Instinkte nicht unnötig zu provozieren, stellte ich sie in den Schrank. Manchmal ließ er sich dazu herab, seinen Kopf an meinem Bein zu reiben. Und wenn er morgens nicht wie gewohnt an der Balkontür miaute, spähte ich gemeinsam mit Violetta in den Innenhof, verängstigt, ob diesem Dummkopf Schlimmes widerfahren sei, weil er sein rosa Näschen überall hineinsteckte, wo es für ihn nichts zu suchen gab.

Zurück zur Premiere der *Jahrhunderte*: Wir erstrebten ein volles Haus, Rudi gute Kritiken fürs Theaterarchiv, unser Direktor einen Kopierapparat – ein Wendepunkt für die Herstellung von hauseigenen Flugblättern.
Saken gab bis zur Generalprobe kein Signal, den beanstandeten Text zu streichen. Wir stellten uns weiterhin auf, um abwechselnd die uns zugedachten Passagen zu lesen. Die Kollegen waren nicht bei der Sache, ganze Sätze gingen im Gemurmel unter.
„Was ist mit euch los, Leute?! Steht Meuterei auf dem Spielplan?!"
„Nein, aber … Bist du dir wirklich sicher mit dem Erlass?"
„Hundertprozentig."
„Woher …?"
„Drei Gespräche mit den höchsten Instanzen im Ministerium. Warum setzt du dich so für sie ein, Galimbekov, haben sie gefragt, du bist doch gar nicht betroffen, das ist nicht deine Baustelle, nicht deine Geschichte. Gerade deshalb, habe ich gesagt: *Weil sie sonst niemanden haben.*"
„Und das hat geholfen?"
„Ich kann sehr überzeugend sein. Wir spielen durch, ohne Abweichung."

Emilia Riedel

Das Gefühl saß irgendwo ganz tief in mir drin, ich konnte es überspielen, aber nicht loswerden. Das Ende der Vorstellung nahte, ersehnt und gefürchtet zugleich, bislang war alles ohne besondere Vorkommnisse verlaufen: kein vorzeitiger Abbruch, kein halbleerer Saal nach der Pause, alles *wunderbar.* – Noch vier Minuten bis zum Vorhang. Ich wünschte den Applaus herbei, um endlich von der Unrast erlöst zu werden. Dass die Sache bis hierher gut gegangen war... Dass uns niemand mittendrin von der Bühne geholt hat... Ob dem Frieden zu trauen war...

Noch zwei Minuten, bis alles vorbei war. Die letzten Sätze des Erlasses erklangen.

Ich sprach Violettas Part im Geiste mit – ... *die Zuweisung von Grundstücken und Nutzland an die umzusiedelnden Wolgadeutschen in den neuen Rayons unverzüglich in Angriff zu nehmen.* – Punkt, Violetta verstummte, der Vorhang fiel.

Auf der Zuschauerseite blieb es still. Meine Handflächen, verbunden mit denen meiner Mitspieler, sonderten kalten Schweiß ab. Was zur Hölle war da los?

Saken gab uns ein Zeichen, *warten.* Wir lächelten nervös. Ein nie dagewesener Vorgang, dass *nicht geklatscht* wurde, warum passierte solange *nichts.* Waren sie draußen schon alle verhaftet, wegen der Flugblätter, die ich nicht habe verhindern können... Die Schlagzeilen morgen: *Deutsches Theater geschlossen...* Sie werden freilich nicht den wahren Grund nennen, vielleicht etwas von technischen Problemen schreiben, Wasserrohrbruch, Überschwemmung, Stromausfall.

Endlich klatschte einer. Für eine Sekunde blieb der Mutige einsam, dann schlossen sich ihm ein zweiter, ein dritter, alle an; wie gut sich das anhörte.

Als wir uns vor dem Publikum verbeugten, hatte sich der ganze Saal erhoben. Der Boden vibrierte unter unseren Füßen.

Rudolf „Rudi" Ostermeier

Ein Meilenstein in der Geschichte des Theaters. Ein großer Wurf. Bravourstück. Monumentales Epos hervorragend umgesetzt. Solche Schlagzeilen hatte ich mir am nächsten Tag erhofft.

Stattdessen schrieb die *Freundschaft,* dieses Schmier-, pardon, Propagandablatt:

Dem Stück, ebenso wie der Inszenierung, ist eine eher informative als eine künstlerische Bedeutung beizumessen.

Ich unterstrich den Namen des Verfassers – der kommt auf meine schwarze Liste! – und warf die Kritik in das unterste Schubfach.

Die Zuschauer waren minutenlang zu keiner Reaktion fähig, um ihrer Begeisterung dann umso größeren Ausdruck zu verleihen. Ihr Leben, ihr Schmerz, ihre Hoffnung – öffentlich aufgeführt auf einer Bühne, mit dem *Erlass* in voller Länge; das war nicht mehr *Tauwetter,* das war *Hochsommer.*

Die Leute hatten *das* verstanden, deshalb waren sie *dankbar.* Sie wollten nach dem Ende der Vorstellung noch lange nicht gehen, sie wollten endlich reden. Miteinander, mit dem Regisseur, mit den Schauspielern, mit mir. Vor den Augen der Staatsvertreter.

„Rudi, ihr habt uns wieder sichtbar gemacht."

Das war von Bedeutung.

Der Zeitungskollege hatte hinter seinem Schreibtisch die Zeichen der Zeit verschlafen.

Oswald Munz

Wir waren uns einig, dass die Wolgarepublik, das rettende Ufer, schon ganz nah war. Nur noch eine Frage von Monaten, bis das Gründungsdekret unterschriftsreif wäre. Wenn jemand nicht daran glaubte, behielt er seine Zweifel für sich. Die Republikverfechter waren in der Überzahl. Balzer schlug sich wie immer auf die Mehrheitsseite, und Emilia sprach sich erst zaghaft dafür aus, als keine akute Gefahr mehr drohte, für derlei Bestrebungen ins Gefängnis oder in die geschlossene Psychiatrie zu wandern. Ja, dann werden alle mutig. *Die Republik war schon immer unser Ziel!*

Mehrere Delegationen nach Moskau hatten den Boden bereitet, einige vom Theater waren dabei gewesen, zuletzt Rudi und ich. Vorangegangen waren ausgedehnte Diskussionen, wer mitfahren durfte und warum.

„Gehst du jetzt in die Politik, Oswald?", fragte Arnold spöttisch.

„Ich führe Verhandlungen im Namen des Kollektivs. Übrigens, für Pöstchen, die später zu besetzen sind, kommen gewiss keine Parteilosen infrage. Kann dir leider nichts anbieten."

„Danke, bin mit kleiner Bühne zufrieden…"

Angereist waren wir voller Hoffnung, auf höchster Ebene empfangen zu werden. Man ließ uns drei Tage lang warten, gereicht hat es am Ende nur für einen kleinen Beamten in der *Abteilung für nationale Beziehungen des Zentralkomitees der Partei*. Der Genosse lächelte zwar ausdauernd, als hätte er das irgendwo im Ausland gelernt – guckt doch bei uns sowohl der

Bürger als auch die Obrigkeit von Haus aus grimmig. Der Mann gab sich verständnisvoll für unsere Belange, hielt jedoch unsere Pläne für *zu wenig konkret*, um darüber zu entscheiden.

Ohne Republik werden die Leute ausreisen, sagten wir.

Wie viele, fragte er.

Das liege ganz in seiner Hand, ob zehntausend oder hunderttausend.

Dazu war seine Position allemal zu unbedeutend, aber ein Denkanstoß würde ihm nicht schaden. Er lächelte immer noch wie eine gespannte Zwille und versprach, unser Anliegen an den Genossen Generalsekretär Gorbatschow weiterzugeben.

Immerhin: *Das Treffen verlief in freundschaftlicher Atmosphäre.* Kleine Anmerkung für die Geschichtsbücher.

Was habt ihr erreicht, wurde nach fünf Tagen Moskau zu Hause gefragt. Und: Wann kommt die Republik?

Wir hatten darauf keine Antwort, sagten aber vorsichtshalber: Bald.

Emilia Riedel

Musste die Republik denn an der Wolga liegen? Das war nicht Bestandteil der Forderung. Unser Land besitzt noch viele andere große, schöne Flüsse. Warum konnte die Republik nicht dorthin kommen, wo wir schon waren – als Kompromisslösung, als Zeichen guten Willens von beiden Seiten? Die Steppe ist weit und dünn besiedelt. Sie bietet viel Raum für Städtebau, für Acker- und Weideflächen und für Raketenstartplätze. Die Regierung hat ein berechtigtes Interesse daran, dass die Menschen vor Ort bleiben und keine Unruhe in andere Gebiete einschleppen. Sie werden uns entgegenkommen, erklärte ich den Unruhigen täglich aufs Neue. Habt noch ein wenig Geduld. Niemand von euch wird gezwungen, alle gesellschaftlichen und persönlichen Errungenschaften Hals über Kopf zurückzulassen für eine Chimäre im Westen! Bleibt doch vernünftig, Leute! Wir haben ein eigenes Theater, und das ist erst der Anfang. Bald werden Schulen, Krankenhäuser und Ämter folgen. Wir bauen uns eine kleine, zweisprachige Insel auf, Delegationen aus aller Welt werden zum Erfahrungsaustausch kommen und die Maßnahmen der Sowjetregierung zur Förderung nationaler Minderheiten an unserem Beispiel bewundern.

Das erzählt ihr uns schon lange, gaben die Renitenten zurück.

Die Bestrebungen der Sowjetdeutschen, mit der Neugründung einer Republik die frühere Autonomie wiederauferstehen zu lassen, zeigen, dass sie ihre Rolle als gleichberechtigte Bürger des Landes überaus ernst neh-men, schrieb ich in meinen Bericht. Es war schon sehr spät, Edik hatte die Kinder zu Bett gebracht und war auf ein Glas zu Arnold gegangen; wie gut sich die beiden verstanden. Angeblich tranken sie moldawischen Rotwein, einen Liter durch zwei, und kein Milligramm mehr. Dass Violetta darauf kein Auge hatte... Zu beschäftigt mit dem Lernen von Rollentexten, trat sie doch in fast jedem Stück auf. *Führende Schauspielerin des Hauses*, schrieb das *Neue Leben* neulich über sie.

Gestern in der Garderobe, als ich mich abschminkte, stand sie plötzlich hinter mir und zischte: „Nimm ihn dir, damit dieses *Schmierentheater* ein Ende hat!"

Vor Schreck rutschte ich mit der Hand ab und geriet mit dem Wattebausch ins Auge. Es war immer noch gerötet. Ob ich einseitig geweint hätte, hatte Edik gefragt. Ich verneinte, nur eine kleine Reizung, einer Art Arbeitsunfall geschuldet.

Als ob ich ihn von ihr geschenkt haben wollte... *Behalt ihn nur, aber danke für die Großzügigkeit.*

Vielleicht wäre es besser gewesen, bis zum nächsten Morgen zu warten, wenn die Gedanken wieder auf Linie waren und nicht kreuz und quer durch den maladen Schädel huschten. Ich spülte ein Aspirin mit Leitungswasser runter. Die Bitterstoffe der Tablette zusammen mit dem widerlichen Wassergeschmack ließen mich würgen. Ich setzte mich nochmals an den Schreibtisch und beendete meinen Rapport mit: *Die Ausreisewünsche nach Deutschland betreffen nur eine kleine Randgruppe unter den Sowjetdeutschen.*

Violetta Kraushaar

Jede Ausreise – ganz großes Drama, begleitet von herzergreifenden Abschiedsszenen. Hausrat wurde an Freunde und Nachbarn verschenkt: Bitte bedient euch. Tischdecken, Bettwäsche, Waschbretter, das Speiseservice in Kobalt-Gold mit filigranem Netzmuster, für das man so lange angestanden hatte, eine Nachbildung des Porzellans aus der kaiserlichen Lomonossow-Manufaktur. Wir kaufen uns in Deutschland etwas Besseres. – Die Ungeduldigen. Hofften in der Ferne zu erjagen, was sie längst vor Ort hätten haben können. Eure Kinder sollen Deutsch lernen? Dann redet mit ihnen deutsch – hier und jetzt!

Das könnten sie nicht, sagten sie. Nein, das ginge nur fünftausend Kilometer weiter westlich.

Brachte man die einen oder die anderen zum Flughafen, lautete deren letzte Frage: „Und wann kommt ihr nach?" „Wir fahren nicht ohne Mercutio", scherzte ich. „Und der hat noch kein Visum."

Was für eine Pest, die Leute kannten kein anderes Thema mehr. Zwischen Augenbrauen-Nachziehen und Gesicht-Pudern erzählte die Maskenbildnerin beiläufig von ihrem Ausreiseantrag. „Warum?", fragte ich, einen parfümierten Puderrest von der Lippe leckend, „du hast doch einen schönen Arbeitsplatz, wir sind wie eine Familie, was fehlt dir?"

Marcellina wies mich an, meinen Mund zu schließen, damit sie den Konturenstift ansetzen konnte.

„Das macht man jetzt eben so. Die einen wandern nach Israel aus, die anderen nach Deutschland. Das ist wie 'ne Welle, wenn man sie verpasst, kommt man vielleicht nie mehr weg."

Überall, wo wir spielten, trafen wir zunehmend auf Menschen, die unsere Argumente (leuchtende Zukunft in neugegründeter deutschsprachiger Sowjetrepublik!) recht rüde beiseite wischten. Bisweilen sah es danach aus, als würde an Ort und Stelle der Aufstand geprobt, ganz ohne Regisseur bzw. Anführer. Die Sache hatte sich verselbständigt und drohte, außer Kontrolle zu geraten. Bei den *kreativen Treffen mit dem Zuschauer* ging es immer seltener um das gesehene Stück als vielmehr um den Deutungskampf zweier Parteien: die wenigen, die sagten, man dürfe vor den Schwierigkeiten nicht davonlaufen (das sei ein Zeichen von Feigheit und nicht redlich), gegen die Überzahl der anderen, die meinten, man müsse schnellstens seine Koffer packen und nach Deutschland ausreisen.

Bleibt auf dem Scheißhaufen sitzen, wenn ihr unbedingt wollt, aber uns lasst gehen.
Ich war überrascht von der Wucht ihrer Worte, als hätte sich über die Jahrzehnte etwas angestaut, von dem wir dachten, es sei zumindest unsichtbar geworden, wenn nicht gar vergeben und vergessen. In Wirklichkeit war die Kränkung quicklebendig, verraten und verkauft vom eigenen Land, das Kraushaar & Nachkommen doch Heimat auf ewig sein wollte.
Groll und Widerrede galten erst einmal verdaut zu werden. Sie (unsere *Leit*, für die wir uns seit Bestehen des Theaters bis zum letzten Schweißtropfen aufrieben)

waren in ihren Gedanken schon woanders und unerreichbar, während wir noch versuchten, das vollbesetzte
Boot am Ufer festzubinden (so bleibt doch, wir spielen
weiter – für euch!), ohne zu merken, dass uns die Leine
entglitten war und unser Publikum sich längst auf großer Fahrt befand.

Rudolf „Rudi" Ostermeier

Für gewöhnlich machte mir der Sommer Angst. Zwei Monate lang bangen und beten, dass auf Gastspielreisen die Busse durchhielten, alle rechtzeitig das Ziel erreichten, dass niemand Brechdurchfall bekam oder einen Sonnenstich erlitt. Das machte mich nervös. Allerorts Veränderung, Umbau, Umwälzung. Große Unruhe. Alle redeten nur von Wegfahren, Wegfahren, Kofferpacken. Unruhestifter, die.

Der Sommer 1989 versprach anders zu werden: Die Theater in Ulm und München hatten unser gesamtes Ensemble zu Fortbildung und Erfahrungsaustausch eingeladen. Wir durften in den Westen reisen! Nach den üblichen Ärgernissen der letzten Gastspielreise durch die Gebiete Saratow und Wolgograd bestand für mich die Aussicht, wenigstens einen der warmen Monate sorgenfrei in deutschen Großstädten zu genießen, bei vorübergehender Abtretung jeglicher Verantwortung an Dritte... Natürlich bringe ich euch Geschenke mit, versprach ich Frau und Kindern; von keiner anderen Gastspielreise würde ich zu Hause sehnsüchtiger zurückerwartet werden als von dieser, so viel war sicher.

In Ulm und München führten wir die *Wogen der Jahrhunderte* auf. Die westlichen Kollegen geizten nicht mit Lob, für sie war das alles recht exotisch, sowohl die Thematik als auch die Kostüme – unsere *Walenki*, *Fufaiki*, *Schapki*, allesamt in gedeckten Schwarzgrautönen. Ihre Hilfsbereitschaft gegenüber dem offensichtlich notleidenden Theaterensemble aus dem tiefsten Osten hörte auch nach Feierabend nicht auf, wir tranken gemeinsam so manches bayerische Bier; die Bürgermeister beider Städte gaben uns zu Ehren einen Empfang. Die *Schwäbische Zeitung* und die *Süd-West-Presse* veröffentlichten wohlwollende Artikel auf ihren Feuilletonseiten, wenngleich ich das Gefühl hatte, wir gaben den Redakteuren einige Rätsel auf. Wir waren für einen Kurzaufenthalt als Dienstreisende gekommen und verstanden zu ihrem Erstaunen Deutsch, ließen es sogar in passabler Qualität auf der Bühne erklingen; während zur gleichen Zeit unsere Landsleute zu Tausenden die Aufnahmelager bevölkerten, ausschließlich Russisch sprachen, nicht vorhatten, wieder zu gehen, und einen Adidas-Trainingsanzug für den Gipfel westlicher Eleganz hielten. Das war verwirrend, keine Frage.

„Papa! Der Jeansrock hat die falsche Auswaschtönung!"

„Und der Walkman nicht den richtigen Markennamen!"

Ach, Kinder … Nächstes Mal passe ich besser auf, versprochen.

Ob es am guten Bier lag: Kaum waren wir aus Deutschland zurück, sickerten Gerüchte durch, dass mehrere Schauspieler einen Ausreiseantrag in die Bundesrepublik gestellt hätten. Ohne Vorwarnung, still und leise. Fast ein Drittel des künstlerischen Kollektivs auf einen Schlag! Im September begann die neue Spielzeit. Jetzt wäre die Genossin Riedel gefragt, eine Versammlung einzuberufen, um den Kollegen Gelegenheit zur Selbstkritik zu geben!

Gleichzeitig erlaubte die Regierung Kasachstans endlich den Umzug des Theaters in die Hauptstadt Alma-Ata, unser seit Jahren ersehntes Ziel.

Umzug, Wegzug, neue Baustellen und Ostermeier, der Problemlöser, mittendrin. An die rücksichtslosen Überläufer: Wie könnt ihr jetzt gehen? Ihr werdet hier gebraucht... Die Arbeit von Jahrzehnten trägt endlich Früchte, und ihr macht euch einfach vom Acker!

Wie klein erschienen mir plötzlich unsere Probleme vor dem Herbst 1989.

Oswald Munz

Wir begrüßten am Theater eine Delegation aus der DDR. Theaterschaffende, ein Journalist und ein Übersetzer wollten sich einen Eindruck von unserem künstlerischen Umfeld verschaffen. Sie erzählten von Protesten in ihrem Land, das Volk ging auf die Straße.

Wir spielten bereits in kleinerer Besetzung, die Gästebetreuung übernahmen wir abwechselnd. So hatte jeder Gelegenheit, richtiges Deutsch zu hören und Ausdrücke zu lernen, die bei Goethe und Schiller nicht vorkamen.

Nach einem Stadtrundgang schlug ich den Besuchern vor, ihnen das inoffizielle Temirtau zu zeigen, Ecken abseits des Prospekts der Metallurgen, die ein Fremder auf eigene Faust kaum je finden und erkunden würde. Tautvilas Gudaitis bot sich als Stadtführer an. Seit unser ehemaliger Haustechniker in Rente war, befasste er sich mit dem Sammeln von Materialien für eine Stadtchronik und hoffte auf einen kleinen Zuverdienst, obgleich Touristen in Temirtau eine seltene Spezies waren.

Am Rande der Stadt lag die Erdhüttensiedlung, der alte Kern des Dorfes Samarkand. Die Namensgleichheit mit dem fast 2.000 Kilometer entfernten usbekischen Samarkand an der Seidenstraße verdankte sich einem Schreibfehler. Bei der Beurkundung der Siedlung gaben die Gründer den Namen Samarkant an, doch der Schreiber in der Amtsstube verwechselte *t* mit *d*. Die Dorfbewohner nannten sich weiterhin eigensinnig Samarkanter, denn sie stammten vornehmlich aus der russischen Provinz Samara. Sie hießen Fuchs, Braun,

Müller und hatten sich auf den weiten Weg in die Steppe gemacht, weil *dahoim* an der Wolga Landnot herrschte, seit die Leibeigenschaft aufgehoben war. Die Freiheit hatte den russischen Bauern kein eigenes Land gebracht, ihnen aber hohe Steuerlasten aufgebürdet. Söhne wurden geboren, ohne Aussicht auf ein Stück Acker, der ihnen gehörte, sie ernährte und eines Tages auf ihre Söhne überginge. Der Bauer an sich ist ein geduldiger Untertan, aber wehe, ihm platzt irgendwann der Kragen … Ein kleiner Unruheherd kann sich schnell auf das ganze Land ausbreiten, und dann endet alles womöglich in – Gott verhüte! – einer Revolution … Man denke nur an die Franzosen als mahnendes Beispiel, die nicht davor zurückschreckten, den eigenen König und ihre Königin zu köpfen.

„Wenigstens nicht deren Kinder, wie die Sowjetmacht später", setzte Tautvilas unter den bestürzten Blicken der Gäste hinzu.

Um ein wenig Dampf aus dem Kessel der Unzufriedenen zu lassen, lockte der Zar mit 15 Desjatinen Ackerland und einem nicht rückzahlbaren imperialen Zuschuss für jede Familie, die in den Weiten Kasachstans oder Sibiriens einen Neuanfang wagen wollte. Angesichts der Größe der schwach besiedelten Gebiete hinter dem Ural ein knausriges Angebot, befand Tautvilas. 15 Desjatinen Ackerland! Und ganze 200 Rubel! Ein Witz! Allein Tautvilas' Familie besaß vor der Revolution 100 Desjatinen. Dennoch brachte die Einladung viele auf die Beine.

1905 ließen sich vierzig deutsche Familien in der Steppe am Fluss Nura nieder, wo vorher Kamele Rast gemacht hatten. Der Boden schien fruchtbar, das Wasser rein. Holz und Steine fanden sie nicht, so bauten sie nach ihrer Ankunft rasch Erdhütten zum Schutz vor dem ersten Winter.

Die Erdhüttensiedlung war dieser Tage wahrlich keine Touristenattraktion. Tautvilas hielt deren Besichtigung dennoch unbeirrt für eine fächerübergreifende Lehrstunde. Die Besucher aus der DDR beließen ihre Fotoapparate verschämt in den Taschen. Wenn wir das fotografieren, glaubt es uns zu Hause kein Mensch, sagte einer. Dass Sowjetbürger heute noch in windschiefen Erdhütten leben mussten! Ein Schandfleck, wurde geflüstert, hier helfe nur noch die Abrissbirne.

„Früher waren die Häuschen in einem besseren Zustand, die Zäune gestrichen, die Dächer kaum geflickt und die Gärten nicht verwildert", erklärte Tautvilas.

„Wann war denn früher?", fragte ein Gast.

Tautvilas dachte nach. „Vor dem Krieg", sagte er schließlich.

Mit Beginn des Zweiten Weltkrieges wollten die Behörden keine Deutschen mehr in den Städten dulden. Ihre Siedlung liege zu nah bei Karaganda und damit an strategisch wichtigen Eisenbahnknoten, die sie aufgrund ihrer Herkunft sabotieren könnten. Daher erging der Befehl, die Deutschen weiter aufs platte Land hinauszuschaffen, wo sie weniger Gelegenheit hätten, die volkseigene Infrastruktur zu schädigen. Sollen sie sich neue Häuser bauen, da, wo ihnen Fuchs und Hase Nachbarn sind. Die nunmehr leerstehenden Erdhütten wurden flugs von neuen Bewohnern in Besitz genommen, die in der

Hoffnung, es sei nur ein Übergangsquartier, mit der Zeit Gras auf den Dächern sprießen ließen.

Die schnell wachsende Stadt drängte die Ursiedlung an den Rand, Schornsteine und Strommasten nahmen den niedrigen Bauten die Sicht, nicht selten verdeckte Rauch in Gänze den Himmel.

„Irgendwann fiel den Temirtauer Behörden aufgrund von Beschwerden auf, dass in einer Industriestadt mit reger Bautätigkeit immer noch Bürger in Erdhütten hausten, und so wurde beschlossen, die Bewohner umzusiedeln. Die Rede war von städtischen Neubauten mit fließend Wasser und Fernheizung. Seitdem ist die Erdhüttensiedlung zum Abriss vorgesehen. Aber sehen Sie selbst: Die Jahre vergehen, es bleibt alles beim Alten, die Stadtverwaltung setzt andere Prioritäten."

„Was macht ihr hier?", fragte eine ältere Frau, die mit zwei vollen Wassereimern daherkam.

„Ortsbegehung mit Touristen", sagte Tautvilas.

„Hier gibt's nichts zu sehen!", drohte die Frau und verschwand hinter einem rostigen Tor. Verschüttetes Wasser säumte ihren Weg.

Ein anderer, nicht mehr junger, von Neugier getriebener Kopf lugte auf die Straße heraus. „Zu wem wollen Sie?"

Ein DDR-Bürger legte seine Zurückhaltung ab und schoss, mutiger geworden, nun doch Fotos; zeithistorisches Bildmaterial für die Nachwelt, sagte er zu uns, vielleicht würde sich eines Tages ja doch jemand dafür interessieren, Zeiten ändern sich.

Die uns bereits bekannte Frau kam wieder heraus und begann zu wehklagen: „Vergessen hat man uns! Selbst bei der letzten Volkszählung kam hier niemand vorbei. Wir existieren gar nicht in ihren Listen!"

Ihre schaulustige Nachbarin trat nun ebenfalls auf die Straße. „Ja, das stimmt. Letztes Mal sind wir nicht zur Wahl gegangen, und das ist keinem Amt aufgefallen! Hier wohnen nur noch alte Leute. Für uns interessiert sich niemand mehr. Die warten, bis wir alle tot sind. Dann erst kommen die Bagger."

„Das kann aber dauern, wir sind zäh!", lachte die andere und zeigte dabei ihr desolates Gebiss.

„Pass nur auf, dass deine schicke Westkamera nicht an der Grenze beschlagnahmt wird", hörte ich hinter mir eine warnende Stimme auf Deutsch sagen, „mit solchen Aufnahmen bringst du uns noch alle in die Bredouille!"

Rudolf „Rudi" Ostermeier

Seit die Gegenwart in Auflösung begriffen war, gerieten mit ihr alle alten Gewissheiten in Bewegung. Wo Sicherheiten schwinden, besinnen sich die Leute auf ihre eigenen Belange, verringert sich unaufhaltsam der Kreis ihrer Interessen. Nur ein einziger Wegweiser schien auf festem Grund zu stehen: der, der nach Westen wies. Alle Gespräche drehten sich um Einladungsschreiben von Verwandten im Ausland, Ausreiseanträge, Formulare der Deutschen Botschaft, um das Leben, das man künftig woanders zu verbringen gedachte, nämlich dort, wo einst die Vorfahren mit den deutschen Namen hergekommen waren. Die Republik an der Wolga – eine hehre Idee, allein es fehlte der Glaube an die Umsetzung. Jeder konnte sich leicht ausrechnen, wie die Wahl zwischen dauerhafter Perspektive und einer unsicheren Zwischenstation ausfiele.

Wer einen Bewilligungsbescheid bekam, fackelte nicht lange. Die so Begünstigten kauften sich One-Way-Flugtickets von Moskau nach Hannover und schickten einen Monat später Grußkarten aus dem Aufnahmelager Unna-Massen und bald darauf Fotos von ihrem ersten gebrauchten Audi oder VW.

Die, die gingen, gingen für immer.

Ach, schade. Ihr wart unser Publikum. Unser wichtigstes Kapital. Für wen sollen wir in Zukunft spielen?

Wer sein bisheriges Leben in Kisten packen muss, dem ist nicht nach Theater zumute. Der nimmt Abschied von seinen Nachbarn und Kollegen, seinem Haus und Garten, von allem, was ihn zu einem Sowjetmenschen gemacht hat. In Gedanken ist er schon drüben, bei seinem neuen Auto, der Arbeitsstelle bei Daimler oder Siemens und einer Dreiraum-Sozialwohnung im Grünen.

Von Woche zu Woche verkauften wir weniger Eintrittskarten, zuerst für die hinteren Sitzreihen. Manchmal saß ich im Büro, unfähig, den Telefonhörer zu heben, vor den Augen flimmernd die Frage: *Wozu?*

Der Winter, ahnte ich, würde auch nicht leichter werden. Es sei denn, die Ausreisewelle würde schnell wieder verebben, weil wir sie stoppten: mit einer echten Alternative zum Abreißen aller hiesigen Brücken – *der Republik*.

Zeiten des Umbruchs bieten dem Zupackenden neue Chancen. Es sind die Grübler, die auf der Strecke bleiben. Je leerer der Zuschauersaal, desto hochfliegender die Pläne.

Emilia Riedel

Rudi gab zu, dass die letzte Delegation wieder nichts erreicht hatte, aber das sei kein Grund, aufzugeben. Wenn sich neue Zuschauerschichten nicht erschließen ließen, mussten wir an den alten festhalten. Die vielen verstreuten kleinen Gruppierungen, die bislang für sich allein gekämpft hatten, sollten sich unter der Schirmherrschaft unseres Theaters zu einer großen Sammelbewegung zusammenschließen: *Wiedergeburt.* Und dann würden wir, als treibende Kraft, erneut in Moskau anklopfen und uns nicht mehr mit leeren Versprechen abspeisen lassen, sondern erst gehen, wenn wir die *Wiedergeburtsurkunde* der Republik in den Händen hielten.

Witja und Wowa kamen von der Schule und fragten:
„Mama, wann fahren wir?"
„Wohin?", tat ich ahnungslos.
„Nach Deutschland, wo alle hinfahren."
„Fragt euren Vater."
„Er hat gesagt, bald."
Ich drehte ihnen den Rücken zu, füllte reichlich Grießbrei in die Teller und achtete darauf, dass keine salzhaltigen Fremdflüssigkeiten hineingelangten. Wie leicht mich eine Allerweltsfrage aus der Fassung brachte; wie schwer es mir fiel, den Kindern darauf eine Antwort zu geben, die für sie offenbar schon feststand.
„Wollt ihr denn nach Deutschland?"
„Wenn unsere Freunde hierbleiben, dann nicht."
„Die Freunde aus der Schule oder die Freunde aus dem Theater?"

Witja und Wowa sahen mich verständnislos an. „Wir wollen mit allen zusammenbleiben."

„Natürlich", sagte ich. „Niemand will euch trennen." Ich sah ihnen beim Essen zu, wie schnell sie den Brei löffelten, und hoffte, Hausaufgaben und Spiele würden sie von diesem Thema wieder abbringen. Unser Platz war hier, das konnte man sich selbst und allen anderen nicht oft genug bestätigen.

Die Menschen in der Bundesrepublik erschienen mir nicht so unglücklich, wie sie es nach Lage der Dinge hätten sein müssen. Obwohl dazu verdammt, ihr Dasein im Kapitalismus zu fristen, waren die meisten von ihnen keine Bettler, nicht drogensüchtig und auch nicht obdachlos. Viele besaßen Häuser, oft sogar *mehrere* Autos. Es ging ihnen äußerlich recht gut. Sie waren freundlich und wirkten zufrieden mit ihrem Leben. Mehr noch, ich hatte den Eindruck, sie bemitleideten *uns*. In ihren Augen litten wir Mangel, denn das berichteten ihre Propagandamedien tagein, tagaus.

Auf unserer Fortbildungsreise luden uns Regisseure und Bühnenbildner zu sich nach Hause ein; vergeblich suchte ich in deren Haushalten nach Anzeichen von gesellschaftlicher Fäulnis und allgemeinem Niedergang. Noch nie zuvor hatte ich in so kurzer Zeit so viele Sektgläser geleert wie in diesen Tagen und mich dennoch hochgradig *ernüchtert* gefühlt.

Auf dem menschenleeren Gang entlang der Garderoben schlang ich von hinten die Arme um Arnold, als übte

ich Lenes Part: „*Was is'n hier los, um Gottes Willen? Ihr macht ja so'n Lärm in aller Herrgottsfrüh.*"
„Emilia, lass das, wenn uns jemand sieht."
„Ist doch egal."

Die Gäste aus der DDR redeten ganz ungeniert in unserem Beisein. Glaubten sie, dass wir sie nicht verstanden? Oder dachten sie als Ausländer, hier, außer Landes, sei das Gesagte zu weit weg von ihren verantwortlichen Stellen und würde stillschweigend versickern?
Sie kritisierten unsere neue Zementfabrik, die angeblich ohne Zufahrtsstraßen mitten in der Steppe gebaut worden sei. Unsere Neubauten sähen aus wie direkt nach dem Krieg, im Theater bröckele der Putz von den Wänden, unser Tischler könne kein Bühnenbild bauen, weil ihm Material und Werkzeug fehlten, gespielt würde auf nackten Brettern, unser Fahrer habe im Jahr 1989 (!) noch ein Stalinbildnis im Bus baumeln, und das größte Elend sei, dass es in Temirtau keine Gaststätten gebe, wo Bürger abends zivilisiert ein Bier trinken könnten, und richtiger Bohnenkaffee sei sowieso nirgends zu beschaffen. Im Grunde sei alles noch viel schlimmer als zu Hause in der DDR … Und das Allerschlimmste sei, dass niemand damit gerechnet habe.
Vielleicht gab es bei uns in der Stadt kaum Gaststätten, wir hatten ja unsere Theaterkantine und vermissten nichts. Statt Kaffee tranken wir Tee, statt Bier Wodka. Auch unsere Bühne war nicht nackt, der Kostümfundus reich bestückt mit Kleiderspenden aus dem Maly Theater und neuen Modellen aus der hauseigenen Schneiderei, gefertigt von drei Meisterinnen ihres Fachs. Die

Schauspieler in *Kabale und Liebe* trugen Seide, Samt und Spitze von barocker Opulenz. Was wollten diese Herren? Was bezweckten sie mit ihrer Kritik?

Bei der Verteidigung unseres Hauses, ja der ganzen Stadt, zu der ich mich herausgefordert fühlte, keimte in mir der Verdacht auf, ob die gesandten Personen nicht Agenten seien, die eine bestimmte Reaktion zu provozieren versuchten.

Armin Weber, ein Journalist aus Leipzig, verteilte ungefragt kluge Ratschläge: „Ihr wollt in die Bundesrepublik ausreisen? Vergesst es. Niemand wartet dort auf euch. Wenn ihr ausreist, werdet ihr nie wieder einen Fuß auf eine Bühne setzen. Überlegt euch das gut…"

Auf dem Nachhauseweg schaute ich genauer hin. Unser Wohnblock hatte nach neun Jahren außen Risse bekommen, auch der Putz bildete stellenweise Blasen, bevor er ganz abfiel, die Fassade war unter dem Auswurf der Fabrikschornsteine schwarz geworden.

Das war nicht abzustreiten gegenüber den Genossen, jedoch sollten sie das raue Klima bedenken, welches in diesen Breiten jedem Bauwerk gleichermaßen zusetzte. Wahrscheinlich kannten sie in ihrem Puppenstubenland gar keine richtigen Winter.

Hans-Georg Degenstein

Als ich zum ersten Mal von Temirtau hörte, musste ich erstmal auf der Landkarte schauen, wo das liegt. Mein Reiseradius in den Ostblock reichte schon damals weit über die DDR hinaus, für ein paar Tage war ich in Leningrad und Moskau gewesen, einmal sogar in Kiew, ich hielt mich für einen weltoffenen, weitgereisten und vielseitig interessierten Menschen. Aber Kasachstan klang für mich genauso fern wie Timbuktu.

Nach der Abreise der russlanddeutschen Schauspieler schickte uns das Theater Temirtau eine offizielle Einladung. Mein Vertrag in Ulm lief gerade aus.

Ich erbat mir Bedenkzeit, um mit meiner Frau zu sprechen.

„Schon wieder Osten", stöhnte Simone. „Was reizt dich daran nur so?"

„Im Osten bewegt sich was, komm doch mit, wenn du willst."

Simone wollte nicht.

Die Gastgeber in Temirtau wünschten sich ein bekanntes Stück von einem deutschsprachigen Verfasser, Klassiker oder Zeitgenosse, unter meiner Regie. Ein Dolmetscher sei nicht erforderlich, das Ensemble spreche deutsch. Prima, sagte ich.

Timo, einer unserer Bühnenbildner, und Fritzi, meine Regieassistentin, erklärten sich bereit, mich zu begleiten.

„Wird ein Weilchen dauern", sagte ich zu Hause.

„Frisch deine Impfungen auf und hol dir keine Malaria." Simone klang ungewohnt fürsorglich.

Beim Anflug auf Karaganda, die Nachbarstadt von Temirtau, sah ich angestrengt aus dem Fenster. Meine Vorstellung von Steppe speiste sich bisher aus Filmen und Büchern: eine karge, eintönige Landschaft mit Jurten und riesigen Weidetierherden im Besitz von freiheitsliebenden Nomaden, die komische Fellmützen auf dem Kopf und Jagdfalken auf den Schultern trugen.

Es war bereits dunkel und die Wolkendecke durchbrochen, doch unter uns blieb alles schwarz, kein Licht zu erkennen, nirgends eine sichtbare Spur von menschlicher Besiedelung, als flögen wir nicht über Land, sondern über eine endlose Wasserfläche. Da stimmt doch was nicht, durchfuhr es mich. Und dass ich immer noch kein Testament gemacht hätte und Simones Kinder aus erster Ehe trotz meines Versprechens, ihre und meine Erben gleich zu behandeln, leer ausgehen würden. Und dass es irgendwie total blöd wäre, mit diesem letzten – buchhalterischen – Gedanken in einen Ozean aus Schwärze zu stürzen, der nach all meinem geografischen Wissen ganz woanders sein müsste. Da tauchten in der Ferne endlich die Lichter einer Stadt auf.

Erst da ging mir die ganze Größe dieses Landes auf.

Mit Dürrenmatts *Alter Dame* im Gepäck bestiegen wir den klapprigen Theaterbus, der uns vom Flughafen nach Temirtau brachte. In den ersten drei Tagen verschafften wir uns einen Eindruck von der Belegschaft und der Bühne. Nix Dolmetscher, erinnerte ich mich im Laufe der ersten holprigen Dialoge.

„Ich glaube, das geht nicht gut", sagte Timo, sonst nicht für Verzagtheit bekannt, nach Besichtigung des Hauses ganz leise.

„Jetzt sei mal kein Schwarzmaler, du", sagte Fritzi. „Das ist wenigstens noch eine echte Herausforderung!" Der Schreiner Fjodor erzählte uns, dass er eigentlich Bergmann sei, aus gesundheitlichen Gründen den Beruf jedoch aufgeben hatte müssen: Staublunge. Bis zur Rente habe er noch zwei Jährchen zu überbrücken, daher säge er jetzt Bretter in der Theaterwerkstatt zurecht, um unter Menschen zu sein, aber der Holzstaub tue ihm nicht gut. An so komplizierte Dinge wie Treppen oder Brücken wage er sich nicht, auch Türen seien schwierig. Wir beruhigten ihn, die *Alte Dame* käme ohne solche Extravaganzen aus. Schrank, Tisch und Stuhl aus dem Möbellager sollten ausreichend sein.

In der Kostümschneiderei besprach ich meine Vorstellungen zur Ausstattung. Dürrenmatts Heldin Claire Zachanassian ist nicht nur reich, sie ist *Milliardärin*. Das sollte ihrem Gewand anzusehen sein, ich bestellte also Samt und einen Pelzkragen, Blaufuchs oder Zobel, beides gewiss keine Mangelware in Sibirien.

„Wir sind hier in Kasachstan. Sie meinen Velours?", fragte die Schneiderin.

„Nein, Samt. Schwarz. Ist das ein Problem?"

„Wir werden sehen."

„Die Figur ist verwitwet. Also eigentlich wiederverheiratet, aber das ist egal. Schwarz wirkt elegant. Und ein Perlenhalsband dazu bitte."

Die Schneiderin neigte den Kopf, ich ging von ihrer Zustimmung aus.

Statt Samt wurde Plüsch geliefert.

„Äh, Entschuldigung, da ist ein Fehler passiert", sagte ich. „Wir müssen das umtauschen."

„Gegen was umtauschen? Den Unterschied wird aus der Ferne sowieso niemand sehen", bügelte die Schneiderin meinen Einwand ab.

„So läuft das bei uns immer, Hans-Georg!", polterte der Hausregisseur. „Bestellst was Teures, bekommst was Billiges, abgerechnet wird aber natürlich Ersteres. Rate mal, wo die Differenz landet?"

„Das war bestimmt nur ein Missverständnis."

„Ganz und gar nicht. Aber ich habe eine Idee: Wir verarbeiten für Zachanassians Kostüm die Samtgardinen aus dem Foyer!"

„Sind die nicht rot?"

„Nein nein, nicht nötig! Es wird auch mit Plüsch gehen", sagte Timo. Er und Fritzi waren etwas bleich um die Nase geworden.

„Schaut euch was ab: Hier lernt man zu improvisieren", sagte ich.

Als ich am Leningrader Puschkin-Theater zu Gast war, hatte eine Fallschirmfabrik das Bühnenbild aus Fallschirmseide kostenlos *gegen Freikarten* genäht. Die Näherinnen kamen mit ihren Männern zur Premiere, herausgeputzt wie zu einem Staatsempfang.

„Was willst du, Leningrad und Temirtau kann man nicht vergleichen", sagte Oswald Munz, „das sind verschiedene Welten! In Leningrad bekommen Theater breite Unterstützung durch Behörden und Betriebe. Wir haben solche Möglichkeiten nicht, wir leben von *Versprechen*."

Die Proben verliefen durchwachsen. Fritzi zog die Augenbrauen hoch, wenn die Schauspieler pünktlich Feierabend machen wollten. Auf ihren Einwand hin, man sei doch noch gar nicht fertig, erklärten sie, Einkäufe müssten erledigt, die Kinder aus dem Kindergarten abgeholt, Mahlzeiten gekocht werden, das sei hier so üblich. Oswald blieb als Alfred Ill allein auf der Bühne stehen, ein Mann, der verstanden hatte, worauf es ankam: Handwerk, Fleiß, Professionalität – Gefühle allein reichten nicht.

Timo besprach mit dem Chefmaler des Hauses den Text für das Werbeplakat. Warum ein Theater, zur Förderung der deutschen Sprache erschaffen, auf Russisch plakatiere? Der Chefmaler ließ sich Timos Bedenken übersetzen, allein, er erkannte das Problem nicht. Vielleicht lag dieses auch eher bei uns. Waren wir von unserer Warte aus überhaupt fähig, die Lage zu überblicken, um sie beurteilen zu können? Die Einsicht in die Begebenheiten auf dem Boden mag oberflächlich sein, wenn man hoch zu Ross vorüberreitet. Übst du gerade Selbstkritik, hörte ich Simones Stimme.

„Wenn ihr wollt, dass alle sich in ihre Rollen reinknien, müsst ihr die Peitsche rausholen!", riet uns der Hausregisseur. „Droht mit Abreise! Macht Krawall!"

Abzureisen hielte sie nicht für die schlechteste Idee, raunte Fritzi.

„Wir ziehen das durch", sagte ich, „Ende der Debatte!"

An freien Tagen fuhren wir in die umliegenden Dörfer. Die Bewohner baten uns in ihre Häuser, alle Generationen kamen zusammen, um die Gäste aus Deutschland zu bestaunen. Uns, den Ahnungslosen aus dem Westen, erzählten die Alten ihre Geschichten. Selbst die anwesenden Kinder und Enkel hörten gebannt zu, was ihre Eltern und Großeltern den Fremden zu berichten hatten, als wäre ihnen vieles neu. Die Alten hatten lange geschwiegen. Und wenn jemand – selten genug – nach längst Vergangenem gefragt hatte, war das Gespräch alsbald auf ein unverfängliches Thema gebracht worden, sicher ist sicher.

Einmal in Gang gekommen, wollte ihr Redefluss kaum versiegen, weil das Nachlassen von Angst in unserem Beisein ihre Zungen gelockert hatte.

Wie ich verstand, waren nicht alle hierher verbannt worden. Einige Familien hatten sich freiwillig angesiedelt, weil es hier Land gab, und zwar reichlich. Sie bauten sich stattliche Bauernhöfe, erzogen ihre zahlreichen Kinder zu Fleiß und Gottesfurcht, ernährten sich von dem, was ihnen Vieh und Felder an Ertrag abgaben. Die Nachricht von den Umwälzungen im Lande kam mit einiger Verspätung in der Steppe an. Schon der Zar war weit weg gewesen, die neuen Machthaber schienen es ebenfalls – so lebte man weiter wie bisher und gab nichts auf böse Gerüchte. Nur die ganz Schlauen verkauften ihre Kühe und Pferde, ließen allen sonstigen Besitz zurück und machten, dass sie schnell fortkamen.

Die Sowjetmacht beschloss, aus den seit Jahrhunderten durch die Steppe ziehenden Nomadenstämmen sesshafte Bauern zu machen, am besten über Nacht, ohne hinderliche Übergangsfristen. Die kasachischen Viehhirten erhielten den Befehl, tonnenweise Getreide abzuliefern. Bei Zuwiderhandlung: *Erschießung*. Doch woher nehmen – sie hatten als Nomaden nur ihre Pferde. So gaben sie die Tiere für Weizen. Am Ende besaßen sie nichts; konnten sich glücklich schätzen, wenn sie die Kollektivierung und die folgende Hungersnot überlebten. Aus dem früheren *Bey* wurde ein Kolchosdirektor, aus dem Schamanen ein Parteisekretär. 1937 kamen schwarz gekleidete Vertreter der Staatsorgane in die deutschen Dörfer, sie riefen Namen auf, immer waren es Männer, die ihnen zu folgen hatten, Familienväter und Haupternährer vieler Seelen. Das wiederholte sich 1938 und 1939, solange, bis es keine Männer mehr abzuholen gab, außer halbwüchsigen Jungen unter 15 Jahren. Als der Krieg ausbrach, wurden die Verbliebenen aus ihren Häusern getrieben und irgendwo in der nackten Steppe ausgesetzt, kurz vor dem Wintereinbruch, Frauen und Kinder. Sodann wurden die arbeitsfähigen Erwachsenen zum Dienst in der Arbeitsarmee gezwungen, nach einem Jahr waren in der Gegend von etlichen Tausend nur noch wenige Hundert am Leben.

Lange vorbei war das alles, aber erst jetzt dürfe man offen darüber reden, ganz ungewohnt sei das, dieses Gefühl, als ob einem die Schlinge um den Hals endlich gelockert würde und man wieder tief und frei atmen könne. Nach den vielen schlechten Jahren habe es auch ein paar gute gegeben, damals in den 60ern unter dem Glatzköpfigen, als man Amerika wirtschaftlich fast eingeholt hätte. Die Alten erinnerten sich an volle Regale mit *verschiedenen* Sorten Wurst, Käse, Fleisch, Zucker und Butter. Nach und nach verschwanden Wurst und Fleisch von den Theken, dann die Käsevielfalt. Seit Anfang der 80er fehlte es an Waschpulver, Zahnpasta und Seife, die Butter wurde knapp, Milch war schon mittags ausverkauft. Nur Zucker war all die Jahre über keine Mangelware; so hätte niemand vorausgesehen, dass auch der bald ausgehen würde. Gorbatschows vom Zaun gebrochener aktivistischer – und wie jeder wusste, völlig aussichtsloser – Kampf gegen den Alkoholismus im Lande sei schuld am Zuckerengpass. Wegen des Fehlens staatlicher Spirituosen sah sich das Volk gezwungen, auf selbstgebrannten Wodka auszuweichen. Diese Hobby-Destillateure kauften in den Läden rücksichtslos alle Zuckervorräte auf, so dass die tüchtige Hausfrau vor der Herausforderung stand, wie sie die Früchte ihres Gartens haltbar machen sollte, um die Familie über den Winter zu bringen.

Eine Tochter fiel der tüchtigen Hausfrau ins Wort und sagte, Mama, wir haben noch mindestens *fünfzig* Marmeladengläser im Keller stehen, die können wir sowieso nicht nach Deutschland mitnehmen.

„Sie wollen nach Deutschland?", fragte ich.

„Wir nicht", sagten die Älteren zurückhaltend, als müssten sie sich ihrer Bleibeabsicht selbst vergewissern. „Uns geht es hier gut. Bis auf den Zucker. Wir sind Selbstversorger, hängen an unserem Garten. Wenn die Kinder wegwollen, sollen sie fahren. Alte Leute sind überall eine Last."

Die Jüngeren lächelten unsicher. „Wenn alle fahren, fahren wir auch. Gemeinsam."

„Wo haben Sie denn so gut Deutsch gelernt?", fragte ich.

Dialekt von den Eltern, sagten die Alten entschuldigend, plus vier Klassen Dorfschule, mehr sei nicht drin gewesen damals. Sie seien in eine stürmische Epoche hineingeboren worden. Keine normale Zeit, kein normales Leben. Die Jungen könnten neuerdings Hochdeutsch als Muttersprache studieren, eine Hochschule biete Plätze für wenige Studenten pro Jahr an, vielleicht die einzige im ganzen Land.

„Wir sind aber zwei Millionen", wandte die Tochter ein.

Zucker und Butter, dachte ich, werden in der Bundesrepublik eure geringste Sorge sein.

Rudolf „Rudi" Ostermeier

Zweimal hatte ich den Degenstein an der vorzeitigen Abreise gehindert. Habe ihn kameradschaftlich zur Seite genommen, als er damit drohte. Die Truppe war schon leicht erblasst, Himmelhilf, der Westler zürnt, was wird aus meiner Premierenprämie. Hans-Georg, sagte ich zu ihm, sag mir, wo der Schuh drückt, ich setze alles in Bewegung, um dem abzuhelfen. Bei uns läuft eben nichts von allein, verstehst du, man muss immer ein bisschen nachhelfen... Lass mich mal machen.

Der Degenstein war unseren Sowjetalltag nicht gewohnt, woher auch, den musste man an die Hand nehmen wie ein kleines Kind. Wir ließen ihn auch nicht allein in der Stadt herumlaufen, wer weiß, wohin er sich verirrt hätte; in die Erdhüttensiedlung durfte er nur mit Begleitung – danach brauchte er erstmal einen kräftigen Schluck Wodka. Eine empfindsame Seele, das *Birschle* aus Ulm...

Zur Erstaufführung des *Besuchs der alten Dame* strömten sie alle herbei, *Premiere im Beisein des Regisseurs aus der Bundesrepublik* hatte auf den Plakaten gestanden, das zog die Leute an, als hätten sie noch nie einen waschechten Deutschen in natura gesehen: der Höhepunkt des Theaterjahres. Schulterklopfen: *Gut gemacht, Ostermeier!*

Danach ging der übliche Trott wieder los. Wenn wir Pech hatten, kamen wir auf Gastspielreise gleich an mehreren Tankstellen mit dem Pappschild *Heute kein Benzin und morgen auch nicht!* vorbei. Wo bleibt denn zur Hölle das gottverdammte Benzin, wenn ein Land wie kein zweites in Erdöl schwimmt?! Von der Bühne bettelte ich die Bauern um Kraftstoff an: Bürger, Genossen! Wer spendet zehn Liter für den Tourenbus, damit unsere Schauspieler zurück in ihr Hotel finden? Morgen ist wieder Vorstellung, sie brauchen ein paar Stunden Schlaf!

Als wären wir Politiker, erzählten uns die Leute von ihren Problemen. *Ihr habt doch einen direkten Draht nach Moskau… Dies und das funktioniert nicht…*

Ach, Probleme hatten wir selber genug. Am neuen Theatergebäude in Alma-Ata fehle nur noch die Beleuchtung, hörte ich die Beschwichtigungen am Telefon, wenn es um unseren Umzug in die Hauptstadt ging. Aber: Schrauben Sie mal eine Glühbirne ein, ohne zu wissen, wo sich das dazugehörige Haus befindet, weil dafür niemals ein Grundstein gelegt wurde!

Zur Zehn-Jahres-Feier des Theaters planten wir ein besonderes Programm, ein Feuerwerk an Aktivitäten: ein internationales Festival mit Gästen aus dem Inland, der BRD und der DDR. Alles unter den wachsamen Augen der Behörden. Was veranstalten da die Deutschen, wer hat es ihnen erlaubt?

Und was sagte das geneigte Publikum, unsere hochverehrten Zuschauer? *Schauspieltheater – schön und gut, aber wir wollen außerdem eine Oper, eine Operette und ein Puppentheater für die Kinder!*

Wir boten ihnen Tanzfolklore, Gesang, eine Blaskapelle aus Bayern, eine Kunstausstellung – Gemälde im Foyer, Skulpturen im Vorhof – und den Auftritt der *alten Dame* in Samt mit Fuchsstola. Gut, es war nur Plüsch, aber aus der Entfernung machte das wirklich keinen

Unterschied, dafür war der Fuchs echt, eine Leihgabe der Dramaturgin.

Schön war's, sagten die Leute hinterher, aber unsere Koffer sind schon gepackt, vielleicht sieht man sich bald in Deutschland.

Sie waren nicht vom Glauben abzubringen, in der Bundesrepublik erwartet zu werden. Dabei warteten auch wir: auf ihr Erscheinen bei unseren Vorstellungen. Unsere Wünsche galten ihnen jedoch nichts, waren kein Nachdenken mehr wert. Abgeschrieben hatten sie *ihr* einst schwer erkämpftes Theater, ein für alle Mal …

Was tun, fragten wir uns nach den Festspielen, die nichts weiter waren als ein kleiner Ausschlag nach oben auf der Skala des Niedergangs. Solange es um die Neugründung der Republik ging, hatten unsere Zusammenkünfte den Anschein konspirativer Treffen Gleichgesinnter: alle dafür.

Im Kampf um die schwindenden Zuschauer zersplitterte das Kollektiv in drei Grüppchen: Die einen wollten endlich Theater in Alma-Ata machen, die anderen zurück an die Wolga und die dritten nach Deutschland auswandern; keine Spur mehr von Einigkeit. *Durchschütteln sollte man euch, bis ihr euch wieder besinnt!*

„Setz dich, Rudi", riet meine Frau, „und atme erstmal tief durch. Morgen sieht die Welt anders aus!"

Leicht gesagt. Anders vielleicht, aber nicht besser. Träumten die Herrschaften früher davon, wahlweise Theaterdirektor oder Regisseur zu werden, weil jeder sich dafür befähigt hielt, dass andere nach seiner Pfeife tanzten, strebten nun manche das Amt des Kulturministers oder mindestens dessen Stellvertreters in der neuen

Republik an, die es noch nicht mal auf dem Papier gab. Wer regieren darf, will schließlich wohldurchdacht sein und nicht per Los entschieden werden.

Meine Frau, die Eltern, die Kinder, alle lagen sie mir in den Ohren, wann ich denn endlich unsere Dokumente bei der Deutschen Botschaft einzureichen gedenke. Vielleicht wäre die Zeit der offenen Grenzen bald wieder vorbei und wir würden es versäumen, durchzuhuschen – wegen dir, Rudi!

Ich kann das Theater nicht im Stich lassen; und mehr gab es dazu von meiner Seite nicht zu sagen.

Violetta Kraushaar

Das letzte Mal, als wir in diesem Dorf aufgetreten waren, hatten wir dreihundert Zuschauer. Wir waren den Applaus gewohnt und die Versicherung, den Anwesenden zwei sorglose Stunden beschert zu haben. Die Dorfvorderen lobten in ihren Dankesworten die Professionalität der gebotenen Unterhaltung (den Rest des Jahres hatten die Bauern mit dem Laienspiel *Sensen & Harken* vorliebzunehmen). Wir lächelten, verneigten uns, nahmen Blumengrüße entgegen.

Jetzt saßen da vielleicht siebzig. Der Ort war entvölkert. Als habe man die Menschen über Nacht evakuiert/deportiert/ausgewiesen. Dabei waren sie in Scharen freiwillig gegangen.

Das gesellige Beisammensein mit dem Publikum nach der Vorstellung, sonst überaus lebhaft (über viele Jahre war uns die Aufmerksamkeit der gesamten Dorfgemeinschaft sicher gewesen), verlief neuerdings bedrückend. Von den siebzig Personen im Zuschauerraum waren uns zehn als Gesellschaft erhalten geblieben (die anderen zogen ihr Bett vor), das Speisenangebot war nicht viel mehr als eine Offerte an Fastenwillige (geschnittenes Gemüse und Wasser mit Pfefferminzzweigen in Karaffen).

„Das hat keinen Sinn mehr hier, wir werden von allen Seiten belogen und betrogen", sagte ein Landwirt namens Nikolai, der immerhin einen Laib Brot zur Tafel beigesteuert hatte.

„Von uns nicht, wir meinen es ernst", beteuerte ich.

„Unsere Papiere liegen schon bei der Botschaft, wir warten nur noch auf den Aufnahmebescheid."

„Früher hatten wir noch Hoffnung, aber ihr habt ja nichts erreicht."

„Und ihr werdet auch nichts erreichen!"

Ich wollte diesen selbstgerechten Anklägern widersprechen (was habt ihr denn riskiert, als wir vier Lagen Flugblätter mit Blaupapier dazwischen auf der Theaterschreibmaschine volltippten, deren Schriftbild uns jederzeit hätte überführen können, weil das kleine L aus der Reihe tanzte), suchte mit den Augen nach Beistand. Rudi, unser Fels in der Brandung, früh ergraut an den Schläfen. Sieben neue Aufnahmebescheide in den letzten Wochen.

„Doch, wir werden etwas erreichen, denn die Republik ist keine Chimäre, sondern ein erschwingliches Ziel. Sie wird kommen. Weil wir solange kämpfen werden, bis sie als Zeichen der Gerechtigkeit wiederaufersteht."

Nikolai stellte eine Flasche Selbstgebrannten auf den Tisch.

„Dann kämpft mal schön allein weiter! – Hoch die Tassen auf unsere Aktivisten!"

Wir übernachteten in einem verlotterten Hotel. Neben mir hörte ich Arnolds regelmäßige Atemzüge, die, so leise sie auch waren, mich dennoch beim Einschlafen störten. Ich drückte ein Ohr fest in die Matratze, stülpte das Kopfkissen als Schallschutz über das andere. Philipptschik wusste ich gut versorgt bei meiner Mutter, und dennoch übermannte mich eine heftige Sehnsucht danach, ihn in die Arme zu schließen, seinen vertrauten Duft zu spüren, die Lippen auf seine weiche Wange zu drücken, ihn gar nicht mehr loszulassen, bis er sich genervt aus meiner Umarmung herauswinden würde. Er wusste nicht, was für ein hart umkämpftes Geschenk er war, für ihn war alles selbstverständlich: Dass er auf der Welt war und Mama, Papa, Omas und Opas um ihn herum wuselten (plus die vielen Tanten und Onkel am Theater). Wäre ich jetzt zu Hause, ausgestreckt auf dem Sofa, die Beine schwer nach einem langen Arbeitstag, würde Mercutio auf meinen Bauch springen und es sich darauf zusammengekringelt gemütlich machen, mein süßes schnurrendes Heizdeckchen, dessen Vibrationen mich niemals am Einschlummern hinderten, ganz im Gegenteil.

Beim Zwischenhalt in Omsk prüften wir die Stimmung, indem wir uns im öffentlichen Bus laut auf Deutsch unterhielten und Wetten abschlossen, ob das gut gehen oder irgendein erboster Bürger „Raus hier, Faschisten!" brüllen würde. Und wenn das passierte, würden wir keinen Streit suchen wie Balzer neulich nach einem Geplänkel mit einem der deutschen Sprache unkundigen Zuschauer, der mitten in der Vorstellung „Gitler kaputt!" gerufen hatte, sondern freundlich zurückgrüßen.

Ich hatte die Frage aller Fragen bisher immer verdrängt, im Glauben, der Zeitpunkt, sich damit zu befassen, ließe sich damit hinauszögern: Wer von uns würde noch da sein, um nach Alma-Ata in das neue Theatergebäude umzuziehen?
Natürlich versicherten sich die Verbliebenen gegenseitig, *wir spielen weiter, bis wir untergehen.*
Wie das Orchester auf der Titanic.

Arnold Bungert

Die Zeit der scharfen Auseinandersetzungen über das Gehen oder Bleiben schien vorüber, seit uns immer mehr Kontrahenten abhandenkamen. Die einstigen Hitzköpfe und Fernwehgeplagten drückten inzwischen die Schulbank in Sprachkursen für Aussiedler irgendwo in Nordrhein-Westfalen oder Baden-Württemberg. Die Schauspielkollegen testeten ihre Deutschkenntnisse an Sachbearbeitern bundesrepublikanischer Behörden. *Nein, wir brauchen keinen Sprachkurs, wir sind Fortgeschrittene! Mit staatlichem Diplom!*

Tut nichts zur Sache, im Sprachkurs lernen Sie auch etwas über Land und Leute. So viele neue Eindrücke – das kann beängstigend sein. Lassen Sie sich ein Stück begleiten.

Meine Mutter kündigte an, die Papiere für die Botschaft fertig zu machen. Wenn wir noch länger warteten, würden wir die Letzten sein. Die Letzten beißen bekanntlich die Hunde. Außerdem wisse niemand, wie lange das Fenster in den Westen offenbleibe. Es wäre fahrlässig, tatenlos zuzuschauen, während alle anderen flüchteten.

„Wir flüchten nicht", sagte Vater, „wir wandern gesittet aus, nach dreißig Jahren Wartezeit." Kein Wort von der Republik. Auch Magdalena zuckte nur mit den Schultern.

„Gib's auf, Arnold, es ist vorbei."

„Nein! Das Theater spielt weiter."

„Wenn wir ausreisen, dann alle." Niemals würde Mutter zulassen, dass die Familie auseinandergerissen wird. Die Mehrheit überstimmt den Rest.

„*Wir können nicht.* Violetta hat drei Hauptrollen, ohne sie müssten sie gleich dichtmachen. Rudi ist jetzt schon am Rande des Nervenzusammenbruchs."

„Dann soll er sich um Neubesetzungen kümmern, ihr seid doch nicht seine Leibeigenen."

Ich sprach gegen eine Wand; eure Republik, sagten sie, wird als Taube auf dem Dach sitzen bleiben, bis sie tot umfällt.

Rudi hatte ich beruhigt, er müsse vorerst nicht um den Spielplan bangen, das Ausreiseverfahren dauere ein Weilchen. Bis alles genehmigt sei, hätte er noch genügend Zeit, um Ersatz zu beschaffen.

„Welchen Ersatz?! Wo soll der herkommen? Ihr habt fünf Jahre in Moskau studiert, um genau an diesem Theater aufzutreten; euch kann niemand ersetzen!"

„Du musst mich nicht anschreien. Wir bleiben doch da."

„Wie lange noch?"

„Für immer."

„Ach geh."

Ich ging in Alma-Ata aufs Meldeamt, um Reisepässe zu beantragen. Jeder Bürger hat das Recht, einen Reisepass zu besitzen. Zum Beispiel, um einen Badeurlaub in Bulgarien zu planen. Violetta und ich waren noch nie am Meer gewesen. Außer Steppe nichts von der Welt gesehen. Wir wollten mit Philipptschik in den Wellen planschen und Sandburgen bauen, am Gold- oder Sonnenstrand.

Auf dem Meldeamt saß eine junge Frau, die meine Unterlagen entgegennahm.

„Noch so einer", sagte sie. „Ich kann Ihnen keinen Reisepass ausstellen, Bürger. Ihr Antrag ist unvollständig."

Das hielt ich für ausgeschlossen, Violetta und ich hatten die Dokumente mehrfach geprüft, während die Frau sich kaum die Mühe machte, sie durchzublättern.

„Was fehlt denn? Vielleicht das?"

Ich hatte schon seit Stunden gewartet und wollte nicht klein beigeben, schob unter der Hand einen gefalteten Zehn-Rubel-Schein über die Theke, ahnungslos, ob das genug war. Für Staatsbedienstete, die an den richtigen Stellen saßen, war eine Goldgräberzeit angebrochen.

„Wann kann ich die Pässe abholen?"

„Ihr seid doch alle Verräter, haut nur ab in euer Deutschland!"

Ich lächelte freundlich. Vielleicht wollte sie fünfzehn? Das wäre allerdings schon unverschämt.

Sie sagte etwas von vier, fünf Monaten; weil so viele Verräter von meiner Sorte auf einmal Papiere beantragten, seien die Behörden überlastet. Eigentlich müsse man solche wie mich unverrichteter Dinge wieder nach Hause schicken.

Das passe genau, um in den Sommerferien zwei Wochen an Bulgariens Schwarzmeerstrand zu verbringen, mehr wolle ich gar nicht, danke, auf Wiedersehen.

Oswald Munz

Dass Emilia als nächste gegangen war, sogar noch vor Arnold und Violetta, war eine Überraschung. Auch du, Emilia? Gerade du?

Nach dem Umzug des Theaters von Temirtau nach Alma-Ata hatte sich niemand mehr um die Komsomolbelange gekümmert. Sowohl Emilia als auch ihr Stellvertreter waren weg. Man hätte das Protokoll der Gründungsversammlung einer betrieblichen Komsomolorganisation an das Ministerium schicken müssen, dort war das Fehlen eines solchen Dokuments in den Wirren der Zeit immerhin ein halbes Jahr lang unbemerkt geblieben. Es folgte eine Maßregelung, sofort einen Komsomolorganisator zu benennen. Unter den verbliebenen Schauspielern des Hauses hatte sich nach einigem Zureden Adam Balaschow bereitgefunden, das Amt *pro forma* zu übernehmen; viel hatte er nicht mehr zu tun gehabt, denn 1991 lösten sich sowohl der Komsomol als auch die Sowjetunion auf.

Aber Emilia? So sind sie, die Aktivisten. Wenn's heikel wird, sind sie die ersten, die man von hinten sieht. Andere sagten, sie habe sich nur dem Druck der Familie gebeugt, Balzer, drei Kinder, Eltern, Schwiegereltern – gegen eine solche Übermacht komme niemand an.

Ich wollte weiter auftreten, eine Bühne haben, zufällig stand sie in Alma-Ata. Woanders war sie mir nicht sicher. Also blieb ich, Rudi und ich als Bollwerk gegen den Zerfall. Sollen die ruhig gehen, die es für nötig hielten, wir harrten aus.

1991 berichtete das Fernsehen, dass unser neues Staatsoberhaupt Boris Jelzin zu Gast bei Helmut Kohl in Bonn weilte. Ich erfuhr aus der Zeitung, dass beide eine gemeinsame Erklärung unterzeichnet hatten, in der Jelzin die Wiederherstellung der Wolgarepublik versprach. In unserem Hause Jubel auf allen Rängen. Soweit sie noch besetzt waren ...

Zwar hatte es schon unter Gorbatschow eine solche Resolution gegeben, aber daran, sie umzusetzen, hatte sich niemand gewagt. Zwischenzeitlich war die Sowjetunion untergegangen, und noch gestern getroffene Entscheidungen wurden über Nacht hinfällig.

Aber jetzt waren wir endlich am Ziel. Nun konnten wir zufrieden nach Hause gehen und zu unseren Nächsten sagen: Es ist vollbracht! Wir haben gewonnen. Die Unkenrufer sind die Verlierer. Bedauern werden sie ihren Entschluss, das Feld vorzeitig geräumt zu haben.

Eine – nicht ganz unwichtige – Frage war allerdings immer noch offen: Wo würde die Republik liegen, nachdem vom Wolgagebiet nie ernsthaft die Rede und Kasachstan nach Protesten der ansässigen Bevölkerung schnell ausgeschieden war? Bei den kleinsten Gerüchten gingen die Menschen auf die Straße, um zu zeigen, was sie von solchen Plänen hielten. Sie trugen Transparente mit den Aufschriften *Deutsche raus!*, *Geht dahin zurück, wo ihr hergekommen seid!*, *Lieber AIDS als Deutsche* und wirkten sehr wütend. Daraufhin wurde das Vorhaben stets schnell begraben.

Boris Jelzin wollte als guter Landesvater sein Versprechen dennoch einlösen. Wie wäre es, sagte er bei einer öffentlichen Veranstaltung, mit *Kapustin Jar*?

Wer kennt nicht *Kapustin Jar*, witzelten wir, jedoch verging uns das Lachen rasch.

Jelzin bot uns tatsächlich ein Raketentestgelände mit langjährig überirdisch durchgeführten Atomwaffenversuchen zur Besiedelung an. Die militärische Nutzung sei abgelaufen und aufgegeben, das Gebiet menschenleer, Proteste seien daher nicht zu erwarten. Freilich bedürfe das Projekt einiger Vorbereitung, so müsse zuerst der nuklear verseuchte Boden abgetragen werden; die deutsche Regierung würde uns dabei mit Rat, Tat und reichlich DM helfen. Einheimisches Geld und Fachwissen bereitzustellen, sah er offenbar nicht als seine Aufgabe an. Mit etwas Geduld und Deutschlands Unterstützung könnten in Kapustin Jar bald schöne Gärten und fruchtbare Äcker, ja blühende Landschaften entstehen. Vielleicht beliebte das Staatsoberhaupt nach einem Gläschen Wodka zu scherzen und wir Verbissenen erkannten seinen Humor nicht.

Zeitgleich bekräftigte er nämlich, es würde unter seiner Präsidentschaft keine neue Wolgarepublik geben.

Fünfter Teil

Die Wandelbaren

1992–2016

Emilia Riedel

Aus der Ferne verfolgten wir die Ereignisse an unserem Heimattheater mit der Wehmut von Menschen, die zehn Jahre lang mit diesem Haus verbunden gewesen waren. Haus im Sinne von *Zuhause*. Diese Beziehung für immer getrennt zu sehen, stimmte mich melancholisch.

Unser Theater hatte in Alma-Ata nur den Namen behalten. Das Versprechen des Umzugs war zwar eingelöst, nicht jedoch das eines Neubaus. Ein Theater ohne feste Spielstätte ist nicht mehr als ein Wanderverein. Diesen Mangel wog auch der Sitz in der Hauptstadt nicht auf, zumal irgendwo am Stadtrand, wie ich hörte. Nach längerem Provisorium auf der Bühne der Eisenbahner – im Grunde bestand die ganze Geschichte des Theaters aus einer Abfolge von Provisorien – kaufte das Deutsche Schauspieltheater ein baufälliges Kino mit neunzig Sitzplätzen. In Temirtau hatten wir 450… Aber es war nicht mehr meine Angelegenheit, die räumliche Entfernung zwischen den alten Kollegen und uns war besiegelt, während der Alltag auf beiden Seiten vollen Einsatz forderte. Sie kämpften mit undichtem Dach, wir mit deutschen Formularen.

Irgendwann hörte ich auf, darüber nachzudenken, ob es die richtige Entscheidung gewesen war, die andere für mich getroffen hatten. Der Blick gehört nach vorn gerichtet.

Wir waren gerade aus dem Erstaufnahmelager in eine Übergangswohnung gezogen, als mich ein Fieber ereilte. Die Ärztin blieb vage in der Diagnose, es könnte dies oder das sein, vermutlich eine Virusinfektion. Sie machte einen Abstrich, empfahl Vitaminpräparate und reichlich Flüssigkeit. Sie schrieb mich zwei Wochen krank, und als ich mich danach immer noch erschöpft fühlte, noch einmal zehn Tage. Die Strapazen der letzten Monate hätten meine Abwehrkräfte geschwächt, meinte die Ärztin, da sei vieles zusammengekommen, wie sie meinen Worten entnommen habe, ich solle mir jetzt Ruhe gönnen. Als Befund entzifferte ich ein Wort, das nach Kernspaltung klang: Mononukleose. Das war der Name einer Krankheit, von der ich in Kasachstan noch nie etwas gehört hatte, wahrscheinlich kam sie dort nicht vor.

Während ich vor mich hindämmerte, eine Thermoskanne mit Kräutertee neben mir, suchten mich allerlei Gespenster heim. Wer weiß warum musste ich plötzlich an meinen leiblichen Vater denken, den Deschler Jakob, der sich vor langer Zeit aus dem Staub gemacht hatte. Mutter hatte ja Recht, es war auch ohne ihn weitergegangen und das keineswegs schlecht. Er fehlte mir nicht. Als ich mit dreizehn, vierzehn in meiner rebellischen Hochphase war und mir daheim etwas nicht passte, schrie ich, die Türen knallend: „Dann geh ich halt zu meinem richtigen Vater!" Und zu Erwin, der es mit Engelsgeduld schon so lange bei uns aushielt, obwohl die Frauen im Dorf, auch jüngere, ihm schöne Augen machten: „Du hast mir gar nichts zu sagen!"

Manchmal vergingen Monate, ohne dass ich an Jakob Deschler dachte. Bestimmt war er mittlerweile ebenfalls in Deutschland, sollte er noch am Leben sein, und es wäre ein Leichtes, ihn zu finden. Denn das Land ist viel kleiner, jeder hat ein Telefon, und die Post arbeitet zuverlässig, kaum ein Brief geht hier verloren.

Der Wunsch, Jakob Deschler zu suchen, überrumpelte mich hinterrücks, und noch beim Hinübergleiten in den Schlaf dachte ich, so eine närrische Idee müsse sich bis zum nächsten Morgen von selbst in Nichts auflösen, so närrisch war sie.

Sie löste sich aber nicht auf, sondern kam mir nach dem Aufwachen als erstes in den Sinn, wie ein rot blinkendes Warnsignal am Bahnübergang: Vater suchen! Vater suchen!

Was für seltsame Vorgänge so ein Fieber im Gehirn auszulösen vermag. Am Ende die wichtigste aller Fragen: Sollten wir uns duzen? Wir kannten uns ja gar nicht. Ich wollte ihm zeigen, dass ich auf eigenen Füßen stand, und er würde erkennen, dass er nichts dazu beigetragen hatte, und seine Pflichtvergessenheit bitter bereuen. Mit Genugtuung würde ich ihm aufzählen, was er durch eigenes Verschulden versäumt hatte: dass seine Tochter Schauspielerin geworden war, Bühnenerfolge gefeiert, Kinder in die Welt gesetzt und einen Mann geheiratet hatte, der geblieben ist. Bis jetzt jedenfalls. *Viel länger als du.*

Das wollte ich ihm sagen, am liebsten sofort.

Ich bat Edik, mir das Telefonbuch zu bringen. Als ich es aufschlug, wusste ich nichts mehr damit anzufangen; der Vater wird ja kaum in derselben Stadt wie ich leben, wie dumm von mir.

An wen wendet man sich in Vermisstenfällen? Ich durchforstete meine Erinnerung nach Schlüsselwörtern aus Filmen, Büchern und Radiosendungen: Polizei,

Rotes Kreuz, Meldeamt, Suchanzeigen, Privatdetektive. Irgendwo musste ich anfangen. Möglichst mit geringem Aufwand bei niedrigen Kosten.

„Er hat dir doch nie was gezahlt, willst du jetzt etwa seinetwegen Geld verschwenden?", sagte Mutter, als sie einen Topf mit Suppe vorbeibrachte; ich würde in meinem Zustand noch die Kinder verhungern lassen. Die Kinder waren uns beiden längst über den Kopf gewachsen.

Natürlich, die Auskunft. Ich nahm den Hörer in die Hand. Ich brauchte nur zu sagen, bitte geben Sie mir die Nummer von Jakob Deschler. Das war überhaupt nicht schwer. Die Auskunft musste alle Deschlers in Deutschland kennen. Hier war alles klar geregelt.

„In welcher Stadt?", fragte die Dame am anderen Ende. Ich legte auf, überrascht, dass sie nicht allwissend war.

Oswald Munz

Nach geglückter Auswanderung arbeitslos zu sein, war ein ganz normaler Vorgang. Ich wusste es, alle anderen wussten es auch. In der Heimat verwöhnte und geachtete Bühnenkünstler, Signalgeber und Vermittler zwischen Minderheit und Regierung – hier waren wir niemand. *Gewöhnt euch dran.*

Wie zum Trost sickerte dann und wann bis zu uns durch, wie holprig der Spielbetrieb seit dem Umzug unseres Theaters von Temirtau nach Alma-Ata verlief: Es gab keinen Direktor, keine eigene Bühne, zu wenige Schauspieler. Das Ensemble war nunmehr Untermieter im Kulturpalast der Eisenbahner, mehr geduldet als erwünscht, ein lästiger Nebenbuhler um Ressourcen und Publikum für den Hauptbewohner. Die Nutzungsdauer der Bühne war begrenzt auf drei Tage pro Woche – ein lächerliches Teilzeittheater. Weder Befriedigung noch Bedauern, dass ich nicht mehr dabei war, stellte sich ein. Sie würden schon irgendwie klarkommen, auch ohne mich.

Im Lager Unna-Massen sagten die Leute in meine Richtung, der da sei ein *Gebildeter*, spreche korrektes Deutsch und könne einem beim Ausfüllen der Formulare helfen. Sie kamen zu mir mit ihren Anträgen und Übersetzungswünschen, erzählten mir nebenbei ihre Lebensgeschichten und erklärten ihre Verwandtschaftsverhältnisse, als sei ich ihr persönlicher Sachbearbeiter vom Amt.

Vor kurzem spielte ich noch für 120 Rubel Monatsgehalt Theater in einem untergegangenen Land und hoffte, irgendwo in der Stadt Insulin für meine Mutter aufzutreiben, nachdem in mindestens fünf Apotheken die Auskunft *netu – nichts da* gelautet hatte, was sich auch in den nächsten Tagen, Wochen und vielleicht sogar Monaten nicht ändern würde.

Nach dem Verkauf des Hauses nahm Mutter von ihrem Garten Abschied: „Hier wäre genug Platz für fünf Stiefenkel und *mehr* gewesen."

Als ich gefragt wurde, wo wir uns niederlassen möchten, gab ich eine Großstadt an. Die meisten Theater findet man nicht auf dem platten Land. Köln oder Düsseldorf, sagte ich.

In verschiedenen Arbeitsämtern der Bundesrepublik erhielt ein jeder von uns die gleiche Auskunft: Schauspieler? Ganz schwierig! – begleitet von vielsagenden Seufzern.

Meine Beraterin war sehr nett. Dass Leute hinter Schreibtischen nett sein können, war eine neue Erfahrung für mich. Sie gab sich viel Mühe mit mir, dem Bittsteller.

„Herr Munz, ich bewillige Ihnen zunächst einen Deutschkurs…"

„Moment, ich kann Deutsch."

„Natürlich. Es ist eine Maßnahme zu Ihrer Absicherung, damit Sie Zeit haben, sich in Ruhe eine Stelle zu suchen. Wir haben hier in Köln Dutzende von Theatern, vielleicht klappt es ja irgendwo. Geben Sie nicht zu schnell auf."

Neun Monate Sprachkurs *Deutsch für Aussiedler*. Die hilfsbereite Frau Frenzel hatte mir zu verstehen gegeben, dass ich aufgrund meiner Vorkenntnisse nicht jeden Tag anwesend sein müsse. Ich lernte, wie man Bewerbungen schreibt. Ich schrieb vierzig Stück und trug sie persönlich aus, um das Porto zu sparen. Ein kleines privates Theater lud mich zum Vorstellungsgespräch ein. Das Büro war vollgestopft mit Requisiten. Die Tischlampe leuchtete schwach, der Theaterleiter saß mir im Halbdunkel gegenüber.

„Dann erzählen Sie mal."

Er hörte sich alles an.

„Das ist wirklich sehr beeindruckend, Herr … Munz. Aber leider habe ich nichts für Sie."

Er schickte mich dennoch nicht mit leeren Händen weg. Der zweite nette Mensch in so kurzer Zeit. Mit seiner Empfehlung sprach ich im Schauspielhaus vor. Sehr angenehme Leute. Sie hörten mir zu, nickten und lächelten freundlich. Zu ihrem Bedauern gebe es derzeit im Haus keine Vakanzen. Zudem hätten sie Bedenken wegen meiner Aussprache. Dieser Dialekt sei nicht bühnenreif für ein städtisches deutsches Theater.

Ich bedankte mich für das interessante Gespräch.

Danach ging ich wieder regelmäßig zum verordneten Unterricht und legte eine Absage nach der anderen auf einen Stapel.

Mutter fand das Gemüse im Supermarkt schön anzusehen, aber seelenlos.

Wir hatten gedacht, das Leben in Deutschland sei leichter, aber es fühlte sich gar nicht leichter an, eher im Gegenteil.

Emilia Riedel

Meine Großväter hatten nie viel von sich selbst erzählt. Der Riedel-Opa war Kolchosmechaniker von geringer Bildung. Als junger Mann hatte er davon geträumt, auf die Abendschule zu gehen und die zehnte Klasse nachzuholen. Seine Kollegen brachten von der Abendschule Zeugnisse mit und wurden befördert. Weil aber meine Mutter und ihre Geschwister schon auf der Welt waren, hatte er immer hart arbeiten müssen, auch schwarz nach Feierabend, und die Abendschule blieb ein Traum. Der Beutelsbacher-Opa hütete zuerst Schafe auf den Feldern der Kolchose, fällte dann in Sibirien Bäume, baute daraus Holzbaracken und beendete sein Berufsleben als Dachdecker.

Vielleicht waren sie keine Helden, aber ehrbare und fleißige Bürger.

Wenn die Erwachsenen über früher sprachen, nannten sie die Zeit, lange bevor ich auf die Welt kam, *Hongrjohre*. Und dass in der *Trudarmija* viele an *Hongr* gestorben seien. Aber was für eine Krankheit war *Hongr*? Aus der Schule kannte ich Typhus, Diphterie, Lungenentzündung, Infektionen, die tödlich verlaufen können; gegen Viren und Bakterien war sogar der Kommunismus machtlos, vor allem, wenn man bedenkt, dass unsere Medizin früher noch nicht so weit entwickelt war wie heute.

Nur einmal sagte Opa Beutelsbacher etwas undeutlich, weil er die Zahnprothese gerade herausgenommen hatte: „In die Partei willscht, Emilia? Was haben denn die Kommunisten Gutes getan?"

„Das Land elektrifiziert!", sagte ich wie aus der Pistole geschossen.

Tatsächlich hatte ich ja irgendwo noch einen dritten Großvater. Und von dem wusste ich noch weniger als von den beiden anderen. Genau genommen, nicht einmal seinen Namen.

Auch danach wollte ich Jakob Deschler fragen.

Edik riet mir, strategisch vorzugehen. Zuerst eine Liste von größeren Orten erstellen, wo sich viele von unseren Leuten angesiedelt hatten. Jeden Deschler nehmen, der sich bietet, er könnte mit mir verwandt sein. Anrufen. Fragen. Erklären.

Das Fieber verging, die Mattigkeit ließ nach, ich war ganz mit dem Hier und Jetzt beschäftigt, ohne einen Gedanken daran, wovon wir in diesem neuen reichen Land leben sollten.

„Als Schauspielerin kann ich Ihnen leider nichts anbieten", sagte der Herr vom Arbeitsamt. „Ich empfehle Ihnen eine Umschulung zur Altenpflegerin oder Floristin."

„Ich werde darüber nachdenken", sagte ich.

Bei einem Kontrolltermin nach meinem langen Fieber fragte die Ärztin, wie es mir gehe. Ich wollte sagen, danke, gut, bis zum nächsten Mal. Stattdessen erzählte ich ihr, dieser wildfremden Person, die meist mit Erkältungen, Verdauungsproblemen und Rückenbeschwerden zu tun hatte, von der Warnblinkanlage in meinem Kopf, der Vatersuchmaschine, meiner Energiefresserin ohne Gegenwert.

Die Ärztin nickte, während sie eifrig mitschrieb, vielleicht war ich ein interessanter Fall. Die Abwesenheit des Vaters führe zu seiner Idealisierung und der Fokussierung auf die Leerstelle. Sie bot mir eine Psychotherapie an.

„Vielleicht später", sagte ich. Ihre Worte klangen nach einer ernsten Diagnose, die sich anhörte, als sei jemand anderer betroffen und ich nur unbeteiligte Zeugin.

„Emilia, du wirst enttäuscht sein", sagte Mutter. „Wozu brauchst du das? Bestimmt ist er ein Trinker und hat Leberzirrhose, wie viele Männer in seinem Alter. Kümmere dich lieber um Erwin, das ist dein Vater."

Natürlich kümmerte ich mich um Erwin. Der nicht trank und für seine Stiefenkel eine Werkstatt im Keller der Mietwohnung eingerichtet hatte. Dort bastelten sie gemeinsam Kleiderhaken aus altem Besteck und hölzerne Kerzenständer, die wir zu Weihnachten geschenkt bekamen. Nie fragten die Söhne nach dem anderen, unbekannten Großvater.

„Warum rufst du nicht an?", fragte Edik, der mir eine Liste mit Telefonnummern von Jakob Deschlers Namensvettern an die Wand neben den Garderobenspiegel gepinnt hatte, damit ich jeden Tag beim Vorbeigehen daran erinnert würde.

„Weil sie auflegen werden, wenn sie meinen russischen Akzent hören."

„Ach Quatsch. Wenn ein Halbbruder oder eine Halbschwester von dir dran ist, bekomm ich dann 'ne Prämie?"

„Über Finderlohn sprechen wir später."

Ich rief nicht an. Ich versprach es zu tun, sobald wir beide Arbeit hätten und eine richtige Wohnung.

„Was soll das denn?"

„Wenn er uns hier besuchen will, haben wir kein Zimmer für ihn."

„Sei nicht albern, wir stellen ein Gästebett ins Wohnzimmer!"

Ein Klappbett für Jakob Deschler – das ging einfach nicht.

Violetta war am Telefon. Sie rief sonst nie an. Seitdem wir unseren Berufsalltag nicht mehr teilten, hatte ihre Professionalität mir gegenüber nachgelassen. Wenn sie glaubte, ich litte deswegen an schlaflosen Nächten, irrte sie; den Glauben ließ ich ihr.

Vorgeplänkel über das Wetter, das gegenseitige Befinden und die diffizile Kommunikation mit diversen Ämtern, deren Amtsdeutsch wir gemeinsam zu deuten versuchten, vermutlich nicht immer richtig.

„Edik hat mir erzählt, dass du bisher kein Glück hattest. Du weißt, was ich meine... Hast du es schon über Suchdienste probiert? Meine Mutter kann dir helfen."

Ich hätte höflich ablehnen können; als ob ich auf ihre Hilfe angewiesen wäre... Aber Violetta schien verstanden zu haben, dass es sich um eine Angelegenheit von universeller Wichtigkeit handelte – sie klang mitfühlend, wie eine gute alte Freundin. Danke, sagte ich.

Albina Kraushaar füllte für mich Formulare aus, außerdem überredete sie mich zu einer Suchanzeige. Nichts davon würde schaden; alles mich meinem Ziel näherbringen. Dem Vater.

Violetta Kraushaar

„Ich glaube, alles würde besser laufen, wenn wir eine Katze hätten", sagte ich zu Arnold. „Die Menschen hier sind so ungesellig, wahrscheinlich redet eine Katze eher mit uns als unsere Nachbarn."

„*Du* willst eine Katze, nicht *wir*."

„Sie zahlen Steuern für Hunde und haben für alles Versicherungen."

„Worauf möchtest du hinaus?"

„Ich will nur sagen, vielleicht haben wir bisher falsch gelebt ..."

Unsere Landsleute klingelten an den Türen und verkauften Versicherungspolicen, viele verschiedene, für jeden denkbaren und undenkbaren Fall, denn das Leben in Deutschland schien für jedermann gefährlich zu sein und Risiken bereitzuhalten, die wir in unserer Unwissenheit niemals von allein bedacht hätten.

„Unterschreib nichts, wenn ich nicht zu Hause bin", sagte Arnold.

„Und du sagst, dass du erst deine Frau fragen musst."

Wir schlossen Kapitallebensversicherungen ab, obwohl die Beiträge für zwei Arbeitslose kaum zu stemmen waren. Immerhin hatten wir uns nur zwei unnötige Verträge aufschwatzen lassen und kein Dutzend (wie manche Kollegen), das sprach für unsere Vernunft (in Wahrheit war dieser Umstand meiner Ängstlichkeit zu verdanken, irgendetwas zu unterzeichnen, was ich nicht verstand).

Die Nachbarn gingen mit Hund und Katze wegen jedem Wehwehchen zum Tierarzt, sie bezahlten Geld für regelmäßige Impfungen (gegen Tollwut, Katzenschnupfen und den Fuchsbandwurm, der über Dreck an den Pfoten ins Haus eingeschleppt wird, das könne man gar nicht verhindern). Wie schrecklich, dachte ich, davon hatte ich ja keine Ahnung! Nicht auszuschließen, dass wegen meiner Unachtsamkeit der Fuchsbandwurm längst sein Unwesen in unserem Haushalt trieb.

Ich lernte, wie Besuche beim Tierarzt und Arbeitsamt abliefen, und prägte mir Textbausteine ein, um telefonisch Termine zu vereinbaren. Hierzulande trugen alle Terminkalender bei sich, und wenn etwas abgemacht war, dann hielt man sich daran. Das zu verinnerlichen, war noch eine von den einfacheren Übungen gewesen.

Emilia Riedel

Beim Elternabend meines Jüngsten steckte mir eine andere Mutter eine Einladung zu. Sie habe gehört, wir kämen frisch aus dem Osten. Vielleicht fehle mir noch die eine oder andere *Plastikdose* im Küchenschrank, und bei ihrer Party wäre sicher etwas Passendes dabei.

Ich ging hin, endlich Gesellschaft, sogar durchweg hiesige, Integration pur.

Der Abend bei Verena Bollinger verlief lustig, ich kehrte mit zwei bunten Plastikschüsseln und einer Trinkflasche mit Spezialverschluss zurück, lebenslange Garantie inklusive. Die Kinder begannen sich um Letztere zu prügeln, Mama, warum nur eine?!

Weil das Zeug sauteuer ist! Die Frauen kauften dennoch, als fehlten ihnen zu ihrem Glück genau dieser Behälter mit Aromadeckel und die Backform für Kastenbrote.

Die Verkäuferin der Plastikschüsseln nannte Frau Bollinger Gastgeberin und sich selbst Beraterin. Sie sagte, jede in unserer Runde könne beides werden, es sei ganz unkompliziert und mit Gewinn verbunden. Alle Teilnehmerinnen bekamen ein schönes und nützliches Geschenk überreicht. Später nahm sie mich beiseite. „Frau Riedel? Ich habe von Frau Bollinger gehört, dass Sie Russisch sprechen. Genau so jemanden suchen wir für unseren russischen Kundenkreis."

„Tatsächlich? Interessant."

Ich dachte über Floristin und Altenpflegerin nach und entschied mich für: *Schüsselverkäuferin.*

Die Emilia Riedel von verblichenen Theaterplakaten gab es nicht mehr. Schauspielerin war ich in einem anderen Leben gewesen: von-bis, Schnitt, aus.

Manchmal schaute ich zurück und dachte, *irgendwie war es doch schön gewesen. Lebendig. Rauschhaft. Viel zu kurz.* Vielleicht, weil wir jung waren, damals. Als ich glaubte, dieses *Neu-Land* BRD halbwegs verstanden und mich irgendwie darin zurechtgefunden zu haben, kam mir vieles einfacher vor. In der Einfachheit lag ja auch Schönheit. Ein Leben, das weniger hart ist, macht die Menschen aber schnell behäbig. Jedenfalls sind sie anders, die Satten, ganz anders als die Hungrigen. Deshalb bleiben wir anders, weil die Sattheit uns erst spät übermannt hat. Jemand sagte, wir ehemaligen Sowjetmenschen erkennten uns gegenseitig auf der Straße. Ich glaube, das stimmt. Die Ahnungslosen spüren nur, dass da unter der Oberfläche etwas lauert, dem sie nicht auf die Spur kommen, deshalb bleiben sie auf Distanz.

Manche redeten nicht mehr mit mir, seit es herausgekommen war. Emilia, *die Zuträgerin.* Andere fragten vorwurfsvoll: „Emilia, hattest du das nötig?" Einige werden das gewiss noch in dreißig Jahren fragen. Dafür gibt es keine Verjährung.
Ich habe so gehandelt, weil ich es für richtig gehalten habe. Nach bestem Wissen und Gewissen. War es meine Schuld, dass ich später klüger war?
Sie tun jetzt so, als wären sie wissend auf die Welt gekommen.

Hast du vorher wirklich nichts gesehen oder wolltest du es nur nicht?

Niemand von uns hätte das von dir gedacht. Du warst so ein nettes Mädchen und sehr jung damals. Wer oder was hat dich verführt?

Wer oder was – gute Frage.

Also suchte ich nach den Schuldigen. Die Eltern, Mutter und Erwin.

Warum habt ihr mir nie die Wahrheit gesagt?

Weil du wie ein normales sowjetisches Kind …

Ich sagte, hört auf, hört auf! Es war, was sie immer sagten, aber vielleicht war es das eine Mal zu viel. Hätte sich Jakob Deschler nicht einfach davongemacht – wäre ich dann eine andere geworden?

Ich erinnerte mich, dass ich ins Parteisekretariat ging, dort mein Parteibuch auf den Tresen knallte und sagte, ich will das nicht mehr, nehmen Sie das zurück. Mir gegenüber saß eine Person, die ich aus Gewohnheit mit „junge Frau" ansprach, tatsächlich eine doppelt so alte Matrone von gewichtigem Umfang. Ich schaute auf den roten Einband des Parteiausweises und dachte, da liegt die Krönung meiner Überzeugungen und ihr Ende. Von-bis, Vorhang fällt, kein Applaus, Schnitt.

Danach konnte ich nicht mehr denken, nicht mehr arbeiten, ich wollte schlafen.

Und ich schlief ein halbes Jahr. Ich weiß nicht, was in dieser Zeit passiert ist, wer sich um die nötigen Dinge kümmerte. Vielleicht hatten mich die Eltern in eine Klinik gebracht oder mir Medikamente gegeben. In meiner Höhle gab es kein Bedürfnis nach Reden und Essen, es war immer dunkel, still und warm. Ich fühlte mich frei von allen Pflichten, ach geht, jetzt nicht. Und sie ließen von mir ab und gaben Ruhe.

Dann wachte ich wieder auf.

Mein altes Leben und ich passten nicht mehr zusammen.

Das Theater war ohne mich nach Alma-Ata umgezogen, es hieß weiterhin *Deutsches Theater*, aber eigentlich war es tot. Die Eltern hatten einen Ausreiseantrag in die Bundesrepublik gestellt, für die ganze Familie, mich, die Kinder, Edik. Weil das alle so machten, man wollte doch am Ende nicht als der *dumme Rest* zurückbleiben. Pack nur das ein, was unverzichtbar ist, wenn Ideologien zusammenkrachen, entsteht viel Staub, bis er sich wieder lichtet, rette sich, wer kann.

Ich sichtete meine Papiere. Ballast aussortieren. Schade, dachte ich, so ein Parteibuch hätte nicht viel Platz eingenommen. Ich hätte es noch meinen Enkeln zeigen oder auf dem Flohmarkt als Reliquie einer untergegangenen Zeit anbieten können.

Arnold Bungert

Ihr werdet bei mir den schönsten Beruf der Welt erlernen.

Der Satz fühlte sich so vertraut an. Wo hatte ich ihn zuerst aufgeschnappt, wann und von wem?

Keine Ahnung. Ich erinnerte mich nicht.

Ich spulte den Spruch ab, wenn neue Schüler zu mir kamen, und die älteren Semester dürften ihn auch mehr als einmal gehört haben.

Der Satz war mein Vaterunser. Er half gegen alles. Gegen Zweifel. Gegen Niederlagen. Gegen Neidgefühle. Was hätte ich meinen Schülern bei diesen Symptomen sonst empfehlen können, außer Yoga und der Kraft positiver Gedanken?

Alkohol ja wohl nicht.

Der Satz war so tief und fest in meinem Kopf verankert wie die Trauungsformel im Gedächtnis eines Standesbeamten. Wer diese Worte nicht verinnerlicht hatte, der konnte gleich wieder gehen und Taxifahrer werden oder Kanalarbeiter.

Das sagte ich den jungen Leuten geradeheraus. Sie wollten etwas Bedingungsloses hören, und sie bekamen es. Schon in der ersten Stunde fragte ich alle und jeden: Brennen Sie für diesen Beruf? Und wenn sie verdattert bejahten, bohrte ich nach: Wie stark? Wie ein Präriefeuer, wie ein Dachstuhlbrand oder wie ein Teelicht?

Natürlich war das Unsinn. Niemand musste brennen. Wer brennt, ist auch schnell mal abgebrannt. Aber sie kamen ins Grübeln. Ob sich eine zweite Stunde lohnte. Dann versprach ich ihnen, dass ich alles an Leuchtkraft aus ihnen herausholen würde. Sie müssten dafür mindestens zehn Unterrichtseinheiten gegen Vorauszahlung bei mir buchen.

Der Schüler um 14 Uhr hatte kurzfristig abgesagt. Er müsse für eine Matheklausur pauken. Als ob das ein Grund wäre. Nur bei triftigen Gründen berechnete ich kein Ausfallhonorar, das erklärte ich allen zu Beginn. Aber manche hörten einfach nicht zu. Kamen mir mit den dümmsten Ausreden. Auto kaputt, Monatskarte vom Hund gefressen, Smartphone gestohlen, verloren, vergessen aufzuladen.

Ich schenkte mir ein Glas Rotwein ein. Mittags nur ein halbes. Wieder ein zerrissener Tag!

Früher hätten mich weder Rausch noch Fieber davon abgehalten, auf der Bühne zu stehen. Jetzt sagten die Jugendlichen ab, weil sie unfähig waren, ihre Zeit einzuteilen. Weil niemand ihnen beigebracht hat, worauf es ankommt. Pflichtgefühl. Verlässlichkeit. Disziplin. Loyalität. Bei schlechtem Wetter verschliefen sie gern. Bei schönem Wetter wollten sie rausgehen. Und verhedderten sich in ihrem Text, sobald auch nur ein Zuschauer in Gestalt eines Passanten in Sichtweite kam. Fremde Menschen würden sie *verunsichern …*

So sah es mit dem Nachwuchs aus. Glühwürmchen allesamt.

Ein großes Talent war auch dieser Schüler gewiss nicht. Aber ich konnte mir die Kundschaft nicht aussuchen. Es war kein leicht verdientes Geld, doch immerhin, der Job hatte noch ganz entfernt etwas mit Schauspielerei zu tun. Das hatte ich Oswald voraus. Wenn man nämlich einmal den Anschluss verliert, ist es vorbei.

Mein Freund Oswald, einst gefeierte Erstbesetzung für tragende Rollen am Deutschen Theater in Temirtau! Derselbe Oswald sagte heute, ach, man dürfe dem Alten nicht hinterhertrauern. Vorbei sei vorbei! Bühne frei für etwas Neues!

Ich aber wollte nicht, dass es vorbei war. Ich wollte nichts Neues als Ersatz für das Verlorene.

Der nächste Schüler kam erst um 15 Uhr 30. Und das Glas jetzt schon leer. War ja auch nur halbvoll gewesen, wenn überhaupt. Ich ermahnte mich zu Zurückhaltung und Selbstkontrolle, solange mit Kundschaft zu rechnen war, sonst kannst du den Laden gleich dichtmachen.

Natürlich, ich könnte zwischendurch spazieren gehen. Tageslicht, frische Luft, Bewegung, sehr zu empfehlen. Oder lieber meinen Agenten anrufen? Auch wichtig. Ihn an meine Existenz erinnern. Hallo, ich bin noch da. Soll heißen: Wann hast du wieder was für mich? Nimmst du deinen Job ernst?

Zuletzt hatte mir der Agent einen schlecht bezahlten Auftritt auf einem Mittelalterspektakel vermittelt. Ob ich für den Falknergehilfen einspringen könne, der plötzlich erkrankt sei? Der Falkner drohe sonst, die Show abzusagen, er arbeite nicht gern mit Laien, hatte es am Telefon geheißen.

Ob das sein Ernst sei, hatte ich den Agenten gefragt. Um keinen Preis würde ich, Arnold Bungert, einen lebendigen Raubvogel auf den Arm nehmen. Sogar Hähnen ginge ich aus dem Weg. Seit frühester Kindheit litte ich unter Angst vor Kühen und Pferden. Deshalb sei aus mir auch kein Dschigit geworden.

Hä? Kein was? Angst vor Pferden, das sei ja noch schlechter, sagte der Agent missmutig. Da bliebe nur der Marktschreier. Oder der Herold, wobei dieser die Nähe von Pferden auf einem Ritterturnier nicht scheuen dürfe.

Ich nahm den Herold. Das Wichtigste war, in Übung zu bleiben. Den Anschluss nicht zu verlieren. Und die Ängste zu überwinden.

Das erklärte ich auch unermüdlich meinen Schülern. Ihr dürft Ängste haben, egal wovor, die Auswahl ist fürwahr riesig! Ihr müsst nur die Oberhand behalten. Schwäche zeigen, das macht ihr erst zu Hause oder auf dem Klo. Und mit dem Rest hat jeder von euch selbst klarzukommen, dafür bin ich nicht zuständig, ich bin nicht euer Therapeut.

Ich musste dieser aufgeklärten, selbstbewussten, allwissenden Jugend verdammt nochmal kein väterlicher Freund sein – eine Rolle, die einst meine Dozenten an der Theaterhochschule in Moskau übernommen hatten, um mich, den sechzehnjährigen Bauernsohn aus der Steppe, frischgebackenen Besitzer eines Traktorführerscheins, vor den Versuchungen der Großstadt zu beschützen.

Meine Hand griff zum Telefon. Kurz meine Mutter anrufen, wie jeden Tag. Ihre Stimme hören, mich über den ausgefallenen Termin und die Jugend von heute beschweren und Trost erhalten. Ihren Fragen nach dem Enkel ausweichen, von dem ich selbst seit Monaten nichts gehört hatte. Der Junge war ja erwachsen… Er konnte sich selbst melden. Noch in der Bewegung sagte etwas in mir, stopp, du kannst sie nicht anrufen. Sie wird nicht mehr abnehmen. Sie ist tot.

Vor zwei Jahren hatten ihr die Ärzte gesagt, sie habe ein gesundes Herz und könne damit hundert werden. Ich hätte Mutter gern noch gefragt, warum sie sich nicht an diese Prognose gehalten hatte. Hundert war ein respektables Alter, bedeutete noch viel Zeit, endlos viele Tage, um mit ihr zu telefonieren und sie zu beruhigen, dass ich – noch! – meine Miete zahlen konnte und nicht verhungern würde. Aber dann war ihr Herz müde geworden und lange vor hundert aus dem Rennen gestiegen, einfach so, ohne Vorwarnung. Warum machst du so etwas, nicht auf die Ärzte hören, Mama?

Als ich ihre Wohnung auflöste, sagte der Vermieter so etwas wie, ach, Sie sind also der berühmte Schauspieler?

Ich bin ihr Sohn, hatte ich zerstreut geantwortet.

Violettas Mutter lebte noch. Violetta war auch noch Schauspielerin.

Ich wollte nicht, dass Violetta von meiner Rolle als Herold erfuhr. Natürlich hatte es ihr jemand zugetragen, wenn es darauf ankommt, ist die Theaterwelt ein Dorf. Über Abwesende wird genüsslich gelästert, ihnen der Pelz bis auf die Knochen gewaschen. Der Arnold, der hatte Talent, schade, dass er es nicht weiter gebracht hat. Privat abgestürzt, dann blieben die Rollen aus. Und sie, Violetta, die vielseitige Schöne, einst Publikumsliebling des Steppenensembles, hatte sich durchgebissen, von einer Sommersaison im Laientheaterverein bis zum Engagement an einer deutschen Provinzbühne, wer hätte das gedacht. Katzen landen immer auf ihren vier Pfoten!

Wir hätten heute noch zusammen sein können. Als Ehepaar. Wie die anderen Ehepaare. Mehr oder weniger glücklich. Mehr oder weniger treu. Als käme es darauf an.

Eine Familie wollte ich. Mit vier oder fünf Kindern, alle musikalisch. Zunächst Klavier und Schlagzeug. Unbedingt Schlagzeug! Wir hätten immer Leben im Haus. So stellte ich mir das Glück vor.

Da habt ihr ja mit nur einem voll abgelost, sagte Philipp.

Ich ließ mich nicht beirren. Der griesgrämige Pubertant sollte lernen, worauf es im Leben ankäme.

Am Theater träumte ich davon, während der Gastspielreisen im Sommer die Kinder zu den Großeltern raus aufs Land zu schicken, mit jedem Jahr würden es mehr werden – okay, mit jedem zweiten Jahr –, jedes Kind eine Persönlichkeit mit je gleichen Anteilen von Violetta und mir. Und trotzdem ganz unterschiedlich. Die Kleinen würden sonnengebräunt zurückkehren, das Haar nach wildem Wermut duftend, Hornhaut an den Fußsohlen vom vielen Barfußlaufen, und beim Wiedersehen mit Mama und Papa sehnsuchtsvoll die Ärmchen ausbreiten.

Langweilig, sagte Philipp.

Tag für Tag auf der Bühne, Applaus, Aufmerksamkeit und Ehre, sogar ein bisschen Ruhm, das war großartig, das war befriedigend, das war mein Leben – aber am Ende war es nicht alles. Ich wollte mehr. Näher zur Sonne. Mehr Licht.

Die Republik. Ein historischer Moment, wenn sie gelungen wäre. In die Bücher eingegangen als Moment des Scheiterns.

Was noch? – Als Violetta und ich während des Studiums in Moskau heirateten, hatte es sich richtig angefühlt – richtig für uns beide, so dachte ich. Wir teilten Erfahrungen, den Beruf, das Umfeld; alles, was von Bedeutung war, schweißte uns zusammen. Und dann das Kind, das lang ersehnte. Von Angst geprägte neun Monate, durch die wir uns beide vor lauter Vorsicht wie auf Zehenspitzen bewegten. Violetta vermied jede Erschütterung, stieg keine Treppen mehr, machte einen Bogen um Menschenansammlungen. Wenn etwas passiert…

Sie haben einen Sohn.

Das war Glück. Endlich Familie.

Ein Anfang. A wie Arnold junior.

Vielleicht war es nicht klug gewesen, dass ich nach der Geburt des Erstlings sagte, wir sollten gleich mit B und C weitermachen. Die Gunst der Stunde nutzen. Ich wollte meine Freude ausdrücken. Meine Dankbarkeit. Meine Art Treueversprechen.

„Das mag bei euch in der Familie Tradition sein", sagte Violetta, „aber ich halte nichts davon, drei Generationen Spitznamen verpassen zu müssen, weil man sie sonst nicht auseinanderhalten kann."

Also Philipp. Ganz wie du willst, Schatz. Dann bleiben wir bei P, ist auch ein hübscher Buchstabe.

Dass ich von dieser verschütteten Milch nicht lassen konnte! War ein halbes Leben her. Heute hatte ich statt fünf musikalischer Kinder säumige Schüler. Bekamen die Schauspielstunden von den Eltern bezahlt und hielten sich trotzdem nicht an Vereinbarungen.

Violetta hatte ein Engagement am Theater Zittau. Das wusste ich von Oswald. Ich hatte noch abwehrend die Hand gehoben, sei still, erzähl mir nichts! – doch da war es dem Freund bereits entschlüpft.

Zittau. Wo lag das überhaupt? Irgendwo weit draußen im Osten. Wie Philipp sagte: Da willste nicht tot überm Zaun hängen. Ob *Maria Stuart* oder eine der *Drei Schwestern* – so genau wollte ich es nicht wissen. Ebenso wenig wollte ich ihren Namen googeln oder heimlich Statusmeldungen auf ihrer Facebook-Seite verfolgen.

Für das Wochenende hatte sich Almut angekündigt, die mir beide Tage mit einer Terminliste voller nutzloser Unternehmungen blockieren würde. Ihre letzten sechs Nachrichten warteten auf meine Antwort. Ob ich Lust hätte auf *Endstation Sehnsucht* im Stadttheater? Sie würde Karten reservieren. Warum ich mich nicht meldete? Nichts in meinem Leben könne so dringend und wichtig sein, dass ich ihr deswegen eine kurze Reaktion verweigerte. Inzwischen sei die Vorstellung sicher schon ausverkauft. Arnold, hast du mich geblockt?!!!

Bei meiner letzten Rolle hatte ich den Auftrag, aus vollem Halse die Namen der Rittersleute vor dem Turnier auszurufen. Ich trug einen samtenen Überwurf mit Fantasiewappen, Pluderhosen, darunter Strumpfhosen, Schnallenschuhe und ein Barett mit schwarzer Feder.

In dieser Aufmachung hätte ich auch Hamlet spielen können. Ich fühlte mich beinahe so.

O Gott, ich könnte in eine Nussschale eingesperrt sein und mich für einen König von unermesslichem Gebiete halten, wenn nur meine bösen Träume nicht wären.

An meinem alten Theater hatten wir Shakespeare nicht auf dem Spielplan. Passte nicht ins Konzept. Ein Deutsches Theater sollte original deutsche Stücke spielen. Aber davon auch nicht zu viele. Den einheimischen russischen Autoren wäre natürlich der Vorzug zu geben. Der Proporz, Sie verstehen! Das Hemd ist einem nun mal näher als die Hose.

Ich hatte Hamlet allein einstudiert, um mein Repertoire zu erweitern. Ich bat meine Mutter, das Publikum zu spielen. Sie hörte meinen Monologen gebannt zu, wischte sich mitunter verstohlen über die Augen, als wären sie feucht. Natürlich ließ ich mir nichts anmerken, um am Ende doch zu fragen: Was ist los, Mama, war es so schlecht?

Und sie sagte: Das klingt alles sehr schön, Sohn. Aber was ist das für eine Sprache?

In den Pausen zwischen den Ritterturnieren lümmelte ich am Stand *Met & Fruchtweine* herum. Die Met-Verkäuferin trug ein dirndlähnliches Kleid aus sackfarbenem Leinen. Eine Mutter bat darum, ihr Kind neben mir fotografieren zu dürfen, sie hatte mich für einen Ritter gehalten. Ich posierte mit hocherhobenem Becher in der Hand. Dein Wein schmeckt so süß, wie du aussiehst, sagte ich zur Verkäuferin.

Erst am dritten Tag, als sie schon ihre Zelte abbauten, gab sie mir ihre Telefonnummer. Ich speicherte sie unter *Met-Mädchen* und vergaß schnell, dass sie eigentlich *Magd Almut* hieß. Almut aus Hillesheim. Oder Hildesheim? Ich war ein wenig heiser und halb taub von dem ganzen Marktgeschrei. In der Lokalzeitung erschien ein Artikel mit einem Foto von mir. Das diesjährige Mittelalterspektakel sei bei stabiler Schönwetterlage sehr erfolgreich verlaufen, kein Matsch auf dem Turnierfeld, großer Besucherandrang, den Herold habe ein professioneller Theaterschauspieler aus Kasachstan gegeben. *Arnold Bungert mit einem jungen Fan*, lautete die Bildunterschrift.

„Super gemacht", lobte mich der Agent, „daraus ergibt sich sicher was Neues! Abwarten!"

Bereit sein ist alles.

Hamlet. Fünfter Aufzug, zweite Szene.

Natürlich war ich nicht spazieren gegangen. Lohnte sich nicht wegen einer Stunde! Allein der Gedanke an die Abfolge der Szenen: abschreckend. Anziehen, Treppe runter, im Kreis laufen, Treppe rauf, wieder ausziehen. Kein *unentdecktes Land* erwartete mich draußen. Keine *Ophelia* interessierte sich für meine Sünden.

Schon mein Namenspatron, der heilige Arnold, war keinem ehrbaren Beruf nachgegangen, sondern hatte sich als Saitenklimperer an einem mittelalterlichen Königshofe verdingt.

Ich schlürfte den erkalteten Kaffeerest aus einer Jumbotasse mit der Aufschrift *Du bist der Größte*, die mir jemand zum 45. Geburtstag geschenkt hatte. Angela? Oder Marie? Wohl eher Jutta mit ihrem Hang zum Kitsch.

Jutta aus Tübingen. Promovierte Slawistin mit fürchterlichem Geschmack. Sie hatte tatsächlich immer Kontakt zu Oswald gehalten und war sogar mehrmals zu Aufführungen angereist, in denen wir Gastrollen spielten, als müsste sie sich mit eigenen Augen überzeugen, dass wir tatsächlich Schauspieler waren und sie nicht auf den Arm genommen hatten damals in Moskau.

Jutta hatte unter Pseudonym ein Buch geschrieben. Einen Tübingen-Krimi, der irgendwo bei mir im Regal herumstand, sogar mit persönlicher Widmung.

Und Violetta? Hatte ihr Leben zu oft mit der Bühne verwechselt. Fast hätten wir es bis zur Silberhochzeit geschafft, eine mehr als zwanzig Jahre dauernde Vorstellung. Wie ihr Gehirn funktionierte, habe ich bis heute nicht verstanden. Sprunghafte Gedanken, launisches Wesen. Ein falsches Wort entfaltete unversehens die Sprengkraft einer Handgranate.

Da kommt unsere Sarah Bernhardt von Temirtau, hatte Oswald gutmütig gespottet, *dem Drama stets zu Diensten.*

Es hätte vielleicht ein gutes Stück werden können: *Sarah Bernhardt von Temirtau. Ein sozialheroisches Drama in zwei Aufzügen.*

Bevor der nächste Schüler eintraf, setzte ich frisches Wasser auf. Ein Tässchen Gewürztee zur Begrüßung. Die jungen Leute mochten das, wenn sie in ihren dünnen, offenen Jäckchen bibbernd aus der Kälte kamen, ohne Kopfbedeckung, ohne Schal, doch niemand von ihnen würde je zugeben, dass er fror. Und die Eltern freuten sich, wenn ihre Kinder ohne Aufpreis etwas Heißes zu trinken bekamen. Service des Hauses.

Ich stellte Honig, Milch und die Streuer mit Kardamom und Zimt bereit.

Violetta Kraushaar

Am 28. März ist Premiere. Ich spiele die Olga Serge-jewna in Tschechows *Drei Schwestern* (Olga ist 28, die Maskenbildnerin wird ihr Bestes geben). Mein rus-sischer Akzent passt wunderbar zu dieser Rolle. Ver-mutlich habe ich sie deshalb bekommen. *Unsere Olga Sergejewna mit dem rollenden R.*

Meine ehemaligen Kollegen waren weg vom Markt, ausgesondert, stillgelegt. Aus vorauseilender Furcht, wegen ihrer Aussprache abgelehnt zu werden, hatten viele es gar nicht erst versucht, sich als Schauspieler zu bewerben. Die wenigen, die es probiert hatten, waren abgelehnt worden. Na bitte. Das hatte sich herum-gesprochen. Die Konkurrenz, der leidige Dorfdialekt, Migrationshintergrund, mittlerweile das Alter... Da kommt so einiges zusammen!

Manche sagen, es gebe noch einen weiteren Grund: *andere Theaterschule.* Nicht westeuropäisch genug. Zu wenig innovativ, zu wenig experimentell. Heißt über-setzt: mutlos, provinziell, unbrauchbar.

Wer wartet schon auf solche? Wen interessiert unsere Bühnenerfahrung in einem fremden Land? Unsere Er-fahrung überhaupt? Kämpfen muss jeder für sich. Das Kollektiv, passé. Am Anfang, in den 90ern, pflegten wir noch unser schwaches Pflänzchen Hoffnung, fütterten uns gegenseitig mit Muthäppchen. *Nur nicht aufgeben. Wird schon werden. Vielleicht nicht sofort, aber bald. Geduld, Freunde! Irgendwann klappt es bestimmt!*

Nicht aufgeben hörte sich nicht falsch an. Unsere Vor-fahren waren seit Jahrhunderten daran gewöhnt, immer wieder bei Null anzufangen. Nach jedem Totalverlust an Hab und Gut, solange noch ein Fünkchen Leben im Leib war, waren sie zur Tagesordnung übergegangen. Hatten Neues erschaffen, wo vorher nichts war. Hatten Äcker angelegt, auf fruchtbaren Schwarzmeerböden und in der kargen Steppe. Hatten Häuser gebaut, aus dem, was gerade zur Hand war: Lehm, Holz oder Stein. Handwerker wurden zu Viehzüchtern, Bauern zu Zimmerleuten. Arbeit findet sich immer. Und dann schaut man weiter, mit einem Dach über dem Kopf und einem Grundstock an Vorräten wird der Blick freier.

So waren die vor uns. Unauffällig, aber zäh. Die Scherben zu beweinen, darf einen beim Aufbau nicht stören. Das Neubeginnen lag uns als Generationenerbe im Blut (die Alten hatten nichts anderes als immaterielle Werte zu vererben).

Einige Jahre später hieß es, man habe es kommen sehen, so naiv sei doch niemand gewesen, zu glauben, auf unsere Talente habe Deutschland nur gewartet. Wie gern hätten wir uns geirrt! (Schau in den Spiegel und du kennst den Preis für alle Nur-nicht-aufgeben-Parolen.) Alternde Schauspielerinnen gab es zu viele, Rollen zu wenige. Schauspielerschwemme hierzulande (welch reiches Land, das sich seine Künstler so zahlreich leistet, auch wenn sie kaum zum Zug kommen!).

Die zwei senkrechten Fältchen an der Oberlippe waren mir schon vor zehn Jahren aufgefallen, nun aber gruben sie sich immer schneller, immer tiefer in die Haut und fielen noch mehr auf, seit Lorenzo mich mit ausgefahrenen Krallen wissen ließ, dass er Frauchens zu enge Umarmung nicht schätzte. Ich hatte sofort das Blut geschmeckt, im Spiegel betrachtet klafften von der Lippe bis knapp unter die Nase millimetertiefe Hautrisse. Du Raubtier, du, schimpfte ich mit dem Kater. Ich überlegte kurz, ihn für fünf Minuten im Badezimmer einzusperren, damit Lorenzo seinen stillen Moment hatte, um die Missetat zu bereuen. Aber das wäre vergeblich, er war ganz anders als Mercutio, mein Herzenstier, der meine Stimmungen erspüren konnte und zu mir kam, weil er meine Nähe suchte und nicht die Kühlschranktür.

Die Wunden hinterließen feine Narben, die sich zu den Falten gesellten und diese nach meiner Überzeugung verstärkten. Meine Versuche, das von den Jahren und dem Haustier lädierte Relief zwischen Oberlippe und Nase mit verschiedenen Salben – Kakaobutter, Contractubex, Xeragel – wieder glatt zu bügeln, blieben erfolglos. Spuren des Lebens, sagte ich mir, sind entweder zu akzeptieren oder mit schwereren Geschützen zu bekämpfen, Salben sind für die Katz.

Ich gestand mir und den anderen zu, ein bisschen traurig zu sein. Jedem sei sein kleines Tief gegönnt, ein vorübergehender Rückzug in die eigene Höhle, bevor man innerlich gefestigt wieder herauskommt. Wie nach jeder schlechten Kritik. Spätestens am dritten Tag lichtete sich der Schmerz der Kränkung, meine persönliche Knockout-Frist. Drei Tage lang dem Selbstmitleid gefrönt, danach war es vorbei und abgehakt.

So hielt ich es mit Niederlagen.

Einzelne von den früheren Kollegen waren liegengeblieben, trotz Rütteln, Schütteln und gutem Zureden. Hatten vernünftige Ratschläge und Ermunterungen in den Wind geschlagen. *Es wird wieder besser.*

Das ist nur eine Phase. Schau nach vorn. Denk positiv. Irgendwann reagierten sie nicht mehr auf Anrufe und E-Mails. Dachten vielleicht: *Ihr könnt mich mal alle mit euren Kalendersprüchen.* Tarnten sich selbst für engste Freunde als unerreichbar. *Das Kollektiv lässt keinen untergehen!*

Die Bühne in Zittau, mein neuer Hafen (alternde Bühnenkünstlerin mit Migrationshintergrund schafft es wieder in ein festes Engagement). Neben Adam Balaschow, aber der war ein Mann und zählte nicht.

Was zählte: Ich war immer noch Schauspielerin. Sogar neue Visitenkarten hatte ich drucken lassen: *Violetta Kraushaar, Diplom-Schauspielerin für Theater und Film.* Es war mir eine Genugtuung, mich persönlich beim Arbeitsamt abzumelden. Wie oft hatte ich mir die Klagen meines Sachbearbeiters anhören müssen, Künstler und Geisteswissenschaftler seien seine schwierigste Klientel, kaum vermittelbar. „Dann sehen wir uns ja spätestens in zwei Jahren wieder", sagte er mir zum Abschied, „wenn Ihr Vertrag ausläuft."

„Ich werde Sie auch sehr vermissen", sagte ich.

Adam Balaschow sollte ausreichende Deutschkenntnisse nachweisen, um in eine Umschulungsmaßnahme zum Gebäudereiniger aufgenommen zu werden. Adams Argumentation, dass er Schauspieler, über 50, handwerklich unbegabt und nicht schwindelfrei sei, beeindruckte den Sachbearbeiter des Jobcenters nicht. *Wollen Sie arbeiten oder nicht?*

Sicher wolle er das, aber ob man ihm nicht etwas Leichteres anbieten könne, vorzugsweise eine Tätigkeit in beheizten Innenräumen? Da kam das rettende Engagement dank alter Theaterverbindungen zwischen Temirtau und Bautzen gerade recht. Jetzt war Adam aus Temirtau ein Bautzener geworden.

Wir gratulierten einander, lieber Adam, liebe Violetta, herzlichen Glückwunsch zu deinem Erfolg!

Ach, die Kraushaar wieder, höre ich die anderen zischeln, das hätte man sich ja denken können, dass ausgerechnet *die* wieder weich fällt, unser aller Bühnenstar, Violetta die Große.

Ich war nicht besser als die anderen, ich hatte nur nicht zu früh aufgegeben. Hartnäckigkeit, Disziplin und Fleiß summieren sich zu Erfolg (zumindest wenn ein, zwei Quäntchen Glück hinzukommen).

Oswald erzählte mir oft ungefragt von Arnold. Ich hätte tausendmal „Das interessiert mich nicht!" sagen können, er überhörte es. Dass Arnold Schauspielunterricht gab und von Gelegenheitsjobs lebte, wusste ich von Philipp. Jeder drehe und wende sich, wie er kann.

Als Philipp fünfzehn war, sagte er zu uns: „Werdet endlich erwachsen!" Unsere Auseinandersetzungen fand er kindisch, die Streitkultur unterirdisch. Er wusste so viel mehr vom Leben als wir. Den sechzehnten Geburtstag hatte er vor allem herbeigesehnt, um länger ausgehen zu dürfen. Kino am Samstag, lange im Voraus geplant, irgendein Hollywoodblockbuster, Massenmagnet für Teenager, der gerade mal fünfzehn Minuten nach Mitternacht endete, was Philipp in all seiner Vorfreude nicht bedacht hatte. Natürlich geriet der Junge an einen strengen Kartenabreißer, der wegen ebendieser fünfzehn Minuten von allzu unbekümmerten Jugendlichen eine Ausgeherlaubnis verlangte (wahrscheinlich mit größtem Genuss, der Sadist).

Philipps Anruf erreichte mich auf halbem Weg ins Theater (damals hatten wir beide noch kleinere Rollen und teilten uns das Auto). „Mama, die lassen mich nicht rein, kannst du mir schnell einen Muttizettel bringen?" Ich verstand sofort: Es war ein Notruf, eine Sache von höchster Dringlichkeit. Warum hatte ich nicht an den Muttizettel gedacht?

„Was will er denn nun schon wieder?", fragte Arnold auf dem Beifahrersitz gereizt. Wegen der Art, wie er gefragt hatte, sagte ich in den Hörer mit meiner zuckersüßesten Stimme: „Natürlich, Schatz, ich fahre sofort los, drucke das Formular aus und bringe es dir unterschrieben vorbei."

„Wie soll er jemals lernen, für Dinge geradezustehen, die er verbockt hat? Immer ist Mami als rettender Engel zur Stelle."

„Ach was. Er ist ein Kind, das sich freut, zum ersten Mal länger auszugehen. Kannst du dich nicht in deinen Sohn hineinversetzen? Wie war es für dich, als du mit sechzehn aus deinem Krähwinkel nach Moskau kamst?"

„Ich habe jedenfalls nicht fünfmal am Tag meine Mutter angerufen."

„Weil es kein Telefon gab."

„Für mich hättest du das nie getan. Wir kommen jetzt zu spät zur Probe."

„Sei nicht albern."

„Als wir jung waren, hätten wir den Wisch einfach selbst unterschrieben. Zum Glück hat es zu unserer Zeit solchen Firlefanz nicht gegeben. Muttizettel! Wegen fünfzehn Minuten nach Mitternacht! Wir sind ganze Nächte lang in der Steppe herumgestreunt, ohne dass es irgendwen interessiert hätte."

„Zu deiner Zeit war das nächste Kino ja auch hundert Kilometer entfernt. Und als wir endlich ein Telefon hatten, hast du mit deiner Mutter ständig telefoniert."

„Das ist etwas anderes."

Er wolle niemals so leben wie wir, sagte Philipp mit Verachtung in der Stimme.

Das sagen sie alle in dem Alter, versicherte uns Emilia, Abnabelungsphase, großes Mundwerk, nichts dahinter. Emilia wusste nach drei überstandenen Pubertäten Bescheid, ihre Ältesten waren beinahe dreißig, Männer, Familienväter; die Mutter eine erfahrene Instanz.

Mir ließ das Sohnesurteil keine Ruhe. Was meinst du, fragte ich Philipp, was stimmt mit unserem Leben nicht? Bei euch gibt's nichts außer Theater! Wenn sich das wenigstens auszahlen würde. Aber Papa steht für fünfzig Euro pro Abend auf irgendeiner Hinterhofbühne. Wie lange will er das durchhalten? Tims Eltern würden für das Geld nicht mal den Laptop hochfahren.

Ach, Tims Eltern, soso... Dafür brauchen *wir* zum Arbeiten gar keinen Laptop.

Philipp war einsdreiundachtzig groß. Zwischen dreizehn und fünfzehn benötigte er alle drei Monate neue Schuhe. Bei Größe 46 machten seine Füße Pause. Ein Paar Sneakers hielt nun ein halbes Jahr. Ich atmete auf, bis Philipp nach einer Jacke fragte, die doppelt so teuer war wie die Sneakers (das tragen jetzt alle, Mama).

Papa wird etwas anderes finden, Schatz. Wir werden das Skilager und den Segeltörn mit deiner Klasse schon irgendwie bezahlen. Und auch den Nachhilfelehrer in Mathe nach dem letzten Elterngespräch in der Schule. Mach dir deswegen keine Sorgen.

Am Donnerstag rief überraschend Rudi Ostermeier an. Ihm sei (gottlob noch rechtzeitig) ein Datum aufgefallen: Das 35jährige Bestehen unseres Theaters stünde an, des Hauses, mit dem wir nichts mehr zu tun hatten, auf dessen Bühne heute andere standen, das nur noch dem Namen nach ein deutsches Theater war. Was, wenn nicht das Jubiläum, wäre ein Anlass, alle zusammenzutrommeln? Wir waren alt (zumindest älter) geworden, alte Leute reden gerne von früher.

Rudi war auch bereit, die Organisation des Treffens zu übernehmen, damit die Sache nicht versandete wie schon beim 30. Jahrestag (wenn er sich nicht kümmerte, dann keiner). Er würde eine Bühne für unsere Erinnerungen erschaffen. Der passende Schauplatz sei bereits gefunden: ein Restaurant in Kassel (Mitte Deutschlands, gute Verkehrsanbindung für die im ganzen Land Verstreuten) mit russischer Küche und kleinem Angebot an kirgisisch-kasachischen Spezialitäten; naive Wandmalerei als Kulisse inklusive. Nur den Weg dürfe niemand scheuen.

„Das klingt toll, Rudi", sagte ich. Der Geschmack unserer Jugend, vertraute Namen, Gewürze und Gerüche, kitschige Landschaftsbilder – von grasenden Pferden in der Steppe über verschneite Berggipfel bis zum See Issyk Kul (mit Jurten am Ufer).

„Wir planen für Januar oder Februar, wegen Weihnachtsferien und Neujahrsfeiern nach allen Kalendern und Religionen, damit sich keiner beschwert."

„Ich bin dabei."

Wenig später kam die Einladung (auf Rudi war Verlass): *Liebe Freunde und Kollegen, lasst uns zusammenkommen, um ein besonderes Datum zu feiern!*

Gemeint war: ein Klassentreffen der speziellen Art. Wiedersehen geschiedener Ehepaare inklusive.

Emilia Riedel

Vielleicht lag die größere Schuld gar nicht bei Mutter und Erwin, sondern in der Abwesenheit des Vaters. Wäre er da gewesen, hätte ich ihm nichts beweisen müssen. Wir hätten einträchtig unter einem Dach gelebt, irgendwann wäre ich ausgezogen, im Inneren die Gewissheit, seiner Zuneigung sicher zu sein, egal was ich tue.

Gefunden hatte ich ihn erst, als ich ihm nicht mehr sagen konnte: Deine Tochter ist Schauspielerin. Natürlich hätte ich ihn belügen können, Geschichten erfinden von halbzugesagten Engagements und Angeboten aus Übersee. Manche machten das.

In die Grübeleien, wie er denn sein mochte, der alte Herr, der mein Vater war, mischte sich beständig der Zweifel: Lief doch alles ganz gut ohne ihn ... und umgekehrt.

„Wer sich bis jetzt nicht gekümmert hat", sagte Mutter, „wird es auch künftig nicht tun. Schraub deine Erwartungen runter, wenn du nicht verletzt werden willst."

Als ob ich nicht längst verletzt wäre. Nicht nur von ihm, mal nebenbei.

„Sie haben zwischen sich und der Welt einen Schutzwall gebaut", sagte die Psychotherapeutin nach 25 Therapiestunden, AOK-Kassenleistung. „Eine Mauer, die Ihnen die Sicht nimmt."

Jakob Deschler konnte für einen Tischler zwar ganz nett Gitarre spielen, aber dass er es darüber hinaus zu etwas Handfestem gebracht hätte, nein, daran glaubte Mutter keinesfalls.

„Mama, ich will wissen, was er für ein Mensch ist, nicht, welchen Beruf er ausübt."

„Ein Taugenichts vor dem Herrn wird er sein, was sonst."

„Er hatte immerhin drei Jahrzehnte Zeit, sich zu entwickeln."

„Habe ich dir nicht oft genug gesagt, Vater ist der, der bleibt … und nur der!"

Als ich das Schreiben mit seiner Adresse und Telefonnummer endlich in den Händen hielt, nahm das Grübeln kein Ende, sondern warf nur noch mehr Bedenken auf: schreiben oder anrufen; duzen oder siezen; Deutsch oder Russisch sprechen; welche von den aufgestauten Fragen zuerst stellen; was anziehen – was trägt eine Tochter zum Blind Date mit ihrem Vater? Mutter sagte, brauchst *für den* nichts Neues kaufen, nimm was vom Flohmarkt.

„Haben Sie schon darüber nachgedacht, was Sie sich von ihm wünschen?"

Frau Sandkrüger mit ihren Therapeutenfragen.

Keine Ahnung. Vielleicht *gesehen werden* – deshalb kleidete ich mich neu ein und verbrachte Stunden eingeschlossen im Badezimmer, weil mir kein perfekter Lidstrich gelingen wollte und die Haarwelle auch beim dritten Modellierversuch nach Tsunami aussah.

Ich stellte ihn mir vor: Mitte fünfzig, Typ musikalischer Handwerker mit schwieligen Händen und altersgemäß lichtem Haar. Graue Schläfen, Bäuchlein.

„Schöner wird er nicht geworden sein", sagte Mutter, „das ist mal sicher!"

Aber damals war er doch …? Ja, damals hatte sie ja auch noch das rosarote Netz der Jugend vor den Augen

hängen, ein ziemlich blickdichter Vorhang, zumindest
aus der Innensicht der Betrachterin.

Wir hatten uns in der Stadt verabredet, auf neutralem
Boden, falls einer vor Ablauf der Höflichkeitsstunde
flüchten wollte.
Ob Glatze oder nicht, egal, aber bitte lass ihn keinen
Adidas-Trainingsanzug tragen, kein Holzfällerhemd
und keinen Trachtenjanker!

Arnold Bungert

In einem immer wiederkehrenden Albtraum sah ich mich in der Maske sitzen, während Marcellina mich für die Abendvorstellung schminkte. Marcellina – das hatte sie sich fein ausgedacht, ein Künstlername, sogar ein Kärtchen hatte sie gebastelt, welches sie vor dem Spiegel aufstellte und nach Dienstschluss wieder einpackte: *Heute werden Sie geschminkt von Marcellina.*
In Wirklichkeit hieß sie Olga oder Lena.
Ein Mädchen mit falschen Wimpern, roten Fingernägeln und einem wabernden Kragen aus Parfüm.
Warum nicht Malwina, fragte ich sie, weil es langweilig gewesen wäre, sich eine Stunde lang anzuschweigen. Zumal Marcellina einem bei der Arbeit gewollt oder ungewollt sehr nahe kam. Ihr mit Pfefferminzaroma angereicherter Atem streifte mich im Gesicht. Sie kaute ständig etwas, bis ich kapierte, dass es Westkaugummi war. Ah, eine Dame mit Beziehungen! Unter den Fusseln ihres Pullovers spürte ich den warmen, weichen Inhalt, wenn sie mich wie zufällig mit ihrem Oberkörper berührte. Noch tiefer im Sessel versinken konnte ich nicht. Wie beim Arzt oder Friseur war auch bei dieser Tätigkeit ein flüchtiger Körperkontakt nicht auszuschließen. Gehörte zum Berufsbild. *Wie die Hand des Schauspielers unter dem Rock der Maskenbildnerin…*
Nicht meine Worte. Oswald war derjenige, der erstaunlich gut darüber informiert war, wessen Hände wohin wanderten. Er hatte das Talent und die Gelegenheiten, Dinge aufzuschnappen, die besser für immer geheim geblieben wären.

Wenn sie mich ermahnte, die Augen zu schließen, tat ich wie geheißen, sog dabei still und genügsam ihren Duft ein, die Mischung aus Minze und Moschus. An Marcellinas Gesicht erinnerte ich mich nur noch vage, ihr Geruch war dagegen noch sehr präsent. Den Rest ersetzte mir die Fantasie.

Violetta hatte mir nicht ohne Neid erzählt, dass Marcellina Spitzenhöschen und Büstenhalter aus Deutschland geschickt bekam, die sie unter der Hand weiterverkaufte. Diese Person war auch noch eine Spekulantin, getrieben von Profitsucht und Gier nach westlichen Luxusgütern.

Violettas Unterwäsche hatte mich nie interessiert. Nach etlichen Jahren Ehe hätte ich weder Größe noch Material noch bevorzugte Farbe nennen können. Wichtig war allein, sich dieser textilen Hindernisse schnell zu entledigen, ohne dass sie dabei Schaden nahmen. Andernfalls drohte mir eine eheliche Auseinandersetzung wegen Grobheit, Egoismus und Beschädigung unersetzlicher Einzelstücke, was einer romantischen Stimmung abträglich gewesen wäre.

Ich war mir sicher: Ohne das Gerücht um Marcellinas Unterwäsche kapitalistischer Herkunft hätte ich die Maske einfach über mich ergehen lassen. Hätte mich zu Oswalds Belustigung damit zufriedengegeben, von einem wohlriechenden Mädchen bühnenfertig gemacht zu werden, mich bei ihr bedankt und meine Hände bei mir behalten. Vielleicht vermeinte ich in ihrem ständigen Herabbeugen und Überschreiten geschäftsmäßiger Distanz ein Zeichen zu erkennen?

Bis zu Marcellinas Unterwäsche war ich aber gar nicht vorgedrungen. Jedenfalls nicht so ausgiebig, wie ich es mir im Vorfeld ausgemalt hatte.

Meine unbeholfene Beteuerung, als Violetta, ohne anzuklopfen, hereinstürmte, während meine Hand über Marcellinas Strumpf nach oben glitt: Schatz, das hat nichts zu bedeuten …

Natürlich, falsche Antwort. Einerseits.

Andererseits: Kein Drama, weit und breit. Nicht mal ein Drämchen.

Ich hatte bis heute keine Ahnung von Marcellinas Unterwäsche.

Warum eigentlich nicht?

Dann hätte Violetta wenigstens einen Grund gehabt.

Oswald Munz

Ute Zinnicke fuhr ihren Rollator spazieren. Sie wusste nicht mehr, wer sie war und wo sie wohnte, aber eins fiel ihr sofort auf, nämlich dass Agathe Jakubowski einen leeren Rollstuhl vor sich herschob.

„Warum schiebst du den?", fragte sie Agathe forsch, „Da sitzt doch keiner drin!"

Agathe Jakubowski nahm üblicherweise ihren Teddybären mit auf Tour. Sie stibitzte einen der herrenlosen Faltrollstühle, die für Notfälle auf dem Gang bereitstanden, setzte den Teddy rein und fuhr mit ihm in den Speiseraum. Natürlich nicht direkt in den Speiseraum, das wäre viel zu einfach; manchmal blockierte sie stundenlang den Aufzug, weil sie nicht wusste, in welcher Etage sie aussteigen sollte und wohin sie überhaupt wollte. Es kam vor, dass Mitbewohner sich über sie beschwerten, aber die Heimleitung ließ Agathe gewähren. Sie war harmlos.

Agathe fuhr hoch und wieder runter und schaute dabei alle Zu- und Aussteigenden ausgesprochen freundlich und gleichzeitig etwas verwirrt an. Sie belästigte niemanden, sagte kaum etwas, nur in ihren Augen saßen zwei große Fragezeichen, als beschäftige sie unentwegt das letzte Rätsel dieser Welt: Wer bin ich und was mache ich hier eigentlich?

Heute fehlte ihr Teddybär. Es war noch nie vorgekommen, dass sie ihn vergessen hatte. Er hieß Lutz. Alle im Haus kannten Lutz.

Ute glaubte, dass Agathes früherer Mann Lutz hieß, aber laut dem Pflegepersonal war Agathe nie verheiratet gewesen. Sie hatte keine Kinder, und auch sonst keine nahen Angehörigen, die etwas zu erben hofften, niemand kam sie besuchen. Sie hatte niemanden außer Lutz.

Und heute fehlte selbst er.

Ute Zinnicke teilte ihre Aufregung mit Cosima von Boekhorst. Ute war darüber erzürnt, dass Lutz unentschuldigt fehlte und der Rollstuhl ganz ohne Insasse den Verkehr behinderte, so dass im Fahrstuhl kein Platz für weitere drei Leute mit Rollatoren blieb. Jemand musste Agathe Einhalt gebieten, wenn schon deren eigener Verstand zu kurz war, um das Problem zu erkennen.

Frau von Boekhorst, genannt *die Gräfin*, hörte aufmerksam zu. Ob sie den Sinn des Gesagten verstand, war nicht ersichtlich. Sie legte immer noch Wert auf ein gepflegtes Äußeres und hielt sich unter all denen, die über ihren Rollator gebeugt promenierten, aufrecht wie eine Kerze. Obwohl sich ihr *Ich,* seit ich sie kannte, galoppierend auflöste, weigerte sie sich, dem weltlichen Tand Adieu zu sagen. Frau von Boekhorst glaubte, sie sei auf Reisen, in der Öffentlichkeit vielen Blicken ausgesetzt, daher dürfe sie sich vor den anderen Passagieren nicht gehen lassen, sie könnten sie sonst für eine verwahrloste Person halten und hinter ihrem Rücken über sie tuscheln, das wäre unerträglich!

„Sie sehen heute wieder sehr gut aus, meine liebe Frau von Boekhorst!"

Frau von Boekhorst lächelte. Was war sie doch für ein Sonntagskind – mit 87 keine Schmerzen, kein Zahnersatz und eine zufriedenstellend funktionierende Verdauung. Ich hielt sie für einen glücklichen Menschen, der in einem Luftschloss lebte, worin Alter, Krankheit und Tod keine Rolle spielten. Das waren jedenfalls nicht Frau von Boekhorsts Themen. Niemals hatte ich sie über ein körperliches Leiden klagen hören. Und mir kam hier viel zu Ohren.

„Schon was vor am Wochenende?", fragte mich Schwester Paula. „Ich geh zu ’ner Hausbesichtigung. Alter Bauernhof zum Ausbauen für acht Parteien. Wäre das was für dich?"

„Danke, aber ich such ’ne Wohnung, keine Ruine."

„Witzbold", sagte Paula. Sehr fähige Kollegin mit Faible für ländliches Leben, zweimal geschieden und keine Ballettfigur. „Schau’s dir doch erstmal an!"

Frau von Boekhorst hatte aus ihrer früheren Wohnung einen antiken Frisiertisch mitgebracht. Vor dem barock umrahmten Spiegel zog sie jeden Morgen die Augenbrauen nach, es wurden schiefe schwarze Balken, die sie sich mit zittrigen Händen quer über die Stirn malte. Manchmal trafen sie aufeinander wie zwei Gleise in einer Weiche. Parfüm durfte sie keins mehr auftragen, seit sie an ihrem Chanel Nr. 5-Flakon genippt hatte, der Inhalt habe doch wie Apfelsaft ausgesehen.

„Wohin fahren Sie denn?", fragte Frau von Boekhorst das Personal und ihre Mitbewohner täglich aufs Neue. Ihr Ziel wechselte nicht, sie fuhr stets mit dem Zug nach Weimar, was sie jedem, der ihr über den Weg lief, ungefragt mitteilte.

„Wie interessant! Was hat denn die schöne Dame in Weimar vor?", fragte ich in meiner zärtlichsten Kabale-und-Liebe-Tonlage. Siehe da, ich beherrschte sie noch. Und sie funktionierte wie damals.

Frau von Boekhorst lachte schelmisch. In Weimar, da gehe man doch ins Theater! Sie habe dort eine eigene Loge! In ihrer Handtasche liege stets griffbereit ein Lorgnon.

„Das ist sicher sehr hilfreich", sagte ich.

Die alten Damen wollten hübsch sein. Wir hatten hier nur zwei Männer, die nach einem Schlaganfall keine Komplimente mehr machen konnten und so gut wie blind waren. Cosima von Boekhorst trug jeden Tag Kostüme. Nichts Dunkles, schwarze Bekleidung war ihr ein Gräuel. Bunte, großblumige Muster mochte Frau von Boekhorst am liebsten. Sie besaß Unmengen solcher geblümten Kleider, Blusen, Röcke und Tücher; und wenn ihr die eine oder andere Augenbraue wie so oft nicht gelungen war, rief sie nach mir, weil die Pfleger sich nicht darum kümmern wollten. Kosmetische Maßnahmen gehörten nicht zu ihren Aufgaben.

Hierher käme man zum Sterben und nicht zum Schminken!

„Ich nenne keine Namen", sagte ich. „Wer solche Worte über die Lippen bringt, ist ein herzloser Rohling, der kein Benehmen kennt."

„Aber er hat Recht", sagte Paula. „Wir haben mit dem Tod zu tun. Niemand wird hier gesund entlassen."

Meine alten Damen waren ausgesprochen reizend. Sie vergaßen meinen Namen, aber wenn ich Urlaub hatte, vermissten sie mich. Wo steckt denn nur dieser lustige junge Mann, fragten sie alle fünf Minuten beim Personal.

Das Personal war selten zu Scherzen aufgelegt.

Der junge Mann, das war ich. Ausgebildeter Diplom-schauspieler über fünfzig. Graue Schläfen. Gesicht, nun ja, knittrig. Haare: Restbestand. Rollenangebote: null. Für Hörbücher und Synchronisationen zu starker osteuropäischer Akzent. Im Nischenfach allenfalls zur Besetzung als russischer *Dieb im Gesetz* oder *Balkan-Mafioso* tauglich.

Meine Damen ahnten davon nichts. Und wenn sie es wüssten, wäre es ihnen egal. Ich war ihr Assistent im Alltag. Morgens machten wir ein bisschen Senioren-gymnastik im Gesellschaftsraum, nachmittags stand ein Spaziergang oder ein kreatives Angebot auf dem Programm. Frau von Boekhorst führte ich, ohne das Heim zu verlassen, ins Weimarsche Theater aus. In mir fand sie den Kavalier, auf dessen Arm sie sich stützen durfte. Wir schauten *Kabale und Liebe*. Das hatte sich so ergeben, Spielplanänderungen waren mit Frau von Boekhorst nicht zu machen.

Meine einstige Paraderolle. Wieder war ich Ferdinand, Louise fehlte krankheitshalber. Für die Zweitbesetzung sei kein Geld bewilligt worden, schlechte Zeiten, Spar-zwang, Kürzungen der Kulturförderung, Sie verstehen, meine liebe Frau von Boekhorst?

Frau von Boekhorst begann in ihrer Handtasche zu wühlen. Sie suchte nach einer Spende für mich, den verarmten Schauspieler. Abhalten konnte ich sie davon nicht, nur hoffen, dass sie nicht fündig wurde. Ihr Ta-schengeld befand sich unter der Verwaltung eines Be-treuers.

Und liebt mich meine Louise noch? Mein Herz ist das gestrige, ists auch das Deine noch?

„Was für eine schöne Vorstellung!", sagte Frau von Boekhorst, die das Fehlen von Louise als gottgegeben hinnahm.

„Ganz Ihrer Meinung!"

Ich hatte schon schlechtere Rollen in meinem Leben gespielt. Diese war gar nicht so übel: Ein kurzer Sprechauftritt ohne Maske und Kostüm, und Applaus gab es bereits für den ersten Satz.

Die Frauen ohne Gedächtnis brauchten Gesellschaft. Einige waren rastlos, gingen in fremde Zimmer, umarmten ungefragt Mitbewohnerinnen. Man durfte sie nicht wegstoßen. Nur nicht verärgern. Unfreundlichkeit und Widerworte verärgerten sie. Sie konnten nicht mehr damit umgehen. Sie waren schutzlos wie Kinder, ihr Gehirn hatte alle Vorrichtungen zur Selbstverteidigung außer Kraft gesetzt: Mauern, Burggräben, Zugbrücken waren eingerissen und funktionierten nicht mehr, der Weg zwischen drinnen und draußen war verwildert wie Dornröschens Schloss.

Ich widersprach ihnen nie. Ich machte ihnen Komplimente. Ich rief sie immer bei ihrem Namen.

„Frau Zinnicke, Sie sind heute aber flott unterwegs. Da kommt ja der Rollator gar nicht hinterher!"

„Frau Jakubowski, mit Lutz beim Friseur gewesen? Sie sehen beide blendend aus!"

„Frau von Boekhorst, dieses Blau steht Ihnen ausgezeichnet!"

Sie mussten sich meinen Namen nicht merken. Ich war der lustige junge Mann mit der harten Aussprache. Das reichte.

„Fahren Sie auch nach Weimar?", fragte ich Frau von Boekhorst. „Der Zug kommt sicher gleich."

Das wollte sie hören: Zustimmung und Bestätigung. Und mir machte das nichts aus, ich hatte schon weit dümmere Sätze hunderte Male wiederholen müssen.

Nächster Halt Weimar. Ausstieg in Fahrtrichtung links.

Frau von Boekhorst kaufte nie eine Rückfahrkarte. Ich glaube, wir fuhren ohnehin immer schwarz.

Emilia Riedel

Ich hätte es für angebracht gehalten, dass Jakob Deschler bei unserem ersten Treffen einen Anzug trüge, nicht nur, um seine Misserfolge im Leben zu kaschieren; schließlich war ich vorher auch beim Friseur gewesen und hatte mir formende Unterwäsche für das neue Kleid gekauft. Seine derzeitige Haardichte ließ mich immerhin für meine Söhne hoffen. Das andere, vom Kopfhaar abwärts, gab mir mehr zu denken.

Jakob Deschler trug keinen Anzug. Unter seinem Arm glänzte ein Motorradhelm, der Rest war Leder, schwarz, durchsetzt mit Nieten und Reißverschlüssen. Kobras schlängelten sich um seine Finger, ein Drachenmaul spie Metallfeuer, an der Halskette baumelte ein Bullenkopf, eskortiert von in Silber gefassten Raubtierkrallen.

„Schau mich nicht so an, Emilia, so gehe ich nur selten zur Arbeit!"

„Zur Arbeit?", fragte ich.

„Ich handle mit gebrauchten Baumaschinen. Alles sehr seriös. Zu meinen Auftraggebern zählen russische Stadtverwaltungen, vornehmlich die hinter dem Ural."

Anfang der 1990er sei das Geschäft bombastisch gelaufen, die Nachfrage kaum zu befriedigen gewesen; er sei ein vielbeschäftigter Mann. Seine Freizeit war knapp und wertvoll, verstand ich.

Wir sprachen russisch, das fiel ihm leichter, mir auch. Deutsch war für mich die Bühnensprache geblieben, im Alltag fühlte sie sich sperrig an wie ein Reifrock.

Jakob Deschler erzählte von seiner Firma – Deschler Baumaschinenhandel – ja, Emilia, da staunst du, ein ehemaliger kleiner Tischler der sozialistischen Kolchose *Roter Kämpfer* hat es zum Unternehmer gebracht.

„Soeben habe ich zwanzig Kettenbagger und Muldenkipper ins Ausland verkauft. Guter Deal."

Zum Ausgleich spielte er in einer Band Gitarre und trat an Wochenenden auf russischen Hochzeiten auf, natürlich im Anzug mit Fliege, gegen Honorar. Er erwähnte seine Frau, die jünger war als ich, und sprach von Kindern, halb so alt wie meine Söhne.

„Und du, Emilia?"

Wir saßen im Eiscafé Milano, meine Hände hielten ein Glas Latte Macchiato umschlungen, von dem ich mich trotz des heißen Inhalts und ausgeprägter Schmerzsignale nicht trennen mochte.

„Mir geht es auch gut."

Jakob Deschler war mir so nah, dass ich sein Aftershave riechen und die Hautporen in seinem Gesicht betrachten konnte. Ich musste nicht nach Ähnlichkeit suchen, sie drängte sich mir förmlich auf. Glückwunsch, Frau Riedel, Sie sind Trägerin von Deschler-Genen, Umtausch, Rückgabe und Erstattung ausgeschlossen.

„Wusstest du überhaupt von mir?"

„Ich wusste, dass die Möglichkeit bestand. Eigentlich war ich mir darin sogar ziemlich sicher."

„Warum hast du dich nie gemeldet?"

„Das hatte viele Gründe… Eine andere Zeit. Jugend und Torheit. Aber du warst immer in meinem Herzen."

Aus dem Dorf in Kasachstan sei er nach Sibirien gezogen, um Gehaltszuschläge zu beziehen, sagte er; um so weit wie möglich vor der Verantwortung abzuhauen, dachte ich.

„Deine Mutter wollte nicht mitgehen."

„Hast du sie je gefragt?"

Er bestellte noch einen Kaffee.

„Sie hatte die Wahl und sich anders entschieden."

In diesem Punkt log er vermutlich, er hatte meine Mutter nie gefragt. Oder sie belog mich.

„Und deine Eltern? Was ist mit ihnen? Leben sie noch?"

„Der Vater nicht. Hat sich zu Tode gearbeitet in der Arbeitsarmee. *Hongrjohre.* Bin ohne ihn aufgewachsen."

„Du auch?"

„So war das eben damals."

„Du hättest es besser machen können."

Er trank seinen Kaffee schwarz mit zwei Stück Zucker – ganz anders als ich. Unter der Milchschaumhaube schmeckte mein Getränk wie gewohnt: ungesüßt und leicht sahnig.

„Willst du meine Familie kennenlernen, Emilia?"

Vielleicht zuerst dich.

Violetta Kraushaar

Papa hatte keine besser bezahlten Engagements gefunden. Papa war ausgezogen. 2006, als Philipp Abitur machte, ließ sich Arnold krankschreiben und wegen Burnout sechs Wochen auf Kur schicken. Dort hatte man ihm in vielen Morgenkreisen eingeredet, dass sein Leben so nicht weitergehen könne und er einen Neuanfang brauche, wenn er demnächst keinem Herzinfarkt erliegen wolle.

Ich hatte es mit anderen versucht. Der letzte, Manuel, hatte eine Katzenallergie. Er war einige Jahre jünger als ich; Philipp fragte, Mama, hast du jetzt auch deine *Midlife-Crisis*? Aber es war wegen der Katze, dass es nicht passte, nicht wegen des Alters. Manuel sagte, er wolle sich nicht mit Cetirizin vollpumpen müssen, wenn er mich besuche. Die ständige Konfrontation mit dem allergieauslösenden Objekt (Katzenhaare) führe zu einer Verstärkung der Symptome, bis hin zu Asthmaanfällen, anaphylaktischem Schock oder gar zum Tode, klärte mich Manuel auf. Nach ein paar Monaten halbherziger Versuche des Zusammenseins ging jeder wieder seiner Wege. Keinen Schauspieler mehr, dachte ich anfangs. Für Nichtschauspieler fehlte mir jedoch die Zeit, abends, wenn sie in Ausgehlaune waren, stand ich auf der Bühne.

Philipp rief an, wegen der Bürgschaft für die neue Wohnung, die er gemeinsam mit seiner neuen Freundin (offenbar ebenfalls arm wie eine Kirchenmaus) beziehen wollte.

„Ein letztes Mal noch, Mama, bald bin ich fertig mit dem Studium und verdiene eigenes Geld. Bitte!"

Wie oft hatte ich das schon gehört?

„Natürlich bekommst du die Bürgschaft. Wie läuft es mit Sarah?"

„Du meinst Nele."

„Na klar, Nele."

„Dieses Mal ist es was Ernstes. Ich will nicht, dass ihre Eltern mich für einen Loser halten, der sich keine Wohnung leisten kann."

„Das tut doch niemand, mein Schatz."

Ich hatte mich zum Telefonieren auf die Couch gelegt und blieb liegen, nachdem Philipp „Bis bald" gesagt hatte. Einmal in der Woche verabredeten wir uns zum Mutter-Sohn-Tag, je nachdem, wann ich frei hatte. Oft klappte es ohne Erinnerung meinerseits; das Kind war auf einem guten Weg.

Wollte ich sie wirklich alle wiedersehen. Von ihren langweiligen Problemen hören. Krankheiten und Rente. Wie sagte einst Nikitin: Ein Schauspieler geht nicht in Rente, er stirbt auf der Bühne.

Einen Abend lang gemeinsam essen, trinken, reden, gesellig sein und wieder auseinandergehen.

Lorenzo sprang ohne Vorwarnung auf meinen Bauch, begann mich schnurrend mit den Vorderpfoten zu kneten wie einen Mürbeteig. Dabei hatte er wie immer seine Krallen nicht im Griff, die sich schmerzhaft durch die Kleidung in meine Haut bohrten. Ich kraulte ihn unter dem Kinn; Lorenzo schloss vertrauensvoll die Augen und rieb seinen Kopf immer wieder an meiner Hand. Jetzt nur nicht schlapp machen, Frauchen.

Arnold Bungert

Manchmal dachte ich: Was wäre gewesen, wenn sich die Kommission damals verfahren hätte? Wenn die Dame und der Herr von der berühmten Theaterhochschule in Moskau vom Herumirren im Feld zur Mittagszeit einen Hitzeschlag bekommen hätten, bevor sie mich aufstöberten? Wenn ich Nelli geheiratet und nie das Dorf verlassen hätte?

Bisweilen suchten mich Namen heim, die längst keine Rolle mehr spielten, als konservierte Sinnbilder verpasster Gelegenheiten. Oh, Marcellina. Oder das anhängliche Mädchen, das ich nach einer Vorstellung mit der Bemerkung weggeschickt hatte, ich sei verheiratet und meine Frau warte zu Hause auf mich. Dabei saß sie keine fünf Meter entfernt in der Maske. Ich hätte das Mädchen – Sina, 23, Literaturstudentin, leidlich hübsch – auf später vertrösten sollen. Sie kam nicht wieder.

Neulich hatte ich mich dabei ertappt, dass ich – statt an heiße Nächte mit Almut – daran dachte, wie schön es wäre, Enkel aus dem Kindergarten abzuholen und ihnen Geschichten aus Opas Jugend zu erzählen. Von dem Jungen und dem Sommer, der für ihn als Traktorist begonnen und als Schauspielstudent geendet hatte, von seiner Geburtsstunde als Künstler, in einer Wiege voll Heu. Manche werden mit dem Wissen um ihre Bestimmung geboren, andere müssen auf den richtigen Weg erst gestoßen werden. Als ich Fahrt aufgenommen hatte, erst behäbig wie eine Dampflok, dann immer schneller, waren die Gleise meiner Laufbahn plötzlich und ohne Vorwarnung zu Ende gewesen… Wer hätte da nicht kurzzeitig den Kompass verloren?

Gespräche mit Philipp gestalteten sich schwierig. Er hatte eine für mein Empfinden geringe Aufmerksamkeitsspanne. Violetta sagte, das liege an seinem ADHS oder so. Ich musste mich belehren lassen, dass die Diagnosestellung viel zu spät erfolgt sei und man damit dem Jungen womöglich die Zukunft verbaut hätte. Weil wir uns nicht rechtzeitig gekümmert und die Symptome übersehen hätten, weil uns unser Sohn weniger wichtig war, als allabendlich auf der Bühne zu stehen und Applaus zu bekommen.

Aber deine Mutter war doch ständig da, sagte ich. Violetta hatte mich nur böse angefunkelt. Idiot, stand in ihrem Blick geschrieben.

Sie sagte *wir*, aber eigentlich meinte sie *mich*. Dabei war sie doch diejenige, die Kritiken mit lobender Hervorhebung ihres Namens in einem Pressealbum sammelte, chronologisch geordnet.

Apropos Frauen. Ich sollte das Date am kommenden Wochenende absagen. Wir kannten uns noch gar nicht, auf dem Foto schien sie mir sympathisch. Das musste natürlich nichts heißen, manche Mittvierzigerinnen luden unverfroren Jugendbilder hoch. Durch geschickte Themenlenkung erfuhr ich, dass das Foto vom letzten Sommer stammte. Sonstige K.o.-Kriterien fielen mir nicht auf, also verabredeten wir uns für Samstag im Café am Markt. Ich tippte den Termin ins Handy ein, wo die Daten vor Almuts Zugriff sicher waren: Nadine,

20 Uhr. Danach aber hatte Oswald angerufen und mich nochmals eindringlich darum gebeten, zur Theaterfeier zu kommen und alle anderen Termine zu verlegen, Rudi habe doch schon vor Monaten eine Einladung verschickt. Stimmt. Ich hatte sie mir sogar an die Korktafel im Flur gepinnt. Nur: Bei ihrem letzten Besuch muss Almut ungebeten aufgeräumt haben, und seitdem war die Einladung weg. Almut erzählte ich, dass ich, ganz oldschool, nach wie vor keine Termine in mein Handy eintrüge und sie daher an der misslichen Situation schuld sei.

Das führte bei ihr zu leichter Verstimmung.

Die Tage mit Almut saßen mir sowieso noch in den Knochen. Sie neigte dazu, unsere begrenzte gemeinsame Freizeit mit teuren und aufwändigen Unternehmungen vollzustopfen. Zurück von unseren Ausflügen, Vernissagen, Langen Nächten in Museen, Theatern oder sonst wo, wollte sie nicht unter drei Stunden dauernden Beischlaf. *Fantasievoll, spielerisch und leidenschaftlich.* Pausen waren mit ausgiebigem Kuscheln und tiefsinnigen Gesprächen zu überbrücken. Nach unserem Tagespensum stand mir der Sinn eigentlich mehr nach einem Quickie, dann Bier und Netflix. Aber das ging nicht. Frauen vertragen kein Nein.

Almut war, um bei der Wahrheit zu bleiben, auch keine dreißig mehr, aber immerhin zwölf Jahre jünger als ich. Manchmal staunte ich, warum sie sich überhaupt mit einem Typen wie mir abgab, eine gepflegte Frau mit geregeltem Einkommen und anderweitigen Möglichkeiten. Die Mittelalterspektakelwelt war nur ihr Hobby. Werktags arbeitete sie bei der Sparkasse, trug ein Bankeroutfit aus weißer Bluse zu schwarzem Blazer und buntem Tuch und betreute kreditsuchende Mittelständler.

Almut fand es spannend, mit einem Schauspieler auszugehen, und wenn es nur ein Ex-Schauspieler war. Kinder hatte sie keine, zeigte sich jedoch durchaus interessiert an meinen Erziehungsproblemen mit Junior und zitierte aus ihrer Sicht Hilfreiches aus den Ratgebern *Generation Y besser verstehen* und *Getrennte Eltern – glückliche Kinder*.

Ich sollte Philipp anrufen. Der Junge stolperte mit seinen 28 Jahren ziellos durchs Leben. Zu viele Reize, zu viele Optionen. Angeblich studierte er wieder mal irgendwas, jedenfalls brauchte er Geld. Violetta sagte, es sei an mir, auf ihn zuzugehen, aus seiner Sicht hätte ich ihn verlassen. Das ist zehn Jahre her, sagte ich.

Egal, es war ein sehr sensibles Alter, Pubertät.

Er war achtzehn!

Ja und?!

Wir könnten demnächst zusammen ein Bier trinken gehen, nur wir beide, Vater und Sohn. Und mal ernsthaft über Frauen sprechen.

Oswald Munz

Arnold hatte angerufen, um zu fragen, ob Violetta wirklich kommen würde. Ich sagte, Junge, jetzt steh doch endlich mal drüber. Ihr seid keine vierzig mehr, die Geschichte ist verjährt!

Dann würde er seine *aktuelle* Freundin mitbringen. Merke: Es bestand die Möglichkeit, dass Arnolds Freundinnen *wechselten*.

„Bring mit, wen du willst."

Mit Emilia zu telefonieren, war nicht weniger anstrengend. Im Hintergrund lief bei Balzers immer russisches Fernsehen, Erster Kanal, Rossija oder RTR Planeta. Die beiden waren ein wenig seltsam geworden. Je länger die Vergangenheit vergangen war, desto inniger hingen sie an ihr. Schauten alte sowjetische Filme und Musiksendungen, als hätten sie Angst, ihre Muttersprache zu verlernen, die, die sie zuerst gelernt hatten, und vernachlässigten darüber ihre zweite, die zu erobern ihnen so schwergefallen war. Das russische Programm sei nun mal viel unterhaltsamer als die drögen deutschen Sender, und ob sich ihre Aussprache verbessere oder nicht, sei kurz vor der Rente nun wirklich nicht mehr von Belang. Außerdem: *Richtig dazugehören werden wir sowieso nie.*

„Wenn ihr meint", sagte ich.

„Ich komme nur, wenn ich nicht auf das Thema angesprochen werde. Du weißt schon, welches, Oswald", sagte Emilia.

„Ach was", sagte ich, „soll ich den Leuten einen Maulkorb verpassen und vorab eine Liste mit Tabuthemen rumgehen lassen?"

„Ja, ein dezenter Hinweis wäre nicht verkehrt. Wir wollen doch einen schönen Abend miteinander verbringen, nicht wahr?"

Als die Organe der Staatssicherheit an *mich* herangetreten waren, hatte ich eine Nacht lang darüber nachgedacht, was zu tun sei. Ich beschloss, es herumzuerzählen, es jedem zu sagen, den ich traf, ach übrigens, du wirst es nicht glauben, *ich* soll geheimer Zuträger des KGB werden, ein nebenberuflicher Spitzel – hahaha –, jemand, der alles, was er hört und sieht, weitermeldet; aber da haben sie sich den Falschen rausgepickt. Was für ein ehrlicher Kerl – oder ist er einfach nur dumm, das schienen sich die Kollegen zu fragen.

Hans-Georg Degenstein

Sehr freundlich von ihnen, mich zum Jahrestag einzuladen, als hätte mein kurzes Wirken als Gastregisseur nachhaltigen Eindruck bei der Truppe hinterlassen.

„Gehst du wieder zu deinen *Russen* Wodka saufen?", verabschiedete mich Simone gut gelaunt.

Als ich ankam, war das Lokal bereits erfüllt von einem Stimmengewirr auf Russisch und Deutsch. Mein tinnitusgeplagtes Gehör unternahm angestrengte Versuche, aus dem Ganzen Wörter herauszufiltern, die einen Sinnzusammenhang ergaben. Grußworte, Fragen nach dem Befinden, *schön, dich zu sehen – ganz meinerseits*; bei manchen Kollegen von früher hätte ich gerne nachgehakt: *Verrätst du mir, wer du bist?*

Violetta Kraushaar hatte sich kaum verändert. Fand noch immer kleine Engagements quer durch die Republik. Emilia Riedel legte als umgeschulte Kauffrau denselben Gleichmut an den Tag wie als Schauspielerin auf der Bühne. Dienst nach Vorschrift schieben, aber sich für eine begnadete Künstlerin halten. Aus dem Kokon ihres sowjetischen Theaters herauskatapultiert zu werden, hat sie doppelt heimatlos gemacht. Ausbildung auf Parteibefehl war im Westen nicht gefragt. Das Vorzeigeprojekt zur Wiederbelebung der deutschen Sprache in der kasachischen Wüstenei war gescheitert, schon aus zeitlichen und geografischen Erwägungen – zu spät angefangen, zu kurze Schaffensperiode, der Wirkungskreis zu beschränkt gemessen an den Entfernungen zum Publikum. Das Deutsche Theater in Kasachstan – ein Placebo. Ein Angebot, das keinen Schaden anrichtete, aber auch keinen Nutzen brachte, jedenfalls nicht den erwarteten.

Ich fragte nicht, ob sie es vermissten. Im Wandel des politischen Welttheaters boten sich dem Wandlungsfähigen neue Rollen.

Ich erinnerte mich, wie die ersten Aussiedler 1989 in unsere Gemeinde kamen, ich keine Ahnung hatte, wer das war und die ansässigen Schwaben ihren Augen nicht trauten, als die zugezogenen *Russen* nach einem halben Jahr Baugrundstücke kauften, während der Schwabe ohne Migrationshintergrund sich für sein Häusle jahrelang krummbuckelte. Und wie die Töchter der neuen Nachbarn aus *Klein-Moskau* die Hauptstraße entlang stolzierten, in Miniröcken, Netzstrumpfhosen und mit grellrot angemalten Lippen, da blieb das Urteil nicht aus, es handle sich bei diesem Look um die *reinsten Hura*, die das Dorf in Verruf brachten. Irgendwie anders waren sie von Anfang an, und warum sie sich selbst als Deutsche bezeichneten, war so manchem Schwaben unerklärlich geblieben. Die Namen Bachmann, Fischer oder Schieferdecker konnten kein Beweis sein, die hatten die Ankömmlinge gefälschten Papieren oder dem *deutschen Schäferhund* von Uropa Igor zu verdanken.

Nachdem die neuen Nachbarn eingezogen waren, schaute man neugierig über den Zaun und stellte fest, dass sie nicht nur ihre Töchter verlottern ließen, sondern auch noch ihre Wäsche am heiligen Sonntag aufhängten und trotz vorgeblich schwäbischer Wurzeln noch nie das Wort *Kehrwoche* gehört hatten! Sie machten in den nächsten zwanzig Jahren Urlaub im eigenen Garten und gingen nie auswärts essen. Solcherlei Sparsamkeit ertrotzte den Hiesigen über die Zeit einigen Respekt, gerade so viel, dass er nie nach außen drang.

Während – bei Lichte betrachtet – die aufgetakelten Teeniemädchen nur ein optisches Ärgernis waren, sorgten junge Männer mit den verräterischen Vornamen Eugen, Dimitri und Waldemar über Jahre für handfeste Probleme; gottlob selten direkt im Ort, sondern dreißig Kilometer weiter, wo die nächste Disko stand, Austragungsort für allerlei Revierkämpfe mit reichlich Alkohol im Blut.

Bald waren aus den Teeniemädchen Mütter geworden, die mit ihren Kids zwischen Fußballverein, Musikunterricht und Ballett pendelten. Bei den Vätern ließ die Schlagkraft rapide nach, das Haar lichtete sich. Der Nachwuchs machte seinen Führerschein, feierte *Fasnet* und ging zur Freiwilligen Feuerwehr.

Immer noch sagten die Alteingesessenen, die *Russen* seien irgendwie anders, kulturfremdes Volk, da stehe einem der Franzose oder der Spanier viel näher als ein gebürtiger Kasache oder Sibiriake.

Manche nahmen es Emilia bis heute übel. Die eigenen Kollegen bespitzeln, pfui, wie konntest du nur. Sie selber waren natürlich immer schon Dissidenten gewesen, einzig ihrem Gewissen ergeben und keinem *System* untertan.

Auch ich fragte: „Wie konntest du nur?"

Weil sie jung und naiv gewesen sei und nichts anderes gekannt habe … Und weil sie sich beweisen wollte, trotz ihres Namens ein vorbildlicher Sowjetmensch zu sein.

Ach geh. Jung und naiv waren wir alle. Wer war noch Spitzel? Mit Sicherheit verneinen konnte ich dies nur für mich selbst. Schon für Violetta würde ich nicht die Hand ins Feuer legen.

Emilia beteuerte, es nicht zu wissen. Ihre Berichte seien im Rückblick wenig aussagekräftig gewesen, sie habe niemandem schaden wollen.

Mit Emilia war es einfacher. Sie wiederzusehen, löste nicht schon im Vorfeld Nervosität aus. Dabei hatte der Arzt gesagt, ich solle Stress vermeiden. Wenn mir geraten wird, Stress zu vermeiden, fühle ich prompt leichte Aggressivität aufsteigen.

„Du bist in einem gefährlichen Alter", sagte Almut, „für Männer über fünfzig steigt das Risiko für plötzlichen Herztod."

„Danke, lieb von dir, mich daran zu erinnern."

Almut riet mir vorbeugend zu mehr Sport und weniger Alkohol. Dank des besonders kuscheligen Moments war ich entspannt genug, um ihre Sorge um mich alten Mann rührend zu finden.

Um bei dem Ehemaligentreffen den Eindruck eines *geschiedenen alleinstehenden Mannes in prekären Verhältnissen* abzumildern – die Fakten gänzlich abzustreiten, behagte mir nicht, strebt die Wahrheit doch stets nach oben wie ein Fettauge –, wäre eine weibliche Begleitung angezeigt. Ich könnte Almut bitten, oder Jutta aus Tübingen. Jutta hätte als Slawistin ihre wissenschaftliche Freude an der Konversation mit uns. Sie könnte Ideen für einen neuen Roman gewinnen, Titelvorschlag: *Ehen in Temirtau.*

Auf meiner To-do-Liste stand immer noch *Philipp anrufen.* Eventuell später, vormittags war keine gute Zeit für Studenten. Ich klickte mich durch meinen Posteingang, nichts Neues vom Agenten. Dafür Werbemails von einem Schauspielcoach, auf dessen Webseite ich versehentlich irgendwo draufgeklickt hatte und der mir jetzt täglich mit seiner Hilfe die Erfüllung meines lang gehegten Traums versprach, Schauspieler zu werden; kostenlose Probestunde zum Kennenlernen per Webinar inklusive. Bei Vertragsabschluss innerhalb der nächsten zehn Tage könne ich sogar richtig viel sparen, danach gelte wieder der reguläre Preis von nur 5.000 Euro. Selbst schuld, wer da nicht zugreife.
Auf den Jobportalen für Theaterberufe dieselben miesen Jobs wie immer. Dinner-Leiche bei einer Krimishow für achtzig Euro Honorar pro Vorstellung bei fünf Stunden Zeitaufwand, zuzüglich Essen, keine Reisekostenerstattung. Diverse Saisonjobs zur Unterhaltung von Kreuzfahrtpassagieren am Pool und beim Dinner; geboten wurden sechs Monate Kost und Logis, Zugang zu allen

Schiffsebenen und internationales Flair an Bord, Spielalter 18 bis 95 Jahre – da könnte ich mit *deutlich unter 95* sogar noch mithalten. Einfach für ein halbes Jahr buchstäblich festen Boden unter den Füßen verlassen…

Auf meiner Freundevorschlagsliste stolperte ich über einen Namen. Nelli Finkenstädt. Beziehungsstatus: verheiratet seit 20. Mai 2005. Eigentlich uninteressant. Auf dem Profilbild eine Frau in der Mitte des Lebens, *Best Ager* wie ich. Fast hätte ich sie nicht erkannt und weitergescrollt: Nelli, die Melkerin aus der Kolchose *Roter Oktober*, heute wohnhaft in Rödinghausen, NRW. Ich gab meiner Neugier nach; *du Stalker* würde Philipp sagen. Und ich zu meiner Verteidigung: Ich schau nur nach einer alten Bekannten! Ein abfotografierter Artikel über Nelli als glückliche Gewinnerin einer Rassekatzenschau mit ihrem Bengalen-Zögling auf dem Arm – was für ein ansehnliches Tier, kein Vergleich mit Violettas Lorenzo. Zwischen Katzenbildern weitere Schnappschüsse: Nelli vor Bergkulisse, Nelli mit Eisbecher im Café, Nelli am Strand in den Armen eines bärtigen Mannes, vermutlich Herr Finkenstädt. Ich fühlte eine gewisse Sympathie für ihn. Er hatte eine gute Wahl getroffen.

Meine Schwester beschwerte sich, dass ich auf ihre letzte Mail noch nicht geantwortet hätte, in der sie mich nach der Gestaltung von Mutters Grab gefragt hatte. Sie wies mich nochmals darauf hin, dass weiße Ziersteine im Schatten zu schnellem Moosansetzen neigten. Ich gab ihr recht. Nimm betongrau, passt zu allem.

Gegen 16 Uhr rief ich Philipp an. Immerhin möglich, dass ein Student zu dieser Zeit unter den Lebenden weilte. Er ging gleich beim ersten Klingeln hellwach ans Handy.

„Wie geht's dir, Sohn?"

„Alles super. Und bei dir?"

„Auch."

„Gut, dass du anrufst. Ich wollte dich um was bitten, Papa."

Wie sehr hatte ich diese Anrede vermisst, *Papa*.

„Ich kann dir aber nicht viel geben."

„Nein, es geht nicht um Geld. Eher um eine Idee, die noch ganz am Anfang steht. Ich habe einer guten Freundin erzählt, dass ihr an einem Wandertheater in der Steppe gespielt habt. Und sie fand das *toll*. *Superspannender Stoff*, hat sie gesagt."

„Hm. Schön. Und weiter?"

„Mama hat gesagt, dass es ein Ehemaligentreffen gibt und ihr hingeht."

„Ja, das ist der Plan."

„Darf ich mitkommen?"

„Äh… Da sind lauter alte Leute. Du wirst dich langweilen."

„Nein. Es *interessiert* mich."

Ich spürte einen Frosch im Hals, seit jeher ein von Berufs wegen beängstigendes Gefühl, dem ich mit Abhusten beizukommen versuchte. Die alte Regel der Sprecherzieher – Pfefferminztee schadet, Apfel tut gut – hatte vermutlich ihren Grund. Der Verzicht auf Pfefferminztee fiel mir schon immer leicht, Äpfel jedoch hatten die Eigenheit, mit Schalenresten zwischen den Zähnen stecken zu bleiben, was mich vor einem Auftritt zusätzlich nervös machte.

Violetta Kraushaar

„Natürlich musst du kommen", sagte Oswald, „das wird dich ablenken."

Letzte Woche war ich von einer dreitägigen Gastspielreise zurückgekehrt, hatte mich darauf gefreut, von Lorenzo begrüßt zu werden (der Einzige, der auf mich wartete). Als ich die Tür aufschloss, blieb es in der Wohnung still. Philipp hatte sich um den Kater gekümmert und mir täglich Bericht erstattet, ob etwas angebissen, zerbrochen oder zerkratzt war; nach mehrmaligem Rufen fand ich Lorenzo unter einem Heizkörper schlafend. Auch das Rascheln der Leckerli-Verpackung weckte ihn nicht. Seltsam, dachte ich, zu müde, um mir darüber weiter Gedanken zu machen.

Als ich morgens aufwachte, hatte sich Lorenzo nicht von der Stelle gerührt. Ich nahm ihn hoch, sein Körper fühlte sich ungewohnt leicht an. Er war nie ein besonders stattlicher Kater gewesen, bei Katzenstreitigkeiten zog er meist den Kürzeren (wie oft saß ich wegen einem halbzerfetzten Ohr oder einer eitrigen Wunde beim Tierarzt). Lorenzo schlug die Augen auf, schaute mich verwundert an, als wollte er sagen, was denn, schon zurück? Ich hielt ihm ein Leckerli hin, er beachtete es nicht. Da verstand ich endlich, legte ihn eilig in seine Transportbox und stolperte ungekämmt/ungeschminkt die Treppe herunter.

Die Sprechstundenhilfe ließ mich im vollen Wartezimmer sitzen, umringt von lahmen Hunden, ängstlich mauzenden Katzen in Körbchen und ihren Besitzern. Seit meinem Aufbruch lag Lorenzo unverändert zusammengerollt, aus der Box drang kein Laut.

Kein Puls mehr, sagte der Tierarzt, es tue ihm leid.

Wollen Sie Ihren Freund gleich hierlassen?

Ich trug den Korb nach draußen, setzte mich auf die Treppe vor dem Eingang zur Tierarztpraxis, wo mir die Idee kam, ich müsse als erstes Arnold anrufen (der Schock). Sogleich besann ich mich und wählte eine andere Nummer.

„Ich hätte ihn retten können, wenn ich früher zu Hause gewesen wäre", schluchzte ich in den Hörer. „Warum hast du mir nichts gesagt?"

„Er wirkte ganz normal, als ich ging", sagte Philipp.

Ich war nicht in Stimmung für das Treffen, aber Oswald meinte, ich könne nicht im Ernst wegen einer *toten Katze* absagen.

Philipp stand vor dem Restauranteingang und nannte seinen Namen, wenn ihn jemand trotz genauen Hinschauens nicht zuordnen konnte: *Bungert*. Er war vier, als wir uns in alle Ecken der neuen Republik verstreuten (der Bundesrepublik), jetzt maß er einssechsundachtzig, ich bezahlte sein Fitnessstudio (sichtlich gut angelegtes Geld). Die Ex-Kollegen wollten bei Philipp mal die Augen seines Vaters, mal die Lippen seiner Mutter erkannt haben. Ich sah in seinen Gesichtszügen weniger von uns als von seiner Oma, das allerdings sehr deutlich.

Meine Mutter war in den Ruhestand getreten, als ihre Altersgenossinnen in Deutschland noch gut zehn Jahre Berufsleben vor sich hatten. Als Lehrerin würde sie keinen Tag mehr arbeiten können, ihr Diplom war hier wertlos, sie aber fühlte noch genügend Elan in sich, um ihn für die Gesellschaft gewinnbringend einzusetzen, anstatt Ringelsöckchen für den Enkel zu stricken (die der Undankbare sowieso nicht getragen hätte). Sie befand schon nach kurzer Prüfung die Erziehung der hiesigen Kinder für *miserabel* (Mängelliste, unvollständig: Umgangsformen, Disziplin, Kleidung, Respekt gegenüber Erwachsenen) und die Schulbildung in jeder Hinsicht für *katastrophal schlecht*. Man stelle sich vor: Es gab in Deutschland nicht mal *Literatur* als Unterrichtsfach! Integral- und Differentialrechnung würden nur auf dem *Gymnasium* unterrichtet. Wie sollten junge Menschen ohne dieses Basiswissen erfolgreich durchs Leben kommen?

Arnolds Mutter überredete sie, im Kirchenchor mitzusingen (Integrationsmaßnahme für nicht Erwerbstätige). Der Chor traf sich einmal wöchentlich, weitere Anlässe zum Beisammensein waren bei dreißig Mitgliedern leicht zu finden (ständig hatte jemand Geburtstag). Wenn ich anrief, sagte Vater: „Jetzt singt sie nicht nur, jetzt tagen sie auch noch bis spät in die Nacht."

Als gebildete Person mit viel Freizeit übernahm Mutter ein Ehrenamt nach dem anderen. Sie führte Protokoll bei den Sitzungen des Arbeitskreises für Kinder und Jugendliche und schrieb Artikel für das Gemeindeblatt. Sie hatte dem Vorstand vorgeschlagen, eine eigene Gesamtschule zu gründen, die ihren selbstgesetzten Standards genügte. Am Anfang nahm das Projekt niemand ernst. Die Skeptiker sagten: *Wer soll das bezahlen? Was da alles zusammenkommt: Genehmigungen, Immobilien, Lehrpersonal, Verwaltung, Technik...* Doch Mutter ließ die kleingeistigen Einwände nicht gelten: *Wir alle, wir sind doch viele.*

„Violetta, warum engagierst du dich nicht, unser pädagogisches Konzept sieht künstlerische Erziehung vor. Du könntest mit den Schülern ein Theaterstück aufführen…"

Ich überwies fünfzig Mark auf das Spendenkonto und sagte: „Entschuldige, Mama, ich bin sehr beschäftigt mit meinem Broterwerb und habe keine Zeit für Ehrenamtliches… Später vielleicht." (Wenn ich so alt bin wie du.)

Noch bevor der Schulbetrieb begann, überstiegen die Anmeldezahlen die vorhandenen Plätze. Oma Kraushaar hatte niemals Zeit.

„Selbstverständlich geht Philipp auf *unsere Schule*, wohin denn sonst?"

Sie hätte den Enkel gerne als Pfarrer oder Arzt gesehen; zur Not, wenn alle Stricke rissen, als Uhrmachermeister.

Philipp hatte ein Mädchen dabei, Sarah-Nele oder so ähnlich (ich weigerte mich, mir deren Namen zu merken, bevor sie nicht mindestens sechs Monate an seiner Seite blieben, das machte die Sache übersichtlicher). Gut, dass meine Mutter sie nicht sehen konnte. Die durchlöcherte Strumpfhose (so viele Laufmaschen konnten nicht zufällig entstanden sein), der kurze Rock, das struppige Haar… Armes Aschenputtel, hätte Mutter gesagt, wo gucken nur die Eltern hin, das Kind so herumlaufen zu lassen.

Und ich hätte gesagt, Mutter, davon verstehst du nichts, das ist jetzt modern.

Emilia Riedel

„Hat sich's denn gelohnt?", fragte Mutter. „Bist du jetzt ein glücklicherer Mensch?"

Was weiß ich. *Vollständiger* vielleicht. Fühle mich nicht mehr wie ein zerbrochener Krug, sondern wie eine stabile Obstschale. Vaterfindung, erste Etappe abgeschlossen.

Laut sagte ich: „Wir sind uns sehr ähnlich."

Einige Jahre lief es gut mit den Plastikdosen, dank treuer Kundinnen, die scheinbar nie genug Gefrierschüsseln, Frischhaltebehälter, Thermoskannen und Teigschaber besitzen konnten, bis sie eines Tages dann doch Zeichen von Kaufmüdigkeit zeigten. Der Umsatz brach ein, der Firmenwagen war weg, Rechnungen kamen weiterhin. Edik empfahl sich mit Hinweis auf seine Erfahrungen als Student in der Moskauer Gastronomie für einen Job im Hotel Neuharts. Er beschwatzte den Eigentümer, ein Theaterdinner im Hotelrestaurant anzubieten, um neue Kundenschichten zu erschließen, natürlich mit einem kleinen Gastauftritt von Meister Balzer persönlich. Auch einige ehemalige Kollegen lud er ein, sofern sie sich nicht zu schade waren, vor speisendem Publikum aufzutreten.

Wenn die Kollegen von früher nach dem Jetzt fragten, drückste ich nicht herum. Ich sagte, mir geht es super, ich sitze in einem Großmarkt an der Kasse, fünfzehn Minuten Arbeitsweg, und führe ein ruhiges Leben. Manche fragten, fehlt dir auch nichts? – als lauerten sie darauf, dass man seinen Groll auf die Welt zugebe. Aber nein, *alles bestens.*

Zweimal in der Woche holte ich meine Enkelin Livia vom Kindergarten ab. Die Mutter, Wowas Frau, eine *Hiesige*, war nicht gut auf die Kita *Rasselbande* zu sprechen. Laut Diana strapazierte die Kita-Leiterin die Nerven von Eltern und Personal mit ihrer Unentschlossenheit, welche Farbe die neuen schwerentflammbaren Gardinen nach DIN XYZ haben sollten – mit dem Ergebnis, dass die Rasselbande ein Jahr später noch immer hinter nackten Fenstern herumtollte. Solange die Leitung mit der Innenausstattung nach Feng-Shui beschäftigt war, stießen die Vorschläge, Kurse in musikalischer Früherziehung oder Kindertheater anzubieten, auf taube Ohren.

„Warum lässt sie nicht die Kinder entscheiden, welche Farbe sie wollen?", fragte Diana.

Livia interessierte sich nicht für Gardinen. Sie erzählte mir auf dem Nachhauseweg, dass ihre Gruppe eine neue Erzieherin bekommen habe, Frau Sommer, und dass Frau Sommer mit ihnen die *Vogelhochzeit* aufführen würde, und dass sie schon fleißig am Basteln der Einladungen für Eltern, Großeltern und Geschwister seien.

„Oma, du kommst doch?!"

„Natürlich, wenn ich eingeladen bin."

Frau Sommer veranstaltete in Vorbereitung des großen Auftritts der Marienkäfergruppe einen Elternabend. Diana rief an, Livia habe sich bei einem Sturz vom Dreirad eine Platzwunde zugezogen, sie fahre gleich in die Notaufnahme, Wowa habe Spätschicht, ob ich hingehen könne?

Ein Dutzend Mütter und zwei Väter saßen auf den winzigen Holzstühlchen ihrer Kinder und versuchten, irgendwo die Beine unterzubringen. Es gab Früchtetee und Kekse. Zur Einstimmung sangen wir gemeinsam ein Lied, Frau Sommer spielte Gitarre. Einer der Väter tippte währenddessen auf seinem Smartphone herum, dann fragte er, ob es auch Kaffee gebe. Nein, nur Früchtetee. Er steckte resigniert sein Handy ein. Frau Sommer, offenbar Regisseurin, Dramaturgin, Bühnenbildnerin und musikalische Begleitung in einer Person, klärte die Eltern über ihr künstlerisches Vorhaben auf und beauftragte die Mütter – denn niemand anders würde sich darum kümmern –, Vogelkostüme für ihre Kinder anzufertigen. Die Frauen nahmen die Aufgabe widerspruchslos an, hielten Frau Sommers Vorstellungen zu Stoffen, Schnitten, den Kopfbedeckungen mit Pappschnabel und Gefieder in ihren Notizblöcken fest. Auch den genannten Abgabetermin schluckten sie, ohne zu murren, als hätten sie nichts anderes zu tun, als mit Fantasie und handwerklichem Geschick ein Kostüm zu entwerfen, zuzuschneiden, zusammenzunähen und zu dekorieren, damit das fertige Produkt Ähnlichkeit mit einem Vogel aufwies und von ihrem Kind ohne großen Widerstand und Tränen getragen würde.

„Frau Riedel", sagte Frau Sommer nachher zu mir, „dürfte ich Sie gelegentlich um Rat fragen? Wie ich höre, haben Sie jahrelange Theatererfahrung!"

Livia überreichte mir voller Vorfreude hüpfend die Einladung.

Das Marienkäfertheater
auf der Wiesenkräuterstraße
lädt herzlich zur Premiere ein!
Bei der Uraufführung der *Vogelhochzeit* an einem Frei-
tagnachmittag – ein Zugeständnis an die berufstätigen
Eltern – waren unter den vielen Amseln und Drosseln
auch ein Amazonas-Papagei und ein Flamingo dabei.
Frau Sommer dankte den Muttis für die Umsetzung der
tollen Ideen. Der fünfjährige Fabian, unser Wiedehopf,
verpasste trotz Frau Sommers Hilfestellung seinen Einsatz und floh verstört von der Bühne, in die Arme seiner
echten Eltern, statt im Nest der Vogeleltern sein Schnä-
belchen für eine leckere Wurmmahlzeit zu öffnen.

Meine neue Arbeit bestand im Scannen von Groß-
packungen Reis, Schweinelenden und Tiefkühlgemüse
vom Warentransportband. Lächeln, schäkern, möglichst nicht nachdenken, am Ende musste nur die Kasse
stimmen.
Liegt in der Wahrheit ein Scheitern? Du bist doch dieselbe geblieben, Emilia Riedel, dieselbe Frucht, nur mit
fortgeschrittenem Reifegrad, ob als Schauspielerin,
Sandwichboxenverkäuferin oder Kassiererin.
Früher kreisten unsere Gesprächsthemen um Engagements und Umschulungen, neuerdings um Renten und
Testamente. Bis dahin nur hochgezogene Augenbrauen:
„Welche Rente? Als Schauspieler? Unsereiner arbeitet
bis zum Umfallen!" Aber seit Valentin Wölfle mit 58
leblos aus dem Schwimmbecken gezogen wurde und
seine Emma als Hinterbliebene von allen Konten aus-
gesperrt war, weil Valentin für den Todesfall keinerlei

Vorkehrungen getroffen hatte, waren sie aufgewacht. Buchstäblich mitten aus dem Leben gerissen, unser Valentin, Marathonläufer und guter Schwimmer, kein Übergewicht, kein Bluthochdruck, keine Ehe- oder Geldprobleme, und trotzdem, zack… Und sie stellten fest, bei dem einen oder anderen hätten sich durchaus Vermögenswerte angesammelt, die einem in Verbindung mit dem Alter Sorgen machten.

Bei Balzer und mir nicht. Die Leichtigkeit, sich um kein Testament kümmern zu müssen, war auch etwas wert. Macht euch keine Hoffnungen, Kinder. Eure Eltern leiden an mehrfach gebrochenen Biografien – *verwaschenes Profil*, wie der Arbeitsvermittler sagt.

Auf dem Parkplatz unterhielt sich Arnolds Sohn mit meinem Jüngsten, einst beste Freunde. Die Mädchen aus der Baptistengemeinde schminkten sich nicht und trugen lange Röcke. Philipps Freundin war von einem anderen Stern.

Balzer wurde munter. „Wer ist das?"

„Arnolds neue Schwiegertochter", sagte ich. „Nimm deine Tabletten und setz dich wieder hin."

Ob Jakob Deschler ein Testament gemacht hatte? Alt genug wäre er dafür schon lange.

Arnold Bungert

Philipp war größer als ich geraten und nach meiner Einschätzung ein recht attraktiver Typ. Es machte mich froh, zu ihm aufzuschauen. Vier Zentimeter, die mein Sohn mir voraushatte.

„Gut siehst du aus", sagte ich.

„Das ist Nele, meine Freundin", er deutete auf ein Mädchen hinter einem riesigen Kamerastativ. Ein Mädchen mit kaputten Strumpfhosen und unordentlichen Haaren. Sie erinnerte mich an Isa von der Müllhalde, die Figur aus dem Roman *Tschick*, bevor diese von ihren Gefährten in einen Stausee zum Waschen geworfen wird. Jedenfalls hatte Nele große Ähnlichkeit mit der Schauspielerin, die Isa im gleichnamigen Theaterstück am Schauspielhaus Bochum verkörperte.

Trotz des ramponierten Outfits war Nele mit ihren auf geschätzt einsachtzig verteilten Modelmaßen auf eine lässige Art sexy. Kurz dachte ich, verdammt, Sohn, wo hast du nur diese *Granate* aufge… Doch dann überwog der Blick meiner Mutter auf dieses zarte Wesen, als erteilte sie mir vom Himmel herab den Auftrag, einen Zehneuroschein in die Hand zu nehmen und ihn dem Mädchen mit den Worten „Kind, kauf dir eine neue Strumpfhose!" zuzustecken.

„Wir wollten dich was fragen, Papa."

Meine Aufmerksamkeit war von einem Tattoo auf Neles Unterarm in Beschlag genommen – eine gekrönte Brezel auf Hühnerbeinen?

„Wärst du einverstanden, uns ein Interview zu geben?"

„Äh… was für ein Interview?"

„Wie es beim Theater war – für dich, Mama und eure früheren Kollegen."

„Eine Lebensbeichte?"

„Wenn du so willst."

„Lass uns nach dem Essen darüber reden, okay?", sagte ich in der Absicht, gelassen zu bleiben, während Violetta die Stufen hochschritt. Sie war allein.

Ich hatte immerhin Almut.

Violetta Kraushaar

Erfreulich, dass es keine Sitzordnung gab. Oswald hatte einen Stuhl neben sich freigehalten. Er wusste, dass ich mich nicht zu Emilia setzen wollte. Mochten manche denken, es sei wegen Arnold – die betrogene Diva, noch immer gefangen in der Falle aus Verrat, Eifersucht und Rache. Wenn das nicht pathologisch klang nach so langer Zeit. Sie würden mich am liebsten in Therapie schicken, mir einen Junggesellen anempfehlen (doch woher nehmen); neue Liebe, neues Glück.

Dass Emilia Berichte geschrieben hat über jeden von uns, tragen sie ihr nicht nach, sehen keinen Treuebruch darin (das Kollektiv! Hort des Vertrauens und gegenseitiger Rücksichtnahme). Kennt einer einen, dem wegen Emilias *Stellungnahmen* etwas Schlechtes widerfahren sei? Na also, wer ohne Sünde ist… Unser Mädchen, gutes Kind. Beileibe nicht die einzige, die unter Zwang Unkluges getan. Junge Mutter, überfordert – das war ihr Argument gegen die Angriffe der vermeintlich klügeren, hellseherischen Zeitgenossen (allesamt unversöhnlich gestimmte Besserwisser wie ich).

Aus dem Augenwinkel sah ich Arnold mit Philipp plaudern, wie süß die beiden versuchten, gute Laune und den Anschein einer coolen Vater-Sohn-Beziehung zu verbreiten. Ein Gute-Laune-Abend sollte es ja werden, obwohl wir vor 25 Jahren alle noch besser aussahen und deutlich schlanker waren. Wenigstens heute nicht von Krankheiten (Herz, Bandscheibenvorfälle, Depressionen) reden, der Fokus war auf glücklichere Zeiten gerichtet.

Warum Arnold diese steife Elfe als Begleitung mitgebracht hat, weiß er wohl allein. Ihr Dauerlächeln
schien zu sagen, *ich habe zwar überhaupt keine Ahnung, um was es hier geht, aber irgendwie gehöre ich
dazu.* Das demonstrierte sie, indem sie Arnold nicht
von der Seite wich *(der ist mein!)*.

Edik Balzer hatte sich einen Zopf wachsen lassen, der,
grau und schütter wie er war, es nicht schaffte, von seiner Glatze abzulenken. Laut Emilia ist eine Großmarkt-
kasse ein guter Ort zum Flirten, weil die meisten Kunden Männer sind. Vor allem in der Spätschicht, wenn
alles ruhiger abliefe, sei man einem Späßchen nicht
abgeneigt. An der Kasse sitzend bekomme sie Einblick
in Beziehungsdramen, Erziehungskonflikte und Ge-
schäftsinterna, die ganze Palette von *Theater im Alltag.*
Sie vermisse die Bühne nicht (die Bühne *sie* mit Sicherheit auch nicht).

Oswald war einer gewissen Paula (medizinische Fach-
kraft) gefolgt und in ein Mehrgenerationen-Wohnpro-
jekt gezogen, wo ihn seine rüstigen Nachbarinnen gerne
zum Kaffee einluden. In der ausgebauten Scheune gab er
Puppentheatervorstellungen für die kleinen und großen
Mitbewohner. Jeder Mieter hatte sich in die Gemeinschaft einzubringen (wie am Theater). Oswald schnitt
regelmäßig die Ligusterhecken rings um das Grundstück in Form, und wenn ihn jemand dabei antraf, kam
das Gespräch schnell auf tropfende Wasserhähne und
falsch getrennten Biomüll.

Ex-Schauspielkollege Eugen Eppler hatte seiner Tochter (die junge Frau studierte gern; derzeit etwas mit Kunstgeschichte oder Theaterpädagogik) eine Eigentumswohnung gekauft, drei Zimmer mit Balkon, bar bezahlt; auf seiner Visitenkarte, die er jedem in die Hand drückte, stand *Ihr unabhängiger Finanzberater.*

Rudi kandidierte für den Gemeinderat, Schwerpunktthemen: Kultur und Tourismus. Die Zeichen der Zeit verlangten nach mehr demokratischer Teilhabe von unsereinem, nachdem der Fall eines verschwundenen und wieder aufgetauchten Berliner Mädchens auf der Straße und in den Medien hochgekocht war. Zeit aufzuwachen, wetterte Rudi. Die meisten säßen behäbig in ihren immer noch verschuldeten Häuschen, grillten *Schaschlyki* nach Hausrezept und interessierten sich nur für innerfamiliäre Angelegenheiten. Weiteres Desintegrationsmerkmal sei die *Neigung zum russischen Fernsehen*, wie deutschen Zeitungen zu entnehmen war (die es wissen mussten).

Oswald bot seine Hilfe beim Plakatieren an. *Landbühne Haferkorn muss erhalten bleiben – Ihre Stimme für Rudolf Ostermeier!* (In der Kommunalpolitik ist Einsatz für konkrete Projekte gefragt.)

Balzer und Emilia waren noch nie glücklich miteinander, aber immer noch zusammen. Arnold und ich waren weder zusammen noch glücklich. In Anbetracht unseres Alters und der Umstände waren vollzogene Scheidungen in der Minderheit, nicht mehr als ein Drittel.

„Hey Mama, Nele möchte dir gerne ein paar Fragen stellen."

Philipp Bungert

In der Neunten war ich sitzengeblieben. Ich hatte mich schon vorher entsprechend bemüht, aber erst in der Neunten erlangte ich die dafür nötige Reife. Ich blieb früh morgens einfach liegen und sagte, ich könne nicht aufstehen.

„Was heißt das, du kannst nicht aufstehen?", fragte Mutter.

Es ginge nicht, sagte ich. Mutter schwankte zwischen Besorgnis und Amoklauf.

„Bist du krank? Wirst du in der Schule gemobbt?"

„Lass mich einfach schlafen."

Irgendwann hatte ich sie soweit, dass ihr alle einstudierten Rollen nicht weiterhalfen und sie verstummte, wenigstens für einen Tag oder so.

Oma sagte, zu ihrer Zeit hätte es das nicht gegeben.

Ich wollte eigentlich nicht sitzenbleiben, ich wollte überhaupt nicht mehr hingehen. Die anderen hingen hinter dem Schulhof mit Bierflaschen und Joints ab, aber selbst das war mir zu mühsam.

„Und ob du gehst", sagte Mutter, „du wiederholst das Schuljahr so oft, bis du versetzt wirst!" Und ich sagte, sei froh, dass ich ehrlich bin, ich könnte ja auch heimlich schwänzen.

Ich dachte echt, wenn sie wegen mir besorgt sind, werden sie sich nicht trennen.

„Philipp, willst du mir die Nerven komplett ruinieren? Wenn ich nachts um zwei nach der Vorstellung nach Hause komme, dann will ich…"

Mutter war immer voll am Escalaten, wenn ich was sagte. Wenn ich schwieg, aber auch.

„Ist doch nicht normal hier", sagte Oma.

Wenn Vater da war, sagte er, das käme nun davon, dass Mutter jede Konsequenz in der Erziehung vernachlässigt habe. Mit unseren Querelen hielten wir ihn vom Lernen seiner Rollentexte ab; diese Behauptung gab ihm den Anschein von Beschäftigung.

Als ich in der Zehnten war, älter als alle anderen, kamen sie auf die Idee, ein Theaterstück aufzuführen. Und weil die Lehrerin für Deutsch und Sport einen sehr geilen sonnengebräunten Bizeps hatte, machte ich sogar mit. Frau Meinhardt-Kabus kam in ärmellosen Shirts zu den Proben, was meiner Konzentration auf den Text nicht förderlich war.

Das Stück stand unter dem Motto *Wir erforschen unsere Wurzeln*. Irgendwie nahm Frau Meinhardt-Kabus wegen meiner familiären Situation an, dass ich tiefer in der Materie drinsteckte, also was *Wurzeln* und *Theater* betraf. Du mit deinen Eltern, bekam ich oft zu hören. Es nervte, was kann ich denn für deren Beruf? Der war mir jedenfalls kein Vorbild; zu gut erinnerte ich mich daran, wie sie mich zu Oma und Opa schickten, um Spenden für meine erste Spielekonsole einzusammeln. Das fand ich mit zwölf naturgemäß nicht so bombe…

Weil Frau Meinhardt-Kabus bei mir qua Abstammung Schauspieltalent vermutete, gab sie mir die Hauptrolle. Von unserer Geschichte hatte sie null Ahnung, daher gründeten wir die Arbeitsgruppe *Recherche* und gingen durch die Häuser, alte Leute befragen. Ich schaute bei

Oma und Opa vorbei, sie gaben mir fünfzig Euro, einfach so, für den guten Zweck.

Bei unseren Gruppensitzungen diskutierten wir über die Handlung. Wenn ich etwas vorschlug, stimmten die anderen gleich zu; ich war ja der Schauspielersohn. Frau Meinhardt-Kabus machte aus unseren Notizen ein Rollenbuch, das ziemlich arg nach Schiller klang. Nur das Integrationskapitel, in der Gegenwart angekommen, hörte sich vernünftig an.

Mein Titelvorschlag *Von den Schornsteinen bis zum Horizont* fiel mit vier zu neun Stimmen durch. *Sauerkraut und Pelmeni* fand ebenfalls keine Mehrheit. Angelina sagte, als Kind sei sie mit ihren Eltern im Frühling fast jeden Sonntag *in die Tulpen* gefahren. Nachbarn berichteten von riesigen blühenden Tulpenfeldern in der Steppe, manchmal noch Anfang April durch eine geschlossene Schneedecke wachsend, weil: *wenn's einmal blüht, dann blüht's.* Angelinas Familie fuhr sehr weit hinaus, fand aber nur wenige verkümmerte Blümelein, ob bei Schnee oder nicht. Dabei sei Kasachstan das Gebiet mit den meisten wildwachsenden Tulpensorten der Welt, da könne die Tulpenblüte in ganz Holland nicht mithalten. Die glücklichen Pflücker hätten sich mit Eimern voller Tulpen an den Straßenrand gestellt und ihre Ware bündelweise für einen Rubel an frisch verliebte Passanten vertickt. Es wollte mir nicht gelingen, mir meine Eltern bei dieser Beschäftigung vorzustellen.

Am Ende bekam unser Stück den Namen *Wilde Tulpen im Schnee*. Meine Wahl wäre das nicht gewesen, aber weil die Idee von Angelina stammte, gab ich ihr ein Like.

Kurz vor Weihnachten probten wir bis spätabends in der Aula, als es zu schneien anfing. „Schaut doch mal", sagte Angelina mitten im Text. Sie machte das Licht aus, und wir stellten uns alle ans Fenster. Es war sehr still, wir waren die einzigen im Gebäude, draußen war bereits Nachtruhe eingekehrt, 22 Uhr, kein Mensch mehr unterwegs. Im Wohnhaus gegenüber flackerten hinter den Gardinen noch zwei, drei Fernsehbildschirme, über dem Kircheingang schwebte ein honiggelber Weihnachtsstern. Eine Straßenlaterne tauchte den Schulhof in fahles Licht, Millionen Riesenschneeflocken schwebten funkelnd herab und verknüpften sich innerhalb von Minuten zu einem dichten weißen Teppich, den noch niemandes Fuß betreten hat. Ich stand hinter Angelina, die so etwas wie „hach, was für ein magischer Moment..." seufzte. Ja, fand ich auch. Nur die anderen störten, besonders Eugen.

Die Heizung war längst in den Nachtmodus gegangen, Frau Meinhardt-Kabus zog sich endlich ein Strickjäckchen über ihre Bizepse; es war ein sehr schöner Abend. Ich war nicht von der Schule geflogen; Vater zog trotzdem aus.

Nach Angelina kam Lissy, dann folgten Tabea, Insa und Sarah. Nele war mir in der Warteschlange bei der Mappenabgabe aufgefallen. Da standen wir alle mit unseren Mappen, die wir für zu wertvoll und zu sperrig erachteten, um mit der Post verschickt zu werden. Lieber fuhren wir kreuz und quer durch die Republik, um den kostbaren Inhalt sicher abzuliefern. Es blieb nicht aus, dass man dieselben Leute landesweit wiedertraf.

Na, du auch hier? Immer noch nirgends angenommen? Schiefes Lächeln, was soll's. Neuer Versuch, see you in Kassel, Berlin, Leipzig oder Weimar.

Nele kam mir nicht bekannt vor. Um einen Einstieg zu finden, fragte ich: „Hey, bewirbst du dich auch für Design?"

Scannerblick in meine Richtung; süßes Grübchen am Kinn; verwuscheltes Haar.

„Nee", sagte sie langsam, „zeitbasierte Künste. Neue Medien und so."

„Klingt spannend." Ich hatte mein Kreuz bei Fotografie gemacht, sah mich durch die Welt jetten und von überallher die schönsten Aufnahmen an namhafte Agenturen gegen fettes Honorar schicken.

„Dann sind wir ja keine Konkurrenz", sagte Nele.

„Ist das gut oder schlecht?", fragte ich.

„Kommt drauf an", sagte sie.

Vater fragte Frauen, die er wiedersehen wollte, nach der Telefonnummer. Sein Handy war voller Karteileichen. Heute fragst du, ob sie bei Insta sind. Musste ihm erklären, was das ist.

Wird wohl immer ein komisches Gefühl bleiben, egal wie alt ich werde: Vater und Mutter gemeinsam auf einer Feier, wo sie ihren dreißigjährigen Scheidungskrieg weiter austragen.

Mutter versuchte, ziemlich viele Personen als Abstandhalter einzusetzen und nicht in unsere Richtung zu schauen, während ich Vater von unserem Vorhaben erzählte, an dessen Anfang Neles Satz gestanden hatte: „Deine Eltern haben ja richtig krasses Zeug erlebt!"

Noch irritierter war ich, als sie hinzufügte, meine Eltern seien *wahre Helden*.

„Also, wir haben gedacht, das wäre ein super Thema für unsere Abschlussarbeit. Wir wollen alle, die hier sind, interviewen, und Nele fängt mit euch an."

„Was soll denn am Ende rauskommen?"

„Na ja, was schon – so eine Art Film."

Ich weiß nicht, ob Vater wirklich verstanden hatte, worum es ging, er guckte irgendwie zerstreut auf Neles Schuhe.

„Aber keine öde Doku", sagte Nele, „was Experimentelles."

„Oh, das hört sich nach viel Arbeit an... Habt ihr euch das gut überlegt?"

„Das ist schon okay", sagte Nele mit einem Seitenblick auf mich. „Notfalls arbeiten wir die Nächte durch."

Vater bohrte weiter: „Habt ihr auch das nötige Equipment? Zugriff auf ein Studio? Gibt es einen Finanzierungsplan?"

„Alles Low-Budget, Papa!"

„Wie viel muss ich denn dazugeben?"

„Gar nichts", beeilte ich mich zu versichern.

„Doch, doch", widersprach Nele, „'ne ganze Menge – Ihre Erfahrungen..."

Vater schaute von Nele hinüber zur Bar. „Wird ein langer Abend. Was trinkt ihr?"

Quellen

Alexijewitsch Swetlana: Secondhand-Zeit: Leben auf den Trümmern des Sozialismus, Hanser 2013

Arbusow Alexej: Dramen, Henschelverlag Berlin 1972

Austen Jane: Stolz und Vorurteil, Gustav Kiepenheuer Verlag 1990

Freundschaft. Zeitung des Zentralkomitees der Kommunistischen Partei Kasachstans 1980

Gesangbuch für ev.-luth. Gemeinden, St. Petersburg 1898

Gorki Maxim: Die Kleinbürger, Übersetzung aus dem Russischen von August Scholz, Aufbau Verlag Berlin 1952

Heinz Viktor: Auf den Wogen der Jahrhunderte, Theatertrilogie, Raduga-Verlag Moskau 1993

Neues Leben. Wochenzeitschrift, Moskau 1980–81

Schiller Friedrich: Kabale und Liebe, in: Schillers Sämtliche Werke, Erster Band

Shakespeare William: Hamlet, Übersetzung aus dem Englischen von August Wilhelm von Schlegel

Steinmark Rose: Das Schicksal eines Theaters, Rus-Deutsch Media 2017

Tschechow Anton: Chirurgie, in: Vom Regen in die Traufe, Kurzgeschichten, Rütten & Loening Berlin 1964

Wampilow Alexander: Letzten Sommer in Tschulimsk (Прошлым летом в Чулимске, 1972)

Glossar

Bey Osmanischer Herrschertitel, Stammesfürst

Desjatine Russisches Flächenmaß, 1 Desjatine ≈ 1,1 Hektar

Intourist Staatliches Reisebüro für Auslandsfremdenverkehr in der Sowjetunion

Kolchos/Kolchose Genossenschaftlicher Landwirtschaftsgroßbetrieb (Kollektivwirtschaft)

Komsomol Jugendorganisation der KPdSU. Existierte von 1918 bis 1991. Ihre Mitglieder wurden ***Komsomolzen*** genannt, das Mitgliedsalter betrug 14 bis 28 Jahre.

KPdSU Kommunistische Partei der Sowjetunion

Neuland Kampagne der sowjetischen Regierung zur Erschließung von Ackerland in der Steppe ab Mitte der 1950er Jahre

Sowchos/Sowchose Landwirtschaftsgroßbetrieb im Staatsbesitz (Sowjetwirtschaft)

Subbotnik unbezahlter, theoretisch freiwilliger Arbeitseinsatz am Samstag (von russ. Subbota/Samstag)

Trudarmija Form der Zwangsarbeit in der Sowjetunion, betroffen waren insb. vermeintlich „unzuverlässige" Minderheiten wie die Russlanddeutschen, aber auch andere, z.B. Krimtataren, Inguschen u.a. (von russ. Трудовая армия, wörtlich Arbeitsarmee)

Trudarmist Zwangsverpflichteter der Arbeitsarmee

Tschastuschka volkstümliches russ. Scherzlied

Uasik-Bus umgangssprachliche Bezeichnung für einen Kleintransporter der Marke UAZ (Uljanowski Awtomobilny Sawod)

Danksagung

Die Entstehung dieses Werks wurde durch ein Stipendium der Kulturstiftung des Freistaates Sachsen, ein Heinrich-Heine-Stipendium der Stadt Lüneburg sowie ein Spreewald-Literatur-Stipendium der Spreewälder Kulturstiftung ermöglicht.
Für diese Unterstützung danke ich herzlich.

Ein ebenso großer Dank gebührt den ehemaligen Angehörigen des Deutschen Theaters in Kasachstan für den spannenden Einblick in eine Theaterwelt, die es so nicht mehr gibt.

Eleonora Hummel, Dresden, Oktober 2019

Dieses Projekt wird gefördert durch
Bayerisches Staatsministerium für
Familie, Arbeit und Soziales

Bibliografische Information der Deutschen Nationalbibliothek
Die Deutsche Nationalbibliothek verzeichnet die Publikation in der
Deutschen Nationalbibliografie; detaillierte bibliografische Daten sind
im Internet über http://dnb.ddb.de abrufbar.

© 2019 müry salzmann
Salzburg – Wien
Lektorat: Silke Dürnberger
Gestaltung: Müry Salzmann Verlag
Druck: Theiss, St. Stefan im Lavanttal
ISBN 978-3-99014-196-0
www.muerysalzmann.at